Premonición

Rosa Blasco nació en Alcañiz, Teruel. Es doctora en Medicina por la Universidad de Zaragoza y actualmente vive y trabaja como médico de familia en Tudela, Navarra, donde conjuga su vocación por la medicina con su pasión literaria.

Además de numerosos artículos científicos, ha publicado el ensayo *Historia del Hospital de San Nicolás de Bari de Alcañiz* (1418-1936), fruto de su tesis doctoral, y las novelas *El sanatorio de la Provenza* y *La sangre equivocada*.

Perturbación es la segunda novela ambientada en Menorca, con la forense Simonetta Brey como protagonista, después de *Premonición*.

Este libro se ha elaborado con papel procedente de bosques gestionados de forma sostenible, reciclado y de fuentes controladas, avalado por el sello de PEFC, la asociación más importante del mundo para la sostenibilidad forestal. www.pefc.es

EMBOLSILLO apuesta para frenar la crisis climática y desea contribuir al esfuerzo colectivo y permanente de proteger y preservar el medio ambiente y nuestros bosques con el compromiso de producir nuestros libros con materiales sostenibles.

ROSA BLASCO
Premonición

UN CASO PARA
SIMONETTA
BREY

EM BOLSILLO

© Rosa Blasco, 2021
© de esta edición EMBOLSILLO, 2022
   Benito Castro, 6
   28028 MADRID
   www.maeva.es

ISBN: 978-84-18185-38-0
Depósito legal: M-16382-2022

Diseño de cubierta: MAURICIO RESTREPO sobre imágenes de GETTY (faro de
   Punta Nati, Menorca) y de ARCANGEL © CHLOE DARNILL (rostro femenino)
Fotografía de la autora: © BLANCA ALDANONDO
Impreso por CPI Black Print (Barcelona)
Impreso en España / Printed in Spain

*A mis amigas Pili Carela, Tere Ginés y Tere González,
en recuerdo de aquellas venturosas tardes de viernes,
cuando salíamos de la biblioteca del colegio con un libro
de Enid Blyton bajo el brazo. Todo empezó allí.*

Escenarios de la novela

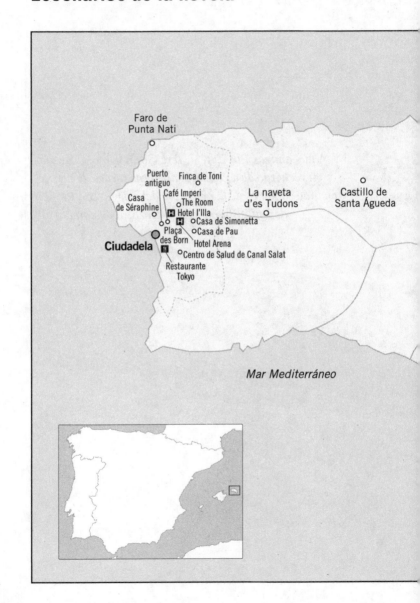

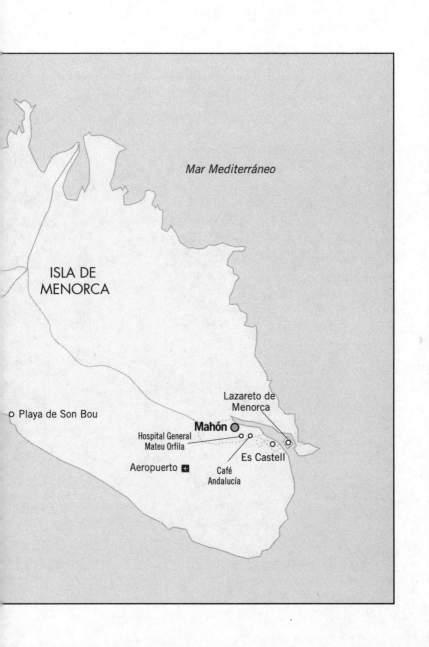

Mar Mediterráneo

ISLA DE
MENORCA

Lazareto de
Menorca

o Playa de Son Bou

Mahón ⊙

Hospital General
Mateu Orfila

Es Castell

Aeropuerto ✈

Café
Andalucía

Menorca, Baleares

1

LA ISLA, DESDE lo alto, desde la silenciosa inmensidad del cielo nocturno, semejaba una rutilante luciérnaga en medio de las tenebrosas aguas marinas. Los cientos de puntos luminosos que adornaban su vistoso caparazón iban agrandándose prodigiosamente conforme la aeronave se acercaba decidida a tomar tierra. Dentro del avión, el pasaje se mantenía expectante después de un vuelo breve, pero plagado de turbulencias. Los afortunados que contaban con una ventanilla al lado contemplaban admirados el magnífico espectáculo de sobrevolar de noche la isla, mientras los demás, callados, parecían respetar el privilegiado momento o, simplemente, cansados al final de la jornada, aguardaban un feliz aterrizaje.

Simonetta Brey miraba a través del cristal con cierta desconfianza. Por suerte, el asiento de al lado no se había ocupado y esa simple circunstancia le había hecho sentirse relajada durante el trayecto. Sin embargo, sabía que aquella tranquilidad iba a ser pasajera. El pedazo de tierra que la esperaba iba a proporcionarle una nueva oportunidad, pero no todas las oportunidades son igual de prometedoras, y temía que la mala suerte que la había perseguido en los últimos tiempos siguiera acechándola en su nuevo destino. Al fin y al cabo, desde allá arriba y en medio de la noche, la isla parecía más una cárcel que el lugar idílico que le habían vendido.

11

La inercia del frenado del avión al alcanzar la pista le liberó del ensimismamiento y del viento helado que la recibió, sorprendiéndola nada más salir al exterior. «Es la *tramuntana*», comentaba la gente, que se abrigaba el cuello mientras descendía por la escalerilla. A esas alturas del año, la mayoría de los pasajeros eran autóctonos; muchos de ellos estaban de vuelta de haber pasado el día en Barcelona por cuestiones médicas. En la cinta de recogida de equipajes quedaron cuatro gatos y en la zona de llegadas un chico mulato, trajeado y de cuerpo imponente la estaba esperando: «Dra. Brey», anunciaba el cartel que portaba. «Esa soy yo. La cosa empieza bien», pensó Simonetta con una media sonrisa que ahuyentó los nubarrones que la acosaban.

Nada más acomodarse en el automóvil, el conductor, muy bien perfumado, le hizo una pregunta protocolaria para tantear si le apetecía hablar. Al constatar una respuesta de cortesía, se calló de forma educada y subió un poco el volumen de la radio para que la música se adueñara del espacio y evitara la incomodidad del silencio entre dos extraños.

A partir de ese momento, Simonetta se dejó llevar por una sucesión de melodías de *bossa nova*, a cada cual más sugerente, mientras pensaba con ironía si no se habría equivocado de vuelo y, en vez del Mediterráneo, hubieran sobrevolado el Atlántico y aterrizado en Brasil. No le importaba. Que la llevaran donde quisieran mientras continuara esa música tan seductora.

—Ya hemos llegado —anunció el chófer a la vez que aparcaba en una calle pobremente alumbrada.

Era noche de luna nueva y, durante el recorrido de apenas una hora, Simonetta no había podido vislumbrar ni un palmo del paisaje; tan solo recordaba haberse sorprendido al ver un molino de viento entre las casas de una de las poblaciones por las que habían pasado. El joven descargó el equipaje y quiso esperar a que alguien con quien Simonetta había quedado llegara. No quería dejarla sola a esas horas en un lugar tan solitario.

—No se preocupe; se lo agradezco, pero no hace falta. Ahora mismo aviso y vienen. Váyase tranquilo, de verdad.

Aunque el viaje estaba pagado de antemano, Simonetta le dio una buena propina y el chófer se despidió. Cuando dejó de oír el ruido del motor percibió de pronto un extraño sonido que la inquietó. Era el arrullo del mar, cercano e invisible. Las olas iban y venían con una cadencia serena y poderosa, magnificada por la fuerza de la tramontana y por el rotundo silencio de la noche. Su presencia era real; sin embargo, con la escasa luz de las farolas, era casi imposible saber de dónde procedía aquel sonido, cuál era la dirección correcta que seguir para encontrarse con él frente a frente.

Había mirado la casa de refilón, pero al contemplarla con más detenimiento buscó el número de la calle, que aparecía en un pequeño azulejo en la tapia baja que la rodeaba, porque no se creía que aquella preciosa vivienda fuera a convertirse en su nuevo hogar. Pero no, el atractivo chófer no se había equivocado. Rápidamente localizó el móvil de entre todos los bártulos que llevaba en el bolso y marcó el número del casero mientras cruzaba los dedos para que ni la trabajadora social de la prisión, ni la empleada de la agencia de viajes o incluso ella misma se hubieran confundido en alguna cifra y nadie contestara a su llamada.

—¿Sí? —se oyó al otro lado de la línea.

—Buenas noches. Soy Simonetta Brey, la nueva inquilina de la casa. Acabo de llegar, le estoy esperando.

—¡Ah, sí! La médico, ¿no?

A pesar de que su amiga Marisa, la filóloga, le había confirmado que «médica» era un término correcto, a Simonetta no le acababa de agradar. Prefería que la llamasen doctora si la ocasión así lo requería. Y aquella era una ocasión en la que su profesión la había ayudado a encontrar alojamiento en la isla, un lujo para todo aquel que llegara de fuera a trabajar, ya que la mayoría de las viviendas estaban destinadas a alquiler vacacional. Mila, la trabajadora social que le había gestionado todo lo referente al viaje y a su estancia, le había comentado que, por suerte, algunos de los dueños de ese tipo de viviendas preferían inquilinos estables, «gente de fiar». Y el propietario de su alojamiento, por lo visto, pertenecía a ese grupo.

«¿Gente de fiar?, ¿estás segura de que yo soy de fiar? ¿Y si se entera de dónde vengo?», le había preguntado Simonetta entre bromas y veras.

«No se va a enterar nadie de dónde vienes, eso dalo por supuesto. En cuanto a lo de fiar... no sé yo...», contestó Mila con ironía.

—Sí, soy la doctora Brey.

—Espere un segundo, que ahora mismo bajo.

Al segundo no, pero no habrían pasado más de cinco o seis cuando oyó que se abría la puerta de una de las casitas del otro lado de la calle. Apareció un hombre enjuto, de edad indefinida, con barba descuidada y pelo alborotado. A pesar de la baja temperatura salió con la ropa de estar por casa, con una camiseta grisácea de manga larga, un viejo vaquero y unas abarcas sin calcetines. Parecía darle igual.

—Pau Martí —le dijo tendiéndole la mano.

—Simonetta Brey, encantada.

Ella supuso que se trataba de un trabajador. Su saludo

era firme y la piel de la mano algo basta. Olía a humo, e instintivamente volvió la vista hacia su casa, como para asegurarse de que la chimenea estaba funcionando.

—Le he molestado al presentarme a semejante hora.

—No se preocupe, las cosas son así —le respondió el hombre sin más después de abrir la puerta. No permitió que Simonetta cargara con ninguna de las maletas y entraron en la vivienda. Al encender la luz, quedó sorprendida por lo bien decorada que se encontraba la estancia.

—Qué casa tan bonita.

—Está recién pintada y los muebles también son nuevos.

—Está muy bien, tiene usted muy buen gusto —no pudo evitar comentar mientras ojeaba todas las estancias. El hombre sonrió.

—No es mérito mío. Una amiga que tiene una tienda se ha encargado de todo. Yo solo de pagar.

Con una buena iluminación, el casero ganaba algo. Parecía bastante más joven de lo que en un principio ella había creído; era probable que tuviera tan solo unos años más que ella y lucía unos hermosos ojos azules en medio de aquella maraña de cabellos y piel curtida.

—¿El coche está en la calle? —le preguntó Simonetta. El contrato de alquiler de la casa incluía un automóvil, imprescindible para desplazarse por la isla.

—No, está en la cochera. Ahora se lo enseño.

Salieron de la casa y entraron en un cuartucho que hacía las veces de garaje, pegado a la vivienda principal. El coche en cuestión era un Alfa Romeo rojo bastante antiguo.

—Tiene años, pero pocos kilómetros. Es de mi hermana. Lo dejó aquí cuando se fue a vivir a Palma y solo lo usa cuando viene por Navidad, así es que... todo suyo. Lo llevé al taller la semana pasada para ponerlo a punto.

Pau Martí hablaba castellano, pero con un acento menorquín tan acusado que Simonetta tenía que esforzarse por entenderle algunas palabras.

—¿Y esa moto?

—Esa moto es mía. Tuve un accidente con ella y no he vuelto a cogerla. Ahora me las apaño con otra.

—¿También está puesta a punto?

—No, habría que llevarla al taller. ¿Le interesa?

—Quizá, pero por el momento déjelo así, no quiero importunarle más.

Antes de despedirse, Martí le explicó la forma de llegar al supermercado más cercano y cómo salir a la carretera principal.

—Hasta abril aquí, en las calas, está todo cerrado. No hay nadie. En esta calle la única casa habitada durante todo el año es la mía. De vez en cuando viene algún vecino desde Barcelona un fin de semana, pero poco más. Ya se dará cuenta de lo tranquila que es la zona. Si necesita algo, llámeme sin ningún apuro, no importa el momento. Esto está muy apartado. Si no le contesto en el acto, le devolveré la llamada en cuanto pueda. Por cierto, ¿va a trabajar en Canal Salat?

—Sí, como médico de familia. Quién sabe, igual es usted paciente mío.

—Todo puede ser. Con lo poco que voy por allí, no sé ni quién es mi médico.

—Eso es una buena señal. De todas formas, si necesita algo, puede usted llamarme cuando quiera —añadió Simonetta mientras se despedía. A pesar de la primera impresión que transmitía, Pau parecía una buena persona, y el hecho de vivir tan aislada en un lugar desconocido la alentó a ser amable con él.

Simonetta consultó el reloj. Ya eran las dos de la madrugada. Estaba agotada y ni siquiera tenía hambre. Le escribió un mensaje a su madre para que, en cuanto se despertara al día siguiente, supiera que estaba sana y salva, y se metió en la cama en braga y sujetador, sin ganas siquiera de buscar un pijama.

2

La alarma del móvil sonó cuando Simonetta estaba profundamente dormida. Despertó sin saber en qué lugar del mundo se encontraba y aún tardó unos segundos en ubicarse. Entreabrió los ojos con una terrible pereza, no ya solo por el hecho de levantarse, sino también por tener que poner en marcha un nuevo período de su vida que en realidad ella no había elegido.

Le incomodaba tener que madrugar el primer día en que disfrutaba de libertad, libertad de la auténtica, pero no le quedaba otra si quería seguir aprovechando ese preciado bien que acababa de recuperar, el que iba a permitirle llevar a cabo sus deseos, desde los más sencillos y cotidianos hasta los más elevados y sublimes. Todo dependía en buena parte de un contrato que debía firmar esa misma mañana para que su vida volviera a la maravillosa normalidad.

Había dejado la puerta del dormitorio entreabierta y a través de la rendija entraba un poco de luz. Parecía que no hacía tanto frío como de madrugada. Se puso el jersey del día anterior y salió descalza al salón. De noche no se había dado cuenta, pero la pared ubicada frente a su habitación estaba acristalada y daba a una espaciosa terraza. Se acercó, estaba amaneciendo, y lo que vio la dejó realmente impresionada. Frente a sus ojos se veía el mar, pero no el mar abierto, sino un brazo de agua que penetraba a través de las rocas y la vegetación, formando una cala. Corrió la puerta de la cristalera y una saludable brisa marina penetró en la casa, arrastrando con ella su genuino olor a yodo y a sal. La tramontana había cesado y el ruido de las olas ya no imponía su poder, sino que mostraba su majestuosidad y calma.

Como por arte de magia, conforme la luz del día avanzaba, iban apareciendo uno tras otro los colores del cielo; del agua; de los arbustos; de las rocas, y también de las casas más alejadas, ubicadas en lo alto de una de las vertientes de la cala. Pensó que, por muy buenas que fueran aquellas vistas, sin duda la panorámica de su villa era la mejor. Desde allí se divisaban las cadenciosas idas y venidas de las olas, en ese momento dóciles, pero quién sabe si en otros amenazadoras; desde allí se alcanzaba y se dominaba el horizonte marino, sosegado e inquietante, y se disfrutaba de un idílico paisaje que solo el viejo Mediterráneo puede ofrecer.

Muy animada se duchó, se vistió, desayunó un café con galletas María y salió para montarse en el coche. La vivienda del casero estaba cerrada y todas las persianas permanecían bajadas. Tenía el jardín bien cuidado, con dos árboles, varios arbustos y, curiosamente, ningún macetero con flores, lo que a Simonetta le hizo suponer que vivía solo. Su «deformación profesional» la incitaba a catalogar, basándose en indicios, a todo aquel con quien se cruzaba. No lo podía evitar. Durante una época tuvo que hacer una «cura de catalogación» porque esa costumbre se había convertido en una auténtica obsesión que estaba afectando a su vida cotidiana.

Llegó un compañero nuevo al trabajo con el que había congeniado nada más conocerse. Procedía de otra ciudad y su estancia iba a ser pasajera, de tan solo unos meses.

Llevaba una alianza en el dedo y Simonetta dio por supuesto que estaba casado. Desde el principio presintió que ella le gustaba y el interés era recíproco, pero evitó cualquier intento de coqueteo que él iniciaba porque de ninguna manera deseaba una relación a tres. Desalentado, le tiró los tejos a otra compañera y acabaron juntos. Entonces, ante su sorpresa y estupor, Simonetta se enteró de que la alianza era un recuerdo de sus padres, ya fallecidos, y de que estaba soltero. El chasco y la rabia le hicieron replantearse su costumbre y durante mucho tiempo consiguió no establecer ninguna conclusión sobre nadie en su vida privada. Y le fue bastante bien.

El Alfa Romeo se puso en marcha a la primera. El motor sonaba casi como si fuera nuevo. Tardó un poco en encontrar la carretera principal porque la urbanización de la zona era un tanto enrevesada. Tenía cuarenta y dos kilómetros por delante hasta llegar a Mahón y desde el inicio del viaje ya se percató de que lo iba a disfrutar. A ambos lados de la carretera iban apareciendo pequeñas colinas cubiertas de árboles, arbustos y campos de cereal, entre los que aparecía, de cuando en cuando y a lo lejos, una casa de labranza. Ni un chamizo a desmano, ni una vivienda moderna ni estridente que desluciera el sereno paisaje de la isla.

La Subdirección de Atención Primaria, donde tenía que firmar el contrato, se encontraba en el Hospital Mateu Orfila. Mila, la persona que había gestionado todo el proceso, le había advertido de que no debía comentar que carecía de titulación de catalán. «Ha sido una pequeña trampa, han hecho contigo una excepción por la falta de médicos y la situación en la que te encuentras. La subdirectora de área lo ha entendido, ya que tu contrato es temporal, y ha hecho la vista gorda, pero no debe enterarse nadie, ni compañeros ni pacientes. En la práctica no vas a tener ningún problema porque allí todo el mundo habla también castellano y los extranjeros no hablan catalán, pero has de tenerlo presente, sobre todo por no dejar en evidencia a la propia subdirectora, que no puede crear un precedente ni incumplir la ley».

—Pase por aquí. La doctora Lluch la está esperando. —La secretaria de dirección la condujo al despacho.

—Adelante, bienvenida —la saludó la subdirectora tendiéndole la mano amistosamente mientras se presentaba—. Ana Lluch. —Era guapa, tendría unos cincuenta años y lucía el cabello rubio recogido en una coleta, la piel transparente y los labios pintados de rojo.

—Muchas gracias por recibirme —le contestó Simonetta—; en otros sitios se firman los contratos directamente en la oficina de Personal.

—Sí, pero quería conocerte y darte la bienvenida en persona. ¿Has tenido un buen viaje? —le preguntó, invitándola a sentarse. Su despacho era completamente funcional, repleto de papeles y carpetas a los dos lados del ordenador, mobiliario beis y paredes libres de cuadros, aunque también contaba con algún toque personal, como una vela perfumada sin encender en un ángulo de la mesa o una tetera de acero inoxidable con una taza al lado en un mueble auxiliar debajo de la ventana. En un extremo de la amplia estancia había una mesa redonda con cuatro sillas, pensada seguramente para reuniones de varias personas, pero a ella la había conducido a la mesa de trabajo rectangular que presidía el despacho.

—Un viaje sin incidencias —le respondió Simonetta, sin ganas ni motivos de dar más explicaciones.

—Quiero que sepas —prosiguió la subdirectora— que estamos muy contentos de tenerte aquí, o, mejor dicho, estoy muy contenta —rectificó para matizar el singular— de que trabajes con nosotros y de que este contrato y tu estancia aquí, que espero que sea larga, puedan servirte de ayuda.

—¿Ah, sí? ¿Y eso por qué? —le salió de pronto a Simonetta, de una manera tan espontánea que no había terminado de decirlo y ya se había dado cuenta de que quizá lo había expresado de una forma un tanto brusca—. Quiero decir —prosiguió antes de que la doctora Lluch contestara— que me resulta un tanto extraño que una persona desconocida se interese de esa manera por mí.

—Bueno, como supondrás, he tenido que informarme sobre tu caso. Me lo han explicado sin muchos detalles a la vez que me hablaban muy bien de ti como profesional y como persona. Por eso, desde el primer momento no dudé en ofrecerte este contrato. Creo que puede ser beneficioso para ti y también para nosotros, ya que necesitamos buenos médicos en plantilla.

—Hace mucho que no ejerzo de médico de familia.

—Sí, ya lo sé; por eso te propongo que de momento empieces con tu trabajo, pues necesitamos cubrir sin dilación la plaza del centro de salud de Canal Salat que ha quedado libre. Si tras tu incorporación crees que precisas una actualización en alguna de las especialidades, puedes venir al hospital a «reciclarte» en todo aquello que necesites.

—De acuerdo, lo tendré en cuenta. A mí me gusta hacer las cosas bien. Te agradezco la oportunidad que me das. Intentaré estar a la altura.

—No lo dudo —le respondió la subdirectora mostrándole el contrato. Lo firmó sin leer—. Antes de irte —añadió al ver que Simonetta quería abreviar el trámite—, quiero que aguardes un momento. Hay alguien que te quiere saludar.

—¿De verdad? —repuso Simonetta sorprendida.

—Macarena —dijo la doctora Lluch por teléfono—, dile al comisario que puede pasar.

«¿El comisario? —pensó Simonetta—, ¿es que tengo que dar fe de mi llegada a la policía? ¿Por qué, si quedó claro que ni siquiera debía presentarme en el juzgado?»

La subdirectora se levantó y comenzó a servirse una taza de té sin ni siquiera ofrecerle a Simonetta, que se encontraba de espaldas a ella. Llevaba la bata blanca de rigor abotonada de arriba abajo y, cosa rara entre las médicos de hospital, unos tacones bastante altos. Supuso que no los llevaría solo por gusto, sino para dotarse de la confianza y autoridad necesarias en un puesto en el que tenía que lidiar por arriba y por abajo con egos de todos los pelajes. Por fin, la puerta se abrió y apareció un hombre moreno, de mediana estatura y complexión fuerte, que sonreía.

—¡Darío! —exclamó atónita Simonetta cuando vio frente a ella, en aquel lugar tan alejado, a Darío Ferrer, su antiguo compañero de fatigas. De manera automática, sin que se lo propusiera, su cerebro empezó a trabajar de una manera vertiginosa intentando ensamblar los cables que iluminaran aquella maraña de pensamientos e incógnitas que de repente la estaban aturdiendo—. ¿Qué haces tú aquí? —consiguió balbucear en busca de una respuesta que ella misma no se atrevía a adelantar.

—Muchas gracias por todo, Ana, de verdad —le dijo Darío a la subdirectora, dejándole paso para que abandonara el despacho con la taza de té en una mano y el contrato firmado en la otra.

—Adiós, Simonetta, nos veremos —se despidió ella—; os dejo mi despacho todo el tiempo que necesitéis, yo me voy a una reunión con el equipo directivo. —Sonrió al comisario mientras cerraba la puerta. Ferrer avanzó hasta colocarse delante de Simonetta, que permanecía sentada, con la mirada fija en él y los ojos como platos.

—¡No me lo puedo creer! ¡No me lo puedo creer, Darío! ¡No me digas que has sido tú el artífice de todo esto!

El comisario, de paisano, con traje sin corbata y las manos en los bolsillos del pantalón, miraba a Simonetta con una gran sonrisa.

—Qué guapa sigues estando, italiana.

Simonetta sonrió también, moviendo la cabeza de lado a lado.

—Esto solo podías haberlo organizado bien tú. Qué estúpida he sido pensando que había sido la buena de Mila.

—No, no te confundas. Mila también ha contribuido, ha sido una buena lugarteniente. Yo tan solo aporté algunas ideas y ella las ha convertido en realidad. Ha hecho un gran papel.

—¿La casa también fue idea tuya?

—La casa fue idea mía, claro. Si te soy sincero, también he sido yo quien la ha hecho realidad. No te merecías un lugar peor. ¿Te ha gustado?

—Por supuesto que me ha gustado. Es una maravilla. No creo que pueda pagar el alquiler. Aunque aún no sepa lo que cuesta, seguro que no entra dentro de mis posibilidades. Pero... tú sabrás. Yo allí me quedo.

Ferrer rio. Qué mujer. Seguía siendo la misma, la que tantas veces le había quitado el sueño: inocente y pícara, sensible y valiente, inteligente y terriblemente seductora.

—¿Te parece que nos sentemos mejor aquí? —le indicó Ferrer señalando la mesa redonda—. No quiero usurparle el puesto a nadie —continuó, mirando de refilón la silla de la subdirectora. Sin decir nada, Simonetta se levantó y se

24

cambió de silla, dando un pequeño rodeo para no rozarse con el comisario. Él se dio cuenta, pero se hizo el despistado. Quedaron frente a frente.

—Ahora vas a contarme qué estás haciendo aquí, ¿verdad?

—Más o menos... —respondió Ferrer con sorna.

—Pues ya puedes empezar, porque me estoy impacientando.

—Te lo aclaro rápidamente —continuó, colocándose justo en el borde de la mesa, con los brazos sobre la superficie, las manos entrelazadas y la firme mirada fija en su interlocutora, un gesto muy típico de él cuando estaba concentrado en dar una explicación—. Llevo seis meses en la isla. Pedí un traslado temporal porque mi mujer necesitaba un cambio de aires. Tenía problemas en el colegio y pidió una excedencia. Una amiga de Alaior le dijo que necesitaban profesoras de inglés en un colegio de Mahón y se vino con los niños. Después me vine yo. Esa es la historia... la primera parte de la historia, quiero decir.

—Ya. Ahora te falta contarme la segunda parte, es decir, qué es lo que hago yo aquí y qué haces tú en este despacho conmigo.

—Por supuesto. Sigues siendo tan lista como siempre, italiana.

Simonetta no pudo contener de nuevo la sonrisa. Él sí seguía siendo el mismo de siempre: seguro, ocurrente, encantador... y casado. Era un placer entablar una conversación con él, y, por supuesto, había sido también un placer trabajar codo con codo, casi siempre en circunstancias cuando menos comprometidas. La pena es que la relación que los unía sobrepasó la barrera del compañerismo y la amistad: fueron amantes y ahora Simonetta temía sucumbir de nuevo a una tentación que siempre podía volver a presentarse, máxime cuando se encontraba sola y, en cierto modo, desamparada.

—La segunda parte, mi querida doctora Brey —prosiguió Ferrer cambiando de postura, ahora un poco más relajada—, es un tanto más complicada que la primera, aunque bastante sencilla de explicar. Tú creías en las premoniciones, ¿no?

—Depende —le respondió Simonetta, cautelosa e intrigada por saber qué sorpresa le tenía preparada. Hubo un tiempo en que entre ellos hablaban mucho de premoniciones. Empleaban ese término cuando, enfrascados en algún caso, no conseguían reunir las pruebas suficientes para demostrar una hipótesis a pesar de contar con indicios más o menos contundentes. Era una palabra que utilizaban mucho las monjas de su colegio; siempre iba asociada a una revelación divina que los ayudaba a solucionar diversos problemas de la vida cotidiana. Simonetta la empleó un día delante de Darío: «Hoy he tenido una premonición», y a partir de entonces la adoptaron como equipo, al principio con cachondeo y al final como parte fundamental del argot laboral.

—¡Pero si eras la reina de las premoniciones! ¡Y además con éxito!

—No me vengas ahora con tonterías. Darío, por favor, ve al grano. No estoy en el mejor momento para perder el tiempo con bobadas.

—Está bien, está bien. Tienes toda la razón. Lo único que pretendo es alegrarte un poco el rato, pero es que en realidad lo que voy a contarte es fruto de lo que nosotros llamábamos premoniciones, que tan buenos resultados nos dieron en los casos que resolvimos juntos. En fin, voy al grano, si eso es lo que quieres. Al poco de estar trabajando aquí como comisario, me enteré de que habían encontrado muerto a un turista en el Camí des Alocs, una senda rural que conduce a las ruinas del antiguo castillo de Santa Águeda. Se trataba de un médico valenciano que se había jubilado hacía poco y que había venido a disfrutar de unas breves vacaciones. Estaba divorciado, no tenía pareja y viajaba solo. El forense que le practicó la autopsia dictaminó que el fallecimiento se había debido a causas naturales; se avisó a la familia y se cerró el caso. Un mes más tarde, cuando la temporada turística estaba a punto de finalizar, hallaron los cuerpos de un matrimonio flotando a la deriva en la playa de Son Bou. Procedían de Santander; él también era médico, recientemente jubilado, y ella decoradora. Aunque las autopsias no fueron concluyentes, el forense no encontró indicios de criminalidad y, de la misma forma que en el caso anterior, se procedió al cierre del sumario. Hace dos meses, durante las navidades, un tercer médico, jubilado desde hacía ya diez años y residente en Barcelona, apareció muerto en el Lazareto de Mahón, una institución que en la actualidad se encuentra prácticamente abandonada y que se muestra como lugar histórico. También había venido solo a la isla y, de igual manera, el caso se cerró después de que la autopsia descartara que la muerte hubiera sido intencionada. —Ferrer esperó unos segundos para ver si su antigua compañera intervenía. Como no lo hizo, preguntó—: ¿Qué opinas?

—No tengo nada que opinar —contestó escuetamente Simonetta, mordiéndose la lengua.

—Eso no me lo creería ni aunque me lo juraras —apostilló Ferrer con convicción—. En otras circunstancias me pedirías, para empezar, que te diera más datos. Además —continuó, sabiendo que a ella ya le estaría entrando el gusanillo—, también te diré que los datos con los que cuento son endebles como la baba de caracol, no conducen a nada y no he encontrado ningún hilo conductor que relacione los tres casos; sin embargo, tengo la premonición de que las tres muertes están relacionadas entre sí y de que han sido provocadas. Es decir, estoy convencido de que se trata de tres asesinatos perpetrados por el mismo autor. Y no solo eso: estoy seguro. —De nuevo Ferrer aguardó unos segundos más para despertar la curiosidad de su antigua compañera—. Te preguntarás cómo estoy avanzando con el caso —prosiguió—; pues bien, ese es el problema. Aun con la autoridad que mi puesto representa en la comisaría, nadie de mi equipo ha secundado mi hipótesis o, mejor dicho, hemos comenzado a investigar sin llegar a ninguna conclusión y la gente se ha desmotivado antes de comenzar a hilvanar el caso. Una pena. Tú sabes bien que cuando uno está desmotivado es imposible resolver nada; es inútil consumir energía porque no se llega a ninguna parte. Sin embargo, eso no significa que yo me rinda, una rendición no sería propia de mí ni sería ética. Estamos hablando de tres muertes, nada menos que de tres posibles asesinatos. ¿Cómo voy a olvidarme del asunto, cómo voy a darle carpetazo y pasar a otro tema sin más? No, de eso nada; yo quiero llegar hasta el final, entre otras cosas, porque ¿quién me garantiza que después de la tercera no vendrá la cuarta? Es mi obligación evitar otra desgracia y llevar ante la justicia al responsable o los responsables de esas tres muertes. Y como yo solo no puedo hacerme cargo del caso, debo adecuar los recursos de los que dispongo para resolverlo, incluso ampliando el personal si fuera necesario. ¿Comprendes ahora el porqué de tu estancia aquí? Te he hecho venir, he gestionado todo esto para proponerte que volvamos a trabajar juntos. Porque te necesito, italiana, porque solo tú puedes ayudarme a solucionar este maldito embrollo.

—A ver, a ver —lo interrumpió Simonetta pasmada—, ¿quieres decir que has organizado todo esto, mi contrato de trabajo como médico de familia, mi viaje..., sin mi consentimiento, sin pedirme opinión, engañada, para que te ayude a resolver un caso que ni siquiera existe? ¿Quién te has creído que eres...? ¿Dios? —exclamó cabreada.

Ferrer no contestó. Sabía que el enfado le duraría poco.

—No entiendo por qué demonios has hecho esto —continuó después de unos segundos, todavía enojada—. Estoy empezando a imaginarlo, pero al menos deberías habérmelo consultado antes. ¿No estás al tanto de que estoy inhabilitada para trabajar como forense? —le espetó nerviosa—. Tu proposición es completamente absurda, Darío; absurda e inútil. Si has organizado todo este paripé para que te ayude en un supuesto caso, te has equivocado de cabo a rabo. Has metido la pata hasta el fondo, porque yo, te lo repito, no puedo trabajar como forense. Bastante suerte he tenido con que me permitieran ejercer mi primera especialidad, la Medicina de Familia, y así poder ganarme la vida. ¿O es que también es mentira lo de mi contrato? —le preguntó, temiendo que la subdirectora con la que acababa de hablar fuera una actriz o alguna de las secretarias que siempre le bailaban el agua a Ferrer allá donde iba.

—¡No, no, tranquila! El contrato que acabas de firmar es auténtico y es cierto que te esperan en el centro de salud para que empieces a trabajar cuanto antes. Déjame explicártelo todo, por favor, pero no te alteres más —le pidió Darío mientras le apretaba las manos con cariño.

—¿Tú sabes lo que me ha costado resetear mi vida? —le confesó ella al borde de las lágrimas—. Al contrario de lo que podáis pensar los que me conocéis, lo más duro de todo no ha sido mi estancia en prisión, que me ha enseñado muchísimas cosas; lo más difícil ha sido interiorizar y aceptar que no voy a volver a ejercer la Medicina Legal en los próximos años. Eso ha sido lo más duro. Cuando Mila me informó de la posibilidad de trabajar como médico de familia pensé que me había tocado la lotería. Al menos practicaría la Medicina y eso me ilusionó. Ahora que ya he asumido esta nueva etapa, con lo que me ha costado, no me vengas con historias para no dormir, por favor. Quiero estar en paz, que falta me hace.

—¿Crees que yo te implicaría en algo que te pudiera perjudicar? —le preguntó Darío con afecto.

—Claro que no. Pero te conozco y a veces eres demasiado impulsivo, y corres el riesgo de hacer las cosas mal, queriendo hacer un bien.

—No es este el caso. Déjame explicártelo todo y luego me das tu opinión. Y admito que quizá cometí el error de no contártelo de cabo a rabo antes de meterte en esto, pero, como bien sabes, no era fácil comunicarse contigo.

Simonetta no dijo nada. El comisario se tomó el silencio como una señal de aprobación.

—Juan Pablo Salvador —prosiguió—, el juez que te sentenció, me llamó por teléfono hace unas semanas. Tenemos varios amigos en común y, unos días después de tu juicio, coincidimos en una cena en la que comentamos tu caso. Lo noté bastante afectado por la sentencia, que, según él, se vio obligado a fallar a la luz de las pruebas y de tu confesión. Es una buena persona y me hizo saber que no te iba a abandonar a tu suerte, que procuraría ayudarte en lo que pudiera. Meses más tarde, con su llamada vino a decirme que, debido a tu buen comportamiento en prisión, por supuesto previsible, podía ofrecerte una reducción de la pena. Por una parte, si conseguíamos un contrato de trabajo podrías obtener la libertad condicional y si, una vez en la calle, desde tu puesto como médico de familia ayudabas a solucionar algún caso legal, atribución que por otra parte tienen todos los médicos, podría revisar tu condena y reducir el tiempo de incapacitación para ejercer como médico forense. No sabes la alegría que me dio. A los cinco minutos de colgar el teléfono yo ya lo tenía todo ideado, porque conocía la dificultad que tienen en la isla para poder contar con los médicos suficientes. Hablaría con Ana Lluch, que es la esposa de mi pareja de pádel, y te conseguiría un contrato. Además, esa misma mañana había tenido la premonición después de que me hubieran informado del tercer médico muerto. ¡Te necesitaba! Tú necesitabas mi plan y yo te necesitaba a ti. ¡Perfecto, manos a la obra! ¿Por qué no te lo propuse? ¿Por qué no contacté contigo? ¿Por qué solo se te comunicó la primera parte del plan, la obtención de la libertad condicional si conseguías un trabajo? En primer lugar, porque disponía de poco tiempo para arreglarlo todo, ya sabes los innumerables pasos que hay que dar, máxime cuando están implicadas varias Administraciones (Justicia, Prisiones, Gobierno Balear...). En segundo lugar, he de reconocerlo, temía una negativa por tu parte o una demora mientras te tomabas el tiempo necesario para valorar la propuesta, que hubiera frustrado el plan, ya que debía ceñirse a unos plazos muy estrictos. ¿Fui egoísta? ¿Fui generoso? Tal vez un poco de todo. No me juzgues ahora, por favor, tómate tu tiempo. Acepta mi propuesta y júzgame después.

Darío Ferrer tenía una forma de decir las cosas... Simonetta tuvo que contenerse para no sonreír. Le acudió a la cabeza una canción que tarareaba su padre: «Échame a mí la culpa de lo que pase...». Ferrer, como la conocía tanto, atisbó en su mirada el sentimiento que habían provocado en ella sus palabras.

—Por cierto —intervino, con tono de seductor de tres al cuarto—, ya no me llamas Al. —Simonetta ya no pudo ocultar la sonrisa.

—Disculpa, pero ya no te pareces a él.

—¿Cómo que no? La gente continúa diciéndomelo. No veas el cachondeo que se traían cuando puse el pie aquí.

—No te pareces porque el actor es más mayor que tú y ha envejecido muy mal. No sé si debo decírtelo, porque bastante grande es ya tu ego, pero estás mucho mejor que él y lo has estado siempre.

—¿Y ahora me lo dices?

—Pues sí, bastantes cosas te dije en su momento. Si te llego a decir también esto, igual te lo habrías acabado creyendo y te habrías marchado para Hollywood por lo menos, y España necesita a policías reales como tú, no de mentira como tu doble.

«Esta es la italiana de siempre —pensó Ferrer. Si fuera presuntuoso, creería que la tengo en el bote; si fuera presuntuoso y si ella fuera una mujer de las corrientes, claro.»

—Que España necesita policías como yo... de eso no estoy tan seguro. Pero de que necesita forenses como tú sí. Por eso no puedes desestimar mi oferta, bueno, la mía y la del juez Salvador, recuérdalo —le insistió, consciente de que el hielo ya estaba roto.

—Déjame consultarlo con la almohada, al menos una noche. He de recuperarme del *shock*.

—¿Del *shock* de verme de nuevo?

—Sí, claro, ha sido demasiado fuerte.

—Os dejo KO a todas —dijo con sorna el comisario mientras comprobaba quién lo estaba llamando al móvil—. Disculpa. Nada, no es nadie importante, luego lo llamo. Por cierto, antes de que nos despidamos, debo comentarte unas cosillas. Debido a la peculiar situación en la que te encuentras, si aceptas mi propuesta, de momento nadie debe saber que estás colaborando con la policía. Esto es muy pequeño y todo el mundo se conoce. A mí están empezando a conocerme. Nadie debe vernos juntos en público, porque enseguida le llegaría el rumor a cualquiera de mis colaboradores y podrían sospechar algo. Eso no quiere decir que no podamos vernos en algún sitio concreto que ya determinaríamos, pero nunca en la calle ni con más gente. Por supuesto, podremos hablar también por teléfono, pero no por correo electrónico; quién sabe si los informáticos del departamento no lo cotillean de cuando en cuando. Y lo demás, sobre la marcha. En cuanto lo medites con la almohada, que te va a decir que sí, te pondré al tanto de todo lo que tengo en este momento. Y de ahí partimos. ¿Te parece?

—Me parece. Pero no estés tan seguro de la opinión de mi almohada. Solo me conoce de una noche.

3

CUANDO SIMONETTA BREY se despidió, el comisario permaneció unos instantes en el despacho del hospital, meditando la conversación que había tenido con ella. Estaba claro que le había contado la verdad, la razón por la que ella se encontraba allí. Todo lo que le había relatado era cierto: Ferrer había tenido una premonición, entre el juez Salvador y él tenían previsto ayudarla, y la ocasión la habían pintado calva. Sin embargo, no había sido del todo sincero con ella, no le había contado la razón última por la que el comisario quería resolver aquellos casos. En realidad, no se encontraba en aquel lugar por haber querido acompañar a su mujer en su andadura profesional, sino todo lo contrario: ella había pedido una excedencia en el trabajo y lo había seguido a él después de que sus superiores lo hubieran puesto en la disyuntiva de elegir entre rebajar su categoría o trasladarse a la isla. Era un destino complicado para los que sufren claustrofobia, ya que se trataba de una superficie de setecientos kilómetros cuadrados rodeada de agua. ¿Y cuál fue la razón de llegar a la disyuntiva? Haber cometido un error garrafal: haberse saltado a su superior inmediata al dirigirse al jefe de esta para intentar por todos los medios salvar a una compañera de la cárcel.

—Me tenías ganas, ¿verdad? —le espetó a la jefa de brigada cuando esta le comunicó la resolución y le expuso las opciones que tenía.

—Parece mentira que después de cinco años trabajando conmigo no me conozcas —le respondió ella con acritud—. Esto no es un circo y yo soy tu jefa, por si no te has dado cuenta. Tú no eres quién para ningunearme y dirigirte por tu cuenta y riesgo al jefe provincial. Eso no se lo perdono a nadie, deberías saberlo.

—Lo sabía, por supuesto, pero también era consciente de que tú no ibas a mover un dedo por la doctora Brey, ¿o me equivoco?

—¿Mover un dedo por alguien que ha cometido una falta tan grave? ¿Cómo puedes plantear algo así? Yo tengo ética profesional, por algo estoy en este puesto. No todo el mundo puede llegar aquí. Hay que tener madera de líder.

«Otra vez la matraca del liderazgo», pensó Ferrer, harto una vez más de aquella arpía que les había hecho la vida imposible, sobre todo a Simonetta, a la que, como a la mayoría de las mujeres jóvenes y valiosas de la comisaría, envidiaba.

El jefe provincial, a pesar de estar por encima de ella en el escalafón, la temía profundamente.

—No puedo hacer nada por ti... de momento —le dijo por teléfono a Ferrer—. Vamos a dejar que pase el tiempo, el mínimo plazo posible. Con un buen informe del jefe superior de la Policía de Menorca, en un año como mucho vuelves a Zaragoza.

Un buen informe significaba la resolución de algún caso complicado, o bien que estuviese abierto en su nuevo destino, o bien otro que surgiera una vez instalado. Llevaba ya casi medio año allí, su mujer no acababa de adaptarse y le llenaba la cabeza de quejas y añoranzas continuas. Él empezaba a impacientarse... cuando tuvo la premonición. En el mismo momento en que le comunicaron la última muerte, lo vio todo claro: aquello no era para nada habitual. Se habían

35

producido nada menos que tres muertes similares y todas estaban por aclarar. ¡Posiblemente se trataba de la acción de un asesino en serie! Una magnífica oportunidad para él y para su carrera. Además, todo cuadraba: si entre Simonetta y él resolvían el origen de esas muertes, ambos saldrían beneficiados, sobre todo ella, que, al fin y al cabo, se encontraba en una situación mucho más compleja. Ya no la amaba como antes; mejor dicho, ya no la deseaba como antes —tampoco estaba del todo seguro—, pero la seguía queriendo y sentía, por supuesto, la necesidad de protegerla, de echarle una mano para intentar mitigar las consecuencias de la ignominia que habían cometido con ella.

Regresó a la comisaría con un poco de remordimiento por no haberle contado toda la verdad, pero se justificaba a sí mismo por el temor de lo que Simonetta pudiera pensar. Era de las que le daban a todo mil vueltas y cabía la posibilidad de que, en su fuero interno, lo tildara de egoísta; este era uno de los rasgos de su carácter que en alguna ocasión ya le había echado en cara.

«Eso es *peccata minuta* —pensó, en referencia a su propio traslado forzoso a la isla—. Lo importante ahora es que Simonetta está aquí, a un paso de redimir el pequeño desliz que cometió en el pasado, y yo pienso poner toda la carne en el asador para que así sea.» En el fondo, también estaba contento de volver a verla por el simple hecho de reencontrarse con ella. Simonetta siempre lo estimulaba, su sola presencia lo invitaba a vivir, le ilusionaba, aunque era plenamente consciente de que su *affaire* sentimental había terminado.

La doctora Brey salió del hospital convencida de que no tenía más opción que aceptar el ofrecimiento que Darío

Ferrer le ponía en bandeja de plata. ¿Cómo rechazarlo? Qué bien la conocía y qué bien había sabido llevarla a su terreno para, una vez allí, proponerle un trato tan goloso. ¿Lo había hecho tan solo para tenerla cerca? Confiaba en que no; cuando una puerta se cierra es mejor no volverla a abrir, el recuerdo de lo que contiene probablemente tendrá más valor si todo se queda tal y como está. Aunque había llegado engañada a la isla, su auténtica pretensión había sido encontrar la paz interior y exterior, no la exaltación ni la aventura. Y seguía convencida de ello, a pesar de que lo que acababa de oír de boca de Darío no le auguraba tranquilidad en absoluto. De la misma forma que salió de la reunión convencida de aceptar la tentadora propuesta de su antiguo compañero, también estaba segura de que no debía responderle de inmediato. Siempre estaría en deuda con él por todo aquello, eso estaba claro, pero al menos quería transmitirle que no era ninguna blandengue.

Se dirigió al único lugar que *a priori* le interesaba conocer de la isla y que debería haber visitado muchos años atrás, en compañía de su padre si el destino no hubiera sido tan implacable con él: al busto de Mateo José Buenaventura Orfila, padre de la Toxicología, natural de Mahón. Pidió que le hiciesen una fotografía con su móvil —detestaba el anglicismo *selfie*— para enviársela a su madre, que vivía en Milán. Era probable que ella no se acordara de aquel antiguo deseo del profesor Brey de retratarse al lado del maestro, pero Simonetta estaba dispuesta a recordárselo. Qué orgulloso se habría sentido de su hija, que había conseguido ser forense, como él. Si viviera, ¿la habría comprendido?, ¿habría alabado su proceder o lo había censurado, como habían hecho la mayoría de sus colegas?

Mientras recorría el camino de vuelta, tuvo ocasión de repasar todo el encuentro con Darío y el final de la conversación que mantuvieron antes de despedirse.

—Entonces, ¿tu mujer está bien?

—Sí, muy bien, aunque... ella no sabe lo tuyo, ya me entiendes.

—Quieres decir que no sabe que estoy en la isla.

—Exacto. Y es mejor que no se entere. Ahora estamos bastante bien, nos encontramos en una buena racha, y no me gustaría que la cosa se estropease.

—Por supuesto, yo tampoco quiero que piense nada raro ni que se muestre suspicaz. Imagino que esa es una de las razones por las que no quieres que nos vean juntos.

—Bueno... —Ferrer titubeó—, esa no es la más importante, pero sí una de ellas, claro. Ya la conoces.

«Claro que la conozco —pensó Simonetta—. Ahora bien, yo también me pondría celosa si otra se interpusiera en mi matrimonio. Loca no sé, pero celosa, sí.»

—Quédate tranquilo, no nos van a ver juntos. Aunque supongo que no tendré que disfrazarme o enclaustrarme en casa ni nada parecido... Algún día podemos encontrarnos las dos frente a frente en plena calle.

—No, por supuesto, no hace falta que te disfraces. —«Menos mal», pensó Simonetta con ironía—. Mercedes apenas sale de Mahón y tú vas a vivir en Ciudadela. Es difícil que os veáis.

¿Es que acaso Darío esperaba que la recién llegada permaneciera en una ciudad de veinte mil habitantes sin moverse? ¿Deliraba? Bastante reducida era ya la isla —cuarenta y ocho kilómetros de punta a punta— como para además pretender que ni siquiera pudiera recorrer a fondo esa pequeña superficie. «A ver si de verdad va a ser esto otra prisión —pensó al recordar la sensación que tuvo desde el avión al contemplar la isla en mitad de la noche. Por un momento le acudió a la mente la película *Alcatraz*—. Pues de eso nada —determinó—, no me puede impedir que me mueva a mis anchas tan solo para que no me encuentre con su mujer.»

—Ya, pero si por un casual coincidimos —le expuso, sin manifestarle lo que en realidad pensaba— algo tendré que decirle.

—Entonces explícale la verdad; la verdad referente a que trabajas de médico en Canal Salat, por supuesto, pero nada más. Y que te sorprende habértela encontrado, que no sabías que vivíamos aquí. Te despides de ella y santas pascuas.

Simonetta confiaba en no encontrarse con su mujer, desde luego, pero, llegado el caso, tanto Darío como ella tenían que darle, al menos, la misma versión. Era lo más comprensible. Todavía tenía la cabeza sobre los hombros y conservaba algo de prudencia y sensatez.

Tardó un poco en encontrar el supermercado y llenó el maletero con lo esencial para pasar los primeros días. Siguió las indicaciones de la cajera y, después de dar varias vueltas por otras tantas rotondas, por fin divisó su bonita vivienda al final de la calle. No tenía nada que ver con la impresión que le había dado la noche anterior, apenas iluminada por la débil luz de una farola. Era más que una simple casa: era, como las denominaban en el Mediterráneo, una villa de base cuadrada, pintada de un deslumbrante blanco inmaculado, con las puertas y las ventanas azules, y coronada por una gran terraza rodeada de una balaustrada con vistas al mar. Una pequeña joya.

Cuando llegue, pase por mi casa.
Pau

Por poco no vio la escueta nota que su casero le había dejado en una hoja de libreta, sujeta con una piedra, delante de la puerta de la tapia que cercaba el edificio, el jardín y el huerto.

«¿Qué querrá ahora este? —pensó contrariada—. Con las ganas que tengo de llegar, comer algo y descansar.»

Decidió descargar las provisiones para que los congelados no se estropeasen y, una vez que hubo terminado, pasó a casa del vecino. La puerta de la verja que bordeaba la pequeña parcela se abrió tan solo con bajar la manecilla, pero la puerta de madera que daba acceso a la vivienda estaba cerrada. Buscó el timbre por todos los lados, pero no fue capaz de encontrarlo. Al final, harta y con prisa, llamó con los nudillos a voz en grito.

—¡Señor Martí!

Enseguida le respondió el casero desde dentro y a los pocos segundos abrió la puerta.

—¿Dónde tiene el timbre, que no lo veo por ningún lado? —le preguntó intentando disimular su fastidio.

—No lo busque, que no lo encontrará. Un día se estropeó y yo ni me enteré. Al comprobar que no lo necesitaba, lo quité, aprovechando que iba a pintar la fachada. Y hasta hoy.

—¿Y si viene alguien a su casa?

—Aquí no viene mucha gente, pero los pocos que vienen ya lo saben y hacen lo mismo que acaba de hacer usted. Ningún problema. Por cierto, le ruego que no me llame señor Martí, con Pau tengo de sobra. Me gusta más, y si me tutea, mejor.

—De acuerdo, siempre y cuando usted también me tutee y me llame Simonetta.

Pau Martí le ofreció una vez más la mano para cerrar el trato. El hombre le cayó bien.

—No le digo que pase porque lo tengo todo manga por hombro, pero si espera un segundo, le saco lo que iba a darle. Siéntese ahí si quiere. —Pau señaló un banco de piedra adosado a la casa—. Está limpio. Ahora mismo vuelvo.

Simonetta obedeció, algo intrigada. ¿Le sacaría algún papel para firmar? Era un hombre, cuando menos, curioso. Bien por timidez, bien por desinterés, o quién sabe si por falta de costumbre, le costaba mantenerle la mirada a Simonetta durante los escasos minutos de conversación que, desde que se conocieron, habían mantenido. Llevaba la misma indumentaria que la noche anterior, o al menos eso le había parecido, aunque daba la impresión de que ese día tanto la camiseta como los vaqueros estaban recién planchados.

—Tome, para usted —le dijo Martí ofreciéndole una bolsa blanca de plástico que contenía algo.

—¿Y esto?

—Esto es una dorada recién pescada. Todavía está viva. Y esto es un poco de sal gorda, por si no tiene en este momento —le dijo señalando al interior de la bolsa.

—Ah, ya, ¡es usted pescador!

—¿No se lo habían dicho en la agencia?

—No, es que no fui yo quien llevó el trámite del alquiler. Lo hizo una amiga por mí.

—¿Sabe cómo prepararla?

—Creo que sí, no se preocupe.

—Entonces, ¡buen provecho!

4

—¡Hola! Soy Sergi, su enfermero.

La cabeza que asomaba por la puerta de comunicación entre las consultas de medicina y enfermería apareció sin previo aviso, como el personaje de un guiñol que se presenta ante el público a hurtadillas, de sorpresa y medio oculto por las cortinillas del escenario.

—¡Hola! Simonetta.

—La doctora Brey, ¿verdad?

—Sí, Simonetta Brey —respondió levantándose.

Se saludaron con dos besos. Sergi le sacaba al menos un palmo, era larguirucho y recto como un ciprés. De su cabello rubio sobresalía un importante flequillo ladeado retocado con mechas de peluquería, y de su rostro, una agradable sonrisa que embellecía aún más sus delicadas facciones. Se mostró natural y educado. Un encanto de chico. Si poseía maldad, la ocultaba muy bien.

—Ya sé que es nueva aquí, que viene de la península. Para todo lo que necesite, estoy a su disposición.

—Muchas gracias, Sergi, pero ¿no vamos a tutearnos?

—Usted por supuesto que puede y debe tutearme, pero yo prefiero seguir llamándola de usted. Es una manía mía, lo sé, espero que me la respete. Me siento más cómodo así.

—Como quieras, pero ¿de verdad que no te importa que te tutee? Eres tan joven que no me sale tratarte de otra forma.

—Aparento menos de lo que tengo, pero, por favor, yo sí quiero que me tutee.

Simonetta no insistió. Si él lo prefería así, no había nada más que hablar. Estaba acostumbrada a que en el juzgado la tratasen de usted, así que aquello no constituía ningún problema para ella.

—Tú sí que eres de aquí... Lo digo por el acento.

—Sí, nacido y criado en Ciudadela.

—Mejor, así podrás indicarme las direcciones de los pacientes cuando me toque ir a verlos a su casa.

—¡Claro! Y si es posible, podemos ir juntos, por eso no se preocupe. Le advierto que la gente está muy expectante con su llegada. La doctora que se acaba de jubilar llevaba veinte años en este turno. Los pacientes eran como de su familia. Tendrá que tener un poco de paciencia con ellos, porque esto es más o menos como un pueblo: nos conocemos todos. Por cierto, no sé de dónde ha salido que es usted italiana y hasta se ha comentado que no sabía hablar español, solo italiano y catalán.

Simonetta se echó a reír.

—Pues ya ves, sé hablar español a la perfección. Soy española, de madre italiana, padre español y con nombre de pila italiano, quizá de ahí haya surgido la equivocación. Pero si viene un italiano, hablaremos en su idioma, que, desde luego, también es el mío. Por mí, encantada.

«Lo que me espera», pensó.

—Me bajo a la sala de extracciones hasta las diez y luego subiré para empezar mi consulta.

—¿Antes puedes resolverme una duda de OMI?

La mañana anterior la había pasado en la consulta del director del centro, donde había recibido una clase práctica sobre el sistema informático que empleaban. Aun así, le había surgido el primer problema nada más encender el

43

ordenador. Sergi se lo solucionó al instante. Después, uno tras otro, la doctora Brey atendió a todos los pacientes que tenía citados en el primer tramo de la agenda, con un ritmo un tanto oxidado después de muchos años sin ejercer como médico de familia, pero con unos resultados mejores de lo que esperaba. «Lo que bien se aprende, tarde se olvida», decía con razón la doctora Crucelaegui, su tutora en los años que estuvo de residente.

Al poco de comenzar la consulta, había acudido al despacho para presentarse el médico con el que compartía sala de espera, Quique Coll, quien le había propuesto tomar un café en el momento del descanso, a media mañana.

—¿Ya has terminado? —le preguntó por teléfono.

—Con algo de retraso. Por suerte ha fallado algún paciente y he podido terminar a tiempo de tomar un café.

—Pues vamos a ello.

El mismo edificio que alojaba el centro de salud hacía las veces de ambulatorio de especialidades y tenía una pequeña cafetería que daba a la calle. Su compañero se encargó de pedir los cafés y de llevarlos a la mesa. Desde que se presentó, se había comportado de una manera muy caballerosa con Simonetta, como uno de esos galanes antiguos de las películas que, además de abrir la puerta a las damas, intentan complacerlas con palabras elogiosas, ademanes exagerados y sonrisas que parecen forzadas. Sin embargo, nadie lo había obligado a ser amable con ella, o así lo creyó Simonetta, que saboreó con gusto aquel café en compañía de un rollizo desconocido con bata blanca que intentaba por todos los medios caerle bien.

—SERGI, AHORA sí que te necesito —le dijo a su enfermero al finalizar las consultas presenciales.

—Usted me dirá, doctora.

—Tengo un aviso a domicilio y me estoy liando con el Google Maps.

—No se preocupe. La acompaño. ¿De quién se trata?

El paciente en cuestión vivía bastante lejos de Canal Salat, en medio del casco antiguo de Ciudadela. Era imposible llegar hasta allí en coche, según Sergi.

—Aparcaremos en la plaza de Es Born e iremos andando desde allí. Voy a por mi coche.

«¿Algún día me aprenderé todo esto?», pensó Simonetta, alucinada con el ir y venir de calles y rotondas.

La plaza de Es Born tenía una amplia zona azul para poder aparcar, y allí dejaron el coche. Simonetta quedó fascinada nada más poner el pie en el suelo.

—Espera, espera, Sergi. Déjame ver esta maravilla.

Un gran obelisco central dominaba toda la plaza, limitada en uno de los laterales por un imponente edificio con cierto aire oriental. «Es el Ayuntamiento», le comentó Sergi. Al lado contrario se sucedía una amplia hilera de casas señoriales, de mayor o menor rango, todas ellas pintadas en tonos ligeros —ocres, arenas, rosados—, desgastados y a la vez embellecidos por la pátina del tiempo, de la humedad y de la sal; una acertada combinación entre sencillez y distinción.

—Venga por aquí, a la muralla. Aún no ha visto lo mejor —le indicó el enfermero al comprobar lo que le estaba gustando todo aquello a Simonetta.

De uno de los extremos del edificio del Ayuntamiento nacía la antigua muralla que rodeaba la ciudad. Su altura superaba más o menos el metro y medio, lo que permitía asomarse para otear el paisaje que quedaba bajo los pies. Simonetta no podía creer lo que estaba viendo. El puerto antiguo se le aparecía de pronto ante los ojos, entrando sin vergüenza ni temor en la ciudad, escoltado por decenas de embarcaciones de recreo atracadas, con sus enhiestos palos, las velas, las banderas, los timones y los cascos, todas ellas mecidas por las aguas de aquel brazo de mar que, bajo el sol de mediodía, aun en invierno, brillaba con un vigor inusitado.

—Tiene que venir de noche o, mejor, al atardecer. Entonces el puerto sí que es bonito.

La pena es que no podían perder más tiempo. Estaban trabajando y el paciente los esperaba.

—Ya verá, es un matrimonio muy simpático. Viven solos y entre ellos dos se las arreglan. Bueno... la mujer es la que lleva la casa y cuida de su marido, que lleva una bolsa de colostomía. Son muy amables y muy agradecidos, muy buena gente. Viven cerca de aquí.

La mayoría de las casas del casco antiguo eran estrechas y estaban bastante bien conservadas. Todas ellas cubrían el cristal de la puerta de entrada o los de las ventanas del piso bajo con cortinillas blancas de hilo adornadas con vainicas y bordados, todas parecidas y todas diferentes entre sí, consiguiendo un efecto de uniformidad en el conjunto y de singularidad en cada hogar. Las calles, al igual que las viviendas, también eran estrechas y se entrecruzaban unas con otras sin orden ni geometría, aunque esa aparente anarquía se subsanaba con el silencio que las envolvía, con la pulcritud —casi brillo— de su centenario pavimento inmaculado y, sobre todo, con el sosiego que difundía, desde lo alto, el cielo azul.

—Esto es puro Mediterráneo —susurró Simonetta, casi para sí misma.

—Así es.

La puerta de la casa de Isidro Farnés estaba entornada.

46

—Vamos a pasar. Rosa la habrá dejado entreabierta para que no tengamos que llamar.

El enfermo estaba en la cama con dolor de espalda. Su mujer ya le había advertido que iba a visitarlo la nueva doctora.

—*Pa* ser médico, sí que es usted guapa, hostia —exclamó el hombre en cuanto la vio aparecer. Ni Sergi ni Simonetta pudieron evitar una sonora carcajada. Su mujer movió la cabeza.

—¿Eso qué... significa, Isidro, que las doctoras en general son feas? —bromeó el enfermero.

—No, no he querido decir eso —le respondió el hombre con picardía—, solo quiero decir que no había visto a ninguna tan guapa como esta.

—Bueno, bueno, Isidro, le agradezco sus cumplidos, pero tiene que contarme lo que le ocurre —intervino Simonetta.

—¿A mí? Nada.

—¿Cómo que nada?—le espetó su mujer—. Si has estado toda la noche en un *ay,* ¿y ahora que viene la doctora a verte le dices que no te pasa nada?

—Ah, bueno, un poco de mal en los riñones, pero se va pasando.

Antes de que la pobre Rosa perdiera la paciencia, Simonetta lo interrogó, lo exploró y le indicó el tratamiento pertinente. Su mujer le había comentado que estaba hasta el moño de que no se quisiera bañar y le rogó a la doctora que mediara para que consintiera hacerlo al menos un día a la semana. Ahora que acababan de quitar la bañera para colocar una ducha, no tenía ninguna excusa.

—Me dice su mujer que se pasa el día metido en la ducha, Isidro.

El hombre, en vez de contestar, rio.

—Vamos a ver, Isidro, ¿cuándo se baña usted?

—¡Cuando gana el Barça! —respondió rápido, riendo pillo.

—No sé si tenemos mucho que hacer —le dijo Simonetta a la mujer.

—Sí, ¡armarme de paciencia!

VOLVIERON A CANAL Salat pasadas las tres. Ya solo quedaban los que trabajaban en el turno de tarde. Simonetta abrió de nuevo el ordenador para anotar en el curso clínico su visita a Isidro Farnés y vio que tenía un mensaje en el correo interno del centro. Era de Quique Coll, que se ofrecía para lo que pudiera precisar fuera del trabajo y le facilitaba su número de móvil. No quiso anotarlo. De momento no quería ampliar su lista de amistades ni tenía ganas de complicarse la vida, y las intenciones de su vecino de consulta se veían a la legua. «Tiempo al tiempo —pensó—. Si me equivoco y no busca nada más que ser cordial con una compañera, entonces ya veremos.»

5

—¿Puede pasar un momento a mi consulta?

Estaba a punto de terminar su jornada de trabajo cuando Sergi la requirió. Tumbada en la camilla, con la espalda elevada, una mujer de entre cincuenta y sesenta años, un tanto esquelética, de melena lisa y morena a la altura de los hombros, piel bronceada y cutis arrugado, la aguardaba con expectación, observando la puerta a través de unos ojillos oscuros y vivaces. Su sonrisa no podía ser más franca, ni sus gafas de pasta más estilosas, ni su ropa más colorida. Simonetta se aventuró y se jugó consigo misma una mariscada a que era francesa. Su marcado acento se lo ratificó.

—Buenos días, doctora.

El enfermero le explicó que Séraphine tenía una herida «algo fea» en la pierna; quería que la doctora la viera por si era necesario pautarle un antibiótico.

—¿Cómo se la ha hecho?

—¡Ah! —respondió la mujer, sin perder ni un segundo la sonrisa—, yo soy una gran andarina algo alocada, doctora. Todos los días salgo por ahí a primera hora, al amanecer, por los sitios más insospechados, llámense caminos, callejuelas o incluso lo que ustedes llaman «campo a través». Ayer se me ocurrió la genial idea de coger el coche, acercarme al Cap d´Artrutx y caminar un buen rato entre las rocas con el mar a mis pies. ¡Maravilloso!, ¿conoce el lugar?

—No, no lo conozco, pero si usted me lo recomienda...

—¡Claro que se lo recomiendo! Además, tiene que ir antes de que aparezcan los turistas, con ellos ya no es lo mismo. Al amanecer y al atardecer. Esos son los mejores momentos: el faro, el mar, las rocas, el cielo... y una misma. Es una terapia muy potente. Se la recomiendo, aunque piense que no la necesita. Se acordará de mí. Pues bien —prosiguió la francesa retomando el tema que la había traído hasta allí, con evidente desparpajo, a pesar de que le costaba hablar con fluidez el español—, me caí. Debí de tropezar y me caí. En definitiva, no soy ninguna cabra, pero quise comportarme como una de ellas, saltando de roca en roca. Gracias a Dios no me rompí nada, pero me herí en esta pierna. No tenía nada para limpiar la herida y cuando llegué a mi casa me estaba esperando el albañil para colocarme unas piezas de esas de la pared del baño... ¿cómo se llaman?

—¿Azulejos? —le ayudó Sergi.

—Eso, ¡azulejos! *Très difficile, mon Dieu!* Bueno, pues no pude ducharme ni se me ocurrió lavarme la herida con agua y jabón porque ya no me dolía. Me olvidé de ella... hasta hoy. Y aquí estoy, con una herida fea, para que ustedes me digan qué es lo que debo hacer para curarla.

Simonetta observó bien la herida.

—De momento, ponle un antibiótico tópico y la cura habitual. Y la citas el lunes para curársela de nuevo, así vamos viendo la evolución.

—Muchas gracias, doctora. Ha sido usted muy amable. Espero que sigamos viéndonos.

—El lunes mismo. La dejo en buenas manos —dijo señalando al enfermero.

Simonetta cerró la sesión del ordenador y se quitó la bata. Tenía prisa. Momentos antes había recibido un mensaje de un número que no conocía y que había resultado ser del móvil personal de Darío Ferrer, que se indicaba que esa misma tarde iba a recibir en su casa un paquete con documentación importante. Aunque el mensaje no especificaba más, imaginó que el contenido del sobre tendría relación con los casos que se había comprometido a investigar. Dos días antes, Ferrer la había llamado —¡desde una cabina!— para preguntarle sobre la decisión que había tomado. Ellos, años atrás, cuando empezaron a trabajar juntos, aún habían empleado alguna de ellas para ponerse en contacto. Es más, en la intimidad —bastante ordinaria— de una cabina es donde se besaron casi de forma accidental la primera vez. ¿Habría sido capaz de buscar quizá la única cabina de la isla para recordárselo? En otros tiempos sí lo habría sido, sin duda alguna, pero en aquel momento, ¡bien habría madurado! Simonetta, ojiplática cuando oyó lo de la cabina, le había dicho que sí, que aceptaba la propuesta, pero tampoco le había querido dar más cancha, por si Ferrer caía en la tentación de ponerse pseudorromántico dentro de aquel habitáculo antediluviano.

En realidad, aunque jamás lo reconocería ante Darío, nada más oír la historia de las muertes de los médicos, tal y como se la contó él, con su vehemencia y su claridad de ideas, el gusanillo, como él supuso, le comenzó a picar. Qué caso más suculento. Y, además, en una pequeña isla. Además, las víctimas compartían profesión. Ilógico. Si se hubiera tratado de traficantes, por ejemplo, la cosa sería corriente, pero médicos... Todo aquello resultaba interesante.

—¿Qué tal? ¿Has terminado? —Quique Coll apareció de nuevo por su consulta, atildado, sin la bata, con una americana ancha bastante pasada de moda y el pelo recién acicalado, bien peinado hacia atrás, exhibiendo todavía más sus rubicundos mofletes.

—Sí, ahora mismo. Me voy a casa pitando.

—Un fin de semana por delante —prosiguió Coll mientras bajaban por la escalera.

—Sí —respondió Simonetta con una sonrisa de circunstancias.

—¿Algún plan?

—Por el momento, la única intención que tengo es descansar y estudiar un poco.

—Bueno... pero el fin de semana es largo y da tiempo para todo. Ya sabes, un vinito, una tapita... Si te aburres, yo voy a estar libre, solo tienes que llamarme o wasapearme.

Su compañero parecía buena persona, pero era de una pesadez colosal.

—Muchas gracias, Quique. Si me aburro, te llamaré. —Nada más terminar la frase se arrepintió de la brusquedad con que la había pronunciado, pero ya no había forma de arreglarlo, porque Coll acababa de meterse en su coche. Mejor así. Durante el café había intentado por activa y por pasiva saber dónde se alojaba Simonetta, cuál era su domicilio en la isla, pero ella, sin mentirle abiertamente, le había dado largas. Era capaz de presentarse en su casa con alguna excusa ridícula.

Sobre las cinco de la tarde llegó un mensajero con un sobre remitido por Ferrer. Desde la cabina le había adelantado que, en vez de mandarle una copia electrónica de las autopsias y de los informes de las muertes de los médicos, lo haría a través de duplicados en papel para no que quedara constancia en su correo.

Aquí te mando los informes de los casos y los de las autopsias. Para que vayas abriendo boca.

EL CIELO ANDABA oscuro y en las noticias de la radio habían anunciado lluvia. Mejor. El fin de semana que tenía por delante lo dedicaría a estudiar al milímetro todo el material. Era un buen plan. Mientras apuraba los últimos sorbos del café, vio a través de la cristalera de la terraza a tres chicos desvistiéndose en una de las rocas altas de la cala. Parecían contentos y uno tras otro se tiraban de cabeza al agua que, por momentos, cambiaba de color, del turquesa al azul ultramar, bajo el manto inexorable de las nubes. Subían de nuevo a la roca más alta, primero por una escalerilla y después trepando, para volver a lanzarse una y otra vez, riendo, jadeantes. Eran la viva imagen de la felicidad.

Las primeras gotas no los hicieron desistir de su juego, pero cuando arreció corrieron en fila, la ropa calada en la mano, hasta la casa de Pau. Abrieron la puerta de la valla y se refugiaron temblando bajo la cornisa que daba acceso a la vivienda. Simonetta supuso que el dueño no estaba: ni había luz ni salió ante el bullicio que provocaban las risas de los muchachos. Dudó si ofrecerles cobijo, pero antes de que le diera tiempo a salir echaron de nuevo a correr, ya vestidos, en dirección a la carretera principal. Los envidió.

6

Como Darío le había explicado, el sobre que había recibido contenía varios documentos relacionados con la muerte de los tres médicos. Simonetta se lo tomó con calma. Tenía todo el fin de semana por delante, el tiempo suficiente para leerlo con detalle e intentar sacar las primeras conclusiones.

El primero de los fallecidos, Vicente Bort Chuliá, era natural de Valencia, tenía sesenta y siete años, y residía en la misma ciudad. Había sido jefe de servicio de Radiodiagnóstico del Hospital La Fe, estaba divorciado, sin pareja conocida, y era padre de dos hijos varones, médicos como él, uno cardiólogo y otro intensivista. La familia había declarado a la policía que desde que se había separado de su mujer apenas viajaba solo, exceptuando los viajes para asistir a congresos profesionales. Sin embargo, a raíz de su jubilación, decidió visitar la isla. Llegó a Menorca el 11 de septiembre, se alojó en el hotel Tres Àngels de Ciudadela, alquiló un coche y el día 15 de septiembre un payés lo encontró muerto en un camino rural, el Camí des Alocs. Lo habían visto salir del hotel sobre las once de la mañana y después se había perdido su pista. La autopsia databa su fallecimiento a las 15.00 horas. Simonetta la leyó detenidamente: no había indicios de muerte violenta y tampoco reflejaba ninguna lesión ni enfermedad que justificasen el fallecimiento.

El segundo caso se trataba de un matrimonio residente en Santander. Ella, Joaquina Cortés Fernández, de sesenta años, era natural de Ávila y regentaba un negocio de decoración en el centro de Santander junto a su socia. Él, José Luis Revuelta Arce, de sesenta y nueve años, había nacido en Colindres, una pequeña localidad cántabra, y se había jubilado tres años antes. Había sido jefe de servicio de Ginecología del Hospital de Valdecilla. No tenían hijos. Sus sobrinos declararon que les gustaba mucho viajar y que eran muy buenos nadadores, tanto en la piscina como en mar abierto. Llegaron a la isla el día 13 de octubre, se alojaron en el hotel L´illa de Ciudadela y alquilaron un vehículo. Los encontraron flotando en las aguas de Son Bou el día 15 a las 19.00 horas. Ese día nadie los vio abandonar el hotel. La autopsia del varón tampoco orientaba hacia la causa de la muerte; en la de la mujer se observaba que era portadora de una prótesis mitral metálica, aunque no aparecían signos de que hubiera fallecido por un fallo de la misma.

El tercero de los médicos fallecidos, Carlos Lladró Gisbert, tenía setenta y seis años. Era natural de Amposta, Tarragona, donde había vuelto a residir después de su jubilación como jefe de servicio de Oncología Médica del Hospital Valle de Hebrón de Barcelona diez años antes. Era viudo, sin pareja conocida y padre de una hija enfermera. Había llegado a la isla el 4 de enero tras pasar el resto de las navidades con su hija y su yerno en la casa familiar de Amposta. Le gustaban los viajes organizados, pero en aquella ocasión decidió hacerlo solo. Se alojó en el hotel Arena de Ciudadela, donde alquiló un coche, y apareció muerto en el Lazareto de Mahón a los tres días de su llegada, el 7 de enero, tras haber hecho una visita turística al lugar. Una de las empleadas del hotel recordó haberse despedido de él antes de que saliera hacia el lazareto, sin percibir nada raro en su aspecto o su comportamiento. En la autopsia se evidenció un pequeño tumor de aspecto maligno en la vejiga, pero no había rastro de metástasis y era imposible que estuviera relacionado con aquella muerte fulminante.

Aun obviando las autopsias y los frágiles informes, estaba claro que las muertes tenían relación entre sí, al menos las de los médicos. Las coincidencias eran evidentes: compartían profesión, estaban jubilados, habían ostentado los máximos cargos en sus respectivas especialidades en los mejores hospitales de España, todos ellos públicos. Para viajar a la isla los tres habían elegido fechas con escasa afluencia de turistas, se habían alojado en Ciudadela y habían alquilado coches. Además, se trataba de tres hombres. En ninguna de las tres autopsias —lamentables, por cierto—, se había constatado la causa de la muerte. Aquello era algo más que una premonición. Pero ¿por qué? ¿Y quién? Simonetta se hacía cruces por que los compañeros de Ferrer hubieran dado carpetazo al tema, ya que los visos de criminalidad eran evidentes.

He leído los papeles. Llama cuando puedas.

No quiso ser demasiado explícita en el wasap, pero añadió la primera frase por si caía accidentalmente en manos de la mujer de Ferrer; al menos así él podría explicarle que el mensaje se refería a un trabajo en común y no a que hubieran vuelto a verse. Esa vez, el comisario la llamó con su propio teléfono, desde el vestuario del gimnasio, antes de jugar su partida de pádel dominical.

—Espera un segundo, que salgo fuera. —Ya en la calle, a salvo de testigos, prosiguió—. Sí; como bien dices, las autopsias son nefastas. No podemos culpar al médico que las practicó: no fue la forense titular, que estaba de baja por amenaza de parto, sino un médico que la sustituye cuando ella falta, un pobre diablo que se ha ganado la vida de acá para allá, apañando huecos en mutuas, sustituyendo lo que nadie quiere y sacando adelante malamente una consulta privada de medicina general llena de polvo. Nos hace el favor de abrir el cadáver y firmar el informe después de haber hurgado en cuatro órganos. El día que se jubile, dentro de dos telediarios, aquí no va a venir ni dios a trabajar por cuatro perras media docena de días al año. Es lo que hay.

—Lo suponía. Además, para más inri, todos los cadáveres están hechos chamusquina.

—*Efectiviwonder*. No sabes la manía que les ha dado a todos con esa moda del cadáver churrasco.

Simonetta suspiró.

—No lo tenemos fácil.

—¿Acaso a nosotros nos va lo fácil?

—De vez en cuando no viene mal.

—Bueno, pues ahora no toca, y además es un aburrimiento. Lo fácil nos lo merendamos tú y yo en una tarde. ¿Te imaginas que solucionamos el caso en una tarde? ¿Y después? ¿Te subes en un avión y hasta la vista? De eso nada. A discurrir y, sin prisa ni pausa, a atar cabos y desarrollar la premonición.

—Supongo que no se llevó a cabo el seguimiento de los móviles de las víctimas las horas previas a su muerte. En los informes no queda reflejado.

—No se hizo, pero puedo intentarlo. No de manera oficial, porque los casos ya están cerrados, pero sí acudiendo a «instancias extraoficiales», que las hay y siempre viene bien tenerlas en cuenta.

—¿Se investigó la vida de cada una de las víctimas, por ejemplo, su trayectoria profesional, para comprobar si tenían algo en común?

—Uno de mis colaboradores indagó en internet todo lo referente al currículum de los médicos, pero no encontró nada importante. Cada uno tenía sus propios méritos académicos, algunas publicaciones científicas y una serie de asistencias a congresos propios de su especialidad. No se hallaron coincidencias.

—¿Habían estado con anterioridad en la isla?

—Uno de ellos sí, Carlos Lladró. Lo declaró su hija cuando vino a reconocer el cadáver. Su padre lo había mencionado alguna vez de pasada, pero ella no recordaba las circunstancias ni si se había tratado de un viaje de placer o de trabajo. ¿Alguna pregunta más? Mi pareja... —dijo Ferrer, con tono afeminado—me está esperando.

—Nada más, señor comisario. No defraude a su pareja. En cuanto pare de llover iré a visitar los lugares donde hallaron los cuerpos, a ver si encuentro algo. He visto en internet que en temporada no vacacional solo enseñan el Lazareto si lo solicita un grupo. Igual tienes que buscarme gente de relleno.

—Ya veré cómo te lo soluciono. De momento, empieza por los otros sitios.

—¡A sus órdenes, jefe! —le replicó con retintín Simonetta. Cómo le gustaba mandar. Y qué poco le gustaba a ella obedecer.

Durante los diez días siguientes no paró de llover. Simonetta los aprovechó para centrarse en su nuevo trabajo como médico y en ir indagando por las redes cuanto pudiera encontrar sobre las tres víctimas. A través de las cristaleras y de la cortina de agua veía ir y venir a Pau Martí. Salía y entraba de su casa a todas horas, seguramente debido al mal tiempo, que le impedía navegar. Estaba claro que era un hombre activo.

—¡Pau! —lo llamó desde una de las ventanas que daban a la calle.

—¿Sí?

—Tengo que hablar contigo.

—Ahora paso.

Por supuesto, Martí no utilizaba paraguas. Llevaba un grueso impermeable amarillo de los que, al menos en las películas, usan los pescadores en los barcos, y un gorro verde amarrado con una tira debajo de la mandíbula. En vez de entrar a la casa, se quedó abajo con la vista levantada hacia Simonetta. A ella no le quedó otra que asomarse un poco, aun a riesgo de mojarse.

—¿Sabes dónde puedo comprar un traje de neopreno?

—¿Un traje de neopreno? ¿Puedo preguntarte para qué lo quieres?

—Hace unos días vi a unos muchachos tirándose desde esas rocas al mar. Me han entrado ganas de hacer lo mismo, pero me conformaré con nadar un rato hasta la entrada de la cala. Necesito un neopreno, no quiero morir de hipotermia.

—No hace falta que lo compres. Creo que mi hermana debe de tener uno por ahí que apenas ha usado. Ya te lo buscaré, creo que puede irte bien.

—Perfecto. Y también quería pedirte un favor.

—Tú me dirás.

—Que pongas a punto la Honda. Yo pagaré los gastos del taller.

—Hecho.

Ella desde la ventana y él desde la calle apañaron la charla en menos de cinco minutos.

«A eso se le llama no andarse por las ramas —pensó divertida Simonetta ante la parquedad de su casero—. ¿Para qué más?»

A LOS DIEZ días, la lluvia cesó. Pau Martí se había encargado de dejarle el traje de neopreno de su hermana, que le sentaba de maravilla, y de llevar la False Honda XL 650 V al taller. Mientras tanto, las curas diarias a Séraphine y la simpatía de la francesa habían ablandado a Simonetta, que había aceptado una invitación para cenar en su casa.

—Estaremos unos pocos amigos. Son todos gente rara como yo, pero no se asuste, nadie se meterá en su vida, entre otras cosas porque todos tenemos un pasado y a ninguno nos gusta que se entrometan en él. Bueno, lo que le acabo de decir no es del todo exacto, porque a mí no me importa contar mi vida. Soy un libro abierto, en realidad, pero a los demás... no les gusta, o al menos a mí me lo parece —le explicó.

Cuando Séraphine abandonó la consulta, Sergi le contó que era decoradora y que llevaba unos cuatro años en la isla.

—Es un encanto de mujer. No viene mucho por aquí, pero cuando aparece es el colmo de la educación y de la cordialidad. Da gusto trabajar con pacientes como ella. Dicen que compró su casa por internet, sin haber pisado nunca la isla; no sé si será verdad.

Él también era un chico encantador, como trabajador y como persona. A Simonetta le estaba facilitando mucho su incorporación al centro.

«Acaban de llamarme del taller para decirme que la moto está ya puesta a punto», decía un mensaje de Pau Martí cuando estaba anocheciendo.

«Parece que se hayan compinchado las nubes y los mecánicos. Muy bien. La estrenaremos.»

«Lo mejor sería que fuéramos juntos en mi Vespa y luego cada uno se trae la suya. El taller está un poco lejos para ir andando hasta allí.»

«Vale. ¿Cuándo vamos?»

«Ahora mismo.»

Martí sacó del cobertizo de su vivienda la vieja Vespa azul con la que iba y venía a todas partes. Simonetta, con la misma ropa de estar por casa, se plantó un chaquetón de estilo marinero encima, al que, sin saber por qué, le tenía mucho cariño, y se subió en la moto. Hacía tiempo que no iba de paquete, y menos con un extraño. Primero se agarró al asa metálica del asiento, dejando un mínimo espacio entre conductor y carga, pero con tanta rotonda se sintió insegura y al final se decidió a rodear la cintura del pescador, sin poder evitar que su cuerpo se acercara al de él. Al subirse, justo antes de ponerse el casco, había percibido que el pescador se había perfumado discretamente, tal vez con agua de colonia o desodorante, y ahora, rozándole, moviéndose al unísono los dos en cada curva, sintió su calor y su masculinidad. Le agradó. Había pasado mucho tiempo sola, sin un hombre cerca.

EN EL TALLER, la Honda estaba lista. Quim Gascón, el mecánico, un hombre afable y con cara de avispado, no quiso cobrarle a ninguno de los dos.

—Con que me traigas la primera langosta de la temporada, *arreglao*.

Se dieron la mano y un golpe en el hombro.

—¿Aquí aún funciona el trueque? —preguntó Simonetta divertida.

—No... Bueno, sí —respondió Martí riendo—. En mi caso, sí, pero seguramente seré el único en toda Ciudadela que lo emplea. Todos quieren el mejor pescado y cada vez escasea más, así que recurren a mí y, como soy legal y no quiero que me paguen dinero negro, me dan lo que tienen.

Nadie nos puede acusar de nada y yo duermo tranquilo todas las noches.

—Buen sistema. Igual lo pongo en práctica.

—Es lo mejor, el dinero solo da problemas. Bueno, ahora, a probarla —la invitó Martí señalándole la moto.

—¡En ruta!

7

Séraphine Bardot vivía en el casco antiguo de Ciudadela. Sergi le había contado que era propietaria de un negocio de decoración, un pequeño local llamado La Maison de Séraphine situado en la calle que bajaba hasta el puerto. «Ella no vive allí. Allí tiene su negocio, donde atiende a los clientes y dibuja los proyectos. Un día me dijo que en realidad era arquitecta, que había tenido un gran estudio de arquitectura en París que le iba viento en popa, pero que lo había dejado y se había mudado aquí para dedicarse solo a la decoración.» Simonetta, que ya empezaba a conocer la ciudad, aparcó en Es Born y se dirigió a pie hacia la casa de la francesa. Por la mañana, como era sábado, había aprovechado para comprarse algo de ropa. Casi todas las tiendas permanecían cerradas hasta la temporada turística y tuvo que pagar una barbaridad por un vestido en The Room, una de las pocas que estaban abiertas. De todas formas, había merecido la pena; el vestido era precioso y no quería causar mala impresión con lo poco que había llevado en la maleta.

Localizar una dirección en el casco antiguo tenía su intríngulis y Simonetta se negaba a caminar dirigida por un robot de bolsillo, así que puso en marcha sus propios recursos y comenzó a recorrer el camino que acababa de memorizar antes de salir de su casa: carrer Major des Born, Ses Voltes, carrer de Sant Josep, carrer de Sant Cristòfol... y todo ello con una luz tan escasa que apenas distinguía el nombre de las calles. Además, avanzar sobre el adoquinado cada vez más irregular encima de aquellos tacones le hacía sentirse torpe y un tanto ridícula. «Los tacones hay que saber llevarlos, si no es mejor no ponérselos», le decía su madre, que hasta los setenta años no había ido jamás sobre un zapato plano. Menos mal que apenas pasaba gente y que en las casas solo se oía de cuando en cuando el sonido de la televisión a través de alguna sala del piso bajo.

La mayoría de las modestas fachadas estaban pintadas de blanco, otras de color vainilla y algunas de un tono rojizo. Tanto las puertas de entrada como los marcos de las ventanas lucían todos de color verde menta y, ocultando la vida de su interior, las cortinillas de hilo que tanto le habían gustado, sencillas y laboriosas, mostraban el gusto y refinamiento de cada dueña.

Divisó la casa desde lejos. O mejor, la adivinó. Destacaba de entre todas por la simplicidad y, sobre todo, por el color, un intenso amarillo azafrán que se distinguía incluso a esas horas con la débil luz que proporcionaban las farolas. Y tampoco era gran cosa, al menos desde fuera, donde solo se apreciaba una pared no muy alta, de superficie irregular, que hacía esquina con una estrecha puerta y dos ventanucos de diferentes medidas emplazados al azar, como si el albañil se hubiera jugado a las cartas bajo la influencia de Baco el lugar donde debía situarlos. «Tiene que ser la casa de Séraphine —pensó—, bohemia, colorista y singular, como ella.» Al menos esa sí que tenía timbre.

—¡Oh, *ma chérie* Simonetta, adelante, adelante! ¡Bienvenida a mi hogar!

—¡Vaya! —Nada más entrar, le sorprendió, un poco ladeado a la izquierda, un auténtico burladero de madera con un capote de torero colocado encima.

—¡Ah! ¡Me encanta la fiesta! ¡Soy una amante de la fiesta de los toros! No paré hasta que encontré este burladero en un anticuario de Palma. *C'est magnifique!* ¿No cree? A todos mis amigos de París les encanta hacerse fotos junto a él. Dicen que es el sitio más *chic* de toda la isla. Pero pase, por favor; los demás invitados ya están aquí.

Simonetta estaba un poco nerviosa. La francesa era una mujer original y tremendamente afable, pero una cosa era tratar con ella en la consulta, de médico a paciente, y otra entrar en su casa y en su vida. Le dio pereza continuar. ¿Para qué conocer a nadie más? ¿Y si empezaban a preguntarle sobre su pasado? ¿Tendría que tragarse las neuras de un puñado de desconocidos? ¿Cómo se había dejado atrapar en la red de aquella peculiar mujer? Tal vez por curiosidad: las casas de los decoradores siempre merecían la pena. En todo caso, allí estaba, a punto de salir al ruedo. No le faltaba ni el burladero.

Séraphine la condujo a un espacioso salón con dos alturas separadas por tres escalones en el que no faltaba de nada: varios sofás de otros tantos colores con un montón de cojines de seda de estampados fabulosos, lámparas de pie, otras sobre mesitas, diferentes alfombras cubriendo la totalidad del suelo, una docena de cuadros de pintura con pinta de ser valiosos adornando las paredes y una enorme estantería repleta de libros antiguos en la que se apoyaba una vieja escalera de payés que casi rozaba el techo. En uno de los extremos de la zona más elevada, una imponente mesa de comedor de madera oscura con ocho sillas torneadas esperaba a los convidados, dispuesta con un mantel de lino crudo bordado en tonos ocres y una vajilla azul y blanca. Frente a la puerta de entrada, otra puerta de madera acristalada se abría paso hacia un precioso patio interior iluminado. Cada uno de los múltiples objetos del espacioso salón pertenecía a un estilo diferente, desde el más clásico al más vanguardista, alternando con detalles típicos de la isla. El conjunto, la combinación de aquellos objetos tan dispares, lograba conformar un espacio de innegable armonía y buen gusto.

De pie, frente a la amplia cristalera que daba al patio, charlaba un grupo de personas.

—Queridos, os presento a la doctora Brey, es nueva en la ciudad.

Se giraron hacia ella y la anfitriona los fue presentando: Margalida Fullana, Toni Sagrera, Francesc Fernández... y Quique Coll, su compañero en Canal Salat.

—Doctora Brey —le dio la bienvenida inclinándose para besarle la mano.

—Vaya sorpresa.

—Ya ves, esto es un pueblo.

Los demás la saludaron con un apretón de manos, excepto Sagrera, que, antes de que Simonetta se la ofreciera, le lanzó un gesto con las suyas como queriendo decir «lagarto, lagarto».

—Yo a los médicos... bien lejos. Ya me perdonarás, pero... bien lejos.

—Hombre, Toni, no seas tan maleducado —le espetó Coll.

—Al único médico que tengo que tragar es a ti, porque no me queda otro remedio. Contigo tengo de sobra —dijo queriéndose hacer el gracioso. Sin embargo, a Simonetta no le hizo ninguna gracia. Habría querido ser lo bastante valiente para dar media vuelta y salir por donde había entrado.

—Toni es muy gracioso, ¿verdad? —intervino Séraphine intentando disculpar a su invitado.

—Sí, es verdad; hace tiempo que no coincidía con nadie tan gracioso como él —le contestó Simonetta, con fingida, y muy bien fingida, cordialidad.

Llamaron a la puerta y, mientras Séraphine salía, Coll, en dos minutos, la puso al corriente de la vida de cada uno de los invitados. Margalida trabajaba en la recepción de un hotel, Francesc era un pintor catalán que vivía en la ciudad desde hacía nueve años y el «gracioso» del grupo era un rico propietario de tierras y negocios.

—¡Hola a todos!

Acababa de llegar el último invitado, el mayor de todos y, sin duda, el más jovial.

—Norberto Blasco —se presentó con voz potente, como quien se anuncia ante un general del ejército—, propietario del Imperi, el mejor café de las Baleares. Te lo digo —prosiguió en voz baja y al oído de Simonetta— antes de que el alcahuete de Quique se cuelgue la medalla de saberlo todo y contarlo. Bueno —dijo elevando de nuevo la voz y mostrando una bolsa de papel—, aquí os traigo a todos, también a la nueva, un regalito.

Blasco comenzó a repartir un libro idéntico a cada uno.

—Es una novela que ha escrito mi primica. Así le hago gasto. Es médico, como tú —le hizo saber a Simonetta—. ¿La conoces?

—¡Claro que la conozco! ¡De Alcañiz! ¡Trabajamos juntas en Urgencias del Hospital de Tudela! ¡Vaya casualidad!

—Pues con más motivo tienes que leerlo, porque te va a gustar. Aunque nunca vas a saber el auténtico desenlace. Yo soy el único que lo conoce porque lo escribió a mano en mi libro.

Por suerte, aquel hombre era un encanto.

—¿Cómo has venido a caer en esta reunión si somos todos una panda de taraos? —le dijo mientras se sentaban en uno de los sofás—. Somos una cuadrilla de corazones solitarios y solo sabemos hablar de lo mal que nos tratan nuestros o nuestras ex —añadió subrayando los posesivos—. ¿A que soy moderno, Margalida? Es que nosotros y nosotras otra cosa no, pero modernos y modernas somos un rato, ¿verdad, Margalida? Pero ¿cuándo nos sacas la cena, Serafina?

—Estoy esperando a que me la traigan del Tokyo.

—¿Va a venir Ferran?

—No creo, suele mandar a algún camarero con la moto.

Le explicaron que el Tokyo era un restaurante japonés que estaba triunfando en Ciudadela.

—Es de los pocos buenos que no cierran en invierno —le dijo Séraphine—. No sé por qué los buenos establecimientos ignoran a los que vivimos aquí todo el año. No hay derecho, solo piensan en los turistas. Yo solo cierro mi tienda el mes de noviembre.

Por fin llegó la cena, se sentaron a la mesa y degustaron un menú bastante frugal.

—No me extraña que ella esté así de delgada —le dijo Norberto a Simonetta en voz baja—. Cuando llegue a casa, ya puedo hacerme un par de huevos fritos.

—¡Franceses! —añadió Simonetta siguiéndole la broma.

A un lado tenía al simpático Norberto y al otro al plasta de Coll, que, por cierto, no hacía más que rellenarle la copa de vino blanco.

Durante la cena le fueron preguntando lo previsible: por qué había recalado allí, de dónde había venido... y ella contestaba lo que quería, lo mismo que les había contado a sus compañeros del centro de salud.

—¿Sabes que he decorado tu casa? —le dijo Séraphine.

—¿Mi casa?

—Sí, la casa de Pau. La decoré antes de que la pusiera en alquiler. Tú la has estrenado.

—¿Vives en casa de Pau Martí? —le preguntó Toni Sagrera, dirigiéndose a ella por vez primera en toda la noche.

—Sí —le contestó, escueta.

—¿Pero ha alquilado su casa o la villa? —esa vez la pregunta iba para la francesa.

—La villa, por supuesto. Es una auténtica joya. ¿Te gusta cómo ha quedado?

—Claro que me gusta —respondió Simonetta—. En realidad, me extrañó que ese hombre pudiera tener tanto gusto.

—Pues, aunque te extrañe, Pau lo tiene.

—Sí —le replicó Sagrera—, el gusto de un pescador. ¿Y te ha pagado la decoración?

—¡Claro que me la ha pagado! Yo le he decorado la casa y él me surte de pescado. *Très facile!*

—Ya me extrañaba.

—Por cierto —intervino la anfitriona—, acabo de recordar que todavía tengo las llaves de la villa. No me gusta tener llaves de ningún cliente, ni siquiera de mis amigos, y mucho menos cuando he concluido una decoración y la casa ya está habitada. Supone una gran responsabilidad. *Ma chérie,* haz el favor de recordármelo cuando te vayas; te las doy y te arreglas tú con Pau.

—Tú no quieres tener las llaves de nadie —la interrumpió el pintor— y, sin embargo, te empeñas en que todos tengamos las tuyas.

—Eso es diferente, Francesc —le respondió—. Yo me fío de mis amigos porque para mí lo material carece de la más mínima importancia. Podéis robarme sin ningún tipo de miramiento, ¿se dice así? Porque si lo hacéis, será por necesidad. Yo me siento muy segura sabiendo que si enfermo o me atracan o padezco una de esas eventualidades que de pronto aparecen en la vida, cualquiera de vosotros vendrá a socorrerme. Porque vendréis, ¿no es así? —preguntó con exageración.

—¡Pues claro que iremos! —exclamó Norberto—. Y menos mal que tenemos las llaves de la casa, porque con las ventanicas que tienes, como no te salve un gato...

—Me da tranquilidad y seguridad —continuó Séraphine dirigiéndose a Simonetta—. Te parecerá un comportamiento absurdo, pero antes de instalarme en Menorca jamás había vivido sola. Me ha costado acostumbrarme, pero ahora soy feliz —concluyó divertida.

—La doctora Brey debería hacer lo mismo —dijo Quique Coll.

—Claro —lo cortó Blasco—, y ser tú el acompañante. Olvídate de este tunante —le dijo a Simonetta—, no pierde ocasión. Si quieres unas llaves, Quique, ya te daré las de mi casa y cuando pliegues de la consulta me pasas la mopa.

La carcajada fue general.

—¿Estás contenta en el trabajo? —le preguntó Francesc. Hasta ese momento solo se había dedicado a hablar de la exposición que estaba preparando.

—De momento, sí, sobre todo con los compañeros. Tengo de enfermero a un chico que es una delicia, Sergi Pons. En los pocos días que llevo aquí le he cogido mucho cariño.

—¿Quién es, el hijo de Octavi Pons? —preguntó Sagrera a Quique.

—Sí, el pequeño.

Cuando terminaron de cenar, Séraphine puso música. Era algo oriental, como la barrita de incienso que acababa

de encender. Se sentaron alrededor de los sofás en pequeños grupos y la anfitriona les ofreció té, *carquinyoles* y algún que otro licor. Francesc, el pintor, salió al patio a fu-
mar. Margalida se sentó cerca de Simonetta. Era alta, algo
mayor que ella. Tendría unos cuarenta años y lucía una
buena figura, a pesar de que la ocultaba bajo un pantalón
ancho de rayas grises y una casaca lisa del mismo color.
Llevaba el pelo corto como un hombre, con bastantes ca-
nas, y ni una gota de maquillaje ni de adornos; sin embargo, era una mujer elegante. Y algo enigmática.

—¿El hotel donde trabajas está en el casco urbano de
Ciudadela o en alguna de las calas? —No es que la respuesta le importara mucho, pero de algo tenían que hablar
y la otra no decía nada, solo bebía algo en un vaso y parecía disfrutar de la música, un tanto aburrida.

—El Tres Àngels está en pleno casco histórico. Si pasas
por allí, entra. En temporada baja tenemos pocos clientes.
Te lo enseñaré, es muy bonito.

Simonetta recordó que era precisamente el hotel donde
se había alojado uno de los médicos asesinados.

—Me gustan mucho los hoteles con encanto. Te tomo la
palabra.

A Séraphine no le gustaba trasnochar y, como todos lo
sabían, muy pronto levaron anclas. Al despedirse, tanto
Coll como Blasco se ofrecieron a acompañar a Simonetta.
Toni Sagrera iba hacia la dirección de la casa de Margalida
y Francesc se había marchado solo. La noche era algo hú-
meda. Simonetta no tenía un buen abrigo que combinara
con su flamante vestido y tan solo llevaba una americana
negra sobre los hombros.

—Vamos a hacer un cambio —le dijo Norberto—. Tú
me dejas tu americana y yo te dejo mi chaquetón. Me apetece ir elegante.

—¿Y si te constipas?

—Entonces, tú me curarás.

Lo dijo con tanta gracia y sinceridad que Simonetta aceptó. Sin apenas enterarse llegaron a la plaza de Es Born.

—Ahí está mi coche.

—Y ahí mi café —señaló Norberto—. Cuando quieras estás invitada, serás bienvenida.

—¿Allí también van los corazones solitarios?

—Sobre todo los solitarios, pero dejamos un hueco para los demás, no sea que nos envidien y, encima, nos echen mal de ojo.

Volvieron a intercambiarse las prendas y Simonetta entró en el coche.

—Doctora Brey —le dijo Coll—, yo la escolto. Iré detrás de usted con mi coche hasta que llegue sana y salva a casa.

—Por supuesto que no, Quique, ni se te ocurra. Conozco el camino de sobra, no necesito que nadie me escolte. Muchas gracias, pero no hace falta.

—No insistas, Quique, ya ves que no quiere —intervino Norberto—. Ven al Imperi y nos tomamos la última copa.

8

¡Libertad, emoción, energía...! Difícil de explicar con palabras. Había añorado tanto su Kymco... Pero, en fin, al menos ahora tenía la Honda de Pau. El domingo había amanecido soleado, pero aquello daba igual; aun estando nublado la habría conducido, por supuesto. A media tarde, su hora preferida para montar en moto, se lanzó a la carretera hasta el último kilómetro, hasta que se acabara, sin consultar mapas, ni rutas, ni Google... *Niente! Che felicità!* Veía acebuches y pinos; veía vacas y garcetas sobre los prados; veía suaves colinas, mucho más verdes de lo que había imaginado; veía el asfalto abrirse ante ella como una serpenteante cinta imantada. Y lo olía, y oía el motor, y se dejaba conducir, porque era él quien le marcaba la ruta. *Che grande felicità!*

Y llegó al final de la carretera, que era más o menos el final de la isla, y volvió. Entonces decidió que debía localizar lo que andaba buscando. Y lo encontró: Camí des Alocs. Castell de Sta. Águeda. Siguiendo las indicaciones del cartel señalizador, se desvió por una salida que nacía a la derecha de la carretera. Buen papel el de la Honda para poder recorrer todos aquellos caminos.

El informe de la policía ubicaba la localización de la primera víctima en el Camí des Alocs, uno de los muchos caminos rurales que vertebraban la isla. La mayoría partían de la carretera principal, que atravesaba Menorca de oeste a este como una espina de pescado, y llegaban por el norte y por el sur hasta la costa como espinas secundarias. Todo el paisaje del interior era similar, con numerosos arbustos e infinidad de muros de pared de piedra seca de un metro de altura que dividían los campos. Cada propiedad contaba con una sencilla puerta de idéntica altura que el muro formada por unos cuantos travesaños de madera retorcidos.

Habían hallado el cadáver de Vicente Bort a la entrada del camino que conducía al Castell de Santa Águeda, una antigua alcazaba de origen musulmán de la que solo quedaban algunos restos, pero desde cuyo emplazamiento se podía divisar un fabuloso paisaje. Eso era al menos lo que ponía en la guía fotográfica que había comprado en el quiosco del supermercado.

Le costó encontrar la bifurcación que conducía al castillo. Cuando llegó y aparcó pudo comprobar que el camino estaba cerrado por una de esas puertas con travesaños de madera que había por todas partes. Aquella estaba cerrada a cal y canto con una gruesa cadena. Simonetta tenía intención de subir hasta el castillo, porque en el informe de la policía no quedaba claro si habían encontrado el cuerpo una vez atravesada la puerta o antes de llegar a ella, o si la puerta estaba abierta o no. Es decir, no daba ninguna pista de si el doctor Bort murió antes de subir al castillo o después. Ni siquiera de si tuvo oportunidad de subir.

En la misma bifurcación de caminos había un edificio con una clara apariencia de abandono que afeaba aquel paisaje tan cuidado. Por su estilo, Simonetta estimó que se había construido hacia los años setenta del siglo XX. Tenía una base rectangular, cuatro paredes lisas en su momento pintadas de blanco y ahora desconchadas, y una gran cristalera sucia a través de la cual se entreveía el interior. Allí adentro se advertían unos cuantos artilugios metálicos que parecían inservibles y mucha basura acumulada. La puerta, también metálica y parcialmente oxidada, permanecía cerrada.

La forense examinó detenidamente todo aquello, fotografió con su móvil cuanto estimó oportuno, pero, de entrada, no halló nada que le resultara de interés en aquel momento. Un payés de la zona había encontrado allí el cadáver y había dado parte a la Guardia Civil. El coche del difunto estaba delante del edificio abandonado, en el mismo lugar donde había aparcado Simonetta la moto, con las puertas cerradas sin seguro. Encontraron el cadáver tumbado boca arriba y, como más tarde se comprobó, sin signos de violencia. Llevaba encima la cartera con su documentación, doscientos treinta euros en efectivo y el móvil. No se localizaron huellas de ruedas ni de pisadas, ni rastro alguno de que alguien pudiera haber estado allí durante los últimos minutos de la vida del doctor. El forense calculó que llevaba alrededor de treinta minutos muerto cuando el payés lo encontró.

Mientras no se probara lo contrario, la hipótesis más lógica era que Bort se había dirigido hasta allí como turista para ver el castillo. Si la puerta estaba abierta, tal vez hubiera subido hasta las ruinas. Para llegar a ellas tuvo que caminar por una cuesta bastante empinada y después bajar. ¿El esfuerzo al realizar tal ejercicio le ocasionó la muerte? Según el informe de la autopsia, el corazón estaba aparentemente sano —sin signos de haber sufrido un infarto—, aunque eso no descartaba el sobreesfuerzo como razón principal de la muerte. En un corazón enfermo con una alteración del ritmo, un ejercicio intenso puede desencadenar una arritmia fatal y conducir al individuo a la muerte sin que quede rastro alguno en la autopsia. Por desgracia, nadie se había preocupado de obtener su historial clínico previo, dato fundamental para conocer si el doctor Bort padecía alguna enfermedad de esa índole.

Aquella era la hipótesis más lógica, pero había otras. Decenas. Y también preguntas. Vicente Bort, según habían declarado sus hijos, no tenía costumbre de viajar solo. ¿Por qué un hombre que nunca viaja solo decide adentrarse por un camino solitario para ver unas ruinas que apenas aparecen en las guías? ¿Lo habría citado alguien? ¿Se interrogó al payés por si hubiera visto algún vehículo merodear por la zona? ¿Y si la puerta estaba cerrada y no llegó a subir la cuesta? ¿De qué murió? Por otra parte, la autopsia —si es que aquello podía llamarse autopsia— se limitaba a cuatro formalidades fruto de un forense que no sabe o no quiere hacer las cosas como deben hacerse. Ni apertura del cráneo, ni estudio de tóxicos, ni de humor vítreo... *Niente!* Se había limitado a realizar la inspección externa, la apertura del tórax y poco más.

«Esto está chungo», pensó. Pero no debía decaer, quedaban dos casos más. En cualquiera de ellos podría aparecer una pista oculta, un indicio fugaz que, cazado al vuelo, pudiera poner en marcha la investigación. Simonetta subió a la Honda y se percató de repente de que estaba atardeciendo y no había comprobado en la oscuridad la potencia de los faros de la moto. Metió la llave en el contacto, intentó arrancar, pero no lo consiguió.

—¡Joder! —exclamó.

Al segundo intento cayó en la cuenta de que no había llenado el depósito. No podía ser. Ni siquiera se le había ocurrido, como a una principiante que acabara de sacarse el carné. Y tampoco Pau se lo había advertido. Aunque, por descontado, él no tenía la culpa. Desde donde se encontraba hasta la carretera había al menos tres kilómetros, la noche se le estaba echando encima a velocidad de vértigo y no tenía a mano ninguna linterna. Solo contaba con la mínima luz que proporcionaba el móvil para iluminar el camino y llegar hasta la carretera a pedir ayuda, porque si hasta entonces no había pasado nadie por allí, no lo haría una vez que hubiera anochecido. Veinte por ciento de batería. *Cazzo!* Tenía que llamar a alguien, no le quedaba otra, y además pronto, antes de que se le acabara por completo. ¿A Pau? Le daba vergüenza reconocer ante él su falta de previsión y tampoco quería que se sintiera culpable. ¿A Séraphine? Seguramente no tenía ni coche. ¿A Quique Coll? No quería tener que devolverle el favor. Pues a Sergi, claro que sí, aunque le fastidiara algún plan de fin de semana. Pobrecillo.

El enfermero apareció con su Kia de ocasión cuando Simonetta ya empezaba a impacientarse. Había tenido que ir buscando de gasolinera en gasolinera una que estuviera abierta para que le vendieran una lata de combustible. Durante el invierno, casi todas cerraban los domingos. Conocía vagamente el Camí des Alocs y se llevó una sorpresa morrocotuda cuando Simonetta lo telefoneó para pedirle ayuda. ¿Qué estaría haciendo allí a aquellas horas? Muy diligente, tal y como él era, interrumpió una serie que tampoco le estaba gustando tanto, apagó el ordenador y fue a rescatarla.

—No sé si me he alegrado nunca tanto de oír un motor. No sabes lo que te agradezco que hayas venido, Sergi. —La luna llena la había ayudado a sobrellevar el silencio y la soledad de aquel lugar tocado por la muerte. A pesar de haber bregado con ella en tantas ocasiones, todavía le imponía, más cuando tan solo quedaban sus efluvios, que parecían rodearla en mitad de la noche, inmovilizándola con una cuerda invisible de inquietud y temor.

—No es para tanto. Pero ¿puedo preguntarle qué hace aquí?

—Estaba probando la moto. Acuérdate de que te dije que Martí me la había prestado. Me he quedado sin gasolina. Un desastre.

Mientras las luces de los faros del coche iluminaban todo el espacio, el propio Sergi llenó el depósito. Simonetta estaba temblando.

—¿Quiere ir usted en el Kia? Se va a constipar y no se me ha ocurrido traer algo de ropa.

—No, no, no te preocupes. Llevo un buen chaquetón, pero ahí parada me he enfriado un poco. Menos mal que este edificio me ha protegido del viento que se está levantando. ¿Tú sabes qué es esto?

—Creo que es algo relacionado con las eléctricas. Pero parece abandonado, ¿no?

—Sí, eso parece.

A punto estuvo de preguntarle si por un casual se había enterado de la muerte del médico, pero se reprimió; no quería que Sergi pudiera sospechar lo que le había hecho llegar hasta allí.

Subió a la Honda con ganas de abandonar aquel siniestro lugar y siguió a Sergi hasta que, una vez en la ronda que circunvalaba la ciudad, él le indicó, sacando el brazo por la ventanilla, la dirección que debía tomar para llegar a la cala.

9

—A ver, Antonio, otra pregunta y acabamos: si la manzana y la pera son frutas, ¿qué son el perro y el gato?

—¡Enemigos! —respondió el hombre, veloz, contento de acertar por fin a la primera una de las interminables preguntas que le estaba haciendo la doctora. Su mujer se había empeñado en que le fallaba la memoria y la nueva doctora lo estaba sometiendo a una serie de difíciles cuestiones a las que, por fin, lograba responder sin tener que abrasarse la cabeza.

Simonetta no pudo reprimir una sonrisa al recordar aquella escena en su consulta. Realmente, su *ritorno* a la medicina de familia, el pilar donde se sustenta la salud de toda la población, estaba siendo más enriquecedor de lo que esperaba. Había olvidado lo que significaba la relación entre el médico y el paciente, ese poderoso lazo que parte de la ciencia y que se nutre día a día de la empatía, la compasión y, en ocasiones, hasta de la amistad. Entre cadáveres, lugares del crimen y pruebas de laboratorio, lo había olvidado.

—¿Qué tal va tu nueva vida? ¿Te vas aclimatando? —se había interesado Darío Ferrer en una de las breves conversaciones que mantenían por teléfono.

—Sí, me voy aclimatando. No pensaba que fuera a ser tan fácil, la verdad.

—¿No echas de menos el juzgado?

—Por ahora, no. No sabes lo que me divierto en la consulta. Mi debilidad son los ancianos, me lo paso pipa con ellos.

—¡A ver si ahora te vas a pasar al bando de los vivos!

—Mientras no me canse de escuchar, en ese bando estoy de primera. Pero tranquilo, de vez en cuando aún sueño con cuchillos y escalpelos. Tengo obsesión con que estén bien afilados. Ya me pasaba en la realidad, pero en sueños... les meto unas broncas a los mozos de autopsias...

Pero era sábado, día de fiesta para ella, y quería disfrutarlo. Se estaba acostumbrando a ir al mercado ese día y comprar para toda la semana. A Simonetta le gustaba el ambiente que allí se palpaba. La profesionalidad de los vendedores, con los uniformes inmaculados y su seria cordialidad en el trato; la variedad de productos en los puestos; lo variopinto de los clientes y paseantes que acudían a comprar o a husmear, desde payeses que vivían en su casa de labor hasta extranjeros excéntricos atraídos por la isla en busca de inspiración o refugio.

La ciudad había sabido conservar la esencia de aquel mercado casi bicentenario. Sus dos edificios, el destinado a la venta de pescado y el de la carne, lucían brillando desde sus azulejos blancos y verdes dispuestos en forma de damero. Al observarlos parecía que el tiempo, ese potente tsunami, se hubiera detenido y que los carniceros, los pescaderos y los viandantes pertenecieran a otra época, o a todas, figurantes de una comedia que se repetía sin cesar, como la vida misma, en el escenario real de la plaza de la Llibertat, qué *rara avis* esa palabra dándole nombre a una plaza en España.

La doctora Brey no necesitaba pescado ese día; con el que le regalaba Pau tenía de sobra, pero carne y sobrasada, sí. Los puestos de venta de carne estaban casi vacíos, la gente no madrugaba en fin de semana. Se paró en el primero. La dueña era paciente suya y la trataba muy bien. Después de comprar la carne de buey tenía previsto acercarse a Ca Na Fanas, donde había encontrado unas patatas perfectas de sabor para sus amados *gnocchi*. Antes de llegar, oyó que una voz masculina la llamaba a su espalda.

—¡Doctora!

Era Toni Sagrera, sentado en una de las mesas que el Ulisses había sacado a la calle. Estaba erguido, con la espalda y el brazo derecho apoyados en el respaldo de la silla, casi desafiante. Simonetta miró a su alrededor por si se encontraba cerca alguna otra mujer que tuviese en su haber un título de Medicina. Imposible que Sagrera se dirigiera a ella. Ninguna de las que circulaban por allí se dio por aludida.

—¡Simonetta!

Ahora sí. No había lugar a dudas. Por educación y, por qué no, por morbo, lo miró. No estaba acostumbrada a que un hombre heterosexual pasara de ella, y mucho menos con el desprecio con que lo había hecho Sagrera en casa de Séraphine. «Disculpa a Toni —le dijo la anfitriona al despedirla—, tiene razones para odiar a los médicos, pero en tu caso lo que le ha ocurrido es que le has gustado y esa es su forma de que te fijes en él.» «Ja —pensó Simonetta—, esta ha bebido demasiado.»

Como ella no se acercaba, Sagrera le indicó con la otra mano que lo hiciera, pero sin levantarse ni moverse de la silla. Eso sí, con una gran sonrisa. Como si fueran amigos o vecinos o amantes de toda la vida. Era alto y fuerte, moreno, con gafas negras y, sin ser extremadamente guapo, sí resultaba un hombre atractivo, sobre todo por la seguridad en sí mismo que transmitía. Y al sonreír estaba claro que ganaba mucho.

—¿Tiene prisa, doctora? —le preguntó cuando, al final, Simonetta se aproximó.

—Depende —le respondió intentando permanecer seria y neutral.

—¿Puedo pedirle disculpas invitándole a una cerveza?

Desde que cruzaron las miradas, Simonetta comprendió que con aquel hombre no cabían medias tintas. Sabía seducir. Y un hombre que sabe y quiere seducir siempre es una tentación y nunca solamente un amigo. Si se sentaba corría un riesgo. Ella se conocía y sabía que le atraían ese tipo de hombres, pero le daba una rabia inmensa, total, su forma de seducir —si es que la francesa tenía razón—, despreciándola de aquella forma y, para más inri, delante de todos.

—Tal vez. Pero no esté tan seguro de que se las acepte.

—¡Gustavo! —llamó al camarero—, la doctora se sienta a mi mesa. Sírvele lo que quiera, por favor. —El camarero apartó la silla y la invitó a sentarse.

«Ya veremos quién puede más», se dijo Simonetta.

—¿Qué te parece si nos tuteamos? —le propuso Sagrera.

—Me parece lo más normal.

—¿Sabes que te vi el otro día en la plaza de los Pinos y no me atreví a saludarte?

—Pues hoy sí que te has atrevido.

—Sí, ya ves, hoy he hecho de tripas corazón y me he atrevido a llamarte.

—No me dirás que eres tímido.

—¿Yo? Muchísimo. —Simonetta improvisó una carcajada que aparentó ser natural—. Sí, sí, yo soy muy tímido. La timidez me hace ser repelente en numerosas ocasiones.

Los que me conocen no me lo tienen en cuenta, pero a los que no... les caigo fatal. Como a ti, y con razón.

—¿Ser tímido conlleva ser antipático, grosero y maleducado? Es la primera noticia que tengo. A los tímidos les gusta pasar desapercibidos, no dar la nota a costa de los demás.

—No estoy tan seguro. Un psiquiatra me dijo una vez que yo tenía un complejo que todavía no había superado. Algo de Freud.

—Freud era un farsante. Hemos perdido el tiempo durante un siglo haciéndole caso y así nos va. Para mí, eso de los complejos es una simple excusa. Hay gente amable y gente desagradable. Yo prefiero a los primeros y huyo como del lobo de los segundos; tanto es así que me hago cruces por estar sentada aquí.

—¿Eres cristiana?

Simonetta se quedó a cuadros.

—¿Lo preguntas en serio? ¿Qué tiene que ver mi posible cristiandad contigo?

—Creo que sí lo eres. Y si es así, sabrás perdonar. Yo lo soy y sé perdonar. Y también pedir perdón.

—De acuerdo —dijo Simonetta después de una breve pausa en la que se dio por vencida—, sé perdonar. En realidad, me encanta perdonar y olvidar, no me gusta el pasado ni mirar hacia atrás, así que, si quieres, empezamos de cero. Simonetta Brey, doctora en Medicina —le subrayó tendiéndole la mano.

—Doctora Brey —continuó él estrechándosela—, Toni Sagrera, licenciado en Ciencias Empresariales. ¿Así está mejor?

—Yo creo que sí.

—Bueno, pues para comenzar de cero nuestra amistad, te debo una explicación —continuó Sagrera, ahora serio—.

A decir verdad, tu perdón no me exonera de dártela y además quiero hacerlo. La cuestión es que tengo fobia a los médicos. Hace unos años los odiaba, te lo digo con total sinceridad, pero con el tiempo el odio se ha suavizado y se ha transformado en una especie de fobia que me impide tener una relación sana con ellos. Los evito cuanto puedo y soy capaz de enclaustrarme en mi casa con las mantas hasta las orejas y sudar tinta antes de llamar a un doctor. Te preguntarás el porqué de semejante obsesión. La respuesta es muy sencilla: por culpa de los médicos, de una serie de errores cometidos por varios de ellos, mi mujer... ya no está en este mundo.

—Vaya... Lo siento mucho.

—En fin, así es la vida. Supongo que algún día lo superaré y volveré a confiar en vosotros, pero, hoy por hoy, mis neuras siguen ahí. El problema es que me generan situaciones desagradables que, sin poder controlarlas, yo mismo creo y, mira por dónde, delante de mí tengo a mi última víctima.

—Bueno, eso ya está olvidado. Lo que sí quiero decirte es que, con independencia de lo que le sucediera a tu mujer, nuestra profesión es muy complicada, siempre estamos en riesgo de cometer un error o un descuido de consecuencias fatales. Por innumerables actos médicos intachables que llevemos a cabo en nuestra vida profesional, basta que erremos en uno para que nuestro prestigio quede manchado y también nuestra confianza en nosotros mismos. Eso también debes saberlo.

—Lo sé —le dijo Sagrera—, pero no está mal que me lo recuerdes. Y dicho por ti suena muy bien —concluyó mirándola a los ojos de una forma demasiado directa.

Simonetta no quería continuar la conversación y aprovechó una llamada de teléfono para despedirse; puso la excusa de que era un paciente con el que había quedado para asesorarlo sobre una cuestión delicada. Qué bien le había venido para abreviar aquel encuentro. Sagrera se había disculpado, habían quedado en paz y listo. Prefería no seguir más en aquella línea, pobrecito viudo y todo eso. Sentía, claro, la muerte de su esposa, pero ella no había tenido nada que ver y hay hombres que exprimen su dolor al máximo en presencia de determinadas mujeres. Toni Sagrera bien podía ser uno de ellos. En principio, tenía bastante cara y nada de timidez. Se las había apañado para sonsacarle el número de móvil. Y, tonta de ella, se lo había dado.

La llamada en realidad era de su madre. Todos los días la llamaba a mitad de la mañana y colgaba sin esperar respuesta para darle a entender que se encontraba en perfecto estado de salud. Si podía, evitaba el WhatsApp. La clásica llamada le parecía menos impersonal y además no necesitaba gafas para escribir el texto. Decidió que respondería en cuanto llegara a casa.

De camino a la villa no podía dejar de pensar en Toni Sagrera. ¿Había hecho bien sentándose a la mesa, aunque la charla hubiera durado solo unos minutos? Por breve, no había dejado de ser intensa y no solo por parte de él, que le había mostrado su intimidad y se había dirigido a ella con aquella mirada escrutadora y canalla, sino también por ella misma, por el tono de voz empleado, por las modulaciones de las frases y los gestos. Sin decir nada se habían dicho mucho. Un observador externo, por poco avezado que fuera, habría advertido una evidente atracción sexual entre ambos. ¿Se volverían a encontrar? «Mejor que no.»

Ya en su cocina, con tranquilidad, sacó los ingredientes necesarios y se dispuso a elaborar el ragú. Había comprado todo lo que necesitaba: un buen pedazo de carne de buey, verduras, vino tinto, laurel, salvia... Cuando ya estaba todo en marcha cociendo en la olla exprés, continuó con los *gnocchi*. Siempre le recordaban a su *mamma* y a su *nonna* Giovanna, que con tanto esmero los preparaban sobre la encimera de mármol blanco de su casa de Milán. Seguía al pie de la letra todos los pasos que, con ellas, tan solo de observarlas de soslayo, había aprendido. Incluso había comprado un pasapurés en la ferretería del carrer de la Purissima, perfecto para conseguir con las patatas, la harina, los huevos y la sal una masa inmejorable. Cubrió de harina la mesa de cristal y sobre ella la extendió, la moldeó y... a cocer unos auténticos *gnocchi*. Había calculado la cantidad suficiente para que le sobraran, porque quería darle por sorpresa, como hacía él con su pescado, una ración a Pau.

«Estoy ya en casa —le escribió a su madre—. Hablamos cuando quieras.»

Habían pasado pocos minutos cuando sonó el teléfono.

—¿Cómo estás, querida?

—Mucho mejor, mamá. En cuanto me dejen salir de España me acerco a Milán a verte. ¿Y tú?

—Yo perfectamente, cariño, contenta de oírte por fin con tu tono vital de siempre. ¿Qué tal estás comiendo?

—¿Que qué tal? Fíjate si como bien que acabo de prepararme un plato de *gnocchi al ragù*. No temas por mí, me ha vuelto el apetito.

—*Molto bene!*, ¡cómo me alegro! ¡Ahora a comerlos cuanto antes para que no se enfríen! *Ciao, bambina!*

Ella también estaba feliz de oír a su madre tan animada. Cuando le comunicaron la sentencia y su posterior ingreso en prisión, lo primero que le acudió a la mente, en medio de la ofuscación, fue el querido rostro de su madre.

¿Podría ocultarle toda aquella pesadilla? Hasta entonces lo había conseguido. La *mamma* no se había enterado de nada: ni de la acusación, ni del juicio, ni de su síndrome de ansiedad generalizada. La había dejado al margen con excusas inventadas y mentiras piadosas. Quería evitarle el sufrimiento y el desconocimiento era, desde luego, la mejor prevención. Sin embargo, aquello —el ingreso en prisión— eran palabras mayores, por lo que su abogada se lo desaconsejó.

—Si no tiene ocasión de verte ni de hablar contigo por teléfono, va a pensar que estás enferma y se va a plantar en Zaragoza en el primer vuelo. Debes ser sincera con ella. Es mejor saber la verdad que divagar. Las elucubraciones no conducen sino a la desesperación, sobre todo con un hijo. El tiempo pasa rápido, en menos de un santiamén estarás en la calle. Lo que sí te recomiendo es que se lo digas poco antes de tu ingreso: le acortarás los días de angustia.

Su abogada tenía razón. El impacto de la noticia fue dramático para las dos, pero el resto no fue tan duro como Simonetta había imaginado. Hablaban cinco minutos todos los días por teléfono y, por fortuna, no cayó enferma ni tuvo ningún contratiempo. El día en que Simonetta le comunicó que salía en libertad y tenía previsto instalarse y trabajar en Menorca fue uno de los más felices de su vida.

Una vez que tuvo todo preparado, llenó de *gnocchi* una pequeña fuente y pasó, sin avisar, a casa de su vecino. Lo llamó a voz en grito.

—¡Pau!

Martí se sorprendió al verla con la bandeja. Aquella vez llevaba el pelo recogido en una coleta. Su barba seguía creciendo.

—Hoy soy yo quien trae la comida. Y además recién hecha, al punto para comer.

Pau cogió la bandeja con una sonrisa, pero no la invitó a pasar, como Simonetta, aunque solo fuera por cortesía, esperaba. Desde que Séraphine comentó que el pescador tenía buen gusto, aguardaba la ocasión para entrar con alguna excusa y echar un ojo a su hogar. ¿También lo habría decorado la francesa? Apostaba lo que fuera a que no. Una cosa era una vivienda para alquilar y otra la casa propia. Ordenado era, porque el pequeño jardín delantero estaba siempre bien cuidado y bajo el porche de una de las paredes laterales la leña, cada vez más menguada, descansaba colocada tronco sobre tronco, cuidadosamente dispuesta.

—Perdona un segundo, que ahora salgo.

«Otra vez con la puerta en las narices —pensó Simonetta—. Otra con más jeta lo habría seguido hasta dentro. Eso, "otra".»

En realidad, la puerta no le llegó a rozar la nariz. Su vecino ni siquiera la cerró del todo. Por la abertura que había quedado, pudo atisbar un cuadro que había colgado de la pared. Más que cuadro, posiblemente se tratara de un póster enmarcado. «Peixos de Menorca», creyó leer, y debajo una serie de peces de diferentes formas y colores. Muy bonito. Como oyó los pasos de Pau se retiró un poco. Él salió con una botella de vino blanco en la mano. Estaba fresca.

—Toma, así pasará mejor.

—¿Y para ti?

—Tengo otra empezada en la nevera. ¿Lo de la bandeja es pasta?

—Son *gnocchis*. Es una pasta que también lleva patata. Ya me dirás si te gusta.

—A mí me gusta todo. Y aún más si no lo tengo que preparar yo —le dijo con cierta cordialidad.

—*Buon appetito!* —se despidió Simonetta en vista de que su vecino seguía parco en palabras. Él respondió con un movimiento de cabeza.

«¿Este tendrá algún rollo? Con el pelo recogido no está nada mal. Cualquier día veo entrar o salir de aquí a alguna gachí. O quién sabe si la tiene dentro y por eso guarda tanto su intimidad.»

Estaba ya atravesando la verja cuando oyó a Pau gritar a su espalda:

—¡Te he visto en el mercado esta mañana!

Simonetta se quedó de piedra. No solo eso, sino que además se ruborizó, a su pesar.

—Sí —le dijo volviéndose y esforzándose por sonreír—, he ido a comprar todo lo que necesitaba para los *gnocchi*. Confío en que haya merecido la pena.

«Vaya, aquí no puedes andar un paso sin que se entere el que menos te imaginas. ¿Y por qué habrá esperado a decírmelo cuando ya habíamos zanjado la conversación? ¿Porque me ha visto con Toni Sagrera?. Un hombre extraño. Demasiada soledad.»

10

ENTRE UNAS COSAS y otras, los *gnocchi* se habían enfriado un poco. *Che peccato!* Pero tenía hambre y no quería perder más tiempo calentándolos. No importaba, porque le habían salido casi tan buenos como a su *nonna*. *Che piacere!* De verdad que los disfrutó. Llevaba unos seis meses sin probarlos. Después de terminar el último, estuvo tentada de bajar un rato a tomar el sol a un pequeño huerto que la casa tenía por la parte de atrás con frutales y malas hierbas. La primavera despuntaba, las nubes de la mañana habían desaparecido y la calidez del sol de finales de marzo la invitaba a reposar bajo un cielo cada vez más azul.

Calculó tiempos, pero no tenía margen. No quería que la noche se le echara encima como le sucedió en el Cami des Alocs, aunque en esa ocasión el depósito de la Honda estuviera lleno. El día anterior se había comprado un traje para la moto; le pareció que era demasiado preguntarle a Pau si tenía alguno de su hermana. Además, ¿por qué no?, tenía ganas de darse un capricho. De los setecientos euros que su *mamma* le había transferido para que se comprara un bonito vestido le había sobrado algo, y en la tienda de motos aún estaban de rebajas. Había que estrenarlo cuanto antes. Y qué mejor ocasión que aquella, la segunda sesión de la ruta por los escenarios del crimen. «A la vuelta, baño. Y tarde completa.»

Son Bou era la playa más grande de Menorca y la de arena más fina y blanca. Pertenecía al municipio de Alaior, más cercano a Mahón que a Ciudadela. Allí se habían encontrado los cadáveres del matrimonio de Santander. Simonetta ya conocía casi al dedillo las rectas, curvas, subidas y bajadas de la carretera principal de la isla. Siempre era un placer recorrerla. Y aquella tarde el placer se multiplicaba, porque, como por arte de magia, el paisaje había mudado de color. Los prados de forraje donde pastaban las vacas rojas se habían transformado en coloristas alfombras verdes sembradas de un sinfín de amapolas encarnadas que acababan de florecer. Además, en los bordes de los caminos, siguiendo las líneas de los muros de piedra, los cuernecillos de mar, unas graciosas y llamativas flores amarillas, se congregaban unas junto a otras simulando sustentar la línea divisoria entre dos propiedades y las lindes entre las sendas y los campos. En aquella carretera no se podía ir a más de 90. Perfecto, así podría saborear con mayor intensidad la inigualable belleza de aquel momento. ¡Bendita primavera!

En el desvío a Son Bou redujo la velocidad. La carretera secundaria se estrechaba y comenzaba una serie de curvas pronunciadas que iban descendiendo con suavidad hasta llegar al mar. A la vez que bajaban, la vegetación iba aumentando de frondosidad y aparecían especies nuevas de árboles, a cada cual más verde: pinos, acebuches, encinas, entre lentiscos y garrigas que cubrían el poco espacio que quedaba libre.

Cuando llevaba recorridos unos diez kilómetros desde la carretera principal, el mar apareció de pronto ante sus ojos. Hasta entonces lo había visto desde la cala de debajo de su casa, reducido, domesticado, y ahora, frente a una playa abierta y vasta, se mostraba contundente y amenazador. La carretera terminaba delante de dos altísimos hoteles gemelos que deslucían de manera ostensible la belleza natural del arenal donde se asentaban. A su alrededor, múltiples tiendas de *souvenirs*, bares y restaurantes, todos ellos cerrados, y en la suave colina que escoltaba la playa y el arenal, una urbanización con decenas de casitas blancas que, al menos, se distinguían a lo lejos con cierta uniformidad y discreción. Simonetta, a pesar de que en el terreno urbanizado casi no había vehículos, siguió las indicaciones que la conducían a un espacioso aparcamiento de arena lindante con la playa, donde aparcó.

Los dos hoteles estaban cerrados para los clientes, pero se veía al personal entrando y saliendo; seguro que estaban preparándolo todo para la nueva temporada turística que iba a comenzar en breve. Se acercó a un hombre que acababa de tirar los restos de vegetales de un cesto al cubo de la basura, posiblemente un jardinero. Llevaba un mono azul con la insignia del hotel. Por el color de la piel y la fisonomía supuso que era magrebí. Le preguntó si el personal llevaba mucho tiempo allí.

—Soy periodista —se presentó mintiendo—. Estoy escribiendo un reportaje para mi periódico sobre la isla.

—Los que estamos de temporada llevamos aquí dos semanas.

—¿Y no se queda nadie en invierno?

—Sí, claro. Se quedan dos de los jardineros y unos cuantos de mantenimiento. Poca gente —contestó el hombre con amabilidad en perfecto español.

—¿Es la primera vez que viene usted a trabajar aquí?

—No, qué va, llevo viniendo siete temporadas, de marzo a octubre.

—¿Y en octubre siguen abiertos los hoteles?

—Cierran el 30 de septiembre y el 15 de octubre ya nos vamos todos hasta el año siguiente. —Simonetta recordó

92

que los cuerpos del matrimonio se encontraron el día 16 de octubre.

—¿Es usted marroquí o acaso argelino? Habla muy bien el español.

—Gracias, señora. Soy saharaui. ¿Alguna pregunta más? Tenemos mucho trabajo.

—Sí, una curiosidad. ¿Es segura esta playa?

—¿Quiere usted decir segura para el baño?

—Sí.

—¿Para bañarse ahora?

—No, bueno... depende.

—Mire usted hacia allí —dijo el hombre señalando a la playa. Un punto negro en el agua hizo suponer a Simonetta que se trataba de un bañista.

—La gente se baña durante todo el año, sobre todo los extranjeros que viven en las casas de la urbanización. Les da por ahí, pero el mar es traicionero, yo no me fiaría. Al menos en verano está más tranquilo y hay socorristas, y también la bandera, que señala si hay peligro. Y aun con todo, raro es el año que no se ahoga alguien, así es que mejor quedarse en tierra, hágame caso. El agua para los patos, ¿no dicen eso en España?

—Sí, eso decimos —le contestó Simonetta con simpatía—. Quédese tranquilo, que voy a seguir su consejo. Esperaré al verano.

—Ya que hablamos de patos, puede verlos por ahí.

En efecto, al lado de la zona de estacionamiento comenzaba el territorio de las dunas. Era un milagro verlas a salvo de la voracidad urbanística, inalteradas y a la vez cambiantes desde siglos atrás, como el mar, como el viento que las transforma sin cesar, el mismo viento que poliniza la vida que de ellas nace en forma de plantas: espinos, cardos de mar, siemprevivas bastardas, zamarrillas... Y entre las dunas, de cuando en cuando, un charco de tales dimensiones que sería capaz de albergar varias familias de patos, ranas, tortugas de agua, y la infinidad de insectos que las acompañan.

Simonetta se quitó las botas y, desde la orilla, comenzó a recorrer la playa con los pies dentro del agua. Estaba fría, todavía era marzo. En octubre habría estado más caliente y los últimos bañistas de la temporada, los más intrépidos, seguro que disfrutaban todavía del mar. Había consultado en la Aemet y el último 16 de octubre hizo buen tiempo en Menorca, soleado y con una temperatura máxima de veinte grados. Una pareja de nadadores experimentados, como lo eran el doctor Revuelta y su esposa, bien podrían haberse animado a nadar en aquella magnífica playa, incluso en otoño. Murieron ahogados, con agua salada en los pulmones, según constaba en los informes de las autopsias. ¿Por qué? Una vecina de la urbanización salía a pasear todas las tardes siguiendo el mismo trayecto que estaba realizando Simonetta. Ella había dado la voz de alarma al teléfono de emergencias. En aquella fecha, fuera ya de temporada, la playa no contaba con socorrista. Sin embargo, la vecina de la urbanización no era la única persona que estaba en aquel momento por allí; también había gente bañándose o tumbada en la arena. Pero fue ella la primera en percatarse de la presencia de los dos cuerpos flotando en las olas.

Aparecieron en el tramo final de la playa, en un lugar donde acostumbraban a tomar el sol los nudistas, aunque la zona no estuviera señalizada ni acotada para ese fin. El matrimonio sí llevaba trajes de baño y sus pertenencias se habían encontrado al lado de las dunas: toallas, ropa, una pequeña nevera con bebidas, documentación, móviles y poco más. La mujer estaba operada del corazón, en concreto de una estenosis mitral, una enfermedad de esa válvula, y se le había colocado una prótesis metálica como recambio para sustituir la suya enferma. Aquello suponía que debía tomar Sintrom de forma obligatoria, o bien otro anticoagulante similar, para evitar que la misma prótesis ayudara a generar trombos en el corazón que pudieran dispersarse por el organismo a través de los vasos circulatorios y provocar, por ejemplo, un infarto cerebral.

La primera hipótesis que se le ocurrió a Simonetta fue que sufriera un fallo cardíaco por el esfuerzo que suponía la natación, y su marido, en un intento por socorrerla, no la hubiera podido sacar del agua, ahogándose los dos, como ocurre en numerosas ocasiones. Si no hubiera habido otras muertes de médicos en un espacio tan corto de tiempo, ahí habría quedado todo. Pero debía afinar un poco más. No había que olvidar la premonición. En primer lugar, si el fallo cardíaco le hubiera provocado una muerte instantánea, los pulmones no habrían aparecido encharcados de agua marina, puesto que no le habría dado tiempo a inhalar agua con antelación. Y si lo que le ocurrió fue una indisposición por un fallo cardíaco no mortal, o simplemente se fatigó y no pudo seguir nadando, en la autopsia habrían aparecido hematomas por la presión que el marido habría tenido que ejercer en algún lugar del cuerpo para sacarla —brazos, cuello, torso...—, puesto que tomaba anticoagulantes. Ese tipo de fármacos, como efecto secundario de su acción antitrombo, producen hematomas evidentes ante cualquier presión por mínima que sea. En la autopsia del marido no apareció ninguna señal de enfermedad relevante. El caso seguía abierto, sin resolver.

EN EL VIAJE de vuelta, Simonetta se concentró en lo poco que hasta entonces había averiguado. «Lo poco es mucho si se sabe analizar bien», le gustaba decirle a Darío Ferrer cuando el comisario le llevaba a su laboratorio alguna prueba en apariencia poco concluyente. Por eso lo repasaba todo, hasta el más mínimo detalle de lo que la policía le aportaba o lo que ella misma indagaba por su cuenta. Y el momento más idóneo para rumiarlo siempre era la carretera. Seguramente era una mezcla de todo aquello. Y si la bombilla no se encendía a la primera, había que seguir intentándolo, había que volver a la carretera, y, sobre todo, había que continuar trabajando.

En casa, el traje de neopreno la esperaba extendido encima de la cama. Lo había dejado preparado antes de salir en vista de que no le iba a quedar mucho tiempo para meterse en el mar antes de que desapareciera la luz, y también para evitar que la pereza tras el viaje la indujera a aplazar una actividad con la que soñaba desde que había visto a aquellos muchachos tirarse al agua desde las rocas. Comenzaba a atardecer y quería ver la puesta de sol justo donde comenzaba la cala. Cambió el traje de motorista por el de nadadora en un santiamén y comprobó su rápida mutación en un espejo de cuerpo entero que Séraphine, con buen criterio, había colocado en la pared. «¿Aún dicen que el hábito no hace al monje?» En la tienda donde se había comprado el traje de motorista vendían muchas más cosas, entre ellas, cangrejeras. Le dio por comprar un par; así no tendría que bajar con chanclas hasta la orilla y dejarlas por allí mientras nadaba. Eran bastante cómodas.

Había dos formas de llegar al agua. Lo más sencillo era bajar hasta el sótano de la casa y acceder directamente a la cala por una puerta que estaba al nivel del mar. La otra posibilidad era salir por la puerta principal hasta la calle y, un poco más adelante, descender hasta la pequeña playa por una escalera rudimentaria que alguien, en su día, había esculpido en las propias rocas. Prefería la segunda opción; no le hacía ninguna gracia bajar al sótano. La noche de su llegada Pau no se lo enseñó, solo le señaló la puerta que daba acceso a la escalera. Al día siguiente, ya con luz, Simonetta quiso bajar a echar un vistazo. Apenas había un par de butacas viejas y varias maletas del año de la tana. Daba la impresión de que lo habían aseado antes de poner la casa en alquiler. Estaba iluminado tan solo por una bombilla que habían olvidado limpiar, y desprendía una gran cantidad de humedad por todas partes. Simonetta ni siquiera pisó el suelo. Con pasar revista desde el primer escalón tuvo bastante. «Ya está todo visto», se dijo en voz alta. Y cerró con llave la puerta que desde el recibidor daba paso a la escalera de bajada. No tenía intención de volver a abrirla.

EL AGUA ESTABA espléndida. Los inventos de los humanos había que aprovecharlos y el traje de neopreno era uno de ellos. Nadó con brío al principio para calentar y después se tomó su tiempo, porque no quería cansarse demasiado rápido. Día completo. Si la carretera le proporcionaba libertad en la tierra, la natación se la daba en el agua. «Ahora sí, ya eres mía», pensó, queriendo olvidar los meses en los que ni siquiera podía subirse a una moto, ni adentrarse en el mar, ni andar por la calle. «Y hay quien piensa que en prisión se vive bien. Qué atrevida es la ignorancia. Y qué bien supremo la libertad.»

Al comienzo de la cala, en el punto donde el agua sale a mar abierto, había atracado un velero. Su dueño ya había encendido la luz del extremo del mástil y se la veía bambolear al son de las olas. Se propuso llegar hasta allí y después dar media vuelta. Enfrente tenía el horizonte, y, sobre él, la poderosa esfera dorada, ahora anaranjada, iba descendiendo lentamente, como traccionada desde las profundidades con pesas de plomo, y desaparecía poco a poco bajo la línea azul noche del mar.

La vuelta le costó un poco más. No había calculado bien la distancia y, además, estaba desentrenada. Mantuvo la serenidad y pudo al fin llegar a la orilla sin ningún incidente. Había merecido la pena, sin duda, y quería repetir más veces la reconfortante experiencia. El cielo estaba ya tan oscuro que no veía la toalla que había dejado encima de una roca. Al final, logró encontrarla y se secó un poco. Menos mal que la única farola que había en aquel tramo, arriba en la calle, iluminaba en parte la escalera de la roca. La subió con cuidado de no resbalar. A ver si encontraba la llave. Para no perderla, la había dejado medio escondida en el suelo, junto al tronco de un cerezo que había en el jardín de la villa.

—¡Simonetta! —oyó tras de sí, sobresaltándose, cuando estaba tanteando la tierra para recuperar la llave. Era Pau Martí, con un farol de barco en la mano.

—¡Ah, eres tú! Me he dado un buen susto, no te había oído venir —dijo Simonetta mientras se levantaba.

—¿Qué hacías ahí en el suelo? ¿Te encuentras mal?

Simonetta le explicó. Pau iluminó la base del árbol con el faro y enseguida localizaron la llave.

—Te he visto bajar a la cala, pero no he querido interrumpirte. ¿Qué tal ha ido?

—¡Uf! ¡De maravilla! Para repetir.

—Como imaginaba que te iba a gustar y que querrías volver, te traigo esto —dijo señalando el faro—. ¿Sabes para qué es?

—¿Para localizar la casa?

—Muy bien. Cuando vuelvas a nadar de noche tienes que encenderlo y colocarlo sobre la barandilla de piedra de la terraza. Si por un casual se fuera la luz corriente, que alguna vez ocurre, sin él no tendrías ninguna referencia para volver desde el mar abierto. Sería terrible. La luz del faro, aunque no sea muy potente, servirá para orientarte hasta la orilla.

—Muchas gracias, Pau —le dijo de corazón—; he sido una temeraria.

—No, no, solo desconoces lo que es el mar. Y ahora entra si no quieres coger un buen catarro.

Simonetta agarró con una mano el faro, con otra la llave y se dirigió a la puerta de la casa. Entonces se giró. Pau había salido del recinto de la pequeña villa, pero permanecía en la acera esperando a que ella entrara en la casa.

—Por cierto, no me has dicho si te han gustado los *gnocchis*.

—Cuando quieras puedes repetir —le dijo Pau, con simpatía, a modo de respuesta.

11

No HABÍA APAGADO el móvil y ahora se arrepentía. El sonido de llegada de un wasap la despertó mucho antes de lo que la noche anterior se había propuesto. Ya había amanecido. No había cerrado la puerta del dormitorio y en el pasillo había luz. Aun con todo, no serían mucho más de las siete. Justo: las siete y media. Se dio la vuelta de espaldas a la puerta para intentar volver a dormirse. Imposible, se había despejado. «Pues no me da la gana de mirar el móvil», se dijo, tranquila porque sabía que no se trataría de su madre. Dio vueltas y más vueltas, y al final se levantó. Salió al salón y, como hacía a diario nada más poner los pies en el suelo, se acercó a la cristalera de la terraza para ver el mar. Aquella mañana el cielo estaba nublado y las olas andaban algo más revueltas que el día anterior. Las gaviotas planeaban bajo los cirros, oteando el escaso movimiento que había en el agua y en la tierra a esas horas. El velero fondeado en la cala la noche anterior seguía allí, con su dulce bamboleo, ahora un poco más acentuado, y con la luz ya apagada. Encima de la mesa, el faro de barco le recordó su pequeña hazaña marítima y también al bueno de Pau. Qué suerte había tenido con él como vecino.

Mientras se preparaba el café, oyó movimiento en la calle. De lunes a viernes por esa zona no se sentían ni las pisadas de un gato. No obstante, durante los fines de semana algunas de las casas las ocupaban los dueños, sobre todo en las últimas semanas, cuando la primavera avanzaba y con ella el buen tiempo. El desayuno era la comida con la que disfrutaba en mayor medida. La cocina de la casa era muy pequeña y, aunque podía desayunar apoyada en la encimera de mármol, sentada en un taburete alto, prefería prepararse la mesa del salón para hacerlo con tranquilidad frente a la cala. Eso le suponía madrugar un poco más los días de labor, pero lo compensaba con creces con el placer de contemplar en silencio un paisaje tan extraordinario.

Sin embargo, ese día la curiosidad la venció. Se sirvió el café y, con la taza aún caliente en la mano, se acercó a la ventana a fisgonear lo que pasaba en la calle. Menuda sorpresa. Enfrente de la casa de Pau Martí estaba aparcado el Kia de Sergi, el enfermero, con la puerta del maletero levantada. Martí estaba metiendo dentro un objeto de considerable tamaño mientras el joven entraba en el jardín del pescador. Una vez que lo acomodó, entró también en su jardín y se dirigió a la parte trasera de la casa. Al rato aparecieron los dos con una serie de bártulos de menor tamaño, irreconocibles para Simonetta, que introdujeron también en el coche. ¿Qué era todo aquello? ¿Qué estaban tramando? De pronto, su casero levantó la cabeza, miró hacia la ventana desde la que los estaba observando, y la vio. Sonrió y la saludó con la mano. Después señaló su reloj, como diciendo «¿levantada a estas horas?». Simonetta afirmó con la cabeza. Cuando parecía que lo tenían todo preparado, ella se asomó.

—¿Se puede saber qué estáis tramando los dos con todo este guirigay un domingo a semejante hora?

El enfermero se percató entonces de la presencia de su compañera.

—¡Vamos a cortar!

—¿A cortar? ¿A cortar el qué?

Los dos hombres rieron.

—Vamos a cortar miel —respondió Pau—. ¿Te hemos despertado? ¿Tanta bulla armamos?

—No, no, ya estaba despierta. Pero ¿qué es eso de cortar miel?

—Pues sacar la miel de las colmenas —contestó Sergi divertido ante su completa ignorancia.

—Pero ¿dónde tenéis las colmenas?, ¿en el campo?

—Hombre, pues claro —le respondió el enfermero—, no espere encontrarlas en una granja.

—Si no tienes miedo a las abejas, te invitamos —le dijo Pau mientras cerraba el portón del maletero.

—¿No lo dirás en serio? —lo desafió su inquilina.

—¿Cómo que no? Necesitamos una ayudante.

—Pues aquí la tenéis. Me visto y bajo.

Pau movió la cabeza como diciendo «qué mujer».

Se puso lo primero que encontró y que consideró oportuno para un menester que desconocía, pero que la podría proteger ante una posible picadura de insecto: unos vaqueros gordos, un jersey y un viejo Barbour heredado de su padre, que llevaba a todas partes. Mientras se vestía pensó que quizá se había precipitado. «Tu único problema —le decía el primer forense con el que había trabajado, al que todavía consideraba su maestro—, es que eres demasiado precipitada. En Medicina Legal la precipitación puede ser fatal. Al buen forense no se le debe escapar nada, la mínima prueba puede resultar esclarecedora y resolver un caso.» Con paciencia, con método, con dedicación y con tesón había podido superar ese problema. Se había convertido en una profesional minuciosa y, por ende, en una forense de éxito, tanto era así que incluso compañeros con más experiencia que ella empezaban a consultarle, de manera extraoficial, algunos casos complicados que se les habían atascado. Sin embargo, de la misma forma que en su trabajo había podido corregir su tendencia a precipitarse, en la vida diaria seguía siendo la misma. No podía ni quería invertir el tiempo y el esfuerzo necesarios en cambiar su personalidad, le resultaba terriblemente tedioso. Eso no significaba que estuviera orgullosa de su forma de ser, se conocía demasiado para no reconocer sus errores nada más cometerlos, porque, eso sí, igual que era rápida para cerrar ciertos asuntos, también lo era para distinguirlos, admitirlos y, tal vez, arrepentirse de ellos.

«¿Habré metido la pata aceptando la propuesta de Pau? ¿Y si me ha invitado para hacer una broma y ahora soy un lastre para ellos? ¿Y si me persigue un enjambre y me pican multitud de abejas y me provocan un *shock* anafiláctico? Bueno, a lo hecho, pecho.»

Cuando salió a la calle solo estaba Sergi.

—¿Dónde está Pau? ¿Se ha echado para atrás?

Sergi se rio.

—Pues si él se echa para atrás, yo también; al fin y al cabo, las colmenas son suyas.

—¿Y tú qué haces aquí? No me habías hablado de esta afición.

—En realidad, es mi padre el que le echa una mano, pero si él no puede, lo ayudo yo. Me gusta mucho el mundo de las abejas. Y Pau, a pesar de sus rarezas, es muy majo. Hasta somos familia lejana. Mire, ya viene.

Pau llevaba una prenda blanca doblada en la mano. Al llegar a la altura de Simonetta, la extendió para mostrársela: era un mono de apicultor con careta incorporada. A Simonetta le entró la risa.

—¡Voy a parecer una astronauta!

—De eso nada, vas a ser una colmenera. Venga, en marcha o se hará tarde.

Durante el trayecto, Pau le iba indicando a Sergi por dónde tirar, porque el joven no conocía con exactitud el lugar hacia el que se dirigían. Parece ser que Martí tenía las colmenas distribuidas por varios emplazamientos diferentes. Simonetta no había permitido que le dejaran sentarse en el asiento delantero. Los hombres hablaban con confianza, casi como de padre a hijo. Sergi le estaba contando que había tenido un desengaño amoroso después de haber estado bastante colado por un chico que había conocido en un viaje por Europa.

—Yo no te puedo dar demasiados consejos en este asunto, pero lo que está claro es que eres muy joven y que todo se pasa. Céntrate en tu trabajo y en las oposiciones. Ya encontrarás a otro cuando llegue el momento.

A Simonetta le gustó el tono que empleó Martí para aconsejar al joven. Parecía un hombre sensato y, por el lenguaje que utilizaba, culto. Algún estudio seguro que tenía o, al menos, era un autodidacta cultivado.

—¿Vamos muy lejos?—preguntó cuando los hombres llevaban callados un rato.

—No —contestó Pau—, es aquí cerca. Coge el desvío a Punta Nati —le indicó a Sergi.

—¿Están en Punta Nati? ¡Pero si allí no hay flor!

—No, no, mucho antes de llegar allí. Tú ve despacio, que yo te digo. Las llevé allí la temporada pasada porque hay mucho romero. El año pasado vino tu padre y estaban cargadas de miel, una gozada. Hace días las estuve tanteando y creo que esta temporada también cortaremos de lo lindo.

Se metieron por un camino muy estrecho por el que apenas cabía el Kia entre los dos muros de piedra seca. De cuando en cuando el camino se ensanchaba un poco, el espacio suficiente para apartarse a un lado y permitir que pasara otro vehículo que pudiera acercarse en el sentido contrario de la marcha.

—Para aquí —dijo Pau delante de una barrera de acebuche. Se bajó del coche y levantó la arandela de hierro para abrir la barrera. Separó las dos hojas y le hizo señas a Sergi para que metiera el coche y lo aparcara nada más pasar—. Es allá adelante. Tenemos que llevarlo todo a mano.

—¿De quién es esta propiedad? —preguntó Sergi.

—De Silvia Farrás. Me deja poner las colmenas a cambio de unos cuantos tarros de miel.

Primero se colocaron los trajes, Pau y Sergi con bastante destreza, y Simonetta sin ninguna.

—Ayúdala, Sergi —le dijo Pau para no intimidarla.

A través de la careta todo se veía regular; así debían de percibir el mundo las musulmanas con burka. Entre los tres transportaron los enseres mientras subían una ligera cuesta y se adentraban en la propiedad unos cincuenta o sesenta metros, hasta alcanzar una pequeña explanada donde estaban colocadas las colmenas, que eran unas doce, todas de madera con la tapa superior de metal. A su alrededor, tal como Simonetta había imaginado, revoloteaban multitud de abejas.

—No tengas ningún temor —le dijo Pau—. Llevas todo el cuerpo cubierto. Aunque se te acerquen, no te pueden picar; por eso es mejor que te mantengas tranquila y no corras en el caso de que te rodeen. Como no estás acostumbrada al traje, podrías tropezar y caer.

Simonetta había ido allí a ver y a aprender. Sabía muy poco, en realidad nada, del mundo de las abejas, pero desde que había leído que eran imprescindibles para la vida en la Tierra y que estaban en vías de extinción, tenía mucho interés por aquellos, hasta entonces, molestos animales.

—Si podéis contarme lo que vais haciendo, os lo agradeceré —les dijo.

—Bueno —dijo Martí con sorna—, veremos. Dicen por ahí que los hombres somos incapaces de hacer dos cosas a la vez, así que...

—Intentadlo, intentadlo, a ver si conseguís que os quitemos ese sambenito —le dijo Simonetta siguiéndole la broma.

—Allá vamos. Sergi, el ahumador, por favor. No te despistes.

El enfermero empezó a manipular un aparato que expulsaba humo y apuntaba a la vez a las manos de Pau, que levantaba la tapa de la primera colmena. Le explicaron que el humo espantaba a las abejas. La colmena estaba llena de unos soportes con marco de madera —los cuadros— que encajaban perfectamente colocados uno junto a otro en el interior. La parte central de cada cuadro estaba repleta de miel que las abejas habían ido elaborando sobre una base de cera y, a la vez, cada superficie del cuadro repleta de miel estaba cubierta por una fina capa, el opérculo, que protegía todo el contenido.

—Esto se llama «espátula» —le dijo Pau— y sirve para levantar los cuadros y poderlos sacar, porque ya ves lo pegados que están.

—¿Y con qué están pegados?

—Con cera. Las abejas son muy listas, cierran todo con cera herméticamente para que ningún animal se pueda comer la miel o a las crías.

Ya había sacado dos y, tras sacudir las abejas con un cepillo, intentado que los animalillos volvieran a entrar en la colmena, los había colocado en un gran cajón de madera que habían llevado en el coche.

—De aquí irán al extractor, que está en el cobertizo de mi casa. Es una máquina donde se colocan los cuadros alrededor de un eje central para que, al dar vueltas, se desprenda la miel y así podamos recogerla.

Pau tenía el papel principal en todo aquello y actuaba con gran destreza, y Sergi lo acompañaba como una especie de pinche. Se notaba que no tenía demasiada experiencia, porque Martí tenía que estar diciéndole constantemente lo que debía hacer: «¡Humo, más humo!», «Coloca bien ese cuadro; si no, no van a caber», «¡Rápido, el cepillo!», y así todo el rato, pero siempre con paciencia y buen humor.

—¿Qué es ese agujero que está ahí abajo?—preguntó Simonetta en un breve espacio de tiempo en el que Pau parecía descansar antes de pasar a la siguiente colmena.

—Eso es la piquera. Es el único orificio de la colmena, por el que entran y salen las abejas para buscar y traer el néctar de las flores. Tiene el tamaño perfecto para que no pueda entrar ningún otro animal que sea un ladrón potencial de miel o un depredador.

—Qué mundo tan curioso. ¿Y eso lo has aprendido tú solo?

—Todo me lo enseñó mi abuelo. Él era un verdadero artista de la apicultura. Sabía localizar el mejor sitio para colocar las colmenas. Ese es el secreto de una buena miel y de una buena cosecha: encontrar el sitio idóneo.

—¿Y eso cómo se sabe?

—Lo vas aprendiendo con ensayo y error. Todo depende de dos factores: el clima y la floración. A veces, en una misma propiedad hay un rincón adecuado y otro no. Es difícil de averiguar. Pero mi abuelo tenía un olfato terrible; donde él las ponía, era un éxito seguro. Yo, en cambio, soy solo un aprendiz que nunca llegará a nada, pero me divierte. Si en una temporada saco mucha cosecha, pues bien; si en otra saco menos, pues también.

—¿Y las abejas saben cuál es su colmena?

—¡Claro que lo saben! ¡Son muy listas!

Cuando Pau terminó de cortar parecía muy contento. Entre él y Sergi comentaban lo llenos que estaban los cuadros. Los llevaron dentro del cajón hasta el coche, después regresaron a la zona de las colmenas y terminaron de recoger todos los bártulos.

—¡Ahora, a almorzar! —dijo Sergi frotándose las manos.

Al regresar al coche aún los seguían unas cuantas abejas. Pau las espantó con el humo y pudieron quitarse con tranquilidad los trajes. Sergi sacó una cesta cubierta con un paño blanco de cocina y, sentados en el suelo, bajo una encina, comenzaron a almorzar. La madre del enfermero les había preparado una hogaza de pan, un salchichón y un táper con olivas negras. Pau llevaba una bota de vino de los tiempos de su abuelo el colmenero.

—¿Qué te ha parecido la experiencia? —le preguntó Pau a Simonetta.

—Aún estoy alucinando.

—Ahora que ya no hay prisa, cuéntale todo el proceso de la miel, Pau —le instó Sergi—. Si no lo conoce, va a alucinar aún más.

—¿Te apetece?

—¡Claro que sí! Hoy me voy con la lección completa.

Pau le explicó que las abejas melíficas recolectan el néctar de muchas flores hasta llenar el buche. Una vez lleno, regresan a la colmena desde la que han salido a entregar el néctar a las abejas jóvenes, que las están esperando a la entrada de la piquera. De ahí vuelven a salir al exterior para ejecutar el mismo trabajo unas doce veces al día, alejándose en un radio de tres kilómetros. Ya en la colmena, este se transforma en miel gracias a unas enzimas de la saliva de las abejas. El néctar lo regurgitan unas para que otras lo chupen, y así, con las enzimas de todas, van transformándolo para después depositarlo en las celdillas de los panales. Una vez allí, cientos de abejas ventiladoras baten las alas para enfriarlo hasta conseguir la miel.

Simonetta quedó maravillada con la explicación.

—Bueno, te lo he contado todo muy resumido. El mundo de las abejas y la miel es fabuloso, un mundo que se basa en el trabajo en equipo, que es bestial, como no hay otro en la naturaleza.

CUANDO ACABARON DE almorzar pusieron rumbo a Ciudadela. Los tres estaban de muy buen humor. Parecía que al pescador le había cambiado el carácter, ahora más abierto. A los dos hombres aún les quedaba la tarea de meter los cuadros por tandas en el extractor para sacar la miel. Pau explicó que toda la actividad relacionada con la apicultura tenía que desempeñarla en domingo, puesto que era el día que no salía de pesca.

Cerca ya de casa, Simonetta cayó en la cuenta de que había dejado el móvil encima de la mesilla de noche. Hasta entonces, como no se había percatado de ese detalle, no lo había echado en falta, pero desde el segundo en que le acudió a la mente, comenzó a impacientarse. «Esto es adicción, ni más ni menos», pensó, y también se acordó de que, entre unas cosas y otras, ni siquiera había leído el wasap que la había despertado. ¿Y si se trataba de algo importante? Entró rápido en la habitación. En efecto, encima de la mesilla de noche seguía esperándola aquel pequeño artilugio tan necesario y tan prescindible. Además de la llamada perdida de su madre, comprobó, con cierta sorpresa, que había recibido dos mensajes que no esperaba.

12

«¿Cuándo te puedo llamar?»

Curiosamente, los dos mensajes incluían el mismo texto, pero procedían de dos fuentes diferentes. El primero, que había recibido a primera hora de la mañana, era de Darío Ferrer, y el segundo, de un número que Simonetta no tenía entre sus contactos. Después de pensarlo, renunció a solicitar la identificación del segundo interlocutor, que, como perfil, tenía la fotografía de un precioso caballo negro enjaezado con numerosos adornos de colores. «Que se presente si quiere algo —pensó—, no voy a comunicarme con un caballo.» A Darío sí le respondió. Poco después, cuando estaba preparándose una ensalada para comer, sonó el teléfono. Desde que estaba allí apenas recibía llamadas, exceptuando las de su madre, pero cuando preveía que iba a mantener una conversación larga se instalaba frente a la cristalera de la terraza, acomodada en una mecedora de madera de pino que parecía haber sido diseñada para ella. Esa vez hizo lo propio. Era Darío.

—Has tardado mucho en contestar, italiana.

—He estado muy ocupada —le dijo Simonetta con aparente despreocupación, para intrigarlo. Sabía lo curioso que era y lo que le gustaba estar al tanto de todo.

—¿En domingo? ¿Y a primera hora de la mañana?

—¿Y por qué no? Recuerda que la primera hora de la mañana del domingo es la continuación de la noche del sábado. Igual tú ya te has olvidado, pero es así.

—¿Así? ¿Qué quieres decir? ¡No me dirás que tienes algo!

—Tener tengo pocas cosas...

—Me refiero a lo que tú ya sabes. ¿No tendrás ningún rollo? ¡Si hace solo un mes que estás aquí!

—Uy, no sabes tú la de gente que hay en todas partes aguardando a su presa.

—Te estás riendo de mí.

—Un poco, sí.

—Por un momento me lo he creído.

—Tampoco habría cometido ningún crimen.

—No, por supuesto. Pero no me parecería normal, no es propio de ti tener un lío al mes de llegar a un destino. No eres ninguna jovenzuela inmadura ni una buscona de tres al cuarto.

—Mejor cambiamos de tema, porque si no la conversación va a degenerar. Prefiero no replicarte porque no acabaríamos en lo que queda de día. Por cierto, ¿ya has terminado el partido de pádel?

—No, no, hoy estoy de guardia en la comisaría.

—¡Ah! ¿Por eso te has acordado de mí antes de que cantara el gallo?

—Sí, bueno, no... En fin, que he aprovechado la coyuntura para hablar contigo con tranquilidad. Se supone que tú tienes fiesta y yo estoy libre en mi despacho para hablar con tiempo y libertad. Pero, antes de nada, ¿vas a decirme qué has estado haciendo esta mañana?

—He estado cortando miel de unas colmenas.

—Bueno, vale, fin del tema, ya veo que no tienes ganas. Entonces no te insisto.

Ferrer hizo una pausa por si Simonetta se ablandaba y entraba en el juego. En vistas de que no —qué dura se estaba volviendo—, decidió proseguir, no fuera a ser que entrara alguien en el despacho para requerirlo en algún asunto.

—Vamos a lo nuestro. ¿Has comenzado con las pesquisas?

—Siento decirte que sí, pero que aún no he sacado ninguna conclusión. De momento no he encontrado ninguna pista. He visitado dos de los lugares de las muertes, el Camí des Alocs y la playa de Son Bou, sin ningún resultado aparente. También he rastreado por internet la vida de los fallecidos, sobre todo desde el punto de vista profesional, que, en una primera estimación, es lo que los une, pero no he logrado ningún hallazgo, no he visto coincidencia en sus trayectorias. Sin interrogar a sus familias y allegados, y sin posibilidad de practicar una segunda autopsia, va a ser muy difícil llegar a buen puerto, Darío.

—¿Ya te das por vencida?

—¿Qué dices? ¡Ni por el forro! Lo que hay es lo que hay, pero buscaremos y encontraremos.

—¡Esa es mi italiana! Bueno, pues para que sigas buscando, te he apañado una visita al tercer lugar de las muertes: el Lazareto de Mahón. Por cierto, ¿tú sabes qué es un lazareto?

—¿Lo dudas? ¡Pues claro que sé lo que es! Y no solo tengo ganas de visitarlo por el asunto que nos ocupa, sino por auténtica curiosidad. Aunque, no creas, me da un poco de grima un sitio como ese.

—Para que no te dé tanta grima puedes buscar un acompañante.

—¿Un acompañante?

—Sí, una amiga, una vecina, una compañera... Y va en serio, lo necesitas. Hay visitas guiadas una vez al mes durante la temporada baja, siempre y cuando se complete un grupo de al menos cinco personas. Mi secretaria estuvo concertando una visita y para la próxima semana hay una prevista, pero por ahora solo tienen tres personas apuntadas. Si vas tú con alguien más está todo solucionado.

—¿Y por qué no vienes tú?

—¿Yo? La visita siempre es la tarde del primer jueves del mes. Y los jueves llevo a mi hijo al partido. Imposible.

—Qué abnegados sois los padres.

—Ya ves. El colmo de la abnegación. Los buenos padres, ¿eh?

Concretaron el lugar, el horario y varios detalles por investigar a partir del informe de la policía sobre la muerte del doctor Carlos Lladró Gisbert, oncólogo.

—A propósito —dijo Ferrer antes de despedirse—, tienes que decirme si hay algo de verdad en lo que has insinuado antes.

—¿Sobre qué?

—No juegues conmigo, italiana, lo sabes perfectamente.

—Te he dicho la verdad: he estado cortando miel de unas colmenas.

—No consigo entender la metáfora. Ya sabes que soy poco ducho en letras, prácticamente un iletrado, vaya.

—Ese es un problema grave, es cierto.

—Vayamos al grano —dijo Ferrer comenzando a ponerse nervioso con tanto circunloquio—. ¿Tengo motivos para ponerme celoso?

Simonetta se echó a reír.

—¡Qué fantasma eres! ¡Tú eres el que tendría que ir a confraternizar con los fantasmas que deben de pulular por allí!

En realidad, le habría gustado visitar el lazareto junto a Ferrer. Era un auténtico sabueso a la hora de encontrar pistas y de descubrir detalles en apariencia banales que para

113

el resto del equipo podrían pasar desapercibidos y que, asombrosamente, pueden cerrar el círculo de un caso *a priori* irresoluble. Sin contar, por supuesto, con sus premoniciones. En eso era un maestro. En ocasiones, Simonetta había llegado a dudar de su veracidad. Es decir, de que el origen de una hipótesis no fuera una premonición *per se*, sino, simple y llanamente, un hallazgo real ocultado por el comisario para recrearse ante una Simonetta admirada y entregada. Pero qué va, ni pistas ocultas ni hallazgos escondidos, las premoniciones existían y en experimentarlas Darío Ferrer era el rey. Por eso y por su fogosa, vehemente, expansiva y eufórica personalidad, merecía la pena trabajar con él. Tenía chispa. ¿También para los hombres? Simonetta no estaba tan segura. De lo que sí estaba convencida era de que su chispa, además de ayudarlo a hacer amigos y subir peldaños en el cuerpo, también podía encender —y de hecho, encendía— demasiados corazones de otras tantas féminas que suspiraban por él.

—Sergi, cuando termines voy a proponerte algo.

—Muy bien, doctora. Me quedan dos curas y un control de obesidad. Luego paso.

No había manera de que el joven enfermero la tuteara. Después de haber compartido dos aventuras extraprofesionales, de tener en común a una persona como Pau, Simonetta le volvió a sugerir que lo hiciera, sobre todo porque estaba surgiendo entre ambos una simpatía mutua. Pero ni por esas.

—¿Qué tal ha ido la consulta?

—Bastante bien, Sergi. Como hoy no tengo ninguna visita a domicilio, me estoy poniendo al día los electros y los MAPA.

—¿Quería proponerme algo?

—Sí, siempre y cuando no te veas obligado a secundarme. Si te apetece la propuesta, perfecto, pero si te parece un coñazo, directamente me lo dices y se acabó.

—Adelante, no me tenga en ascuas.

—¿Quieres acompañarme a visitar el Lazareto de Mahón?

—¡Ah, bueno! ¡Si solo es eso...! Pensaba que se trataba de algo más arriesgado: una travesía marítima a nado o una carrera de motos campo a través. O algo así.

—¿Tan rara aparento ser? ¿O es que soy una friki consumada?

—No, no, de friki nada, pero entre lo que se ha hablado de usted y lo que me va contando... uno espera cualquier cosa —le respondió el joven divertido.

A Simonetta se le heló la sonrisa.

—¿Lo que se ha hablado de mí? ¿A qué te refieres? —le preguntó intentando ocultar la preocupación que le había surgido de repente.

—Nada —respondió Sergi quitando hierro al asunto—. Ya sabe, aquí somos cuatro gatos. Esto es como un pueblo, sobre todo en invierno, y de algo hay que hablar. Antes de que llegara, se rumoreó por aquí que había algo raro en su contratación, que no estaba en las listas de interinos y que alguien había movido ficha para que consiguiera la plaza. Una doctora que está haciendo sustituciones en Ferreries la pidió antes de que usted llegara, pero no se la dieron, que hubiera sido lo normal.

—No lo sabía. Yo mandé mi currículum a la Subdirección de Atención Primaria y me llamaron para ofrecerme esta plaza. No pensé que hubiera nadie delante de mí esperándola.

—Bueno, no sé. Olvídese, no le dé más vueltas a eso. Usted está aquí y lo demás no importa.

115

—De todas formas, te agradezco tu sinceridad, Sergi. Cualquier otro se hubiera callado.

¿Serían esas las habladurías o irían más allá? ¿Alguien se habría enterado de que acababa de salir de prisión y sería ese el tema principal de la murmuración? ¿O simplemente de que no tenía el título de catalán? Mejor no comerse el coco, como el bueno de Sergi le había aconsejado, con su encantadora sonrisa y su amabilidad. Porque sí, era tan amable que aceptó la proposición de Simonetta, aunque estaba convencida de que no era precisamente el mejor plan que el joven tenía en mente.

«¡Hola! ¿Puedo llamarte ahora? Soy Toni Sagrera».

«Vaya —pensó Simonetta—, este es el del caballo. A ver qué quiere.»

—¿Sí?

—¿Simonetta?

—Hola, qué tal.

—¿Estás ocupada?

—No, en este preciso momento, no. Quiero decir que no estoy con ningún paciente.

—Perdona que te moleste, pero necesito que me des un consejo.

—Tú dirás.

—Me lloran mucho los ojos y quería que me recomendaras algo para echarme.

—¿Estás seguro? Recuerda que soy médico.

—Ya veo que todavía seguimos con el tema.

Simonetta se arrepintió del comentario en el acto. Sagrera tenía razón, habían dejado zanjado el asunto. Seguir por ahí la convertía en una estúpida.

—No, no quiero seguir con el tema, disculpa. ¿Puedes mandarme una foto?

—*¡Ipso facto!*

Simonetta vio la foto, le hizo unas cuantas preguntas y le recomendó un colirio para la conjuntivitis.

—¿Cómo puedo agradecerte la consulta?

—Ya está, me doy por agradecida.

—No, no, de eso nada. Te la tengo que agradecer en condiciones. Menudo chollo contar con una doctora que me cura una conjuntivitis sin pedir hora ni tener que moverme del despacho. Si te parece que eso no es de agradecer... ¿Y si te lo compenso invitándote a cenar?

—No acepto invitaciones de mis pacientes —le dijo Simonetta con tono de ¿coqueteo?

—Yo no soy un paciente. Soy un amigo. Y los amigos están a otro nivel, siempre tienen que ser agradecidos. Dime tan solo qué día te va bien.

—Lo pensaré. Ya te diré. Que te mejores.

Aquel hombre era un peligro.

13

Según la RAE, un lazareto es un «establecimiento sanitario para aislar a los infectados o sospechosos de enfermedades contagiosas».

Los lazaretos se encontraban en ciudades costeras con puertos importantes. Su finalidad era albergar a los viajeros que deseaban entrar en el país procedentes de lugares que podrían estar infectados y también las mercancías que portaban. Estos viajeros debían permanecer en el lazareto durante la cuarentena antes de entrar en España. Si alguna persona enfermaba, se la trataba y se ventilaban tanto las mercancías como los equipajes para que «quedaran libres de enfermedad», según relataban los informes científicos de la época. Si alguien moría, se le enterraba allí mismo. Un lazareto estaba perfectamente aislado y cercado. Nadie podía escapar.

En 1793, bajo el reinado de Carlos III, se comenzó a construir en la península de San Felipet, a la entrada del puerto de Mahón, una fortaleza sanitaria para albergar el Lazareto de Mahón. Una vez construida la fortaleza, el istmo que lo convertía en península se destruyó y el pedazo de tierra en donde se ubicó se convirtió en una isla.

La visita guiada comenzaba a las cuatro de la tarde y duraba unas dos horas y media. Sergi había oído hablar del lazareto y conocía su cometido, pero nunca lo había visitado. La propuesta de Simonetta para que lo acompañara le pilló de sorpresa, pero no le importó ir. Se encontraba a gusto con ella y quería agradarla. Además, Pau Martí, después de cortar la miel el domingo anterior, mientras estaban poniendo en marcha el extractor, había comentado de refilón lo sola que la veía.

—En el centro de salud tampoco se está integrando demasiado —le dijo Sergi extrañado de que Pau, con lo reservado que era, le hablara así de Simonetta—. Es correcta con todos, pero va bastante a su bola. Y eso que Quique Coll no para de entrar en su consulta con cualquier excusa, de muestra todo el día, como los perros de caza detrás de la pieza. Pero ella no le hace ni caso.

—No es mujer para Quique —intervino el pescador.

—Claro que no, ya le gustaría, pero él no lo ve. Él, como siempre, cuando se encapricha de alguna no la deja en paz ni a sol ni a sombra. Se obsesiona. Y le da igual los cortes que le den, él sigue insistiendo noche y día. Ha llegado a hacer cosas alucinantes que a ti no se atreverá a contarte. La verdad —continuó después de unos segundos— es que no sé por qué habrá caído esa mujer por aquí. Ni lo sé yo ni lo sabe nadie.

—Las islas acogen a los que huyen.

—¿Tú crees? ¿Crees que querrá escapar de algo?

—Si te digo que todos huimos de algo te pareceré demasiado filosófico, pero pasados los treinta, el que recala en esta isla de algo huye.

—¿A ti no te gusta, Pau? Me refiero a si la ves atractiva como mujer. Yo sí creo que lo es, pero mi perspectiva no es la misma que la tuya, claro.

—Sí que es una mujer atractiva, por supuesto, guapa y atractiva, o al menos a mí me lo parece. Y, además, también

119

resulta interesante, que es aún más importante. Pero no te despistes, Sergi; saca rápido los cuadros, que si no se nos va a pasar el día sin que hayamos terminado.

LE HABRÍA GUSTADO ir al lazareto en moto. No le habría importado llevar de paquete a Sergi, pero temía que el enfermero aceptase esta nueva propuesta por compromiso —tal vez la anterior también— y no quería exponerlo al riesgo que supone la carretera encima de un vehículo de dos ruedas. Cogieron el antiguo Alfa Romeo rojo que le había alquilado Pau con el lote de la casa y salieron nada más acabar su horario de trabajo, después de comerse un buen bocadillo de queso y sobrasada, para no perder el barco que los llevaría al lazareto.

—¿Qué me cuentas de Pau, Sergi? —le preguntó Simonetta al poco de salir de Ciudadela—. ¿Desde cuándo lo conoces?

—¡Uy! La pregunta sería «¿desde cuándo te conoce?», porque prácticamente me ha visto nacer. Tenemos cierto parentesco que ni yo sé precisar, pero nuestra buena relación es por vecindad: sus padres y mis abuelos han vivido siempre puerta con puerta en el carrer de Sa Muradeta, justo encima del puerto, y las dos casas han estado abiertas para unos y para otros a cualquier hora.

—Parece buena gente.

—Es el mejor, honesto hasta la médula —Sergi, tras una pequeña pausa, continuó—, aunque, todo hay que decirlo, un poco raro también es.

—¿Y eso?

—Les pasa a muchos pescadores, sobre todo a los que tienen barcos pequeños y salen solos a faenar. La soledad de la mar los vuelve... maniáticos, extraños.

—¿Está casado?

—No, no está casado. Hace unos años se comentó que vivía con una extranjera que nadie conocía, ni siquiera se sabía de dónde había salido. Hubo muchos comentarios al respecto, incluso se llegó a dudar de si alguien en realidad la había visto o solo era un cuento que había surgido de la nada. Sin embargo, debió de ser cierto, porque a mi padre, aunque sin grandes explicaciones, se la presentó. Pero de la misma manera que había aparecido, desapareció y nadie la volvió a ver. Y, que yo sepa, hasta hoy no se le ha conocido ningún lío más, al menos de cara a la galería. También era muy amigo de Carla, la mujer de Sagrera, pero de parejas... nada más. Y a usted... ¡Uyyy! ¡No me diga que le gusta!

—Tiene un punto —le soltó Simonetta divertida. Los dos se echaron a reír.

Llegaron a Es Castell sobre las cuatro menos cuarto. Aparcaron y bajaron andando al pequeño puerto de pescadores, lugar de encuentro para los que iban a visitar el lazareto. Todos los bares, menos uno, estaban cerrados. Había dos mesas al sol y se sentaron en la que estaba vacía. Al poco llegó un grupo de tres personas, dos mujeres y un hombre, todos de unos sesenta años, que preguntaron si alguien se dirigía al lazareto.

—Nosotros vamos —les contestó Simonetta—, pueden sentarse aquí si les apetece.

Todavía no habían acabado el café cuando se presentó delante de ellos un hombre cuadrado, curtido por el sol, con una gorra de marino y un purito en los labios.

—¿Ustedes son los de la visita? ¡Pues todos al barco!

Le entregaron las entradas y subieron uno por uno a la embarcación. Las de Sergi y Simonetta se las había mandado esa misma mañana Darío Ferrer. Solo se vendían en la oficina de turismo de Mahón, no se podían adquirir ni en el barco ni en la fortaleza. Durante el breve trayecto hasta la isla del lazareto, el hombre les explicó que él solo era el encargado de llevarlos y devolverlos, y que el guía ya los estaba esperando para enseñarles la pequeña ciudad, ya deshabitada, que había dentro del muro.

—Tengan paciencia con Wenceslao —les dijo—, es el que más sabe de este lugar y el que más lo mima, pero hay veces que cree que es de su propiedad, y si ve a alguien pisando donde no debe o tirando cualquier cosa al suelo, lo crucifica con la mirada. Antes aún era peor, por cualquier tontería echaba unas broncas tremendas a los visitantes. Eso hasta que uno de ellos, que resultó ser un político importante, se quejó a sus superiores y por poco lo echan. Desde entonces se le han bajado bastante los humos porque sabe que, si lo sacan de aquí, se muere.

—¿Vive allí dentro? —le preguntó Simonetta horrorizada ante la idea de que alguien pudiera vivir solo en un sitio como aquel, cercado por un alto muro de siete metros y metro y medio de espesor.

—Sí y no. Tiene vivienda dentro y otra fuera, en Es Castell. La de dentro es gratis e incluye la luz y el agua. Eso entra en el sueldo, porque además de guía es guardián del lazareto. La de fuera es de su propiedad. Como es soltero y no tiene que dar explicaciones a nadie, hace lo que le da la gana; si un día quiere quedarse, cierra la puerta por dentro y se echa a dormir. ¿Que otro día se le antoja dormir fuera?, pues cierra la puerta y yo lo acerco con mi barco al pueblo.

—Usted se refiere a la puerta del muro —le dijo Simoneta.

—Sí, claro. El muro tiene que permanecer cerrado siempre, para que no entre nadie.

—Es curioso —dijo el hombre que iba con el grupo de

tres—, antes el muro se cerraba para que nadie pudiera salir y ahora se cierra para que nadie pueda entrar.

—Ya veo que conocen la historia —dijo el marino.

—Un poco, sí. A mí me gusta informarme bien de los sitios a los que voy, así aprovecho mejor el viaje.

—Eso está bien, eso está bien —añadió el patrón en tono jovial.

Cuando estaban a punto de llegar avistaron al guía, que descendía por una cuesta hacia el embarcadero. Detrás de él, se levantaba imponente la monumental construcción de piedra. Era un mazacote de forma cuadrada y amurallado, castigado por la tramontana, la humedad del mar y el desgaste de la sal. Las olas, incansables, chocaban contra sus muros como si intentaran apartarla lejos, o derruirla, con un trabajo titánico, persistente, que, a pesar de los años, todavía no había dado sus frutos. Unas nubes oscuras ocultaron el sol en un instante y el colosal monumento viró de color en segundos, del beis de la arenisca al gris plomizo del cielo.

Ya de cerca, Simonetta observó detenidamente al guía. Tendría unos sesenta y tantos años, era alto y corpulento, con una buena mata de pelo gris. Ayudó al patrón a atracar el barco y después, como si fuera el mayordomo principal de una mansión inglesa, se cuadró al paso de los cinco visitantes. Por una parte, su corrección al vestir, su buena facha y sus agraciadas facciones le hicieron presuponer a Simonetta un pasado de galán; sin embargo, su hierática expresión y el encorsetamiento de sus gestos le hicieron dudar de sus hipotéticas conquistas. «Este sí que es raro —pensó—, pero raro raro, por no llamarlo siniestro.» El patrón del barco se despidió y, mientras todos seguían al guardián del lazareto por la cuesta desde donde se accedía a la fortaleza, Simonetta contemplaba alejarse el barco y le rogaba a

123

san Antonio, patrón de la isla, salud para el marino, al menos hasta que los llevara de vuelta al puerto de Es Castell.

EL GUÍA TENÍA una voz grave y poderosa, y sabía modularla a la perfección, pero la usaba como el locutor de radio que lanza su crónica o su arenga a través de las ondas, sin contacto material con los miles de oyentes que lo escuchan con atención. Sus ojos azules no se cruzaban con las miradas de los visitantes, él miraba más allá, como si lanzara su mensaje a los miles de almas que habitaron otrora ese lugar sombrío. Comenzó hablando de la historia de la isla, de sus herencias británica y francesa después de las sucesivas ocupaciones llevadas a cabo por esos dos países, y del papel de los lazaretos durante las epidemias de la peste, el tifus y la fiebre amarilla. A la vez que conducía a los visitantes por los edificios, jardines y huertos abandonados de aquella ciudad simulada, iba explicando con todo lujo de detalles la distribución y la función que cumplían todas y cada una de las partes de aquella gigantesca prisión de enfermos.

—Toda la fortaleza se divide en cuatro partes: la patente sospechosa, la sucia, la apestada y la limpia. La patente sospechosa albergaba a las personas que llegaban de puertos que podían estar infectados y también sus efectos personales. En ella hay un gran edificio en el que se alojaban los pasajeros, una enfermería, un huerto, un almacén de ventilación y una torre de vigilancia. En la patente sucia se disponían los tripulantes, los viajeros y los enseres procedentes de los barcos en los que se había detectado algún caso de infección o que habían estado en contacto con algún buque contagiado. En esta zona veremos las casas donde se alojaban los viajeros, varios huertos donde cultivaban sus propios alimentos, un corralón para ganado, dos enfermerías, quince oratorios, una torre de vigilancia y cinco almacenes de ventilación de los productos. La patente apestada estaba destinada a los enfermos y disponía de tres enfermerías y de locutorios a través de los cuales se podía hablar con los ingresados en la patente sucia. Adyacente a esta se encuentra el cementerio. La cuarta de ellas, la patente limpia, nunca llegó a construirse. Aquí recalaron casi catorce mil buques, ciento once mil pasajeros y doscientos setenta y seis mil miembros de tripulaciones en cien años. En 1919 recaló el último barco para cumplir la cuarentena. A partir de entonces, dejó de utilizarse para fines sanitarios. En 1967 las instalaciones se adecuaron como residencia de vacaciones de los trabajadores del Ministerio de Sanidad. A partir de 2015, la gestión del lazareto se trasladó al Consejo Insular de Menorca.

—¿Y qué hacían los viajeros mientras estaban aquí? —preguntó Sergi. Simonetta se alegró de que participase activamente en la visita. En algún momento llegó a pensar que se estaba aburriendo soberanamente.

—Los que estaban sanos llevaban una vida medianamente normal; trabajaban en el huerto, limpiaban, ayudaban en la cocina, paseaban, charlaban entre ellos... hasta que alguno caía enfermo y tenía que pasar a la enfermería. Aquí no solo enfermaban los viajeros, sino también los médicos, los trabajadores, los ayudantes... y morían algunos, claro está.

—¡Tremendo! —soltó el hombre del grupo de tres—. ¡Esto da *yuyu*! Parece que te están mirando desde las ventanas.

—¡Tonterías! —exclamó con desprecio el guía—. Miren eso de ahí —dijo señalando unas pequeñas construcciones de una sola planta distribuidas en círculos—. ¿Alguien sabe qué era esto? —Nadie se atrevió a contestar.

—¿No serán corralizas para animales? —le dijo una mujer a otra en voz baja.

—¿Qué está diciendo usted?—le recriminó el guía, que parecía haberla oído—. Aquí se metía a los enfermos para oír misa y el sacerdote les daba la hostia consagrada desde aquí —continuó situándose en el centro de la circunferencia—, con unos palos largos que introducía por entre los barrotes de hierro.

—¡Madre mía! —no pudo evitar decir la mujer.

—¿Adónde pensaba que habían venido, a un parque de atracciones? —soltó huraño.

—Ahora que lo dice —intervino el hombre, para rebajar la tensión—, un parque de atracciones no, pero un hotel sí que se podría construir aquí. ¿Alguien lo ha pensado?

—No lo sé. Que yo sepa, no.

—¿No cree usted que sería una buena forma de rehabilitar y mantener todo esto? Podrían convertirlo en un resort de lujo, con el mar alrededor.

—Yo aquí no estoy para especulaciones, pero si quieren mi opinión, les diré que un lugar donde ha padecido tanta gente y han muerto tantos otros no es un buen sitio para el jolgorio, sino para mantener viva su memoria, como trato de hacer yo.

—¿Desde cuándo está usted aquí? —le preguntó Simonetta.

—Desde siempre.

—¿Cómo que desde siempre? —intervino la otra mujer—. ¿Qué quiere usted decir?

—Llevo aquí muchos años, señora, prácticamente toda la vida. Es mi casa.

Sin dar más explicaciones, el guarda les dio la espalda y entraron todos en el último espacio que les quedaba por ver.

—Y para finalizar —prosiguió Wenceslao—, esto es el cementerio.

Todo el lazareto infundía respeto, tanto por lo terrible de su historia como por la falta de vida que había dentro de aquel muro inaccesible. Y el cementerio imponía aún más. A la vista quedaban las lápidas desgastadas de los muertos más ilustres, rodeadas de malas hierbas que habían crecido hasta superar su altura. Al fondo, desde una apertura enrejada que hacía las veces de ventana situada en una de las paredes, el osario mostraba la futilidad de la vida y el destino inexorable hacia el que todos nos dirigimos.

En aquel mismo lugar, delante del osario, había aparecido el cuerpo del tercero de los médicos fallecidos, el doctor Lladró.

—Leí en la prensa que a principios de año murió un hombre aquí mismo, ¿no es así? —le preguntó Simonetta directamente al guarda. El hombre, que estaba dando una explicación a las otras dos mujeres, se giró de repente hacia ella y le lanzó una de esas miradas fulminantes de las que les había advertido el patrón del barco.

—Sí —le contestó tajante, ante el repentino interés del resto de los visitantes.

Como aparentaba no querer añadir nada, Simonetta continuó.

—¿Se supo de qué murió?

—Yo no lo sé, pero si lo supiera tampoco se lo diría. No sé por qué a usted le tiene que importar de qué va muriendo la gente por ahí.

—Pero ¿le estaba enseñando usted el lazareto como a nosotros? —prosiguió Simonetta, dispuesta a conseguir toda la información por la que había ido hasta allí, costara lo que costara.

El guía la volvió a fulminar. Si hubieran estado solos, probablemente se habría limitado a no contestar o a hacerlo con un simple monosílabo, pero el resto del grupo, Sergi incluido, lo rodeaba con ávida curiosidad, casi con morbo, como si fuera un famoso a punto de dar una exclusiva.

—Sí, claro, se lo enseñé todo, como a ustedes, antes de que muriera.

—Pero, entonces, ¿usted presenció su muerte?

—Yo no presencié nada.

—Como ha dicho que se lo enseñó todo antes de que muriera... —intervino el hombre del grupo de tres—, da a entender que lo vio morir. La señora, o señorita, tiene razón.

El guarda comenzó a ponerse nervioso.

—Les repito que yo no vi nada. Le enseñé todo antes porque después de morir habría sido imposible, pero no pongan en mi boca nada más. Lo encontré aquí muerto al día siguiente, eso es todo.

—¿Y no se dio cuenta de que faltaba cuando abandonaron el lazareto?—le preguntó, casi como si se tratara de un interrogatorio, una de las mujeres, facilitándole la tarea a Simonetta sin proponérselo.

—No me di cuenta porque ese día el grupo era muy numeroso, no como ustedes.

—¡Ah, menos mal! —saltó Sergi—. Si uno de nosotros la palma espero que se dé cuenta y no nos deje en este sitio tan espeluznante a pasar la noche.

—Ese señor, al que encontró muerto aquí, ¿también era tan preguntón como nosotros? —intervino Simonetta con gracia, con la intención de que contara todo de una vez.

—No abrió la boca en toda la visita —le respondió atravesándola con la mirada fría, casi de forma perturbadora. Después dio la vuelta y salió del cementerio en cuatro zancadas—. ¡Visita terminada! —anunció desde la puerta, que cerró cuando todos ya estaban fuera del camposanto.

«Pobre hombre —pensó Simonetta—. Si este loco lo dejó dentro del cementerio por olvido y cerró la puerta sin percatarse de que faltaba un visitante por salir, pudo fallecer de muerte natural. De un soponcio o, simplemente, de hipotermia. Era un 4 de enero. Tengo que repasar la autopsia, tiene que haber algún dato que arroje luz en todo esto.»

Durante los diez minutos que tardaron en llegar al camino que conducía al embarcadero, el guarda no abrió la boca. Conservaba el hieratismo y la distancia mientras el grupo hablaba entre sí, alabando las vistas una vez que atravesaron el muro que dibujaba a la perfección el perímetro de la pequeña isla. Sergi también se había unido a los comentarios de los otros visitantes en vista del silencio de Simonetta y de su afición por fotografiarlo todo. Seguramente no tendría otra oportunidad de hacerlo, el lugar del crimen no era un espacio abierto, y si volvía por allí Wenceslao la reconocería, de eso estaba segura, y podría sospechar que tramaba algo. Aunque podía volver a visitar la fortaleza, no quería dar pistas de su interés, ya no solo por el guía, sino por todos los testigos que pudiera haber aquel 4 de enero, y hasta por el presunto asesino. No tenía una verdadera premonición sobre Wenceslao, no llegaba a tanto, pero estaba segura de que no había contado toda la verdad, ni a ella ni a la policía. ¿Por qué? Esa era desde entonces la prioridad en la investigación.

—¿Usted recuerda que a principios de año murió un hombre en el lazareto? —le preguntó al patrón cuando ya estaban de regreso al puerto de Es Castell. El resto de los pasajeros permanecían sentados y ella se había levantado a hablar con él simulando hacer una fotografía desde el puente.

—Sí, algo pasó, pero yo esos días estaba en el hospital, ingresado por una neumonía. Le dio un infarto o algo así. Eso es lo que dijeron.

—¿Y quién lo sustituyó aquí, en el barco?

—Ah, uno del pueblo que ya está jubilado. Cuando falto por algo, viene él.

—¿Es de aquí, de Es Castell?

—Sí, sí, de aquí mismo.

Simonetta no sabía cómo sacarle más información.

—¿No será el padre de Teresa Fornells?— se le ocurrió improvisar.

—No, el Antoni solo tiene un hijo que vive en Luxemburgo. Trabaja en algo de Europa. Es muy listo y ocupa un cargo muy importante.

—Igual lo conozco, ¿sabe cómo se llama? Yo viajo a Luxemburgo por motivos de trabajo y conozco a muchos españoles.

—¿El hijo? Antoni, como el padre, Antoni Goñalons.

Al desembarcar, como quien no quiere la cosa, Simonetta aprovechó para darle las gracias y hacerle una última pregunta.

—¿Se pueden concertar visitas particulares al lazareto? Van a venir unos amigos y me gustaría que lo conocieran. Me ha parecido muy interesante, pero estarán tan solo un fin de semana y, por el momento, solo hay visitas los jueves. No me importaría pagar un precio mayor.

—No, eso lo lleva todo a rajatabla el Consell Insular. Nosotros trabajamos para ellos y no podemos apalabrar nada por nuestra cuenta.

Durante el viaje de vuelta a Ciudadela, Sergi y Simonetta siguieron hablando del lazareto y de las terribles condiciones en las que trabajaban tanto los médicos como las enfermeras tiempo atrás.

—Parece que te ha gustado la visita, Sergi, me alegro.

—Sí, más de lo que esperaba.

14

Nada más llegar al centro de salud, Simonetta Brey se dirigió a la zona de Administración.

—¿Tenéis por aquí alguna guía de teléfonos de las de toda la vida?

—En ese cajón hay una nueva que acaban de traer. De cuando en cuando aún las utilizamos para buscar el teléfono de algún paciente.

Ya en la consulta, antes de encender el ordenador, le pudo la curiosidad y buscó en el municipio de Es Castell las señas de Antoni Goñalons. Allí lo tenía, con teléfono —afortunadamente tenía fijo— y dirección. No estaba tan mal la tecnología «preinternet». Era muy pronto para llamarlo y, además, el próximo paciente estaba citado en cinco minutos. Decidió esperar al momento del descanso de media mañana. La noche antes, nada más llegar a casa, le había escrito un wasap a Ferrer: «Necesito toda la información posible sobre Wenceslao, el guía del Lazareto». Ese era un cabo del hilo que debía seguir, acabara en madeja o en nada. Se trataba de la única pista medianamente tangible de que disponía hasta el momento, porque tenía bastante claro que el guarda no le había dicho toda la verdad.

Evidentemente, el hombre no estaba obligado a contarle detalle alguno ni a facilitarle ningún tipo de información sobre la muerte del doctor Lladró, puesto que no lo había interrogado en calidad de policía ni de forense, pero su reticencia a hablar de una muerte en apariencia natural no era habitual en una persona que está acostumbrada al trato con el público y a responder múltiples preguntas. Además, el guarda le había dado mala espina y, aunque esa sensación ni se podía demostrar ni era una auténtica premonición, había algo que la inquietaba y la empujaba a continuar por esa vía de investigación. Al fin y al cabo, ella iba por libre, no estaba obligada a dar explicaciones de sus pasos ni debía argumentar sus decisiones a ningún superior, ni siquiera a Darío Ferrer. Por el momento.

—Doctora —le preguntó Sergi, que apareció por la puerta que comunicaba las dos consultas—, ¿tiene un hueco antes de empezar a pasar visita?

—Pues sí, claro, dime lo que necesitas.

—Hay una paciente fuera sin cita. Dice que es urgente que la vea.

—¿Pero es una urgencia real o simplemente quiere saltarse la lista de espera?

—No sé, está muy alterada y está poniendo en su contra a los que están esperando.

—¿Contra mí? Pero ¿la conozco?

—Parece ser que la atendió ayer y le ha sentado mal la medicación que la recetó.

—Vale, vale, que pase la primera.

Al verla, Simonetta recordó enseguida a la mujer. En efecto, el día anterior había estado en la consulta para conocer los resultados de unos análisis rutinarios. No recordaba haberle cambiado el tratamiento.

—Buenos días, ¿qué le ocurre?

—¿Que qué me ocurre? ¿Usted sabe lo que me dio ayer? ¿Tenía ganas de matarme? —dijo a trompicones, muy enfadada.

—Perdone, pero en este momento no recuerdo si le prescribí alguna medicación —respondió Simonetta, intentando localizar en la historia clínica del ordenador qué medicina le había recetado.

—¡El *feralgán* ese! Usted me lo vendió como si fuera una maravilla y por poco me mata.

—¡Ah, Efferalgán! Sí, recuerdo que me pidió algo para el dolor de la rodilla antes de irse. Pero ¿qué le ha sucedido? ¿Le ha dado alergia o algo parecido?

—¡Qué sé yo si era alergia o qué era! Anoche fui a tomarme la pastilla, ¡y no había forma de tragármela de lo grande que era, por poco me ahogo! ¿Cómo me da usted una pastilla así de grande? ¿Quién se traga eso, por Dios? Al final, como no me pasaba ni para adelante ni para atrás, bebí un buen trago de agua. ¡Y ahí vino lo peor, empezó a quemarme la garganta y a salirme humo por la boca y por la nariz!, ¡qué ardor! ¡Y no podía tragar ni respirar! ¡No me ahogué de milagro! ¿Cómo pudo recetarme algo así? ¡Eso es para matar a alguien! La doctora que estaba antes de usted en la vida me ha hecho una cosa igual. Vengo a decirle que me cambio de médico. ¡Y pobres de sus enfermos!

La mujer salió digna de la consulta. Sergi se desternillaba de risa mientras lo oía todo por la puerta entreabierta. Simonetta no sabía si reír o llorar. La situación era cómica para el que estuviera al tanto de que el Efferalgán es un gran comprimido... efervescente, para disolver en agua antes de tragarlo. A Simonetta no se le había ocurrido comentárselo, dado lo conocido que era el medicamento. Evidentemente, la responsabilidad era suya, puesto que dio por hecho que la mujer sabía cómo tomarlo, cuando en realidad no era así. Podría haberse atragantado. «¡Uf!, qué bien se trabaja con los muertos, ¡no se te pueden morir!», pensó.

El resto de la consulta transcurrió sin incidencias. Como todos los días, en el rato de descanso, Quique Coll llamó a su puerta.

—¿Apetece un café?

—Hoy me quedo sin café, Quique, tengo trabajo aquí.

—No será eso verdad.

—Pues sí, es verdad, ya sabes cómo son los lunes.

—Me ha dicho Sergi que estuvisteis ayer en Mahón.

—Sí, me acompañó a visitar el lazareto.

—Yo ayer tenía la tarde libre. No me habría importado ir, porque no lo conozco. La próxima vez que necesite acompañante la doctora Brey, ya sabe dónde me tiene a su completa disposición —dijo desde la puerta, inclinándose hacia adelante.

—Muy bien, Quique —le dijo Simonetta para cortarlo cuanto antes—, lo tendré en cuenta.

—Que trabajes a gusto. Ya te subiré un café.

Menos mal que no insistió. Era un tanto cargante, aunque en el fondo, con el trato a diario, Simonetta se estaba acostumbrando a su galantería, qué remedio. Hasta le hacía gracia. Pero aquel día estaba impaciente por hablar con Goñalons, el patrón del barco que trasladó al doctor Lladró al lazareto el día que falleció. Ya que Wenceslao no le había aportado ningún dato relevante, confiaba en que él sí que pudiera hacerlo. Ya tenía pensado qué decirle: que era de una compañía de seguros y necesitaba saber si estaba en buenas condiciones de salud momentos antes de morir. A partir de ese embuste, intentaría sonsacarle información sobre el guarda.

Marcó el número, pero no obtuvo respuesta. Así dos y tres veces. El patrón no le había dicho nada acerca de si estaba casado o era viudo. La primera opción era la más probable; de lo contrario, seguramente lo habría comentado.

Son cosas que a la gente le gusta explicar, sobre todo si se habla de un hombre. En fin, casado o viudo, en ese momento no se encontraban en casa ni él ni su posible mujer. Habría que esperar.

Cuando terminó de ver al último paciente del día, llamó de nuevo. Eran las dos de la tarde, una hora más que adecuada para que un matrimonio español jubilado estuviera en su domicilio. Pero tampoco hubo respuesta. Empezó a discurrir. Tenía dos opciones, incumplir la ley o no. Según la Ley de Protección de Datos, ningún sanitario podía acceder a la información privada a través de la historia clínica informatizada si no se trataba de un paciente propio. Simonetta dudó, pero decidió no arriesgarse, sobre todo por su situación legal. Elegiría la segunda opción. Para eso tenía que seguir pensando. Volvió a buscar el nombre de Goñalons en el listín por si se le ocurría algo. Además del teléfono, aparecía la dirección. ¿Por qué no husmear en Google Maps a ver qué aspecto tenía la casa? Carrer Victoria, 46. Ahí estaba, una sencilla vivienda de un piso, adyacente, pared con pared, con el restaurante España. ¡Ya lo tenía! Se le había ocurrido una salida. Con ese nombre, era de esperar que el restaurante tuviera solera, que se tratara de una casa de comidas de toda la vida regentada por una familia del lugar, y que su propietario, y hasta sus empleados, conocieran a su vecino, Antoni Goñalons. ¡A improvisar!

—¿Restaurante España?

—Sí, dígame —respondió una voz también con solera.

—Le llamo desde Admisión de Consultas del Hospital Mateu Orfila.

—¡Ah, sí! Dígame, dígame.

—Estamos intentando localizar a un vecino suyo, don Antoni Goñalons.

—¿Antoni Goñalons? Sí, es vecino, dígame qué es lo que quiere —dijo el hombre intentando colaborar.

—Queremos localizarlo para darle la fecha de una prueba en el hospital.

—¿Y no lo localizan?

—No, llamamos a su casa y no contesta nadie. Dejó el teléfono del restaurante España por si no respondía desde el suyo.

El hombre, por su voz de anciano y la rapidez de respuesta, bien podía ser uno de esos dueños que, deseosos de ayudar a sus hijos, pero sobre todo de no perder su posición de poder, permanecen los trescientos sesenta y cinco días del año al pie del cañón, pendientes de lo que en la empresa se cuece —nunca mejor dicho—, convencidos de que el día en que falten ocurrirá la debacle y todo se irá a pique. Tenía toda la pinta. En todo caso, fuera de ese tipo de propietarios o no, la cuestión es que el hombre tragó.

—Pues va a ser difícil localizarlo, porque se han marchado a Luxemburgo. Su hijo va a ampliar la familia y han ido a ayudarlos durante una temporada, pero yo no tengo su teléfono ni su dirección ni nada.

—¿Sabe si va a tardar en volver? Es para llamar a otro paciente en su lugar.

—Pero ¿es importante la prueba? —preguntó con preocupación.

—No, no, no es nada importante. Lleva mucho tiempo en lista de espera, pero no es nada importante, no se preocupe.

—Ah, mejor. Pues llamen a otro, porque ellos van a tardar en regresar. La criatura tiene que nacer a mitad de abril y ellos tenían intención de quedarse dos o tres meses más.

«Qué putada —pensó Simonetta—, ¡lo que faltaba!»

137

Durante el breve trayecto que había desde Canal Salat hasta su casa, Simonetta iba dándole vueltas al tema, intentando percatarse de algún detalle que hasta entonces le hubiera pasado desapercibido. ¿Al final tendría que rendirse? Aquello se estaba poniendo cada vez más difícil. «Si ya es complicado llevar una investigación desde dentro, con todos los recursos que el juzgado y la policía ponen a tu disposición, cuánto más es hacerlo a tu bola, sobre todo con el hándicap de que nadie debe sospechar de tu papel en el asunto», pensó.

No era de las que tiraban la toalla a la primera, desde luego, pero a todo luchador, por muy bueno que sea, le llega un momento en el que debe rendirse si quiere sobrevivir. Y ella estaba sobreviviendo. Al menos desde el punto de vista personal. Se encontraba a gusto en aquella isla, esa era la verdad, mucho más de lo que había imaginado antes de llegar, pero no lo suficiente como para luchar de forma indefinida. Estaba peleando en demasiados frentes y, tenía que reconocerlo, se sentía sola.

Una vez en casa, comió cuatro cosas y, tras una pequeña siesta en el sofá, se enfundó el traje de neopreno. No iba a esperar al atardecer para meterse en el agua. Necesitaba energía, por escasa que fuera. Y el mar siempre se la proporcionaba.

Después del baño tonificante volvió a casa algo más animada y vio que había recibido una llamada. Era de Toni Sagrera, sin aviso de voz ni mensaje explicativo. Dudaba si devolverle la llamada, pero prefirió ducharse antes. Después ya vería. Justo al salir de la ducha, el teléfono volvió a sonar. Era Sagrera de nuevo.

—Tengo una deuda contigo.

—¿Conmigo? —le preguntó Simonetta, como si no supiera de qué le estaba hablando ni las intenciones que tenía.

—Sí, sí, no te hagas la despistada. Tengo una deuda contigo y lo sabes. Y yo soy de esos a los que les gusta saldar sus deudas.

—Pues la mía ya está saldada.

—¿Cómo que está saldada? ¡De eso nada! Además, es una deuda monumental, porque me has solucionado el problema: mis ojos están de primera.

—Me alegro.

—Te paso a buscar a las nueve.

—¿Cómo?

—Que te paso a buscar a las nueve y vamos a cenar para saldar mi deuda contigo.

—¡Pero qué cara tienes! ¡Si no habíamos quedado en nada!

—¿Ah, no? Pues quedamos ahora. Las deudas hay que saldarlas cuanto antes; si no, no voy a poder dormir tranquilo. Ya sabes, la conciencia y esas cosas.

—Me da la impresión de que tú duermes como un lirón.

—¿Tú crees? Pues no sé, igual tendrás que comprobarlo. Tengo una cama bastante grande... ¡No!, ¡que es broma! Quería decir que a partir de ahora no voy a poder dormir si no te agradezco antes lo que has hecho por mí. Y entonces tendré que pedirte alguna medicina para dormir, y la deuda irá creciendo, y...

—De acuerdo —dijo Simonetta—, me rindo. Pero hay un pequeño problema.

—¡No!

—Repetiré vestido. Solo tengo el que llevé en casa de Séraphine.

—Servirá.

15

Toni Sagrera sabía cómo hacerlo. A las nueve en punto aparcó su Mercedes Clase C Cabrio delante de la puerta de la villa en la que vivía Simonetta. En vez de mandarle un wasap para anunciar su llegada o hacerle una llamada perdida, tocó brevemente el claxon. Ella lo estaba esperando, pero, al verlo dentro de aquel formidable coche, se sorprendió. En cuanto Toni la vio aparecer por la puerta, salió del automóvil descapotado y se acercó para saludarla con dos besos. No fueron dos besos de cortesía, sino de los de verdad, de los que se depositan con intención, con una leve presión sobre la piel, uno en cada mejilla. Simonetta sintió brevemente su cutis recién afeitado y la sugerente fragancia con la que se había perfumado. El simple hecho de pensar que se había arreglado y perfumado para ella la turbó.

—¿Quieres que cubra el coche? Comienza a refrescar.

—Sí, mejor, te lo agradecería. —Más que por frío, lo dijo por evitar que alguien los viera. Nunca había subido a un coche así y muchas veces había fantaseado con hacerlo. Aun así, la embargó una especie de pudor por si alguien conocido, de los pocos que tenía allí, pudiera asociarla a Sagrera en su primera cita.

—¿Me dejas que te lleve a cenar donde yo quiera?

A pesar de ser un hombre de los que manejan la situación —«un *sobrao*», pensó Simonetta—, lo notó un pelín intimidado.

—Te dejo.

Sin un acelerón de más, sin tomar ni una curva de forma brusca, sin alcanzar ni por asomo la velocidad permitida, condujo el fabuloso automóvil con suavidad, como si lo estuviera deslizando, hasta la plaza de Es Born.

—¿Te gustó la cena del otro día en casa de Séraphine?

—Sí, me gustó mucho.

—¡Perfecto! Aquello eran cuatro bobaliconadas. La buena de Séraphine sobrevive con lo que comería un pajarito y piensa que todos comemos tan poco como ella. Hoy vas a disfrutar del mejor restaurante de comida japonesa de todas las Baleares, el Tokyo, que, además, regenta un buen amigo mío, Ferran García.

—Parece que de japonés tiene poco.

—Pero sabe más de cocina japonesa que muchos cocineros autóctonos. Estuvo muchos años en Japón aprendiendo y llegó a montar allí su propio restaurante. El día en que echó de menos la madre patria, volvió y abrió un modesto local que hoy se ha convertido en uno de los más buscados de Menorca. En verano lo tiene todo reservado con, como mínimo, un mes de antelación.

—¿Es natural de la isla?

—No, es de un pueblo de Lérida cercano a la frontera con Francia, pero se marchó de crío y ha vivido mucho. Es un culo de mal asiento, de esos que no echan raíces en ningún lado; un trotamundos hecho a sí mismo, todo un personaje. Ahora lo conocerás.

A PESAR DE ser viernes, el carrer Major des Born estaba vacío. La política de ahorro energético en la iluminación urbana y los altos tacones de los que Simonetta no quiso prescindir a pesar de no estar acostumbrada a andar con ellos le hacían temer lo peor: un ligero resbalón o un pequeño tropiezo en los adoquines relucientes que normalmente admiraba, pero de los que ahora recelaba. Necesitaba un brazo al que asirse para evitar una patética caída y fantaseó sobre la idea de aprovechar el de Toni para tal fin. Pero, por supuesto, resistió la tentación por miedo a intimar con él demasiado pronto, aunque le habría gustado comprobar su reacción ante un gesto que indicaba, cuando menos, familiaridad, y, por qué no, algo de descaro. Él llevaba un pantalón de sarga gris claro, una camisa Oxford blanca, una americana azul marino y un *foulard* de cuello de cuadros en tonos anaranjados. No tenía el estilo de un milanés, pero casi lo suplía con su buena percha y con un cierto atractivo que, aunque sin ser indiscutiblemente guapo, poseía.

En la plaza de la Catedral tomaron un pequeño callejón, el carrer de Ca'l Bisbe, tan estrecho que ni cabía un automóvil. A un lado, un alto caserón de piedra, y al otro, una casa pintada de color amarillo albero, con las típicas puertas y ventanas verdes rodeadas de una franja blanca. Apenas se veía nada. Entonces la agarró del brazo.

—Permíteme, Simonetta, esto parece la boca de un lobo.

Al final del callejón, la bombilla de la única farola que había en el lugar parecía dar sus últimos estertores, vibrando con insistencia, a punto de fenecer. A mano derecha, al lado de una diminuta puerta azul, un letrero dorado casi imperceptible anunciaba la entrada al Tokyo.

—¿Qué te parece?

—No sé qué decirte. No me lo esperaba así.

—Es algo diferente.

—Sí, ya lo creo, pero me gusta. Su simplicidad me gusta mucho, me intriga y me invita a pasar.

—No te va a decepcionar.

Si algo transmitía Toni Sagrera era seguridad. Y a Simonetta la atraían los hombres seguros, no podía evitarlo.

La iluminación del restaurante no difería en gran medida de la del callejón, pero al menos se podía caminar con más confianza, gracias a que, en el zócalo de las paredes, unos pequeños focos ponían algo de luz y señalaban la dirección a seguir hasta el comedor. Allí, unas ocho o diez mesas ya ocupadas se distribuían de manera desorganizada en un espacio en el que no cabía nada más. La camarera, que conocía a Toni, los condujo hasta la suya, situada en uno de los extremos. Todas estaban dispuestas con un buen mantel de hilo blanco, unos cubiertos impecables y tres velas encendidas en el centro. «Elegancia y simplicidad», pensó Simonetta.

—Llevas un vestido precioso —le dijo Toni cuando se sentaron. Simonetta se había quitado la americana y la camarera se la había llevado fuera, seguramente al guardarropa. El vestido también era simple y elegante, con un estampado de pequeñas estrellas en tonos malva y cierto aire de los años treinta.

—Lo compré cerca de aquí, en The Room, una tienda del carrer des Seminari.

—Ah, ya sé. Te queda muy bien y es muy bonito.

La camarera les entregó la carta y, como Simonetta no entendía muy bien de qué iba aquello, Sagrera le propuso un menú a ciegas, elegido por él mismo, y le indicó a la mujer que le anunciara al dueño su llegada.

A los pocos minutos apareció Ferran García, que se acercó a saludarlos. Iba vestido de negro, camisa y pantalón, sin mandil, y llevaba una cinta del mismo color en la frente, como la que en ocasiones utiliza Rafa Nadal para jugar. Era bajito, flaco y nervudo, lucía un bronceado incluso más acentuado que el de Pau, tenía alguna cana en las patillas y, aun en la semioscuridad del local, en su rostro refulgían dos ojos, también negros, que irradiaban chispa y vitalidad.

—Te presento a la doctora Brey.

—Soy Simonetta, encantada.

—El placer es mío por recibirla a mi local. Espero que encuentre todo a su gusto; de lo contrario, solo tiene que decirlo.

—¿Todo bien, Ferran? Hace mucho que no nos vemos —le preguntó Sagrera.

—Sí, todo bien. Y ahora, con vuestro permiso, vuelvo a la cocina.

—Ha tenido todo un detalle al salir a saludar —le dijo Simonetta a Toni cuando el cocinero ya se hubo retirado.

—Somos bastante amiguetes. Por muchas reservas que tenga, siempre hay una mesa para mí.

—Parece bastante mayor que tú.

—Pues aún es más viejo de lo que aparenta. No sabes lo que se cuida: tinte, masajes, buena ropa... Es todo un dandi, ahí donde lo ves.

Sagrera pidió un menú degustación y poco a poco la camarera fue sacando, uno tras otro, todos los platos especialidad de la casa, dispuestos en pequeñas cantidades. Aunque a Simonetta no le llamaba mucho la atención la cocina oriental, tuvo que reconocer que todo aquello estaba exquisito.

—¿Qué tal estás en la villa?

—Muy bien. En realidad, me sobra espacio, pero es preciosa y está ubicada en un lugar privilegiado. A decir verdad, nunca he vivido en un sitio tan especial.

—¿Sabes que tendría que ser mía?

—¿Tuya? —preguntó sorprendida Simonetta.

—Sí, mía. Esa vivienda la construyó mi bisabuelo cuando no había en la cala ni una sola casa de pescadores. Allí he pasado los veranos de mi infancia, me he tirado desde las rocas al agua, he pescado cabrillas con la mano... En fin, he sido feliz, completamente libre y feliz.

—¿Y tu familia la vendió?

—¿Venderla? Qué va, si al menos la hubieran vendido... Mi madre, cuando murió, se la dejó en herencia a la madre de Pau Martí. Así, sin más.

—¿A la madre de Pau? ¿Y qué relación las unía?

—Trabajaba en nuestra casa de cocinera, con un buen sueldo y unos buenos aguinaldos. Vestía con la ropa que mi madre, que era muy elegante, le regalaba de la temporada anterior... Cuando murió, nos encontramos con la sorpresa de que en el testamento le dejaba la villa de la cala que con tanto sacrificio y amor habían levantado mis abuelos.

—¿Y a vosotros no os lo había comunicado antes?

—¿A nosotros? Ni una palabra, sorpresa total. Había cambiado el testamento dos meses antes de morir, cuando ya estaba muy enferma. Un día que estábamos fuera mi padre y yo hizo ir al notario a nuestra casa. Nos enteramos después, cuando se abrió el testamento. Intentamos impugnarlo, pero no se pudo hacer nada.

—¿Y qué dijo la madre de Pau?

—¿Que qué dijo? No dijo nada, se hizo la mosquita muerta y a firmar. Y no solo eso, también le dejó una cantidad de dinero suficiente para pagar los impuestos que conllevaba la transmisión patrimonial de la villa. Todo limpio. Total, ya ves, para no disfrutarla. Ella murió poco después y la propiedad ha estado prácticamente vacía hasta ahora. Y todo para que vivan extraños de alquiler.

—No sabía nada.

—¡Qué vas a saber! Ni te lo contará Pau, por supuesto; él va de honrado a carta cabal, mirando a todo el mundo por encima del hombro. Yo también iría de honrado si me sacara un buen alquiler a costa del sacrificio de otros.

Cada vez que la camarera retiraba un plato y sacaba otro, Toni le rellenaba la copa de vino con sake, estuviera vacía o no. Una mañana, en la cafetería de Canal Salat, Simonetta había oído una conversación en la que Quique Coll, en la mesa de al lado, le contaba a Sergi cómo conquistaba a las mujeres. «Cuando las invito a cenar, pido siempre el mejor vino blanco que tengan en el restaurante y les lleno continuamente la copa. Sin que apenas se enteren las pongo bien contentas y caen todas rendidas en la segunda fase de la cita. Todas. ¡No falla ni una!», decía mientras el enfermero se reía a mandíbula batiente, señalando a Simonetta para indicarle que tuviera cuidado, que lo estaba oyendo todo.

—No voy a beber más alcohol, Toni, no me está sentado bien.

—¡Ah, por supuesto! ¡Anna, por favor, tráenos una botella de agua!

Simonetta no sabía cómo iba a acabar la noche, pero quería ser ella la que decidiera y disfrutara.

—¿Qué te parece la isla? ¿Te gusta? —le preguntó Toni.

—Está siendo para mí un descubrimiento. Es una maravilla.

—Seguro que no has visto ni una mínima parte. Yo te enseñaré lo mejor, lo que nadie conoce.

Terminaron de cenar y, mientras la camarera le traía la americana a Simonetta, Toni se disculpó y fue a despedirse del cocinero.

—¡Ya está! —le dijo al regresar—. Me ha encargado que me despida de ti de su parte.

Cuando salieron del restaurante hacía frío, tanto que Simonetta empezó a temblar. En situaciones como aquella añoraba un hombre al lado; no a un amigo ni a un desconocido, sino a un verdadero amor en el que albergarse y con el que caminar al paso, trasmitiéndose calor y complicidad. A falta de eso, la presencia de Toni, de alguna manera, la reconfortaba.

—¿Tienes frío?

—Sí, un poco.

—Ven aquí. —La atrajo hacia él y la abrazó mientras abandonaban el callejón—. Vamos a calentarnos al Terenci, te va a gustar.

Como dos novios, sin hablar, desanduvieron el carrer Major des Born, y en la plaza del Obelisco Toni la condujo hasta el edificio que lindaba con el murete, desde donde se contemplaba el puerto. Era una casa señorial construida justo donde terminaba la muralla, y en el segundo piso se encontraba el bar de copas. Una vez dentro, antes de subir, Toni le cedió el paso, pero al instante la adelantó, como si hubiera caído en algo. Simonetta adivinó su intención de no intimidarla al subir detrás de ella en una escalera tan estrecha, con la vista directa hacia sus piernas y su culo, y en su fuero interno le agradeció el detalle.

El local estaba muy bien decorado, con un estilo neoyorkino y mucha clase, y de fondo se oía música de *jazz*. Cada una de las mesas estaba iluminada de forma tenue por una pequeña lámpara que pendía del techo a través de un largo cordón. La docena de personas que había conversaban en un tono de voz bajo, relajado, que invitaba a las confidencias y también a la seducción. Toni buscó sitio al lado del ventanal. Cuando se sentaron, Simonetta comprendió por qué la había llevado hasta allí: quería ofrecerle la extraordinaria visión del puerto antiguo de noche.

—¿Cómo es que has venido a la isla? —le preguntó de manera natural Toni.

—Quería un cambio de aires.

—¿No harías como Séraphine, que buscó una casa en venta en algún lugar del Mediterráneo, la encontró por internet, la compró desde París y se plantó aquí con todos sus bártulos para instalarse sin haber pisado jamás la isla?

—Pero ¿eso es cierto?

—¡Claro que lo es! No he conocido a una aventurera mayor en mi vida. Y no te lo pierdas: en París tenía una tienda de decoración en la misma calle que la casa Chanel. Las clientas pasaban de una tienda a la otra como quien va de la pescadería a la frutería. Pero lo abandonó todo después de que su marido la dejara por una modelo africana, y ahora vive aquí, aunque cualquier día nos dice que leva anclas.

—Qué mujer tan magnífica. Y tú, Toni, ¿a qué te dedicas en realidad?

—Tengo negocios. Unos heredados y otros propios. Entre unos y otros, no paro. También soy propietario de tierras, lo que aquí llamamos un payés, vaya, y, aunque tengo un capataz de confianza que se encarga prácticamente de todo, siempre debo estar pendiente si quiero que la cosa funcione. Tengo muchas nóminas que pagar a fin de mes y el sustento de varias familias depende de mí. Eso es una gran responsabilidad.

—¿Y qué es lo que cultiváis?

—Cereal y forraje para las vacas, sobre todo.

—No te veo a ti de agricultor.

—Bueno, hay cosas que eliges y otras que te eligen a ti. Cuando mi padre murió no me quedó otra alternativa. Soy hijo único y no quería vender, así que me tocó bregar con lo que había.

—¿Y no se os hace pequeña la isla?

—La verdad es que estamos acostumbrados. Pero de vez en cuando salimos, no te creas que estamos todo el año de Ciudadela a Mahón y de Mahón a Ciudadela. Yo al menos hago dos viajes al extranjero al año, desplazamientos breves a Palma y, por supuesto, a Barcelona. Allí tengo un apartamento.

—Perdona, Toni —le dijo uno de los camareros a media voz—, cerramos en quince minutos.

—¿Tan pronto? Pero si es viernes.

—Son las nuevas ordenanzas municipales.

—Estos del Ayuntamiento son retrasados mentales —le dijo a Simonetta en voz alta—. ¿Te parece normal que un viernes hagan cerrar un local a esta hora? Pues así en todo. Esta pandilla de indocumentados va a conseguir cargarse el turismo, que es la principal fuente de riqueza de la isla. El problema es que no podemos ir a ningún otro sitio, estará todo cerrado o a punto de cerrar.

—No importa, mejor nos retiramos ya. Yo llevo un día intenso. A las ocho de la mañana estaba sentada en mi consulta atendiendo al primer paciente.

HABÍAN APARCADO JUSTO delante de la puerta del Imperi, el café de Norberto Blasco. Cuando se estaban aproximando al local vieron salir de allí a Quique Coll, Margalida y al propio Norberto.

—¡Pero bueno! —saltó Blasco nada más verlos—, ¡esto sí que no me lo esperaba! —dijo sin disimulo alguno—. ¡No pierdes el tiempo, bribón! —le espetó a Toni, dándole una palmada en la espalda—. ¿Y tú, guapísima, otra vez muerta de frío? ¿Es que este galán no sabe ofrecerte su chaqueta como un buen caballero?

—¿De dónde salís?—preguntó Toni para desviar la conversación.

—¿Que de *ande* salimos? —dijo Norberto, gracioso—. ¿Es que no tienes *ojicos* en la cara? ¿O es que se te han *empañao* los cristales de las gafas?

—Quiero decir —siguió Sagrera, con paciencia— que qué hacíais a estas horas en el Imperi, si por lo habitual cierras a las once.

—Me ayudaban a repasar las cuentas, por si habías dejado algo a deber.

Toni se dio por vencido; con aquel hombre nunca se podía hablar en serio. Y, además, le importaba un cuerno lo que estuvieran haciendo aquellos tres en el Imperi.

—Nosotros nos vamos, voy a llevar a Simonetta a su casa.

—¿Y por qué no me llevas a mí a la mía? —le preguntó Norberto, para malmeter—. También necesito un chófer y además hoy voy algo cojo, ¿verdad, Margalida?

—Porque hueles mal, *so* cabrón —le respondió Toni, riendo, temeroso de que medio en broma, medio en serio, se metiera en el Mercedes y le fastidiara el plan. Quique Coll no había abierto la boca de la impresión que tuvo al ver a Toni Sagrera con su admirada Simonetta, pero seguro que salía raudo al quite e invitaba a su compañera a llevarla hasta casa él mismo con su destartalado BMW si Norberto ocupaba el asiento del copiloto del Mercedes.

Sagrera le abrió la puerta a Simonetta y le cerró el paso a Blasco, quien, mientras ella subía, le advirtió:

—¡Ni se te ocurra fiarte de este, es un completo sinvergüenza!

—¡*Arrivederci*! —se despidió Toni, saludando con la mano a la vez que entraba en el coche, como diciendo: «Ahí os quedáis, *so* capullos, la chica se viene conmigo».

—¡Qué divertido es ese hombre!

—Sí, es tremendo —reconoció Sagrera. «Pero puede joderte el mejor de los planes», pensó, feliz de haber escapado de su área de acción con Simonetta a su lado.

Dejaron atrás a los tres amigos y salieron de la plaza por el passeig de Sant Nicolau. No había nadie en la calle. Al doblar la curva que lleva al passeig Maritim, el castillo de Sant Nicolau, iluminado, mostraba su poderío en medio de la noche cerrada.

—Quique Coll está enamorado de ti —le dijo Toni sin necesidad de elevar la voz.

—Me parece a mí que Quique Coll está enamorado de todas —añadió Simonetta sonriendo.

Después de unos segundos de silencio denso, Sagrera continuó:

—¿Y tú? ¿Tienes algún amor?

Simonetta titubeó antes de responder.

—Si fuera una actriz, te diría que estoy enamorada de la vida... y esas cosas.

—Pero como no lo eres... ¿o sí que lo eres?

—No, no lo soy. Y en este momento estoy libre. —Le habría gustado decir «mi corazón está libre», pero, aunque fue lo que pensó y lo que en realidad sentía, le pareció una respuesta algo cursi. Pero ¿por qué no decirlo si era la realidad? Era su corazón lo que le importaba. ¿Es que no tenía ya edad de decir lo que le diera la gana?—. Quiero decir que mi corazón está libre si es lo que quieres saber.

—Sí, por supuesto, eso es lo que quería saber.

Cuando llegaron a la cala aparcó delante de la villa. Tan solo había dos coches estacionados al comienzo de la calle y alrededor no había ni un alma. Toni apagó el motor, pero dejó encendidas las luces de posición. Se desabrochó el cinturón de seguridad, se giró hacia Simonetta y apoyó el brazo sobre el asiento.

—¿Te lo has pasado bien? —le dijo, casi en un susurro, mirándola a los ojos. Ella apenas lo veía, pues la farola de la calle quedaba demasiado lejos y no había encendido ninguna luz interior.

—Sí, lo he pasado *molto bene* —le respondió enfatizando las dos últimas palabras.

Toni sonrió.

—¿Mi deuda ha quedado saldada?

—Con creces.

—Lo malo es que ya no voy a tener excusa para invitarte a salir conmigo.

—Algo se te ocurrirá.

Toni lanzó una sonora carcajada.

—No lo dudes.

Se acercó y la besó en la mejilla con la misma pasión que si la besara en los labios. Simonetta sintió muy próxima su respiración y también su cabello y su olor, y lo deseó intensamente.

—Buenas noches —le susurró él al oído. Y, como si estuvieran interpretando el libreto de un *ballet*, abandonó sin brusquedad alguna el auto y le abrió la puerta. Ella comprendió que, al menos por esa noche, la función había terminado. Mucho mejor; no le había dado tiempo a comprar el conjunto de lencería que la situación requería.

16

Era sábado y se permitió dormir a pierna suelta, sin despertador ni alarma. Tenía la nevera llena y ni siquiera había previsto pasarse por el mercado. Relax total. Abrió los ojos cuando su cuerpo y su mente estuvieron ya descansados, después de un día un poco movidillo. Se levantó, todavía con el regusto de un sueño. Había soñado, por descontado, con Toni Sagrera, y aquella fantasía se había repetido con el mismo principio, ya conocido, pero con distintos finales, todos diferentes al original. En uno, el empresario-payés se marchaba malhumorado tras ser rechazado por Simonetta; en otro, el beso del descapotable era el primero de muchos otros apasionados que desembocaban en un febril revolcón entre los asientos, el salpicadero y la caja de cambios, y aún había un tercero en el que los muchachos que solían tirarse de las rocas al agua los pillaban y los grababan con sus móviles para, a continuación, lanzar su «documental» al submundo digital como una primicia.

Ninguna de esas fantasías era equiparable a la realidad, porque Toni Sagrera era todo un artista. La había dejado con la miel en los labios de tal forma que, al día siguiente, Simonetta la seguía saboreando, como si se hubiera solidificado en ellos durante la noche y con la humedad de la lengua, al despertar, todavía supiera más dulce. Un verdadero artista.

Como hacía buen tiempo, desayunó en la terraza con calma, mirando y escuchando el mar, como si estuviera en uno de esos lujosos hoteles donde te sacan un espléndido y variado desayuno en una bandeja de plata. Y, mientras tanto, le iban acudiendo a la mente los recuerdos de su cita con Toni Sagrera. Lo había pasado muy bien, esa era la pura realidad, aunque a priori nunca hubiera imaginado un encuentro romántico con un hombre como él. Pues adiós prejuicios, porque Toni le gustaba, al menos de noche y a solas. Le había alegrado el día, que comenzó gris. Bravo por él.

Después de disfrutar un rato más bajo el sol de la mañana se dispuso, a su pesar, a recoger un poco la casa. Pronto se dio cuenta de que todavía no había encendido el móvil. Dos mensajes la aguardaban. Abrió el primero.

«Saludos desde el aeropuerto. Salgo para Barcelona, regreso en unos días. Te llamaré (aunque la deuda esté saldada).»

Y el segundo:

«Te mando por correo electrónico lo que he podido recopilar sobre Wenceslao Bonet. Buen finde.»

No pudo evitar caer en la tentación. La casa podía esperar.

Simonetta, este es mi correo personal. Te mando lo que me pediste sobre el guía y guardián del lazareto. A ver si tú, que lo has conocido, puedes sacar algo de todo esto:

Wenceslao Bonet nació en Menorca en 1958. No se sabe quiénes fueron sus padres, pues lo depositaron en la puerta de la inclusa de Mahón la noche del 2 de marzo sin dejar señal alguna de su procedencia. En la inclusa se crio y a los catorce años comenzó a trabajar en el lazareto. En esa época, a los adolescentes que procedían de los hospicios se les proporcionaban puestos de bajo escalafón en instituciones oficiales para que se ganaran la vida: hospitales, asilos de ancianos... En nuestro caso, ocurría de igual manera en el lazareto, que estaba gestionado por el Ministerio de Sanidad. Parece ser que servía un poco para todo: jardinero, peón de albañil, carpintero... Casi toda su vida ha transcurrido entre la inclusa y el lazareto. No consta que haya sido conflictivo en ninguna de las dos instituciones ni que haya sobresalido en nada, exceptuando su solicitud expresa de permanecer como guarda cuando la fortaleza dejó de ser una residencia de verano para funcionarios del Ministerio y pasó a manos del Consell Insular. Como necesitaban un guarda y un guía, aceptaron su propuesta. Quién mejor que él para custodiar y enseñar un lugar así. Es soltero, nunca se le ha conocido ninguna relación sentimental ni ninguna amistad cercana más allá de los vecinos de la localidad. Es un hombre correcto y muy reservado que apenas sale de Es Castell si no es para acudir a alguna consulta médica en Mahón. Como propiedad, tiene registrada una sencilla casa en Es Castell y un Citroën Berlingo que todos los domingos por la noche aparca delante de un club de alterne que hay en la carretera. ¡Y eso es todo, amigos! ¡Suerte!

Al.

Justo después de leer el correo de Darío, Simonetta volvió a hacer una extensa búsqueda en internet sobre los tres médicos asesinados. Esa vez indagó, dentro de lo posible, en sus currículos para averiguar si alguno de ellos había ocupado algún cargo dentro del Ministerio de Sanidad y de esa forma hubiera tenido opción de veranear en el lazareto cuando el centro todavía servía para tal fin. No encontró nada. Escribió un correo de respuesta a Ferrer.

Darío, de alguna forma tienes que hacerte con el currículum completo de cada uno de los fallecidos. Quiero ver si existe entre ellos alguna coincidencia, además de su condición de

155

médicos. Discurre un poco tú también, por favor. Cuando quieres lo haces muy bien, aunque sea a base de premoniciones.

Simonetta

EL RESTO DEL fin de semana lo aprovechó para leer, estudiar y hablar largo y tendido con su madre. A media tarde del domingo, cansada ya de todo, cogió la Honda y se echó a la carretera, de Ciudadela a Mahón y media vuelta. Durante el camino se le ocurrió algo que había dejado pendiente y que ya casi había olvidado: visitar los hoteles donde se habían alojado los médicos fallecidos. Aquella podía ser una buena ocasión. Aparcó, como siempre, en Es Born y buscó en el móvil su localización.

Comenzó por el hotel L'Illa, ubicado en el carrer de San Sebastià. Estaba instalado en una casa palacio neoclásica pintada de un discreto amarillo vainilla y decorada con pinturas que semejaban figuras grecolatinas de color blanco. Una larga balconada coronaba la puerta principal, flanqueada por dos esculturas de yeso inspiradas también en la Antigüedad. Un lujazo de sitio. Al fondo del zaguán, al lado de una puerta por la que se accedía a un precioso patio interior, se encontraba la recepción. Tras una gran bancada de madera de nogal, una chica vestida de uniforme negro le sonreía.

—Buenas tardes.

—Buenas tardes. Usted dirá.

—Quiero saber si puedo reservar dos habitaciones para finales de abril. Son para unos parientes que quieren visitar la isla.

—Un momento.

La empleada consultó en el ordenador y le dio a elegir la opción de reservar habitaciones de dos tipos, de diferentes categorías.

—¿Podría verlas antes, si no es mucha molestia?

—Por supuesto —le dijo la recepcionista—, pero en este momento no hay nadie más aquí y no puedo dejar sola la recepción. Si no le importa, voy a llamar a una de las camareras para que se las enseñe. Después, si quiere hacer alguna pregunta o sugerencia, yo la atenderé con mucho gusto.

—Estupendo, muchas gracias —le contestó Simonetta, felicitándose de poder charlar a sus anchas con alguien que tuviera una menor responsabilidad en el hotel.

Enseguida acudió una mujer de unos cincuenta años, también uniformada.

—Enséñale también las zonas comunes —le instó la recepcionista.

Simonetta no tuvo que fingir ante la camarera diciendo lo bonito que era todo porque de verdad lo era. Mobiliario contemporáneo en un entorno clásico y sin que se echara en falta detalle alguno. Una maravilla. Cuando llegaron a las habitaciones, aprovechó para interrogarla con disimulo.

—No conocía este hotel, me lo ha recomendado una amiga que se alojó aquí el otoño pasado. Quieren visitar la isla unos parientes y me han encargado que les reserve habitación en algún sitio especial. Yo creo que les va a gustar.

—Sí, es un sitio precioso, van a quedar muy contentos.

—¿Tienen también comedor?

—No, solo servimos desayunos, ya sabe, bufet, pero muy completo, con una bollería del mejor horno de Ciudadela. Y para lo demás, cerca hay muchos restaurantes, no tendrán ningún problema.

—Sí, mi amiga estuvo muy bien aquí, aunque en los últimos días tuvo un gran disgusto.

—¿Con el hotel?

—No precisamente con el hotel, no por su culpa, sino por algo relacionado con él.

—¿Ah, sí? ¿Y se puede saber qué fue? —le preguntó la camarera con interés.

—Debieron de fallecer dos huéspedes, un matrimonio de Santander que había conocido aquí durante su estancia.

—¡Ah, sí, claro! ¡El doctor y su mujer! Pero no murieron aquí, los encontraron muertos en la playa de Son Bou. Le dio algo a ella en el corazón mientras nadaba, el marido no la pudo salvar y se ahogaron los dos. Una pena. También fue un gran disgusto para todo el personal. Figúrese la impresión, tener que entrar en la habitación para recogerlo todo sabiendo que ya estaban muertos.

—¿Le tocó a usted entrar?

—Sí, a mí y a otra compañera, y también nos acompañó la gobernanta. En fin, un mal trago.

—¿Y no vino nadie más, no sé, familia, policía...?

—¿Policía? No, ¿por qué?

—No sé, en las películas enseguida acuden.

—Pero esto fue un ahogamiento, un accidente. La gente es muy imprudente, no hacía día de entrar en el agua. Todos los años hay ahogamientos y sale por la televisión, pero como si nada, la gente no aprende. Aunque a nosotros nunca nos había pasado.

—Ellos estaban aparentemente sanos.

—Eso parecía, sí. Además, era una pareja simpática y ella era muy elegante, con mucho estilo.

—Mi amiga me comentó que estaban aquí por algún asunto de negocios.

—¿De negocios? Es la primera información que tengo. No creo. Para empezar, no tenían ordenador ni un maletín con papeles ni nada por el estilo. No creo yo... En fin, no somos nada —concluyó la mujer antes de contestar a una llamada del teléfono móvil que llevaba en el bolsillo de la camisa del uniforme—. Perdone, pero tengo trabajo, me llaman de otra habitación. Si no desea nada más...

Simonetta se despidió de ella, le agradeció su buena disposición; después hizo lo propio con la recepcionista, con la que había acordado volver una vez que concretara los días de vacaciones con sus parientes. Nada en claro. O, mejor dicho, nada más de lo que ya sabía. Todo muy naíf, demasiado.

Su siguiente destino era el hotel Arena, situado en el carrer de Santa Clara. Desde Ses Voltes, la calle con soportales por donde pasaban los caballos el día de San Juan, partía el carrer de Santa Clara, una calle estrecha y larga que desembocaba frente al convento del mismo nombre. Las casas que la conformaban no se podían ver con perspectiva por lo angosto de la calzada y a Simonetta le costó un poco encontrarlo. No tenía el empaque ni la suntuosidad ni las dimensiones del Illa, pero la antigüedad del edificio que lo albergaba debía de estar a la par. Tanto su fachada como la decoración de las paredes del vestíbulo recordaban a una casona de campo, pero unas coloridas lámparas móviles formadas por decenas de piezas planas de cristal y el mobiliario Bauhaus lo dotaban de un gran estilo y originalidad. Como el papel de «pariente reserva-habitaciones» le había funcionado bien en l'Illa, decidió continuar con él sin arriesgarse.

En el hotel Arena se había alojado el oncólogo Carlos Lladró Gisbert, natural de Amposta y jefe de servicio jubilado del Hospital Valle de Hebrón de Barcelona. Tenía setenta y seis años y era viudo. Murió el 7 de enero en el cementerio del Lazareto de Mahón, en principio por causas naturales. Esa vez, después de repetir el embuste de los parientes que deseaban reservar una habitación, la propia recepcionista, una mujer de unos cuarenta y tantos años con un fuerte acento menorquín, acompañó a Simonetta a ver una de ellas. El hotel era pequeño y no le importó dejar el puesto abandonado durante unos minutos. Cuando Simonetta nombró al doctor Lladró, ella misma empezó a contar cómo había sucedido todo. La versión no variaba demasiado con respecto a la que le había proporcionado la camarera del Illa del matrimonio de Santander, con la diferencia de que el médico catalán no se había ahogado.

—Nos llamó la Policía Nacional para comunicarnos que había fallecido durante una visita al lazareto, un monumento antiguo que hay en Mahón. Yo misma atendí la llamada. Ya nos había pasado hacía unos dos años algo parecido, pero entonces se trataba de un huésped que estaba alojado con su mujer.

—¿También era médico?

—Pues no lo recuerdo. Era un huésped alemán muy mayor. Lo sé porque cuando llegó casi no podía ni respirar de la fatiga que tenía. Yo me hacía cruces de cómo una persona se había animado a viajar en ese estado, pero ya sabe lo estrambóticos que son los extranjeros.

—Pero el doctor Lladró, el catalán, ¿también estaba enfermo?

—Que yo sepa, no, al menos no lo aparentaba. En la habitación tampoco dejó muchos medicamentos, la caja de una medicina para la tensión que toma también mi madre y nada más, o sea que muy enfermo no estaría.

—¿Y vino solo a la isla?

—Solo. En un español, y más a su edad, es algo muy raro. Si hubiera sido mujer, aún, o extranjero, pero los hombres españoles no suelen viajar solos, y menos con sus años.

—Igual vino por un tema relacionado con los negocios.

—Sí, yo también lo pensé. Además, entre sus cosas había un maletín con papeles. A mí no se me ocurrió abrirlo, desde luego, pero en cuanto vinieron sus hijos y nos pidieron las pertenencias lo primero que hicieron fue abrirlo en la misma recepción, y ojearon los papeles y unas fotografías de revistas que había dentro, me imagino que propaganda de la isla.

—¿Y cómo es que fue al lazareto? ¿Tan importante es ese monumento?

—Qué va, es una antigualla, pero ahora se ha puesto de moda visitarlo y muchos huéspedes preguntan por él; cómo sacar las entradas, de qué manera se puede llegar hasta allí y esas cosas. De todas formas —añadió, como si hubiera caído de repente en algo—, aunque lo que le he contado no es ningún secreto ni nada que no se pueda saber, no lo vaya contando por ahí, por favor. Este es un hotel serio y debemos guardar confidencialidad con nuestros clientes.

—Por supuesto, esté tranquila. Ha sido un comentario sin más. Yo ni siquiera sé quién era ese pobre hombre.

En vista de que la recepcionista se había dado cuenta de que lo que sucede en un hotel no debe atravesar sus puertas, Simonetta desistió de hacer más preguntas, pero no dejaba de darle vueltas. ¿El maletín y los papeles significaban algo? Posiblemente. ¿Qué jubilado viaja de vacaciones a un destino como aquel solo y con un maletín? Habría que tenerlo en cuenta. Para empezar, tenía que averiguar si había sido propietario de algún negocio o quizá miembro de una sociedad.

HABÍA DEJADO EL hotel Tres Àngels para el final porque recordó que Margalida Fullana trabajaba allí. No se atrevía a mentir y utilizar la excusa de la reserva de habitaciones, en primer lugar, porque durante la cena en casa de Séraphine, aunque habló poco, le había parecido muy lista, y, en segundo, porque no es lo mismo meterle una bola a alguien que no sabe nada de ti y a quien con seguridad nunca vas a volver a ver que a una persona como Margalida, que te conoce —aunque solo sea de paso— y que puede indagar y hasta elucubrar si sospecha de tu mentira.

El Tres Àngels, como la gran mayoría de los hoteles del casco urbano de Ciudadela, se asentaba en un antiguo caserón y estaba ubicado en la placeta del Roser. De apariencia era el más sencillo de los tres. La fachada estaba pintada de blanco y la puerta y las contraventanas lucían el verde botella típico de la isla. Sobre la barandilla de forja del único balcón, como si estuviera oreándose, una gran alfombra artesanal de fondo ocre y líneas negras formaba grandes rombos y daba una ligera idea de lo que uno iba a encontrar dentro. Como había adivinado, Simonetta encontró un ambiente muy agradable: luces indirectas, alfombras rústicas, algunos muebles antiguos, seguramente autóctonos, colocados aquí y allá... y música clásica de fondo. A mano derecha, después de subir tres escalones, se accedía a una estancia bien iluminada. Por el vano de la puerta apareció Margalida.

—¡Qué sorpresa! Pasa, pasa —la invitó con cordialidad. El cuarto, que parecía ser la sala de desayuno del hotel, contaba con unas cuantas mesas antiguas, cada una de su padre y de su madre; diferentes tamaños, tipos de madera y color, pero con una característica en común: un ángel pintado en la tabla, todos ellos también distintos entre sí. En una de las mesas, la buena de Séraphine la saludaba con la mano y con su incomparable sonrisa.

—¡*Ma chère* Simonetta! ¡Qué alegría verte por aquí!

Delante de ella, un pedazo de tarta de bizcocho de color fresa cubierto de chocolate blanco estaba a punto de desaparecer. El resto de la tarta reposaba, junto a magdalenas, cruasanes, carquinyoles, velas, santos, copas talladas y platos de porcelana en un antiguo aparador policromado colocado junto a la pared. Se sentó con ellas y Margalida le llenó una copa de zumo de mandarina y le sirvió otro pedazo de tarta. No podía haber dos mujeres en apariencia más distintas: Séraphine era el color, la vivacidad y la alegría, mientras que Margalida era la sobriedad y el aplomo personificados. Simonetta se sentía observada desde sus enigmáticos ojos grises como si fuera una pieza de caza. Tan pronto le sonreía como la asaetaba con una mirada severa que parecía enjuiciarla. Hablaron de banalidades hasta que Séraphine, ¡bendita Séraphine!, la interrogó muy oportunamente.

—¿Y qué es de tu vida? Quiero decir, fuera de tu trabajo.

—En mis ratos libres aprovecho para conocer la isla. La semana pasada, por ejemplo, visité el Lazareto de Mahón.

—¿Ah, sí? He oído hablar de él, pero no lo conozco —dijo la francesa.

—Es un lugar muy interesante. Un tanto tétrico, pero atrayente. ¿Tú lo conoces? —le preguntó a Margalida.

—Sí, claro. La primera vez que lo visité fue con la escuela hace... millones de años y después fui otra vez con unos amigos.

—La semana anterior intenté llegar al castillo de Santa Águeda, pero el acceso estaba cerrado al paso.

—¿El castillo de Santa Águeda? —preguntó Séraphine—. Yo no lo conozco, solo me suena de ver el cartel indicador en la carretera de Mahón.

—¿Y tú, lo conoces? —le preguntó Simonetta a Margalida.

—Sí, alguna vez he ido, pero no te perdiste gran cosa, quedan solo cuatro ruinas.

—Pues me han dicho que la vista desde allí es magnífica.

—Eso sí.

—Me ocurrió una cosa muy curiosa, me quedé sin gasolina y tuve que llamar a Sergi, mi enfermero, para que viniera a rescatarme. Al día siguiente, al contarles la hazaña a los compañeros del centro de salud, me dijeron que allí mismo, en el camí des Alocs, donde comienza el camino hacia el castillo, asesinaron hace unos meses a un hombre, a un médico valenciano.

—¿De verdad? —se sorprendió Séraphine—. No me había enterado.

Margalida no dijo nada. Simonetta insistió.

—Cuando me lo dijeron me quedé petrificada, porque tuve que esperar allí mismo un buen rato hasta que apareció el bueno de Sergi con una lata de gasolina y era ya de noche. Menos mal que entonces yo no sabía nada. ¿Tú tampoco te habías enterado? —le preguntó a Margalida.

—Sí, pero fue una muerte natural, nada de asesinato.

—A mí me aseguraron que lo habían asesinado.

—Pues quien te lo dijo no tenía ni idea de lo que pasó. La gente habla y habla, la bola va creciendo y al final la realidad no tiene nada que ver con lo que se cuenta.

—¿Y qué fue lo que pasó? —preguntó la francesa—, estoy intrigada.

—No pasó nada. El hombre falleció de muerte natural mientras estaba haciendo una excursión al castillo. Estaría mal del corazón, yo qué sé.

—¿Lo conocías? —prosiguió Séraphine, que le estaba haciendo el trabajo a Simonetta sin saberlo.

—Sí que lo conocía, porque precisamente se alojaba aquí.

—¿Aquí? —dijeron a la vez las otras dos. Simonetta estaba interpretando un buen papel.

—Tienes que contárnoslo todo, *ma chèrie*, nosotras somos tumbas.

—No hay nada especial que contar. El huésped vino solo a la isla a pasar unos días, alquiló un coche, cada día hacía una excursión y el día que fue al castillo de Santa Águeda no volvió por la noche. A la mañana siguiente nos comunicaron que lo habían encontrado fallecido de muerte natural cerca del castillo.

—¿Y nada más? —le preguntó la francesa

—Nada más. De todas formas, a nosotros tampoco tenían que darnos más explicaciones, supongo que existirá la confidencialidad a la hora de darlas sobre una muerte así. Pero de lo que estoy segura es de que no fue un asesinato, porque no interrogaron a nadie del hotel, solo nos preguntaron cuándo lo habíamos visto por última vez, que fue a media mañana, cuando salía del hotel, y si alguna persona había venido a verlo aquí, a lo que respondimos que no. Una vez se alojó aquí un traficante de drogas, pusieron todo patas arriba y estuvieron un día entero haciéndonos preguntas, uno por uno. Sin embargo, ahora nada de nada.

—Menudo trago, ¿no? —le preguntó Simonetta.

—¿Trago? ¿Por qué?

—No sé, tener que entrar en su habitación, sacar sus cosas... sabiendo que está muerto.

—Son cosas que pasan cuando tienes un establecimiento. Unos mueren y otros nacen. Pocos días antes había nacido en la misma habitación una criatura.

—¿En serio? —le preguntó Séraphine y con el mismo énfasis con el que se había interesado por la muerte del médico quiso saber del recién nacido, y la conversación dio un giro que ya no llamaba la atención de Simonetta.

Dejó pasar un rato más mientras participaba en la charla y después se despidió asegurándoles que volvería por el Tres Àngels en cuanto tuviera una tarde libre.

—¡Mejor en sábado! —le dijo Séraphine al despedirse—, es el único día que puedo venir.

LLEGÓ A LA cala ya de noche. Pau Martí estaba despidiendo a una pareja. El hombre portaba un gran frasco de cristal entre los brazos.

—¡Espera! —le dijo Pau, entrando en su casa, cuando la pareja se montó en el coche.

Poco después salió con un tarro de miel amarilla como el oro.

—Toma, tu participación en la sociedad de los apicultores.

—¡Esto sí que es bueno! Y ahora, ¿con qué te hago yo el trueque?

Pau simuló discurrir.

—¿Con un plato de *gnocchi?*

17

DESDE LA MAÑANA después de su cita, Simonetta no había vuelto a saber nada de Toni Sagrera. El mes de abril avanzaba ya a pasos precipitados y con él los primeros turistas de la temporada, casi todos extranjeros jubilados, que ponían el punto de color a unas calles hasta entonces casi vacías. Las tiendas y los hoteles de las calas y playas de la zona también abrían poco a poco las puertas, y los empleados llegaban de todas las partes del globo —camareros, cocineros, recepcionistas, guías turísticos, trabajadores de agencias de coches de alquiler, cantantes, animadores...—. Sin que nadie se diera cuenta, en cuestión de quince días la isla había cambiado. En Canal Salat la dinámica continuaba, el trabajo no cesaba y Simonetta cada vez se sentía más segura en la consulta: conocía mejor a sus pacientes y había retomado el ritmo de la medicina clínica después de haberse dedicado durante casi una década a la medicina legal. Durante los primeros días tras la cena con Sagrera, su compañero Quique Coll la evitó; no apareció por su consulta a la hora del descanso para invitarla a tomar un café como había hecho hasta entonces, y en las sesiones clínicas del centro se había sentado lejos de ella de forma intencionada. No cabía la menor duda de su decepción al verla con Toni, pero ¿qué se le iba a hacer? Si se había hecho alguna ilusión sobre ella no era porque le hubiera dado, de ninguna manera, pie a ello.

Con respecto a la muerte de los médicos, todas las posibles pistas que encontró en internet quedaron en nada. Simonetta cada vez era más pesimista sobre la resolución del caso, aunque todavía no quería darse por vencida ante Darío Ferrer.

Un día a la semana, a Simonetta y Sergi se les asignaba la consulta por la tarde, por lo que tenían la mañana libre. Como el jardín-huerto que tenía la villa estaba hecho un desastre, Pau le había mandado a un jardinero, un pescador jubilado que se sacaba un sobresueldo poniendo a punto algunos jardines ahora que el buen tiempo llegaba, y con él los dueños de las villas. Lo estaba observando trabajar cuando sonó el móvil. Era un wasap de Toni Sagrera, en el que la avisaba de que ya estaba de nuevo en Ciudadela. «Me alegro», contestó Simonetta. «¿Te puedo llamar?», le preguntó él. Simonetta subió a la terraza para poder hablar con tranquilidad.

—¿Ha ido bien el viaje?

—Sí, todo bien. Y a ti, ¿qué tal te ha ido?

—Bien también, nada especial.

Después de un corto silencio, Toni continuó, esa vez con otro tono.

—¿Has pensado en mí?

Simonetta vaciló, no quería que la conversación diese un giro trascendente.

—Cada vez que un paciente se ha quejado de los ojos he pensado en lo bien que te funcionó el colirio y le he recetado el mismo.

Toni rio con la salida.

—Ya veo. Voy a tener que volver a ponerme malo para que después pienses en mí.

—Yo pienso mucho en mis pacientes.

—Qué suerte tienen tus pacientes con una doctora como tú. Voy a cambiarme de médico de inmediato, mañana mismo.

—¿Ah, sí? ¿Y ahora quién es tu médico, quién piensa en ti?

—¡Quique Coll! ¡Y no quiero que piense en mí! Me va a matar si me cambio, pero creo que lo entenderá. Y si no, ¡que le den!

—Yo también soy su médico.

—¿De Quique? Pues con más motivo me cambio. No quiero que pienses ni un momento en él, ¡solo en mí!

Con la excusa de la broma, al final quedaron para el día siguiente. Toni la llevaría a conocer su casa, una auténtica vivienda de payés en medio del campo.

—Y abrígate. Vamos a ir con el Mercedes descapotado.

Volvió a pensar en la frase de despedida de Toni cuando, después de comer, salió hacia Canal Salat. El sol había desaparecido y se había levantado la tramontana. «Mal plan para lucirse en un descapotable si no cambia el tiempo», pensó. Escogió el Alfa Romeo en vez de la Honda; no quería que se le mojase el maletín si al final acababa lloviendo.

Simonetta pasó la consulta como siempre y, cuando apenas le quedaban dos pacientes para terminar, Sergi entró a la carrera.

—Tenemos una urgencia.

—¿Aquí, en el centro?

—No, qué va. Nada menos que en Punta Nati. Un pastor ha encontrado a un hombre en posible parada.

Simonetta casi entró en *shock*. ¿Cuánto hacía que no tenía que recurrir a maniobras de reanimación? En los últimos años tan solo había tratado con muertos y a esos ya no hace falta reanimarlos. Qué fatalidad, justo el curso de Soporte Vital en el que se había inscrito comenzaba en dos semanas.

—Vamos allá —le respondió a Sergi, haciendo de tripas corazón, simulando seguridad.

Montaron en el utilitario del que el centro disponía para las guardias, con las mochilas cargadas con ambú, oxígeno, un monitor, medicación y todo lo necesario, y se dirigieron al lugar donde el médico coordinador del 112 les había indicado. Por suerte, Sergi se lo conocía todo.

—Punta Nati es un faro —le iba explicando a Simonetta una vez que ya estuvieron en la carretera—, por cierto, bastante feo, y además se encuentra en una zona árida sin ningún atractivo. Los que somos de la zona siempre hemos sabido que existía y nada más, a nadie se le ocurría nunca acercarse a verlo. Por allí solo van los pastores porque no hay ni un árbol, pero de un tiempo a esta parte a la gente le ha dado por poner en internet que es un sitio maravilloso para ver las puestas de sol y en verano se llena de turistas para hacerse la foto. No es la primera vez que nos llaman para atender a alguien, entre otras cosas porque hay muchas rocas con aristas y siempre hay alguno que tropieza y se rompe algo.

—Igual el hombre por el que llaman se ha caído y se ha golpeado en la cabeza.

—Puede ser.

—¿En el faro vive alguien?

—Qué va. Ahora todos están mecanizados. Ya no hay fareros.

Poco después de salir de Ciudadela habían tomado una carretera estrecha limitada por ambos lados por muros de piedra seca.

—¿No es por aquí donde tiene Pau las colmenas?

—Sí, allá adelante, mire. El otro día paramos allí, ¿se acuerda?

Unos metros más adelante del lugar en donde Pau tenía las colmenas, la zona de la calzada destinada a los vehículos de motor aún quedaba más menguada, cercada en ambos lados por un carril bici.

—Confiemos en que no venga de frente ningún otro coche —dijo Simonetta.

La vegetación también iba cambiando y de un paisaje poblado y verde se pasaba a otro de monte bajo, y, al final, a una especie de estepa poblada tan solo por unos cuantos matorrales azotados por el viento.

—Es la tramontana —dijo Sergi—. En esta zona, al ser el norte, sopla con tanta fuerza que es imposible que brote nada, solo alcaparros.

Cuando por fin divisaron el faro a lo lejos, comenzó a chispear. La carretera acababa y comenzaba un camino vedado a los vehículos, limitado con una gruesa cadena que lo atravesaba de punta a punta. Justo antes de llegar a la cadena, a mano derecha, estaba aparcado un Fiat Punto con una pegatina de una empresa de alquiler. Mientras Sergi sacaba las mochilas, Simonetta se acercó y comprobó que el coche estaba cerrado. Estaba oscureciendo y no se veía bien su interior. Con la luz del móvil iluminó lo que pudo y se quedó de piedra. En el asiento trasero podía verse con claridad una bolsa de tela de las que regalan en los congresos médicos con material de propaganda y en la que estaba estampado el nombre de la empresa patrocinadora: Faes Pharma, una compañía farmacéutica de las que visitan con regularidad a los médicos para ofrecerles sus productos.

—Es un médico —le dijo, asustada, a Sergi.

—¿Qué? —preguntó el enfermero, extrañado de que Simonetta estuviera perdiendo el tiempo mirando el coche mientras el enfermo quizá se estuviera muriendo.

—Nada, vamos. Rápido.

Entraron al camino por un hueco que había entre la cadena y el muro, cargados con las mochilas, con la fina pero hiriente lluvia dándoles de frente y sin la indumentaria ni el calzado adecuados.

—¿Cuánto hay hasta el faro?

—Un kilómetro, más o menos.

Por suerte, la natación diaria la había fortalecido. «Adelante», se dijo y, aunque el kilómetro se le hizo eterno, al fin llegaron.

—Pero ¡aquí no hay nadie! —exclamó el enfermero mirando a todos lados.

A su alrededor solo había rocas, alcaparros y el faro. Las pobres plantas parecían gemir, inclinadas a merced del viento, rozando con el tallo las punzantes rocas. Aquello era un pavoroso desierto. De pronto oyeron una voz que gritaba: «¡Aquí, aquí!», y después alguna esquila, y después el balido de unas cuantas ovejas.

—¡Allá está el pastor! —dijo Simonetta.

No era fácil acceder al faro desde allí porque un muro lo circundaba. Menos mal que la «furia selfística» de los turistas había ideado una forma de salvarlo. Alguien había colocado unas cuantas piedras de distinto tamaño, unas sobre otras, y conformado una especie de escalera para acceder a la parte alta del muro, que tendría metro y medio de alto. Primero subió Sergi y saltó dentro, Simonetta le alcanzó como pudo las mochilas y a continuación pasó ella. Iban con mucho cuidado de no resbalar bajo la lluvia, sin botas y con tanto peso. El pastor había encendido una linterna y los esperaba en un extremo del edificio del faro.

—¡Aquí está! —les gritaba—. ¡Aquí, en la barraca!

Cuando llegaron a su altura, el hombre les indicó con la luz que debían dirigirse a la zona ubicada detrás del faro. Allí se encontraba todo el rebaño. Un silbido del pastor le bastó al perro para apartar las ovejas y dejarles paso. Una extraña construcción se recortaba entre el mar y el atardecer brumoso. Estaba formada por círculos concéntricos de piedra, uno sobre el otro, de mayor a menor, con una especie de entrada que parecía conducir a un piso inferior.

—¿Qué es esto? —exclamó Simonetta al ver el lugar tan siniestro en el que se encontraban.

—Es una barraca —contestó Sergi—. Hay muchas por ahí, se utilizan para guarecer el ganado en días como este.

—Yo creo que está muerto —dijo el pastor cuando al fin llegaron a la entrada de la barraca.

Bajaron tres escalones. En el suelo yacía un hombre. Mientras el pastor iluminaba con la linterna, Sergi y Simonetta se lanzaron a auxiliarlo. Pero no había nada que hacer: el hombre que yacía ante ellos era ya un cadáver.

18

—Hay que llamar al 112 —dijo Sergi en cuanto Simonetta verificó la defunción del hombre.

—Espera —lo interrumpió ella—, ahora ya no hay prisa. —Sergi la miró extrañado. Cuando los sanitarios encontraban un cadáver, lo habitual era llamar de inmediato a la central de emergencias para que se iniciara cuanto antes el procedimiento judicial. Como el pastor seguía allí, no quiso llevarle la contraria.

Entonces comenzó a interrogarlo de cabo a rabo, sin dejarse ningún fleco. Lo hizo de manera sistemática, como si los tres que había allí presentes —por supuesto, los vivos— supieran quién era ella en realidad y lo que la había llevado hasta allí. Había llegado el momento de coger el toro por los cuernos, ponerlo todo patas arriba y encontrar a un asesino en serie que ya llevaba cinco muertes a la espalda.

En resumidas cuentas, lo que el hombre vino a decirle era que, en vista de la lluvia que se avecinaba, y como el corral estaba bastante lejos, había llevado el rebaño hasta la barraca del faro para poner las ovejas a cubierto hasta que la tormenta amainara. Allí se había topado con el hombre, casi en la misma posición en la que Sergi y Simonetta lo habían encontrado. Desde el primer momento creyó que estaba muerto, pero como todavía estaba caliente, a la persona de emergencias que le cogió el teléfono solo le dijo que estaba sin conocimiento y que no le respondía. No

174

había visto el Fiat Punto aparcado porque él había llegado por un camino del interior, no por la carretera del faro, y desde allí no se divisaba. No había visto a nadie más ese día, ni vehículo alguno. Tampoco en los días anteriores.

—Muy pronto empezarán a llegar los turistas, pero, por el momento, este sitio está tranquilo.

Antes de examinar el cadáver, Simonetta se aseguró de apuntar los datos del pastor, dirección y teléfono incluidos, por si hiciera falta contactar con él más adelante.

Después, le pidió al hombre que saliera y a Sergi que le iluminase la escena con la linterna que llevaban en una de las mochilas. Estuvo tentada en desvestir al cadáver para hacer allí mismo la primera inspección ocular, pero desistió; mejor hacer una visión rápida y luego llamar a Darío Ferrer. A simple vista, el cadáver no presentaba signo alguno de violencia, ni siquiera un hematoma que sugiriera una caída al suelo como consecuencia de un tropiezo o un resbalón en los escalones que había a la entrada de la barraca. Tampoco llevaba la ropa mojada; se encontraba tendido de medio lado, con el tronco flexionado. A su alrededor, tan solo había arena y deyecciones de ovejas por todas partes.

Darío Ferrer tardaba en contestar.

—¿Darío? Menos mal.

—¿Qué ocurre? Estoy en casa con la familia. He salido a la terraza para hablar, pero no tengo mucho margen.

—Pues vas a tener que buscarlo. Han asesinado al cuarto médico.

—¿Qué dices?

—Lo tengo delante de mí, en un faro cerca de Ciudadela, en Punta Nati.

—¿Y cómo te has enterado? —preguntó Darío alucinando.

—Han llamado del 112 y yo estaba de guardia.

—No te muevas. Voy para allá.

Ferrer tardó una hora y veinte minutos en llegar a Punta Nati. Llegó acompañado de dos coches de policía y una ambulancia. Poco después de que Simonetta llamara, al ver que la cosa se iba a prolongar, Sergi le comentó que iba a llamar a su casa para decirles que tardaría en llegar.

—Mi padre viene para acá.

—¿Que viene tu padre? ¿Para qué?

—Como es el alcalde...

—¿Tu padre es el alcalde de Ciudadela?

—Pensaba que lo sabía.

—No, no tenía ni idea, la verdad. No sé si le gustará al comisario Ferrer que ande nadie por aquí. Ponle al menos un mensaje para decirle que venga solo.

—¿Usted cree que lo han asesinado? —le preguntó el enfermero con auténtico temor.

—Sinceramente, sí. Pero es una larga historia. Solo te pido que, de momento, no se lo cuentes a nadie, que quede como algo confidencial dentro de nuestro secreto profesional. Ni siquiera se lo digas a tu padre, ¿de acuerdo?

—Por supuesto.

En cuanto oyó las voces de los policías que se acercaban, Simonetta se tranquilizó: al menos podría descargar la responsabilidad en quien debía tenerla. El padre de Sergi había llegado poco antes y ella le había pedido que, hasta que llegase la policía, se mantuviera un poco alejado del lugar de los hechos. Mientras los agentes hacían su trabajo, Darío la condujo fuera. Por fortuna había cesado de llover, aunque hacía todavía más frío, azuzado por la tramontana, dueña y señora de todo aquel territorio. Simonetta temblaba bajo la chaqueta empapada.

Ferrer le ayudó a quitársela y la cubrió con una de las mantas que habían llevado hasta allí.

—¿Algo reseñable? —le preguntó, como si fuera lo más normal del mundo encontrar un cadáver relacionado con un caso que se está investigando.

—Nada, más o menos como los demás —le respondió Simonetta sin necesidad de más preámbulos. Una vez metidos en el ajo, esa era la forma en la que les gustaba trabajar, totalmente compenetrados—. Pero la autopsia la hago yo —le soltó, casi como una orden.

—Vas a tener suerte, italiana —añadió Ferrer, guiñándole un ojo.

—¿Lo dices en serio?

—Como lo oyes. El suplente de la forense, que a su vez está de baja, también está de baja. Y yo con la sangre me mareo.

—¿Cuándo va a ser?

—Entre levantar el cadáver, identificarlo, pedir la autorización y todo eso, calcula que mañana por la tarde. Así que, en cuanto llegue la jueza, que está al caer, y te tome declaración, te vas a casita a descansar, que mañana vas a tener trabajo.

—¡Hurra!

—¿Quién decía eso?

—Los soldados del zar antes de entrar en batalla.

Durante el viaje de regreso a Ciudadela, Sergi estuvo callado y serio.

—Tu padre me ha dado muy buena impresión. Me dijiste que era profesor de Matemáticas, ¿verdad?

—Sí, pero ahora está de excedencia. Solo se dedica al Ayuntamiento.

—Y ya veo que en cuerpo y alma —le dijo Simonetta para ver si le sacaba su sonrisa habitual.

—Pues sí. Aunque Ciudadela es una localidad pequeña, si quieres llegar a todo tienes que entregarte, como usted dice, en cuerpo y alma. Apenas le vemos el pelo en casa. Él es así: si se compromete con algo, es hasta el final.

—Como ha de ser. ¿Me dijiste que era vecino de Pau?

—Sí, de toda la vida.

—Tienen cierto parecido.

—Los dos son buenísimas personas.

Llegaron a Canal Salat y, cuando estaban colocando las mochilas en su sitio, Sergi se volvió hacia Simonetta.

—Doctora, perdone, pero si no se lo digo, reviento.

—Dime —le dijo Simonetta, que sabía por dónde iba el tema.

—¿Usted no tiene confianza en mí?

—Por supuesto que tengo confianza en ti, Sergi. Y no solo eso, sino que también te tengo cariño y agradecimiento por la ayuda que me has prestado desde que llegué.

—Es que hoy me he sentido un poco utilizado. —Después de una breve pausa continuó—. Usted no ha venido aquí como médico, o, al menos, esa es la impresión que me ha dado.

—No vas del todo desencaminado —le dijo, valorando la posibilidad de contárselo todo—, pero necesito un poco de tiempo para darte la explicación que mereces. ¿Por qué no te vienes a cenar a mi casa? Pedimos unos bocatas y te lo explico todo.

Sí, Sergi se merecía una explicación. Era el mejor de los compañeros y un profesional fabuloso. Simonetta no mentía ni exageraba al confesarle que le tenía cariño. Con Darío Ferrer había acordado que la autopsia del último de los fallecidos iba a practicarla a la luz del día, cuando todo el papeleo estuviera en regla. En ese momento no disponían de ningún forense en activo y, como licenciada en Medicina, ella estaba habilitada para hacerla si se sentía capacitada. La alternativa de solicitar un forense urgente a Mallorca, por supuesto, la descartaron. Con luz y taquígrafos. Era la manera en la que Simonetta podría investigar a su antojo sin necesidad de ocultar nada y sin que nadie del Cuerpo pudiera sentirse ofendido por la intromisión de una extraña.

A SERGI LE contó parte de la verdad. O, mejor dicho, casi toda. Lo único que obvió fue su procedencia y la verdadera razón por la que había recalado en la isla, aparte de la resolución de las muertes de los médicos. El enfermero se quedó de piedra y bastante asustado.

—Por el momento —le dijo Simonetta—, nadie debe saber que estoy investigando las muertes, solo que voy a practicar la autopsia porque, además de médico de familia, soy forense. Tampoco es que haya que ir pregonando a los cuatro vientos lo de la autopsia, pero si alguien se entera, se cuenta esta versión y santas pascuas.

—De acuerdo, de acuerdo —contestó Sergi mientras daba buena cuenta del bocadillo de chipirones con mahonesa.

—Antes me has preguntado si confiaba en ti. Pues bien, fíjate si confío en ti que te voy a proponer un trato. Un trato de amigos, sin dinero de por medio. Un trato de camaradas. —Sergi la miró con recelo—. Quiero que me ayudes en las investigaciones. Necesito a alguien que me eche una mano, alguien de la calle, no un profesional. Alguien de quien yo me fíe y de quien nadie desconfíe. Y para eso no conozco a nadie mejor que tú. ¿Qué me dices?

—Pero ¿qué es lo que tendría que hacer?

—Depende. Unas veces rastrear por las redes, otras buscar información sobre ciertas personas, acompañarme a algún lugar donde no quiera ir sola... ese tipo de cosas. Nada peligroso. —Sergi dudaba—. ¿No has leído nunca las aventuras de *Los Cinco?* Pues una cosa parecida, pero sin tarta de carne ni bebida de jengibre.

—¡Entonces sí, claro! —exclamó divertido—. Pero la tarta y la bebida corren de mi cuenta.

19

A PRIMERA HORA de la mañana le había llegado toda la información acerca del médico fallecido en Punta Nati. Se trataba del doctor Fernando Osuna Parejo, natural de Fuentes de Andalucía y residente en Sevilla. Había sido jefe de servicio de Psiquiatría del Hospital Virgen del Rocío de la capital hispalense. Tenía setenta y cinco años y era soltero. Vivía solo, pero estaba muy unido a sus dos hermanas, también solteras, que estaban de camino. Había llegado a la isla dos días antes y se alojaba en el hotel L'Illa. Desde el hotel había alquilado un coche y, a media tarde, había salido sin decir adónde iba. En el Fiat Punto de alquiler encontraron la bolsa de propaganda del laboratorio farmacéutico con un botellín de agua medio vacío, un mapa de la isla y un folleto informativo con diversas rutas. En los bolsillos llevaba su documentación, el teléfono móvil, varias tarjetas bancarias y trescientos euros en efectivo. «De momento, es lo que hay», le dijo Ferrer.

Llegó puntual al Instituto Anatómico Forense de Mahón. El comisario la estaba esperando tomando un café en el bar de al lado.

—¿De dónde has sacado la moto?

—Venía incluida el alquiler, ¿no lo sabías?

—No recuerdo habértelo oído decir, pero no está nada mal.

Entraron en el edificio y Ferrer le presentó al mozo de autopsias, un tal Bartomeu. Era un hombre de mediana estatura, de espalda ancha y expresión hosca. Lucía un cabello negro y abundante, tanto que era casi imposible ocultar que se trataba de un peluquín. Y ese no era el único añadido de su fisonomía: una prótesis ocular rellenaba el vacío de un ojo eviscerado, esta sí, inadvertida para el profano, pero detectada por la mirada adiestrada de una buena profesional. A pesar de su aspecto huraño, saludó a Simonetta con corrección.

—Ya lo tengo todo preparado, doctora. Cuando usted me diga dispongo el cadáver.

Ella prefirió echar un vistazo antes a la sala de autopsias y al instrumental. Por suerte, la estancia estaba recién renovada.

—Mire la mesa —le dijo el mozo con orgullo—, es elevable y giratoria.

—Mientras me cambio —le dijo Simonetta— puede ir trayendo el carro con el instrumental. Quiero comprobarlo todo antes de que saque el cuerpo de la cámara frigorífica.

—Como usted diga, doctora.

—Yo me piro —le dijo Darío en la puerta del vestuario—. Volveré dentro de dos horas.

Una vez ataviada, Simonetta volvió a la sala de autopsias. Bartomeu ya lo había preparado todo.

—¿Necesitará alguna radiografía, doctora? —le preguntó.

—No, no necesito ninguna. Vamos a comprobar que no falte nada del instrumental. No me gustan las interrupciones.

—Claro, doctora.

—A ver: cuchillos de tres longitudes, sierra eléctrica, cuchillas para la sierra de distintos tamaños, esponjas empapadoras, costotomo, envases calibradores, agujas rectas, agujas curvas, hilo de Bramante, tijeras, sondas, envases para la toma de muestras, jeringas, guantes Wilson *post mortem*... —Mientras Simonetta iba nombrando todo el material, Bartomeu lo señalaba con la mano—. No veo guantes metálicos de cota de malla para cubrir los de látex.

—¿Usa usted guantes de cota de malla? Ahora mismo los traigo.

—Muy bien, Bartomeu, está todo. Cuando le parezca, puede traer el cadáver.

Había transcurrido mucho tiempo desde la última autopsia que había llevado a cabo. Desde la primera en la que había intervenido, e invariablemente en todas las demás, siempre había experimentado una sensación especial al tener que disecar un cadáver humano para resolver un problema médico-legal, la mayoría de las veces complejo. Contemplar un cuerpo yacente inmóvil, frío, inerte, de un ser humano que poco antes rebosaba vida, le hacía reflexionar mucho más allá de las causas de la muerte y siempre lograba sobrecogerla.

Asistida por Bartomeu, fue practicando la autopsia paso por paso, de forma sistemática. En el examen externo midió la temperatura rectal, evidenció la rigidez, las intensas lividices violáceas en la cara externa de las extremidades izquierdas y en el costado y la pelvis izquierdos. Realizó la técnica peel off en el cuello, la espalda y las extremidades, con el fin de detectar cualquier lesión subcutánea no visible. No encontró ninguna. En la cabeza, la visualización de los colgajos cutáneos no mostró evidencias de hematomas a nivel subgaleal. La calota era de grosor normal y no aparecieron fracturas a nivel óseo. Al retirar la calota no había alteraciones cerebrales y el peso del encéfalo estaba dentro de los límites normales. La musculatura del cuello no mostraba infiltrados hemáticos, los vasos cervicales eran permeables y estaban libres de lesiones. El esqueleto laríngeo, el cartílago tiroides y el hueso hioides estaban íntegros. Apreció un cartílago triticeo, que es una variante de la normalidad, en la membrana tirohioidea derecha. Respecto al tórax, la parrilla costal no tenía ninguna lesión, la pleura parietal era brillante, lisa y sin adherencias. Los pulmones tenían una superficie lisa con bullas apicales. El pericardio estaba íntegro y no había líquido pericárdico. El corazón pesaba trescientos cincuenta gramos, sus coronarias eran permeables, con algo de ateromatosis, y el miocardio no mostraba alteraciones a simple vista. En el abdomen, el estómago era pequeño y contenía escasa cantidad de restos sólidos poco digeridos. La mucosa gástrica era de grosor y aspecto normales. El hígado pesaba mil cuatrocientos gramos, su consistencia era dura y al corte su parénquima era de color parduzco con amplias zonas dispersas de color amarillento. La vesícula tenía bilis en el interior con abundantes cálculos. El bazo presentaba una consistencia dura y, al corte, su solidez era uniforme, de color oscuro y no rezumaba sangre. El páncreas era macroscópicamente normal, al igual que los riñones y las glándulas suprarrenales. La disección de las extremidades no objetivó anomalía alguna.

Mientras preparaban todos los envases con las muestras para los estudios anatomopatológicos, toxicológicos y biológicos, Simonetta, como quien no quiere la cosa, fue interrogando a Bartomeu.

—¿Sabía que el fallecido era médico?

—¿Ah, sí? No, no lo sabía.

—En los últimos meses han muerto en la isla varios médicos que habían venido a hacer turismo. ¿No se había enterado?

—No, no me había enterado. Leo poco la prensa.

—A todos ellos les han practicado aquí la autopsia. Supongo que usted habrá colaborado.

El hombre tardó un poco en contestar, como si estuviera pensando qué decir.

—A lo mejor, pero no me entero de las profesiones de los fallecidos a no ser que la médico forense lo comente, como usted ha hecho. Y no recuerdo que nadie haya sacado el tema a relucir.

—¿No le parece raro que este sea el cuarto médico fallecido en la isla en circunstancias poco claras en los últimos seis meses?

—Eso no es cuestión mía, doctora. No soy quién para opinar. Mi misión es ocuparme de los cuerpos y asistir al médico forense —respondió rotundo, sin duda para no dar pie a más preguntas. Simonetta desistió. Tampoco había ningún motivo para implicarlo en todo aquello. Seguramente decía la verdad.

—¿Se puede? —preguntó Ferrer después de llamar a la puerta.

—Pasa, pasa, ya hemos terminado. —Simonetta estaba sentada en un taburete de cara a la pared, delante de un banco corrido, y anotaba en el ordenador todos los datos recogidos.

—¿Qué? ¿Algo en claro?

—Por ahora no. Excepto piedras en la vesícula, el doctor Osuna era un hombre que gozaba de buena salud, lo que refuerza la hipótesis o, si quieres, tu premonición de que no murió por causas naturales, porque, en principio, no hay señales de ningún fallo ni deterioro de ningún órgano. Tampoco he detectado signos de violencia. Lo más probable es que se encontrara indispuesto y por eso se tumbara en el suelo, porque no hay indicios de caída brusca.

—¿Y nada más? ¿Así me dejas?

— Las claves de este caso están en los estudios de laboratorio. Y en la investigación policial, por supuesto.

20

Nada más regresar de Punta Nati y de concretar con Ferrer la hora en la que practicaría la autopsia, Simonetta había escrito a Toni Sagrera para aplazar su cita. Habían quedado en verse al día siguiente. Después de comer, se echó una pequeña siesta en el sofá del salón. Quería estar descansada para su encuentro con Toni. Entre el tráfago de Punta Nati, el ir y venir a Mahón después de una jornada de trabajo en la consulta y el esfuerzo físico que supone la realización de una autopsia, estaba rendida. Durmió poco, pero profundamente, e incluso soñó. Con Toni Sagrera, por descontado. Y fue un sueño erótico. Él llamaba a su puerta, subía hasta el salón, la encontraba en la terraza, de pie, con poca ropa, de espaldas, mirando al mar y, sin decirle nada, la rodeaba con sus brazos, con su cuerpo. La besaba en el cuello, la acariciaba y la penetraba primero suavemente y luego con decisión y deseo. No había nadie en la calle ni en la cala, pero Simonetta, de refilón, en el momento del éxtasis, divisaba a un Pau Martí anonadado contemplándolos desde su casa. La alarma del móvil truncó lo que ocurría después.

Se duchó y se tomó su tiempo para hidratarse y perfumarse la piel; se secó y moldeó el cabello, y se maquilló y vistió como más le gustaba, con una sofisticada sencillez. A la hora acordada, Toni volvió a hacer sonar el claxon.

—¡Qué guapa estás! ¿Vamos con el coche descapotado? ¿No tendrás frío?

—Esta vez he venido equipada.

—¡Adelante, pues!

Encima del vaquero oscuro, de la camiseta negra con cristales de *strass* de colores y de la americana del mismo color, se cubrió con una gran bufanda-chal a juego, a modo de cortavientos.

—Llegaremos pronto, está muy cerca —le dijo Toni refiriéndose a su casa. Le había prometido mostrársela. Él se manifestaba seguro de sí mismo, como siempre, y esa seguridad seguía siendo un importante ingrediente de su atractivo.

Se encaminaron por la ronda que circunvalaba la ciudad y tomaron la carretera que conducía a Cala Morell. Era una auténtica gozada pasear con el Mercedes Cabrio a lo Thelma y Louise, pero sin prisa ni miedo, disfrutando de la tarde y del apacible paisaje mediterráneo. La carrocería del automóvil era de color verde oscuro, y la tapicería interior y el volante, de color beis. Toni lo manejaba con destreza con unas manos fuertes, con las uñas correctamente limadas y sin rastro de anillos ni alianza. Simonetta se fijaba mucho en las manos de los hombres. Hubiera sido incapaz de tener una relación con un hombre cuyas manos no le agradaran. Y las de Toni le gustaban mucho, masculinas y cuidadas. También le gustaba la forma en la que la miraba desde aquellos ojos oscuros y atrevidos. Momentos antes había soñado con él y ahora, teniéndolo a su lado, se hacía a la idea de que el sueño había sido real y de que, tras su fugaz e intenso encuentro en la terraza, compartían el secreto del febril calentón frente a las olas, y deseaba que los preámbulos continuasen lo justo y necesario para que, cuando llegara el momento real, el resultado fuera igual de satisfactorio.

Llevarían poco más de dos kilómetros desde el desvío cuando Toni tomó un camino local que había a mano izquierda. Era otra de las muchas carreteras estrechas flanqueadas por muros de piedra seca que poblaban la isla.

—Aquí empieza mi propiedad —dijo señalando con la cabeza una gran extensión de terreno con forraje y arbolado.

Subieron una pequeña cuesta y apareció ante sus ojos, un tanto alejada del camino, una preciosa villa con varios pequeños edificios a su alrededor. Delante de la entrada a la finca el camino se ensanchaba y había dos coches aparcados. Toni activó el mando, la gran puerta de forja se abrió y la casa se mostró ante ellos, cara a cara, en todo su esplendor. Estaba pintada de blanco, con puertas y ventanas verdes rodeadas de una franja color amarillo albero. Flanqueada por cuatro majestuosas palmeras, recibía al visitante con la sorpresa de un estanque semicircular delante de ella, como muestra de belleza y de poder.

—¡Qué precioso! —exclamó Simonetta. Toni sonrió halagado, sin contestar.

Aparcó en un espacio que tenían reservado para tal fin antes de acceder al pasillo principal que conducía al estanque y la vivienda. En cuanto el motor se apagó, Simonetta percibió el silencio del campo: el canto de los pájaros, el mugido de alguna vaca, el rumor del agua que llenaba continuamente el estanque... Adivinándolo, Toni se limitó a tomarla de la mano mientras recorrían la magnífica entrada.

—¿Te gusta? —le preguntó cuando llegaron a la puerta principal de la casa.

—¡Cómo no me va a gustar! Es todo precioso, armónico, elegante... y a la vez rural: una maravilla.

—Me alegro. Tenía ganas de que vinieras, estaba seguro de que te iba a gustar. Exceptuando algunas remodelaciones, el interior de la casa está tal y como lo construyó mi bisabuelo, con los mismos muebles y la misma decoración. Te aviso porque igual te chocan las antiguallas que guardamos.

La puerta principal estaba entreabierta y los dos pasaron a un amplio zaguán del que partía una imponente escalera.

—¡Dolors, ya estamos aquí!

De una habitación de la planta baja salió una mujer mayor con expresión seria pero afable. Toni se la presentó como su segunda madre, la señora que lo cuidaba y que se ocupaba de toda la casa. Junto a su marido, llevaban casi toda la vida en la finca.

—¿Ya tenemos preparada la cena? —le preguntó con confianza.

—Ya casi está.

—Pues mientras tanto voy a enseñarle a Simonetta todo esto.

Volvieron a salir al exterior. La vivienda estaba rodeada de zonas de césped y otras de arbolado. Por la parte de atrás, las ventanas bajas de la casa estaban adornadas con parras, y las del piso alto, con buganvillas.

—No sé qué me gusta más de esta casa —le dijo Simonetta—, si la fachada principal o esta otra, tan llena de color.

Enfrente había un edificio rectangular de color blanco.

—Ven, vamos a las cuadras.

En ese momento salía un hombre del interior.

—¡Miquel! ¿Cómo va?

—¡Ah, Toni! Todo bien, ya están arreglados hasta mañana.

—Vamos a pasar a verlos.

—Muy bien, ¿cerrarás tú?

—Sí, sí, vete tranquilo.

Toni le explicó que era el marido de Dolors. Se ocupaba un poco de todo, también de la pequeña cuadra de caballos menorquines que tenía.

—De todo lo que poseo es lo que tengo en más estima. ¿Entiendes de caballos?

—No, para nada.

—Aquí tenemos una raza de caballos autóctona, pura, el caballo menorquín. Hay unos dos mil en toda la isla y los conservamos como un bien ancestral, como un auténtico tesoro. ¿Has oído hablar de las fiestas de San Juan?

—¿En las que salen los caballos por las calles?

—Sí, son unas fiestas muy populares. Gracias a ellas se conserva esta raza. Los cuidamos y mimamos durante todo el año para lucirlos ese día; para nosotros es el más importante del año.

—¿Y tú sales?

—Sí, claro que sí. Es mucho más que una fiesta. No me la pierdo por nada del mundo. Este año vas a vivirla y la vas a disfrutar, te lo garantizo.

En la cuadra había cuatro preciosos caballos negros, cada uno en su box. Toni empezó a acariciarlos uno por uno.

—Hay que tratarlos a todos por igual, que ninguno se sienta menospreciado. ¿Sabes montar?

—No, la verdad.

—Algún día te llevaré a dar un paseo conmigo y después, si quieres, te enseñaré a montar.

—¿Siempre has vivido aquí? —A Simonetta le intrigaba el hecho de que su mujer hubiera sido la artífice del diseño de las zonas exteriores de la villa, aunque a simple vista, y sin ser una entendida, daba la impresión de que todo fuera más antiguo.

—Sí y no. Nací aquí y aquí sigo, pero cuando nos casamos, Carla y yo nos fuimos a vivir a una casa en Ciudadela. A ella no le gustaba vivir en el campo. Después, yo no quise vivir allí solo y me mudé aquí. Y aquí sigo, ahora sin mis padres, pero con la responsabilidad de sacar todo esto adelante.

Hasta entonces, Simonetta no se había preguntado si Toni tenía hijos, pero en aquel momento había quedado claro que no. Cuando salieron de las cuadras ya estaba anocheciendo.

—Este es el peor momento del día para verlo todo, porque aún no se han encendido las luces del exterior. Mejor que pasemos. Dolors ya lo tendrá todo preparado.

Le contó que el matrimonio vivía en unas dependencias de la planta baja. Podrían estar jubilados, pero preferían seguir trabajando en la finca. Tenían dos hijos varones que vivían en Barcelona, pero allí se encontraban más a gusto.

El salón comedor ocupaba toda el ala derecha de la planta baja. Como ya le había advertido Toni, estaba decorado muy a la antigua, con pesados muebles de madera oscura, casi todos de caoba, y con grandes retratos de los primeros propietarios de la casa, todos muy circunspectos y vestidos como si estuvieran de luto. La visión global de aquella estancia era más bien rancia, muy diferente a la que la villa ofrecía desde el exterior, alegre y armoniosa. Se sentaron en dos voluminosos orejeros tapizados de terciopelo color grana. Delante de ellos había una mesita baja ovalada de madera y mármol sobre la que Dolors iba dejando pequeñas bandejas con jamón, queso y croquetas calientes. Tras una indicación de Toni, la mujer llevó dos copas altas y una botella de champán francés casi helado. Toni la abrió y sirvió en cada una de ellas. Bebieron sin brindar. A Simonetta no le gustaba mucho el cava; sin embargo, aquel champán era otra cosa.

—Tendrás muchos gastos con toda la finca.

—No lo sabes tú bien. Es un pozo sin fondo. No me importa que no me dé beneficios, pero cada mes hay que pagar las nóminas de la gente que trabaja aquí. Es lo que me da más problemas. Y eso que tengo quebraderos de cabeza por todas partes.

—¿Sí?

—Ya sabes lo que son los negocios, raro es el día en el que duermes tranquilo. Ahora mismo tengo una gran preocupación.

—¿Respecto a tus negocios? —le preguntó Simonetta al ver que Toni quería desahogarse.

—Sí. Hace cuatro años, aún en vida de mi padre, compré una finca colindante a nuestra propiedad para construir un hotel rural de lujo. Es un negocio que está en alza, porque desde el Gobierno Balear quieren potenciar el turismo de alto *standing* y está dando muy buenos resultados. De hecho, están proliferando por toda la isla hoteles de tamaño pequeño y mediano apartados de las zonas más concurridas. Como en ese momento no tenía todo el dinero que necesitaba para la compra, mi padre, que me dio desde el principio el visto bueno para construir el hotel, avaló con nuestra propiedad (entonces a su nombre) el crédito que el banco me concedió. Antes de cerrar la operación, el arquitecto municipal me aseguró que el Ayuntamiento me concedería la licencia de obras, que era solo cuestión de días después de rellenar el formulario correspondiente. Yo ya lo tenía todo apalabrado: arquitecto, excavaciones, constructor... Pues bien, de repente todo se complicó, mi mujer enfermó y todo lo demás quedó en segundo plano. Yo me volví medio loco y el proyecto quedó en el aire. Cuando todo pasó y decidí que tenía que continuar con mi vida, el Ayuntamiento había cambiado: entraron esos incompetentes que hay ahora, y hasta el día de hoy se han negado a concederme la licencia.

—Pero ¿por qué?

—Pregúntales a ellos. Es un tema de ecologismo y sandeces de ese estilo. Ojo, que yo soy el primero que quiero que se respete el medioambiente y lucho por conservar mi propiedad tal y como la tenían mis bisabuelos, sin vender ni un metro, para que nadie destruya un terreno eminentemente rural. Pero la finca de la que te hablo es otra cosa. Es un terreno pequeño muy bien situado, con unas antiguas granjas abandonadas en medio que el proyecto buscaba sustituir por el hotel.

—Igual hasta mejoraba el paisaje.

—¡Por supuesto que lo mejoraba! Pero a ellos les da igual, solo quieren espantar el turismo. Y no saben que gracias al turismo vivimos todos, directa o indirectamente, ellos los primeros. ¿O de dónde se creen que sale su sueldo? ¡Si aquí no hay otra cosa!

—¿Y cómo piensas salir de ahí? —le preguntó Simonetta.

—Ya veremos. De momento, estoy buscando algún socio con capital para quedarme tranquilo y seguir pagando al banco. Una vez que lo encuentre, ya podré relajarme un poco y pensar mejor, sin precipitarme.

—Toni, ¿os sirvo ya la cena? —preguntó Dolors desde la puerta del salón.

—¡Claro que sí! Dejemos los negocios, que son bastante aburridos, y vayamos a degustar la cocina de mi querida Dolors. ¿Qué nos has preparado?

—Caldereta de langosta. Esta mañana Miquel me la ha traído de la cofradía de pescadores.

—¿Ya ha empezado la temporada? ¡Hemos tenido suerte!

Como Simonetta suponía, Dolors era una cocinera estupenda. Pocas veces había probado un plato tan exquisito como aquel. Después de la charla sobre los negocios, Toni había dado un giro radical a la conversación y en aquel momento era él quien se interesaba por los asuntos de su invitada.

—¿Qué me dijiste ayer, que ibas a Mahón porque se había muerto alguien?

—Sí, me llamaron cuando estaba de guardia porque encontraron a un hombre muerto en Punta Nati.

—Menuda profesión tenéis. Yo para eso no valdría. ¿Y tuviste que ir a Mahón?

—Es una historia un poco rara. Fui a Mahón a practicar la autopsia al fallecido.

—¡Coño!—exclamó Toni, que al momento soltó el alicate y una de las pinzas del sabroso crustáceo. Simonetta se rio—. Pero ¿os obligan a hacer la autopsia si os encontráis a un muerto?

—No exactamente. No obligan a nadie, por supuesto. Lo que ocurre es que la forense estaba de baja y yo me presté a hacerla porque, además de médico de familia, también soy forense.

—¿Ah, sí? ¡Esto es una mujer sorprendente! Mira que he conocido a mujeres que me han sorprendido, pero como tú, ninguna.

—Es un oficio como cualquier otro.

—Bueno... con algún toque especial.

—Llámalo así si quieres, pero es apasionante.

—Eso no lo pongo en duda. Pero, entonces, ¿aquí has venido de médico normal o de forense?

—Aquí he venido de médico de familia. El ejercer de forense ha sido casual. Oí al comisario de policía decir que no tenían a nadie para practicar la autopsia del cadáver que acabábamos de encontrar y yo me presté a hacerla.

—Se quedaría de piedra.

—No lo sé. Tampoco le dio tanta importancia.

Una vez que hubieron acabado la langosta, Dolors, después de retirar los platos y sacar unas toallitas para que se limpiaran las manos, llevó el postre. Eran unas fresas de un huerto que ellos mismos cultivaban.

—¿Has preparado algo dulce, Dolors?

—Una tarta de galletas María.

—Fantástico. Es mi preferida —le dijo a Simonetta.

—Es una mujer muy discreta.

—Sí, esa cualidad la tiene, y muchas otras, pero está un poco chapada a la antigua.

Simonetta enseguida adivinó por dónde iban los tiros, pero no dijo nada.

—Como puedes imaginar, de vez en cuando traigo amigos aquí, y ella eso lo ve con buenos ojos. Se esmera por que todo quede perfecto. Pero lo que no vería con buenos ojos es que te invitara a pasar aquí la noche. Y disculpa que sea así de directo, pero aprovechando que has nombrado a Dolors, quiero que lo sepas.

—Ya entiendo.

—No es que sea ella la que manda en la casa, por supuesto, y en mi vida mucho menos, pero gracias a ella y a su marido esto funciona y, sobre todo, yo me siento acompañado. He pasado unos años muy difíciles desde que me quedé prácticamente solo en la vida, y yo solo no sé vivir, la casa se me cae encima. Por eso me vine aquí, para que ellos me ayudaran a sobrellevar la soledad. Dolors sentía verdadera pasión por Carla, era su ojito derecho. La verdad es que era una criatura maravillosa, siempre pendiente de los demás, hasta de las personas del servicio, y

Dolors la adoraba. No acaba de adaptarse a esta nueva situación. Si viviera mi madre sería diferente, ella era una mujer abierta y moderna, pero Dolors es así. Espero que de verdad lo entiendas.

«¿Que un viudo no pueda llevar la vida que quiera en su propia casa? —se preguntó Simonetta—. Pues lo cierto es que no lo entiendo.» Pero no se atrevió a manifestárselo, no le pareció lo más oportuno en aquel momento, aunque le desilusionó.

Cuando acabaron de cenar, Toni le propuso que se sentaran de nuevo en los sillones para tomar una copa.

—¿Y si nos para la guardia civil y nos hace soplar? —le dijo Simonetta en tono de broma.

—Tienes razón, casi mejor que, ya que yo te he invitado a cenar, tú me invites a la copa.

—No tengo nada en casa que contenga ni un gramo de alcohol.

—Genial, así no me podrán multar a la vuelta.

Fuera era ya noche cerrada. La casa, el estanque y los jardines que los rodeaban estaban alumbrados de forma tenue con la luz de unos focos disimulados en el suelo.

—Qué bonito tenéis esto —dijo Simonetta admirada.

Había algo de humedad en el exterior y empezó a sentir frío. Toni lo intuyó y la rodeó con el brazo mientras caminaban hacia el coche. Antes de abrirle la puerta para que entrara la atrajo hacia sí y la besó, un beso detrás de otro, apoyados en el auto, en plena penumbra. Simonetta se dejó llevar. Había esperado ese momento desde el día en que él se disculpó en la terraza del Ulisses, frente al mercado. ¿O tal vez antes, cuando la despreció en casa de Séraphine? No, entonces no, entonces todavía no tenía ningún atractivo para ella. Entonces más bien lo odió. Fue su disculpa lo que hizo que lo mirara con otros ojos. Era un hombre muy apetecible. Y por fin lo probaba. Montaron en el Mercedes Cabrio y, ya con la capota puesta, salieron hacia la cala. Él encendió la radio y de pronto sonó Luis Miguel: «Por debajo de la mesa...». A Simonetta le entró la risa al oírlo, pero se contuvo para que Toni no se sintiera mal. ¿A quién esperaba oír, a Ed Sheeran o a John Mayer? Toni era más primitivo que todo eso. Por otra parte, ¿y por qué no? Alejandro Sanz, en una entrevista, a la pregunta de qué música pondría en el coche en una primera cita, respondió que Luis Miguel. En algunas ocasiones había que dejar a un lado los elitismos y pisar el barro, o la calle. Toni parecía disfrutar de las melodías en un momento excitante como aquel, todavía con el sabor de ella en los labios. Y Simonetta también lo disfrutó y también quiso que el sabor de la boca de él permaneciera y diera pie a otros besos. De refilón veía sus manos acariciar el volante y deseaba llegar a casa y ser ella la destinataria de esas caricias, aunque tampoco le hubiera importado prolongar el breve viaje para que el romanticismo que desprendían aquellas canciones impregnara aún más el ambiente en aquella noche que se auguraba propicia.

—Ya estamos —dijo Toni bajando la voz de la radio hasta que quedó como una música de fondo. Había tomado la calle de la cala. Al final estaba la casa de Simonetta.

—¿Qué pasa ahí? —preguntó ella extrañada al ver un coche aparcado delante de la casa de Pau Martí, la puerta abierta y luz a través de las ventanas.

—Tu vecino tendrá alguna fiesta —respondió Toni con ironía.

—No, de fiesta nada. Es el coche del servicio de Urgencias. Algo grave le ha pasado —dijo Simonetta con preocupación.

—¿Y qué? No es asunto nuestro.

—Tuyo no, pero mío sí —respondió Simonetta con seguridad mientras Toni aparcaba el auto—. Es mi vecino, además de mi casero, y yo soy médico.

Antes de que Toni le contestara se soltó el cinturón y salió hacia la casa de Pau. En ese mismo momento aparecieron la médico, la enfermera y el propio Pau.

—¿Qué ocurre?, ¿qué ha pasado?

—Hola, Simonetta —le respondió su compañera—. Nada grave, parece una pericarditis, ya le hemos puesto tratamiento. ¿Quieres ver el electro?

Simonetta lo miró detenidamente.

—Sí, parece una pericarditis. ¿Estás bien? —le preguntó a Pau.

—Dentro de lo que cabe, bastante bien. Menudo lío he armado.

—Me tendrías que haber llamado.

—Te he puesto un mensaje, pero no lo habrás leído. Entonces he llamado al 112 y de repente se han presentado tus compañeras corriendo, como si me fuera a morir. No me han dejado ir a Canal Salat.

—Quería presentarse con la moto —dijo la enfermera—. Hemos preferido venir nosotras por si se trataba de un dolor coronario.

—Sí, claro, mucho mejor —añadió Simonetta.

—Nosotras ya nos marchamos —dijo la médico—, tenemos otro aviso.

—Muchas gracias —se despidió Pau.

Simonetta se sentía un poco violenta. Al despedir a sus compañeras había visto a Toni en la otra acera, con las manos en los bolsillos, de aquí para allá, mirando al suelo, esperando a que ella acabara. Por descontado, Pau también lo había visto. No se habían saludado. Y también a él se le veía cortado.

—Habrá que ir a la farmacia a comprar el tratamiento. Me acerco en un momento —le dijo a Pau.

—No te molestes, te están esperando.

—Pero tienes que empezar a tomarlo ahora y yo no tengo nada en casa para darte.

—Vete tranquila, me han dejado lo suficiente para hoy y mañana.

—¿Vas a dormir solo?

—¡Pues claro! —exclamó Pau riendo.

—Si te encuentras mal esta noche, llámame, por favor, a cualquier hora. Dejaré el móvil encendido.

—Por supuesto que te llamaré, todas las veces que haga falta; para eso eres mi inquilina.

—Lo digo en serio, Pau. Si te encuentras mal, llámame —le pidió Simonetta muy seria.

Pau sonrió con sorna y se despidió llevándose la mano a la frente con un saludo militar.

Simonetta oyó que la puerta se cerraba detrás de ella. Toni estaba plantado todavía con las manos en los bolsillos, mirándola de frente, visiblemente contrariado.

—Espero que hayas disfrutado de la velada —le espetó—. Que descanses. Mañana tienes que madrugar y la noche ya la tienes ocupada. —Se montó en el Mercedes, arrancó, dio media vuelta y se marchó.

Simonetta no podía creerlo. De repente se había quedado sola en medio de la calle, en mitad de la noche, en medio del silencio, con la palabra en la boca, con una cara de estupefacción monumental, de chasco monumental, de interrogación monumental... Literalmente compuesta y sin novio.

Resignada, abrió la verja con la llave, esa vez, qué raro, con facilidad. Al menos aquello le salía bien. ¿Toni se había puesto celoso? Pues sí, no había ninguna otra explicación para ese comportamiento. ¿Celoso de Pau? ¿Y de quién si no? Empezó a repasar lo que había sucedido. Pero no había sucedido nada. Ella se había ofrecido a atender a su vecino en caso de que la necesitase, lo hacía con todo el mundo. Era médico y eso de alguna manera la obligaba a ponerse a disposición de las personas de su entorno. Ella lo creía así. La medicina no era una profesión cualquiera. Igual Toni no lo había entendido. Puede que no tuviera ningún médico entre su familia y no hubiera vivido la entrega que supone la profesión más allá del trabajo. Qué contratiempo, qué casualidad haber llegado en el mismo momento en que el equipo de urgencias estaba en casa de Pau. Quince minutos más tarde no se hubieran enterado de nada y ahora estarían gozando de una noche como poco interesante, pero al final había acabado de forma súbita y sin razón alguna. Y ahora, ¿qué sería lo siguiente?, ¿habría terminado todo entre ellos?, ¿Toni se disculparía?, ¿ella tendría que explicarle que su vecino no constituía amenaza alguna para su «amistad»?, ¿tenía que poner distancia con un hombre así de celoso? Sumida en esos pensamientos entró en la habitación. Mañana sería otro día. No tenía ganas de machacarse más la cabeza con aquello.

Al encender la luz algo la sorprendió. En previsión de que pudieran acabar en la casa lo había dejado todo recogido, o al menos esa había sido su intención; sin embargo, un objeto llamó al instante su atención y la hizo sentir intranquila: encima de su cama, como para darle la bienvenida, estaba una de sus bragas desplegada, lista para ponérsela. Era una braga de las corrientes. Para la ocasión se había comprado un precioso juego de lencería que llevaba puesto. Y la braga que se había quitado antes de ducharse la había echado al cubo de la ropa sucia, lo recordaba a la perfección. Entonces, ¿qué hacía encima en su cama? Se acojonó. ¿Quién la había puesto allí? ¿Había entrado alguien en la casa mientras ella estaba fuera, había cogido la prenda del cajón de la ropa interior, la había desplegado y colocado? Se le bloqueó la mente. ¿O la había dejado ella misma, mientras buscaba el conjunto nuevo, y luego la había olvidado? No. Ella se ponía la ropa interior desde el cajón o, como mucho, la dejaba doblada en la cama o sobre la butaca, y se la colocaba sin dejarla desplegada sobre la cama. Alguien lo había hecho por ella. Aguzó el oído. Solo se oía el rumor del mar a lo lejos, atenuado por los cristales de las ventanas. Con gran inquietud, miró debajo de la cama y en el interior del baño. Recorrió la cocina, el salón y la terraza. Todo estaba en silencio y todo seguía en su sitio, tal y como ella lo había dejado cuatro horas antes. Bajó al piso inferior y abrió la puerta del cuarto de invitados; allí también estaba todo en orden. Solo le quedaba el sótano, pero ni por asomo iba a bajar. Comprobó que la puerta estaba cerrada con llave. ¿No se lo estaría imaginando todo? Con las prisas y la emoción de la cita con Toni, ¿no habría dejado ella misma la braga en la cama ? No hay nada más letal para la memoria que la ofuscación y los nervios, y ella estaba nerviosa mientras se preparaba. Seguro que había sido eso. ¿Quién iba a entrar en su casa y con qué fin? Además, fuera de la prenda en cuestión, no había ningún otro indicio de que en la casa hubiera entrado nadie. Tenía que tranquilizarse, no le quedaba otra. A esas horas, qué iba a hacer si no. No podía llamar a Darío Ferrer en mitad de la noche y despertarlo, con su mujer al lado, por un tema de ropa interior. Ni a su vecino, que estaba enfermo. Ni a Toni, que la había «abandonado». Ni a Sergi, que se asustaría y no querría saber nada más de ella ni de sus historias. A pelo. Así tenía que pasar la noche.

Siempre dejaba el maletín con el instrumental encima de una coqueta butaca que Séraphine, al decorar la casa, había puesto en el recibidor. Lo abrió, cogió un comprimido de Valium, lo partió por la mitad y se lo tomó. Subió a la habitación, se desvistió, conectó la alarma de su móvil y, a la media hora, ya estaba dormida.

21

Cuando se despertó, a la mañana siguiente, ya había amanecido. La luz del exterior penetraba en la casa, engrandeciéndola y expulsando de ella los fantasmas y temores que la oscuridad va depositando en los sitios más inverosímiles. La noche se había llevado consigo la desazón y, con el día presente en cada objeto, en cada habitación, Simonetta se sintió más tranquila.

Mientras se vestía, decidió no comentar con nadie el episodio de la noche anterior. Al ver la braga sobre la cama, su intención inicial fue contarle todo a Darío Ferrer para ponerlo al tanto y contrastar su opinión sobre el hecho. Pero ahora reculaba. Si Darío la notaba preocupada, con razón o sin ella, enviaría una patrulla de vigilancia para protegerla. Aunque los agentes intentaran pasar desapercibidos no lo conseguirían porque, de momento, esa zona de la isla, concretamente su calle, estaba prácticamente deshabitada entre semana y un coche apostado frente a la casa o en las inmediaciones llamaría mucho la atención. Por otro lado, Simonetta no quería de ninguna manera que Darío estuviera al tanto de sus pasos, sobre todo de su relación con Toni Sagrera. El tema de la braga estaba zanjado. Lo más probable era que ella misma la hubiera colocado allí sin darse cuenta cuando sacó de forma precipitada del cajón el conjunto de lencería. Había recordado que la hora se le había echado encima y que darse más prisa de lo habitual para no hacer esperar a Toni.

El sonido del wasap la devolvió a la realidad.

«Hola.» Era de Toni. Se sintió aliviada. En el fondo quería que su incipiente relación siguiera para delante. Aunque en un primer momento le molestó su espantada, ahora incluso le hacía gracia, sobre todo después de ver el «Hola» en la pantalla del móvil a esa hora tan temprana. Quiso dejarlo esperando para que aprendiera y sufriera. «A los hombres no hay que darles todo a la primera. Les gustan las mujeres difíciles», le decía su madre. Y tenía razón. Pensó en contestarle cuando llegara a Canal Salat, pero recordó que él salía hacia Barcelona en el avión. Quizá estuviera a punto de embarcar. Se ablandó.

«Hola.»

«Pensaba que no me ibas a contestar. ¿Qué tal has dormido?»

«Bastante bien.»

«Yo muy mal.»

Simonetta no le contestó.

«Me comporté como un imbécil. Cuando llegué a la ronda ya estaba arrepentido. Iba a dar la vuelta, pero me dio vergüenza y tuve miedo de tu reacción. ¿Podrás perdonarme de nuevo?»

«No me gustan los hombres celosos», le escribió ella después de pensar bien la respuesta.

Iba a decirle también que no tenía por qué estar celoso de Pau, pero se contuvo. ¿A santo de qué tenía que darle tantas explicaciones? Era él quien había reaccionado como un imbécil. ¡Hasta lo había reconocido!

«Es muy difícil no ser celoso con una mujer como tú. Si fueras hombre, comprenderías lo que quiero decir.»

Simonetta no sabía qué contestarle y, además, tenía prisa. Optó por el camino más corto.

«Si te parece, olvidamos lo de anoche.»

«Claro que sí. Empezaremos donde nos quedamos. Me dejas muy contento. Igual hasta me duermo de felicidad en el avión.»

«Y no te enteras de que aterriza.»

Él le respondió con tres emoticonos de besos.

«Me voy a trabajar. Ya nos veremos.»

«En cuanto vuelva.»

Después de todas las novedades de los días anteriores, un poco de normalidad en la consulta no le vino nada mal. Poco a poco, Quique Coll había vuelto a hablarle, a invitarla al café y, en vista de que no había manera de conquistarla, la había medio adoptado como confidente y todos los días la ponía al tanto de sus múltiples ligues, unos reales, otros inventados.

—Tienes que buscarte a una mujer normal, Quique. Todas esas de las que me hablas son un poco ligeras de cascos y se aprovechan de tus invitaciones. Tienes que buscarte una mujer de verdad —le recomendaba en tono jocoso Simonetta.

—¿No tienes alguna hermana o prima que esté libre?

—Lo siento, pero no.

Al final de la jornada, Sergi se despidió como todos los días.

—¡Adiós, doctora! Me voy rápido a la peluquería.

Simonetta aparcó la Honda en la calle. Después de comer quería acercarse a Ciudadela, así que no le merecía la pena meterla en el garaje. A media mañana había hablado con Pau y él le había dicho que se encontraba bien. En aquel momento, la llamaba desde la puerta de su casa.

—¡Simonetta!

—Hola, Pau, ¿qué hay?

—Te han traído este sobre —le dijo y le entregó un sobre del tamaño de un folio con el membrete de la Policía Nacional—. Como no estabas y el cartero sabe que soy el dueño de la casa, me lo ha dejado a mí para que no tuvieras que acercarte a la oficina de Correos. Espero que no te moleste que lo haya recogido.

—Claro que no. Muchas gracias —le dijo sin darle ninguna otra explicación. Él estaba algo raro, como si ella lo intimidara o como si no se atreviera a decirle algo.

—No tendría que haberte llamado anoche —añadió al fin. El comentario no venía mucho a cuento, puesto que, poco antes, ya se habían comunicado por wasap en relación con su estado de salud.

—Eso es señal de que te encontrabas bien.

—Y de que no quería molestar —agregó Pau.

—No me hubieras molestado. Yo cuando ofrezco algo lo hago de corazón; si no, me callo.

—De todas formas, muchas gracias por tu interés —le dijo muy serio.

—Bueno, bueno —replicó Simonetta queriendo desdramatizar—, ya me lo cobraré en pescado en cuanto vuelvas a salir a la mar.

—La primera langosta de la temporada es tuya, cuenta con ella.

—¡Te tomo la palabra! —concluyó Simonetta y se alejó hacia su casa.

Nada más entrar, abrió el sobre con impaciencia. Darío Ferrer no le había mandado ningún mensaje para anunciarle el envío y eso la mosqueaba. Se trataba de unos papeles y una nota. Les echó una ojeada y al momento le escribió un mensaje a Sergi: «En cuanto salgas de la peluquería pásate por mi casa. Urgente».

Sergi llegó dos horas más tarde, extrañado y transformado.

—¿Y esto? —le preguntó Simonetta mientras le señalaba el pelo.

—¿Le gusta? Son mechas.

Su pelo, de normal rubio, ahora lo era todavía más.

—Estás muy guapo.

—Luego me haré una foto para subirla a una página de contactos.

—¿Para una página de contactos? ¿Tú necesitas eso? No me lo creo.

—Sí, sí, lo necesito. Soy muy tímido. Y no sabe lo bien que funcionan.

—¿Seguro?

—Seguro. Te ayuda a contactar con gente que de otro modo nunca conocerías.

—Pues ten cuidado, no vayas a conocer a alguien poco recomendable.

—¿Usted nunca ha entrado en una página de contactos?

—¿Yo? No. Igual soy un poco anticuada... Pero no, no sé ni cómo funcionan.

—Con lo que usted gusta a los hombres no creo que le vaya a hacer falta, la verdad. Pero si alguna vez quiere, yo le enseño.

—Si llega el momento, que nunca se sabe, me lo explicas. Ahora, vamos al grano.

—Me ha dejado intrigado con su mensaje.

—Ha llegado el momento de ponerse manos a la obra, Sergi. En primer lugar, quiero que indagues en internet todo lo que puedas sobre los cuatro médicos fallecidos, hay que encontrar un nexo entre ellos, porque eso nos pondrá sobre una buena pista de por qué los han asesinado. Yo lo he intentado, pero no he sido capaz de averiguar nada relevante. Todos eran personas mayores con poca repercusión en las redes, pero tú seguro que encuentras algo; eres un nativo digital y no se te va a escapar nada. Aquí tienes los nombres, los DNI y la información con la que contamos por ahora. A partir de aquí, todo tuyo. Cualquier detalle en el que no hayamos caído, cualquier mínima averiguación, por muy absurdos que sean, pueden ser importantes y debes comunicármelos. Luego ya veremos si tienen relevancia o no. Lo más nimio puede ser lo más valioso en una investigación. ¿De acuerdo?

—Sí, sí, de acuerdo —le respondió Sergi, que había escuchado a la doctora con gran interés. Al principio, cuando Simonetta le planteó colaborar con ella, la propuesta lo cogió de sorpresa y temió haberse metido en un monumental lío del que igual no sabía salir. Pero, al verla tan segura, se animó y ahora no veía el momento de ponerse manos a la obra.

—Voy a barrer internet —le dijo a Simonetta—. Déjelo en mis manos, algo encontraré. Seguro.

—Me alegro de tu buena disposición, Sergi. Muy bien, muy bien. Y ahora, echa un vistazo a estos dos papeles.

Sergi leyó con detenimiento las dos hojas de papel que Simonetta sacó del sobre y dejó encima de la mesa.

—Son iguales, ¿no?

—Sí. ¿Qué te llama la atención?

—No sé. Son dos rutas turísticas de la isla, nada destacable. Hay muchas así por todas partes.

—Bueno, pues yo te voy a decir de dónde las hemos sacado y qué es lo que a mí me ha llamado la atención de ellas. Estas son dos copias de otras dos hojas originales.

Una se encontraba en el Fiat Punto del médico de Punta Nati y la otra la encontraron en el bolsillo de la chaqueta que llevaba puesta el médico hallado en el camí des Alocs.

—Vaya —le cortó Sergi —, pues eso ya es otra cosa. Puede ser una pista, porque son iguales.

—Y hay más cosas.

—¿Ah, sí?

—Ahora te las explico. ¿No te parece raro el tipo de letra, la tipografía que han empleado? ¿Y el tipo de impresión?

—Parecen antiguas.

—Exactamente. No son letras de ordenador ni están impresas en una impresora actual. Son fruto del ciclostil.

—¿El ciclos... qué?

—El ciclostil es un aparato que se utilizaba para hacer copias de un texto de forma barata cuando aún no existían las fotocopiadoras. Se empleaba sobre todo en los colegios para hacer copias de las preguntas de los exámenes. También se utilizaba en otras instituciones, por ejemplo, en los ayuntamientos. Las octavillas contra el régimen que se lanzaban a la calle en tiempos de Franco salían también de los ciclostiles.

—Qué curioso.

—Sí, y lo más llamativo de todo es que hoy en día, por supuesto, ya no se utilizan. Los ciclostiles han desaparecido, como tantos otros objetos a lo largo de la historia. Sin embargo, alguno queda, y no muy lejos. Esta impresión es la prueba.

—Sí, desde luego —repuso Sergi asombrado.

—Otro detalle ¿Qué te parece el tipo de letra?

—También parece antigua.

—En efecto. Estas hojas están escritas con una máquina de escribir normal, algo anticuada, como bien dices. Eso se

210

ve a la legua. Primero por la tipografía y después por la diferencia de intensidad de la tinta entre una letra y otra. Fíjate en las «m», ¿no están más marcadas que las «s»?

—Sí.

—Puede deberse a que la letra «m» de la máquina esté más sucia, con más tinta adherida. Esto te sonará a chino...

—Un poco sí. Creo que por casa hay una máquina de escribir del año de la nana. La buscaré. Ahora estoy intrigado.

—Me parece genial. Hay que implicarse de una manera total si se quiere resolver un caso. Por cierto, ¿has visto muchas rutas turísticas escritas con este tipo de letra?

—Ahora que me fijo, creo que no. Esto es un poco cutre. Tiene usted razón.

—No, no te lo digo para que me des la razón, te lo pregunto de verdad. Me interesa saberlo para ver si se hizo en exclusiva para las víctimas o si se trata de una ruta turística popular que alguien escribió en su momento y desde entonces se reparte a todo el mundo. En ese caso, pudo haber llegado a manos de los médicos por casualidad.

—Yo, lo que le puedo decir —añadió Sergi después de pensarlo— es que no la había visto nunca.

—Estupendo. Tomo nota. Y ahora, vayamos a la tarea. —Sergi la miraba con los ojos como platos—. Quiero que investigues colegio por colegio y ayuntamiento por ayuntamiento, y averigües si en alguno de ellos queda un ciclostil. No hace falta que vayas en persona, puedes contactar con amigos maestros, con señoras de la limpieza, con antiguos profesores que te puedan aportar alguna información... Por ejemplo, puedes decir que estás interesado en coleccionar objetos antiguos o igual se te ocurre cualquier otra cosa sobre la marcha. A mí no debes nombrarme, como mucho, si la persona con la que hablas te conoce bien y sabe que nunca te han interesado estos temas, puedes decir que a «un amigo» le interesa conseguir un ciclostil para su colección personal. Respecto al ayuntamiento, lo tienes muy fácil: pregúntale a tu padre, sin contarle toda la verdad, por supuesto. Dile que ha salido el tema a relucir en una conversación de café en Canal Salat y te ha entrado el gusanillo de ver con tus propios ojos un ciclostil. Seguramente él no tendrá ni idea de si queda alguno, pero puede preguntar a una secretaria de edad, al conserje o a la persona encargada de la limpieza, que son quienes conocen todos los recovecos del consistorio y todos los bártulos que, de seguro, se acumulan. La importancia de esta pista es enorme, crucial. Si logramos encontrar a alguien que esté en posesión de un ciclostil, o que puede acceder a uno y utilizarlo, tendremos al principal sospechoso del quíntuple asesinato.

Sergi palideció. Hasta entonces, la conversación con la doctora le había parecido casi un juego, pero la rotundidad con la que había pronunciado la última frase lo llevó a comprender la verdad de su contenido y la responsabilidad de lo que estaba haciendo.

—Estás a tiempo de echarte atrás, Sergi —le dijo Simonetta al comprobar la cara de susto que tenía—. Ahora y en cualquier momento. Eso te tiene que quedar claro. Tú no eres policía, ni investigador, ni informante. Eres mi amigo y quieres ayudarme en este caso porque has nacido aquí y tienes acceso a una información de la que yo carezco, pero no quiero meterte en problemas, nada más lejos de mi intención. Quizá me precipité al proponértelo.

—No voy a echarme atrás, doctora —le respondió Sergi después de pensarlo durante unos segundos—. Aunque sea por prurito personal, por interés de superarme a mí mismo y por demostrarme y demostrarle a usted que no soy un cobarde.

—No se trata de cobardía, Sergi —le contestó Simonetta, algo alarmada por su contundente reacción—. No es mi intención ponerte en la tesitura de ser un valiente o un cobarde. No va de eso la cosa. O te apetece o no te apetece. Yo creo que es mejor tomárselo así.

—Entonces le digo que me apetece —añadió sin pensárselo—. Y mucho.

22

Después de unos días de frío casi invernal, amaneció con buen tiempo. El día anterior había cesado la tramontana y la temperatura había subido algún grado. Los turistas, que en las jornadas anteriores deambulaban silenciosos por las calles, habían aprovechado la discreta bonanza meteorológica para exponerse al sol en la arena de la cala y hasta ella misma había dudado, antes del último baño, entre sacar el bañador convencional o el de neopreno. Se decidió por el último e hizo bien, porque el agua del mar continuaba algo fría. Había estado intercambiándose mensajes con Toni casi a diario, todos ellos bastante escuetos, pero indicativos de que ninguno de los dos deseaba poner fin a su incipiente relación. El último lo había recibido tan solo unas horas antes, a medianoche. «He podido cerrarlo todo, vuelvo a casa. Ahora en el Prat. Resérvame la tarde de mañana, haremos una excursión. A las cinco te paso a buscar. Besos.»

A Simonetta no le desagradó la idea. Tendría toda la mañana disponible para buscar a los guías turísticos que se anunciaban por internet e incluso podía comenzar a llamarlos para, de manera disimulada, tratar de averiguar si alguno de ellos conocía el folleto del ciclostil, lo había visto por algún lado o sabía de alguien que pudiera haberlo impreso. Le parecía muy raro que uno de ellos, al menos de los oficiales, fuera el autor, pero la isla era una isla, y además pequeña; un espacio reducido donde todos aquellos

214

que comparten profesión se conocen, coinciden y hablan de sus asuntos, incluido el intrusismo.

Como no le apetecía que Toni la recogiera en su casa, lo avisó de que acudiría directamente a la de él. En realidad tenía ganas de verlo. La distancia física entre los dos y la relativa soledad con la que convivía habían acrecentado el deseo de estar con él de nuevo. Pero no quería una nueva cita con coche de lujo y chica mona que sube para que el dueño la pasee. Iría por sus propios medios.

En la página del Colegio Oficial de Guías Turísticos había encontrado los datos de todos los profesionales que estaban colegiados. Anotó los nombres y los números de teléfono, no los correos electrónicos, pues quería dejar el mínimo rastro de sus pesquisas. Aun siendo día festivo, unos cuantos contestaron a su llamada, pero ninguno parecía tener constancia de los folletos del ciclostil.

—Hay mucho intruso en la profesión —fue la respuesta más repetida—. Cualquiera ha podido hacerlos y repartirlos.

Pero nadie recordaba haberlos visto.

«Por aquí poco voy a sacar —pensó llegado ya el mediodía—. A ver lo que averigua Sergi.»

Comió ligero y se cambió. Si iban de excursión tendría que ponerse algo *sport*: vaqueros, camiseta y una chupa. La Honda preparada... y a casa de Toni.

Fuera, Pau estaba arreglando algo en el jardín. Dudó entre saludarlo o hacerse la sueca, aguardando a que lo hiciera él. La noche anterior, cuando regresaba del baño en el mar, lo vio mirarla con disimulo desde una de las ventanas de su casa. Cuando subió las escaleras de las rocas para alcanzar el nivel de la calle, Pau había desaparecido. ¿Tal vez para no saludarla? Le dio esa impresión, aunque no adivinaba el porqué.

«Hay que respetar la privacidad de la gente —se dijo a sí misma—. Y las ganas de socializar... y también las de no hacerlo.» Al final, para que no la tomase por maleducada, se decidió a saludarlo desde su acera.

—¡Buenas tardes, Pau!

—¡Y tanto que buenas! —le correspondió él con simpatía.

—¿Ya te has recuperado del todo?

—Yo creo que sí. Mañana tengo intención de salir a pescar.

—Esa es muy buena señal.

—Ahora estoy aprovechando un poco para arreglar las cuatro cosas que tengo por aquí —le dijo mientras señalaba las plantas—. ¿Te vas lejos? —Dirigió la mirada hacia la Honda.

—Bueno... según se tercie. Aquí ir muy lejos es imposible. Voy a dar una vuelta y sobre la marcha.

—Ten mucho cuidado.

—¡Ahora eres tú el que se preocupa por mí!

—Eres mi única vecina —concluyó con una sonrisa.

Iba a preguntarle si alguien, aparte de él, tenía una copia de las llaves de la villa, porque de cuando en cuando aún le acudía a la cabeza la imagen de la dichosa braga encima de la cama. Según el día que tuviera, aquello aún la inquietaba. «¿Para qué voy a preguntarle, para tener que explicarle lo que no puedo explicar? Cualquier trabajador que haya estado en la casa durante la remodelación ha podido hacer copias en un momento de descuido.» Cualquier trabajador y... ¡Séraphine! ¡Acababa de recordarlo! Tenía las llaves de la villa por la remodelación, lo había dicho la noche de la cena en su casa, al poco de llegar Simonetta a Menorca. Se las iba a entregar y al final lo olvidaron. ¿Tendría ese juego de llaves algo que ver en todo aquello? Cabía la posibilidad, por supuesto. Se trataba de unas llaves que abrían todas las cancelas necesarias para acceder al dormitorio. Séraphine quedaba descartada como «autora del delito», eso estaba claro, pero en aquella casa entraba mucha gente y cualquiera podría haberse hecho con ellas en un descuido de la dueña si las guardaba en algún lugar previsible. Pero ¿quién? A saber. Cualquiera. O nadie. ¿Merecía la pena indagar sobre el asunto, volver a él, invertir tiempo y energía? De momento no, debía centrar toda su atención en los asesinatos. Y menos aquel día. Quería disfrutar.

ENCONTRÓ A LA primera la propiedad de Toni. En verdad, era magnífica, una especie de paraíso en la tierra, sin un ápice de exageración. La gran puerta de forja estaba abierta. Simonetta entró y aparcó la moto al lado del Mercedes Cabrio. Apenas tuvo tiempo de quitarse el casco cuando apareció Toni con los brazos abiertos y una gran sonrisa en los labios.

—¡Bienvenida de nuevo! —exclamó y la saludó con dos efusivos besos en las mejillas. Parecía muy contento.

—¿Qué tal te ha ido por Barcelona? —le preguntó Simonetta con auténtico interés.

—Bien. Bueno... como siempre. Por aquí me va mejor, más aún si viene a verme a mi casa toda una motera, una doctora motera. ¡Y forense! ¡Ni en la mejor de mis fantasías! —exclamó riendo.

—No me gustan ese tipo de fantasías —le dijo ella por seguirle el juego—, prefiero la realidad.

—Yo también, yo también —se apresuró a decir Toni, abrazándola, mientras caminaban hasta la vivienda.

—Espera un poco —le dijo y se dirigió a uno de los parterres cercanos al estanque. Sacó una navaja suiza del bolsillo y cortó una rosa, le quitó como pudo las espinas y se la dio a Simonetta—. Toma; igual piensas que soy un anticuado, no sé si te gustan las flores.

—Cómo no me van a gustar. Me encantan.

Fuera, delante de la puerta principal, habían dispuesto una mesa de forja con dos sillas a juego. Sobre un mantel de lino reposaban una jarra de zumo de naranja, dos vasos de cristal tallado y una bandeja con fresas.

—La otra noche —comenzó a decir Toni después de sentarse— me comporté como un auténtico gilipollas. Estabas en tu perfecto derecho de no mirarme nunca más a la cara. Me lo hubiera merecido. Estuve tentado de dar media vuelta y suplicarte que me abrieras y me perdonaras, pero tenía miedo de que me dejaras en la calle, de hacer aún más el ridículo. Fui un cobarde de tomo y lomo, lo reconozco. No sé ni cómo has podido venir hasta aquí después de semejante escena.

—Está claro que tienes temperamento.

—Tengo un pronto, para qué negarlo, un pronto que me ha hecho meterme en muchos líos, y no estoy hablando de mujeres, sino de todo lo demás. Lo tenía hasta con los profesores, con eso te lo digo todo. En fin, un desastre. Y parece que no he aprendido.

—Al menos lo reconoces...

—Sí, pero no siempre puedo rectificar. Según con quién, ni por asomo. Y lo comprendo, ¿eh? Menos mal que tú eres una mujer extraordinaria, si no..., ahora estaría cabizbajo y medio deprimido delante del televisor con *Saber y ganar* de fondo. Pero en vez de eso, ¡te tengo enfrente a ti! No me merezco esta suerte.

—Qué exagerado eres —le dijo Simonetta, sonriente, moviendo la cabeza—. Ahora dejemos ya este tema. Pero que no se vuelva a repetir —apostilló con tono de maestra—. La próxima vez, ¡al pasillo!

—¡A sus órdenes, señorita! —soltó él, se levantó de un brinco y formó firmes.

Bebieron el zumo y comieron las fresas.

—Ayer estuve en el Tres Àngels con Margalida y Séraphine —le contó Simonetta.

—Y te hablaron de mí —intervino Toni interrumpiéndola.

—No, no me hablaron de ti. Al menos no de forma directa.

—¿Ah, no? Pues qué raro.

—Hablaron de los hombres en general.

—Por supuesto, mal. Ahora está de moda ponernos a caldo.

—¿Y los hombres cuando estáis solos no nos ponéis a caldo?

—¿Nosotros? Nosotros no perdemos el tiempo en idioteces. Cuando hablamos de mujeres es para alabaros o ensalzaros.

—Ya..., para contar lo buena que está esa o lo fácil que es aquella. —Toni rio.

—Nos conoces bien.

—Bastante. Por cierto, ¿tú conoces bien a Margalida? Séraphine es un libro abierto, buena y generosa, pero Margalida es todo un misterio. No sabes de qué va, de profunda o de rara. Me mira de una manera... ¿Sabes si es lesbiana?

—¿Lesbiana Margalida? ¡Qué va! Te puedo asegurar que no, que le gustan los hombres. A ti no te mira raro porque le gustes.

—Ah, ¿no? Pareces estar muy seguro.

—Lo estoy, y no le hagas demasiado caso. Cuanto menos te relaciones con ella, mejor para ti.

—¿Mejor para mí? ¿Y eso por qué?

—Desde siempre ha sido un poco extraña. Cuando éramos unos críos salimos un tiempo juntos. Íbamos a la misma clase y tuvimos una historia de adolescentes, una tontería, pero, según ella, le dejó huella porque yo le prometí no sé qué cosas. Lo que se suele decir a esas edades, vaya. Después me olvidé, me fui a estudiar a Barcelona y punto pelota. Ella se quedó aquí y sigue...

—Enamorada de ti.

—No me atrevo ni a pensarlo, pero sí, tiene una especie de obsesión conmigo. No es que esté loca ni nada por el estilo, pero actúa como si aún fuera una joven detrás del chico que le ha dejado: miradas, felicitaciones de cumpleaños, no se le ha conocido novio... y cosas así. Me hace sentir violento cuando estamos delante de más gente. Y lo peor es que no me puede ver con otras mujeres. A Carla la odiaba, no lo podía ocultar. O sea que hazme el favor de pasar de ella.

—¿Para tanto es?

—Sí y no. Carla, sin saber esto que te acabo de contar, llegó a intimar con ella porque le daba lástima, la veía muy sola. Le contaba nuestros planes y la hacía partícipe de todos los proyectos que teníamos en común. Después de regresar del viaje de novios empezó a recibir llamadas de teléfono los días en que yo estaba fuera. Llamaban y a los segundos colgaban. Al principio no quiso decirme nada para no preocuparme, pero al final me lo confesó: estaba temerosa de que algún hombre la estuviera acosando. En la siguiente reunión de amigos, delante de todos, conté que alguien la molestaba por teléfono y mi intención de denunciarlo a la guardia civil. Margalida se puso blanca. Y ya no hubo más llamadas. Saca tú misma las conclusiones.

—Los celos son muy malos. Pero parece inofensiva.

—¡Y lo es! Sin embargo, te amarga una reunión. En fin, en el fondo me da lástima. Si un día me entero de que se ha echado novio, compraré fuegos artificiales. ¿Te apetece algo más? —Toni zanjó así la conversación.

—Nada más. Las fresas estaban buenísimas.

—Pues ahora —continuó, levantándose de nuevo—, basta de palabrería, ¡a la excursión! Vas a cambiar la moto por el caballo.

—¿Lo dices en serio?

—¡Claro que sí! Ya lo tengo todo listo. Te voy a enseñar un lugar que muy poca gente conoce. Solo se puede llegar allí a caballo o en barco.

En las cuadras, Miquel estaba terminando de preparar al animal.

—¿A que es majo? Se llama Paris —dijo acariciándole la cabeza.

—¿Le pusiste tú el nombre? —preguntó Simonetta asombrada de que hubiera recurrido a los griegos.

—No, lo compré muy joven. Paris no ha nacido aquí. Ya tenía ese nombre. Miquel, dile a Dolors que estaba todo muy bueno. No sé por dónde andará —le comentó al empleado.

—Yo se lo digo, Toni —respondió el hombre.

Simonetta había montado a caballo en una ocasión mientras acompañaba a unos amigos. La experiencia le gustó, pero no había tenido oportunidad de repetir. Primero subió a la grupa Toni y después Miquel la ayudó a subir a ella.

—Toma, Toni. No te olvides de esto —le indicó el hombre y le acercó un macuto.

—¿Vamos muy lejos? —quiso saber Simonetta.

—No, unos veinte minutos a paso corto. ¿Vas bien ahí detrás?

—De maravilla.

—Entonces, allá vamos. ¡Ea, caballo!

Salieron de la finca por una puerta lateral que daba a una senda por la que era imposible que pasara un coche. Debía de ser un camino de ganado, porque estaba plagado de excrementos de oveja. Habían tenido mucha suerte con el tiempo, pues hacía un día auténticamente primaveral. Desde la grupa, el paisaje se veía con otra perspectiva mucho más completa y entretenida de la que ofrecía un paseo a pie. Abrazada a Toni, Simonetta recordó el día en que Pau Martí la llevó en moto hasta Ciudadela y las sensaciones que entonces experimentó después de tantos meses sin rozar a un hombre. Ahora también se encontraba a gusto.

Hubo un momento en que avistaron el mar. La senda seguía la línea de la costa desde lo alto de un terreno rocoso que formaba un acantilado. El agua era de un azul oscuro intenso y las olas rompían con estrépito en las rocas bajas mientras el sol de la tarde se reflejaba en el diáfano velo de la superficie marina dotándolo de un brillo inusitado. Hay pocos sitios en el mundo donde el color del mar cambie en un espacio tan reducido de una forma tan evidente y hermosa. El azul ultramar vira al aguamarina en un instante, como si un genio revoltoso hubiera echado unas gotas de color verde en el agua y estas se expandieran en el acto, de forma concéntrica, aprovechando la cadencia de las olas. Y si el azul ultramar advierte del mar abierto, frío e inhóspito, el verde aguamarina señala la placidez y el calor de una playa.

—Sujétate bien —le indicó Toni cuando el caballo comenzó a descender por una empinada senda—. Y no te preocupes —continuó al notar que Simonetta se ponía tensa—, Paris conoce este camino al dedillo.

Bajaron con cuidado y, al finalizar el sendero, una diminuta playa rodeada de rocas y pinos, intacta de civilización, parecía estar esperándolos. Toni ató las riendas del animal a un arbusto y ayudó a Simonetta a descabalgar.

—¿Qué me dices? —le preguntó, señaló el horizonte con el brazo extendido y dibujó en el aire media circunferencia—. ¿No es maravilloso?

—Sí que lo es.

—¡Y la gente se va al Caribe!

—Mejor, así todo esto es para nosotros.

—¡Por supuesto! ¡Que se vayan todos al Caribe! —gritó colocándose las manos alrededor de la boca para amplificar su voz—. Y lo mejor es la temperatura del agua, siempre varios grados por encima de la de cualquier otra playa de la isla. ¡Hay que aprovechar una tarde como esta! —exclamó a la vez que se quitaba la camiseta, los zapatos, el pantalón, las gafas y los calzoncillos. Como Dios lo trajo al mundo, Toni corrió hacia el mar por la arena, atravesó un cordón de posidonia y se lanzó al agua cual adolescente que ha hecho novillos para darse el primer baño de la temporada. Después de nadar mar adentro durante unos minutos regresó y, con el agua por la cintura, exhortó a Simonetta a compartir aquel placer de humanos que, en semejante entorno, también era de dioses—. ¡Ven, entra, el agua está deliciosa!

¿Iba a desaprovechar un momento así? ¡Claro que no! Jamás se había bañado desnuda y menos en una playa solitaria como aquella. Había llegado el día. Sin pudor, se desvistió de arriba abajo y corrió hacia el agua para no darle a Toni la oportunidad de observar su cuerpo con detenimiento. Él lo adivinó.

—¡Tranquila, que no llevo gafas!

Jugaron como dos niños, nadaron en contra de las olas para flotar después sobre las cristalinas aguas, a merced de las corrientes. Centenares, miles de peces los custodiaban mientras ellos viraban en una y otra dirección para que ningún susto les robase el placer de un instante tan especial como aquel. Cuando ya estaban exhaustos, salieron riendo, cogidos de la mano, porque la intensidad de las olas iba *in crescendo* y resultaba difícil alcanzar la orilla sin caerse. Una vez que lograron dejar atrás las olas, Toni se tumbó sobre la arena todo lo largo que era, con los brazos y las piernas abiertos, cual hombre de Vitruvio, boca arriba, con los ojos cerrados.

—¡Esto es la felicidad!

Simonetta intuyó que en el macuto que Toni había abandonado junto a la ropa habría alguna toalla. La sacó y se secó. Después, se tumbó en la arena junto a él, pero de espaldas al sol, con la cara ladeada, sin mirarlo. Muy pronto sintió la caricia de su mano, suave y estimulante, sobre sus piernas y sus muslos, y después lo sintió a él, a su cuerpo cálido y rotundo, a sus besos y su ardorosa entrega. Era un gran amante. Y no solo por el acto final, sino, sobre todo, por la puesta en escena, por el preámbulo, por los sonidos y los aromas de las bambalinas, por la melodía de fondo, por las luces, por las expectativas, por la espera... Y también —¡fabuloso!— por la desenfadada y festiva escena final, explosiva y vibrante.

—Sucia de besos y arena yo me la llevé del río... —declamó ella cuando, sonrientes, se vestían. Él no captó el significado ni conocía el poema. ¿Y qué? En vez del río era el mar y Simonetta se sentía como él: feliz.

Montaron a Paris cuando ya empezaba a atardecer, cuando el sol descendía naranja por el horizonte, muy próximo a la línea que separaba el mar del cielo; cuando los acebuches y los pinos se oscurecían y las aves sobrevolaban sus copas antes de cobijarse en ellas para pasar la noche.

—¿Estás contenta? —le preguntó Toni antes de dejar atrás la playa.

—Sí —le contestó Simonetta sin añadir nada más. No quería empañar, ni siquiera con palabras, la magia del momento.

23

EN CASA DE Toni, Dolors salía de un cobertizo cercano a las cuadras cuando los vio llegar. Portaba unos cuantos huevos en una pequeña cesta de mimbre.

—¡Toni! —le exhortó y se acercó a ellos—. Os habéis dejado un móvil encima de la mesa de la merienda. Lo he guardado en el aparador de la entrada. Ha sonado varias veces.

Descabalgaron y Simonetta revisó la pequeña mochila que llevaba.

—Es el mío. Lo he debido de olvidar antes de salir.

—En la playa no hay cobertura —comentó Toni—; aunque te lo hubieras llevado, de poco te habría servido.

Miquel, que estaba en la cuadra con los otros caballos, se hizo cargo de Paris.

—Te quedas a cenar —le dijo Toni.

—¿Con estas pintas? ¿Sabes el pelo que llevo?

—El mismo que hace una hora. Yo te veo tan guapa como siempre. Si no quieres regresar sola de noche, te llevaré a tu casa en el Mercedes y mañana te voy a buscar y recoges la moto. Dolors ya habrá preparado la cena. No sé tú, pero yo me muero de hambre.

También ella tenía hambre y estaba cansada.

—Míralo. Ahí lo tienes —le indicó Toni al señalar un mueble de caoba tallado con cabezas de lo que parecían indios y conquistadores.

Simonetta lo cogió y comprobó las tres llamadas y el mensaje que tenía pendientes, todos de Darío Ferrer. Abrió el wasap, intrigada ante la insistencia.

«Dónde coño te has metido, italiana? Llámame tan pronto como puedas.»

—Salgo un momento fuera a hablar —le dijo a Toni, que había entrado en el salón—. Es un tema profesional, de un paciente. —Él le hizo un gesto de asentimiento con la cabeza.

—¿Darío?

—¿Dónde coño estabas?

«Y dale con el coño —pensó contrariada—. Donde me da la gana», le habría gustado decir. Pero la voz del comisario transmitía preocupación y premura. No quiso discutir con él.

—Dándome un baño.

—Pues ya te puedes secar, porque esto se pone feo. Ha aparecido otro colega tuyo hecho fiambre.

—¿Qué dices? —exclamó Simonetta con estupor.

—Lo que oyes. Ahora ya sí que no queda lugar para la duda: estamos ante la actuación de un asesino en serie. Ya he dado órdenes a mis hombres para que reabran el caso y comiencen a trabajar. A partir de ahora, es lo prioritario en la comisaría. La culpa es mía por no haber puesto toda la carne en el asador desde el principio, desde que tuve la premonición. Hay que darse prisa para encontrar al autor de los asesinatos cuanto antes. Si de momento son cinco los médicos fallecidos, que nosotros sepamos, ahora que empieza la temporada turística... No lo quiero ni pensar. Tenemos que trabajar, italiana. Toda ayuda es poca.

—¿Dónde lo han encontrado?

—En la Naveta des Tudons, un monumento de esos prehistóricos que hay por todas partes.

—Ah, sí. Sé dónde está. ¿Estás tú ahí ahora?

—Sí, pero por poco tiempo. Acaba de llegar la jueza, no tardaremos en levantar el cadáver.

—¿Podéis esperar a que llegue yo? Estoy cerca.

—¡Lo intentaré! Pero vuela.

Toni esperaba en el vestíbulo para ofrecerle la ducha del cuarto de invitados.

—Te da tiempo a ducharte antes de cenar.

—Toni, lo siento mucho. Acaban de encontrar a un paciente muerto, y tengo que ir a certificar su defunción.

—¿Qué me dices? ¿No puede ir otro?

—Prefieren que vaya yo —respondió de forma impersonal, en parte para no tener que explicar ni mentir más—. Lo conocía y sé las enfermedades que padecía. Tengo que ir, Toni, no me queda otra. No pasa nada, otro día cenamos.

—Ahora la que me da plantón eres tú —le dijo él con cordialidad.

—Así estamos en paz. —Simonetta se despidió con un breve beso en los labios.

Salió presurosa de la casa, con Toni caminando un poco detrás. Cuando llegó a la moto, él le tiró un beso desde la distancia antes de que se colocara el casco.

—Volveremos a vernos pronto, ¿no? —le preguntó Sagrera. Simonetta afirmó con la cabeza, y Toni, con el dedo pulgar, señaló al cielo—. Ve con cuidado, sobre todo por el camino. No corras.

Ella le hizo caso, porque yendo en moto los caminos, de noche, podían ser muy traicioneros. Por suerte la Honda, aunque ya tenía unos años, contaba con una buena luz. Muy pronto salió a la carretera y de ahí a la ronda que circunvala Ciudadela para salir después a la carretera nacional en dirección a Mahón. Mientras tanto, no dejaba de darle vueltas a la cabeza.

La Naveta des Tudons era el monumento megalítico más grande e importante de la isla. Aparecía en todas las guías de viaje y también en el folleto turístico impreso con ciclostil que llevaban al menos dos de los médicos a los que habían encontrado muertos. En ninguno de los casos se encontró indicio alguno de violencia en los cadáveres ni tampoco se evidenciaron pistas que indicasen la presencia de terceras personas en el lugar y el momento de las muertes. Tampoco las autopsias habían aportado información alguna acerca de las causas, aunque Simonetta esperaba con impaciencia los resultados de las pruebas que quedaban pendientes del médico fallecido en Punta Nati; estarían a punto de llegar y podían aportar una valiosa información.

Tomó el desvío de la nacional donde indicaba la salida hacia la naveta. Allí estaba apostado un coche de la Policía Nacional con dos agentes. Parecía que ese cuerpo se había hecho cargo del caso, con Ferrer a la cabeza. Aparcó la moto a su altura y se presentó. La estaban esperando. Un poco más adelante, cuatro coches más permanecían estacionados en la misma explanada, delante de un gran cartel que anunciaba las visitas al monumento. Los agentes la invitaron a subir al coche patrulla para acercarla a la naveta. Podían haberlo hecho andando, pero le dijeron que el comisario tenía prisa, y además todo estaba muy oscuro.

Uno de los dos agentes le explicó que la naveta estaba cerrada al público hasta el mes de junio, fecha en la que comenzaba la época de las visitas. Aun así, la gente solía ir andando hasta el monumento porque la valla que cerraba el acceso no impedía el paso a pie.

—¿Quién ha encontrado el cadáver? —les preguntó.

—Una pareja de turistas alemanes que han venido a visitar la naveta salvando la valla. Han dicho que el cuerpo aún estaba caliente cuando ellos han llegado.

—¿Y siguen aquí?

—No, les han tomado declaración y los han dejado volver a su hotel.

El monumento estaba iluminado de forma parcial por unas lámparas que había colocado la policía. Tenía, como su nombre indicaba, la forma de una embarcación, pero invertida y construida en piedra. Simonetta calculó que mediría poco, unos diecisiete metros de largo y ocho de ancho. Por la parte de atrás, según se llegaba por el camino, tenía una abertura por la que apenas cabía una persona, y a través de la cual se hubiera podido acceder al interior si una reja de hierro no lo hubiera impedido. Delante de la reja yacía el cuerpo. Ferrer estaba hablando con una mujer joven vestida con un traje de pantalón gris, una camiseta roja marsala y unos botines negros. Se acordó de la pinta que ella misma tenía. En cuanto la vio, Ferrer se disculpó con la jueza y acudió a saludarla.

—¿Qué? —le preguntó Simonetta sin necesidad de más explicación, directa al grano.

—¡Joder! ¡Sí que es verdad que vienes de darte un baño!

—Yo nunca miento.

—Ya será menos...

—Al grano, Al —lo interrumpió mencionándole de nuevo el apodo con el que años atrás ella misma lo había bautizado por su parecido con Pacino.

—Así te quiero ver, italiana, la misma de siempre.

—Al grano...

—Iñaki Odriozola Navarro, sesenta y siete años, natural de Lequeitio, Vizcaya, jefe de servicio de Medicina Preventiva y jubilado del Hospital de Cruces de Barakaldo. Parece que ha venido solo a la isla. Se alojaba en el hotel Tres Àngels de Ciudadela.

230

—¿En el Tres Àngels?

—Sí, lleva la tarjeta de la habitación en la cartera. Hemos llamado al hotel y nos lo han confirmado. Llegó hace dos días. Tenía pensado regresar a Bilbao pasado mañana.

—¿Ha venido algún forense a certificar la muerte?

—Sí, acaba de irse la forense titular. Se incorporó la semana pasada después de una baja maternal y un permiso sin sueldo.

—¿No podré estar, entonces, en la autopsia, aunque sea de «miranda»?

—Me temo que no. Tiene carácter y nadie debe sospechar que te interesas más de la cuenta o que estás metiendo las narices.

—Ya. Al menos podré ver el informe, ¿o tampoco?

—Por supuesto que sí, igual que viste los anteriores.

—El día de la autopsia olvidé preguntarte qué piensas del mozo de autopsias.

—¿Yo? Absolutamente nada. Inexistente para mí. ¿Por?

—Me pareció un tanto extraño.

—Dedicándose a eso...

Simonetta no le contestó.

—En la primera inspección, ¿la forense ha visto algo extraño?

—Nada.

—Y vosotros, ¿algo reseñable por los alrededores?

—Tampoco. Se está poniendo difícil la cosa, joder —añadió Ferrer contrariado.

—¿Vino en coche hasta aquí? —Simonetta señaló el cadáver, que estaba siendo transportado hasta una ambulancia.

—Sí, en un Seat León alquilado.

—¿Vamos a verlo?

El León estaba escoltado por un agente. Ya le habían hecho fotos y lo habían registrado.

—¿Podéis enseñarme lo que había dentro? —Ferrer habló con el agente y este les indicó dónde estaba todo. Dos agentes metían algo en una caja en el maletero de uno de los coches policiales.

—Agente —Ferrer se dirigió al que parecía llevar la voz cantante—, muéstrenos todo lo que han encontrado. —El agente sacó de la caja dos bolsas de plástico transparente. Una de ellas contenía un libro de viajes con el título «Menorca» y una hoja de papel, doblada y ciclostilada, similar a las que habían encontrado junto a las pertenencias de dos de los otros médicos hallados muertos. En la otra bolsa, una lata de cerveza vacía y una pequeña bola de papel de aluminio.

—Me gustaría que nos reuniéramos para ponerlo todo encima de la mesa, como un auténtico equipo. Tienes que sacar un rato —le exhortó el comisario.

—Sí, sí. Pienso lo mismo. A ver... Podemos quedar el viernes por la mañana. Ese día trabajo de tarde.

—De acuerdo. Mañana reviso mi agenda y te confirmo.

24

QUEDARON EN FERRERIES, a mitad de camino, para evitar posibles *voyeurs* indiscretos. Hasta el momento, la mujer de Ferrer no se había enterado de que Simonetta estaba en la isla y Toni Sagrera ni siquiera sabía de la existencia del comisario, por lo que los dos podían proseguir con su vida sin complicaciones añadidas.

De camino, Simonetta estaba de buen humor. Sin comerlo ni beberlo, acababa de recibir algo de información sobre el caso que estaban investigando. En principio no se trataba de información relevante y era posible que poco o nada tuviera que ver con los asesinatos, pero en la situación de punto muerto en la que se encontraban, cualquier pista o indicio levantaba el ánimo y hacía renacer la esperanza de vislumbrar un tímido haz de luz al final del túnel. Se trataba de una información aportada por la última paciente que había atendido esa misma mañana. Aunque su nombre no le sonaba, cuando entró en la consulta su rostro no le resultó desconocido y quedó de manifiesto que la mujer también la había reconocido.

—Así que es usted la nueva doctora. ¿No me recuerda?

—Sí, la he visto en algún lado, pero la verdad es que no recuerdo dónde. Como hace poco que vivo en Ciudadela me ocurre lo mismo con mucha gente.

—Soy María Teresa, la camarera de habitaciones del hotel l'Illa. ¿No vino usted a preguntar por una habitación?

—¡Ah! Es cierto, es usted. Fue muy amable conmigo.

—¿Se acuerda de que le enseñé una habitación? ¿Por fin reservó? ¿No era para unos amigos?

—Qué buena memoria tiene. Al final no vinieron. Lo dejaron para el verano.

—Pues para entonces la isla se llena. Tendrá que reservar con tiempo.

—Sí, sí, en cuanto mis amigos decidan la fecha me pasaré por allí. Y bien, María Teresa, ¿qué es lo que le ocurre?

La mujer le enseñó el dedo pulgar de la mano izquierda. Todo el tejido que circundaba la uña estaba inflamado, rojo, y en una zona se apreciaba un gran punto de pus.

—Pase conmigo a la camilla, que le voy a drenar este panadizo —le dijo mientras intentaba recordar cuál de los médicos asesinados se había alojado en el Illa y discurría cómo volver a sacarle el tema.

Después de desinfectar el panadizo, le practicó una pequeña incisión con un bisturí. Salió una buena cantidad de pus y la mujer suspiró aliviada. Mientras le cubría la uña con un apósito, Simonetta le explicaba cómo tenía que curárselo ella misma.

—¿Tienen botiquín en el hotel?

—Sí, claro, tenemos de todo. No se preocupe, lo pone la mutua.

—¿Y ese botiquín también lo usan para los clientes?

—No, para ellos tenemos otro.

—Poco lo emplearán...

—No crea, siempre hay alguien con rozaduras, dolores de cabeza, acidez de estómago... o cosas peores. Nos toca de todo.

—Al oírle decir «cosas peores» me he acordado de aquel médico muerto que se alojó en su hotel. Me lo contó usted, ¿verdad? —le preguntó mientras le señalaba la silla para que volviera a sentarse frente a ella.

—Sí, sí, yo fui. La pareja de Santander, me acuerdo de ellos a la perfección.

—Mis amigos, los que van a venir este verano, son de Santander. Resulta que los conocían —le mintió.

—¡No me diga! Vaya casualidad.

—Ya ve, cuando los llamé para confirmar si venían me dijeron que habían perdido a unos amigos en Menorca. Resultó que eran ellos, vecinos de escalera. Se hacían cruces de cómo se habían podido ahogar, porque eran unos expertos nadadores. La familia debe de estar todavía muy afectada y sospecha que hubo algo raro que no les han contado. Parece ser que eran personas muy afables.

—Y educados, muy educados. Aunque a él se le notaba muy nervioso. Yo tengo mucha vista para los clientes. Tanto tratar con la gente, al final, a poco observadora que seas, te fijas, y hay veces que hasta tienes que hacer de psicóloga con ellos. En este caso no sé si hubo algo raro en el ahogamiento, pero él estaba muy nervioso desde que llegaron hasta... bueno, hasta que se ahogaron.

—¿Ah, sí? Pues sí que es usted una buena observadora. ¿Y cómo lo notó?

—Eso se ve. Es difícil de explicar, pero se ve. Le voy a poner un ejemplo. Creo que fue el día anterior a su muerte. Como siempre, entré por la mañana a hacer su habitación. A esas horas ya solía estar vacía. El doctor estaba solo y hablaba por teléfono. Cuando me vio entrar se asustó, como si le hubieran pillado robando, y al ver que era yo, dijo: «Ah, creía que era mi mujer», y salió a la pequeña terraza que tiene la habitación para seguir hablando mientras me hacía un gesto para que comenzara a hacer la cama. Aunque yo no tenía intención de oír nada, no podía evitar escuchar de tanto como gritaba, de lo nervioso que estaba. Tartamudeaba y todo. Debo confesar que al principio creía que tal vez estuviera hablando con alguna querida a espaldas de su mujer, pero no. Había preguntado por un hombre, colega suyo, un tal doctor Mengod. Alguien le debió decir que no estaba o no se podía poner. La verdad es que en algunas zonas del hotel la cobertura de teléfono es muy mala y tienes que desgañitarte, pero lo de ese hombre no era normal, venga a insistir con ese doctor Mengod, nervioso, a grito pelado. Y, para colmo, mi marido de segundo apellido se llama Mengod. Pero no tienen nada que ver, qué va, no tenemos ningún pariente médico.

—Los nervios nunca son buenos. Lo único que consiguen es alterarnos, ofuscarnos y subirnos la tensión.

—Pues sí, tiene usted toda la razón. A él algo de eso le debió de ocurrir, porque después de la llamada se sentó en una silla de la terraza con la cabeza agachada entre las manos. Estuvo así todo el rato, hasta que terminé de hacer la habitación y me marché. No me atreví ni a despedirme. No sé qué le pasaría, pero no debía de ser nada bueno. Pobre hombre.

—Hizo usted bien. Es una magnífica psicóloga. Bueno, María Teresa, ¿le parece que la cite con el enfermero para una revisión dentro de una semana?

—Claro, claro, doctora, y perdone que me haya enrollado tanto. Cuando empiezo a hablar no hay quien me haga callar. La próxima vez, haga el favor de cortarme.

CON LA VISTA fija en la carretera, Simonetta sonrió. Ojalá encontrase más testigos como María Teresa. Hasta el momento, todos en la isla parecían guardarse algo.

La moto del comisario estaba aparcada delante del primer bar que encontró a la entrada del pueblo. Él se encontraba unos pasos más atrás, esperándola. Eligieron una mesa vacía, ubicada en uno de los extremos, y pidieron dos cafés. No había mucha gente en el establecimiento, solo dos mesas ocupadas por hombres mayores atentos al televisor que estaba colgado de una de las paredes. Les llevaron unas miniensaimadas con los cafés, cortesía de la casa. La tarde de antes, Darío le había enviado el informe de la autopsia del último médico. Era más o menos como el de las anteriores: ni un solo indicio de muerte violenta.

—Comencemos —le dijo Darío después de beberse el café casi de un sorbo, todavía humeante—. Cosas en común de los fallecidos: profesión —comenzó a enumerar, extendiendo, uno a uno, los dedos de las manos—, rango de edad, turistas con estancias breves en la isla, alquilan coches, hacen excursiones, tienen el mismo folleto ciclostilado...

—Son hombres —prosiguió Simonetta—. Si exceptuamos a la mujer del médico cántabro, todos son jefes de servicio de grandes hospitales, jubilados, la mayoría sin pareja actual y, un detalle muy importante... se han alojado en tres de los muchos hoteles de la isla.

—En invierno no hay muchos hoteles abiertos en Ciudadela, tampoco me parece un dato muy sobresaliente.

—Pero todos se han alojado precisamente en Ciudadela, ninguno de ellos en Mahón. Estoy de acuerdo contigo en que en invierno la mayoría de los hoteles de la isla están cerrados, pero creo que no debemos dejar de lado el hecho de que se han alojado en tres establecimientos de la misma ciudad. Deberíamos averiguar si tienen algún nexo, como pertenecer a la misma cadena.

—Si tan convencida estás, encargaré a uno de mis hombres que investigue a ver quiénes son los dueños o si tienen algún empleado con antecedentes penales, aunque estos hoteles turísticos suelen pertenecer a sociedades. ¿Qué más se te ocurre?

—Hay que buscar también algún nexo profesional entre las víctimas. Al fin y al cabo, esa es la característica que comparten: la profesión y el cargo. He estado buceando en internet, pero de momento no he encontrado nada que nos pueda servir; seguiré en ello. Deberíamos preguntar también en los hospitales en los que trabajaron; tal vez algún compañero pueda darnos una pista. Y tenemos que averiguar si por casualidad estudiaron juntos. En la juventud se cometen muchas tonterías. Quién sabe si coincidieron en algún internado o en la universidad, y protagonizaron algún incidente desagradable del que hoy alguien se quiera vengar. Por cierto, ¿la mili? ¿Pudieron hacerla juntos?

—Por la edad, no creo; no son de la misma quinta, pero habrá que comprobarlo. Al tratarse de estudiantes, alguno de ellos pudo solicitar prórroga y coincidir con los demás. Eso es fácil de averiguar, tan solo hay que llamar a Defensa. Tomo nota.

—Y, bueno... —dijo Simonetta, como si hubiera caído en algo evidente—. ¿Y si el asesino es un paciente? Hay personas que tienen auténtica fijación en contra de un médico al que le atribuyen, con razón o sin ella, la causa de todos sus males o de una complicación de la enfermedad. Es muy improbable que los médicos asesinados hayan atendido a un mismo paciente, pero no hay que descartar a un asesino que, después de tener una mala experiencia con un médico, decida vengarse de cualquiera, incluso de la profesión en general.

—¿De todos? Entonces, ¿por qué solo mueren los que tienen una determinada edad, hombres, jefes, turistas...? Que yo sepa, hasta la fecha no ha aparecido muerta ninguna médica, ni nadie en activo, ni ningún médico de la isla.

—Igual es más sencillo con los turistas porque, por ejemplo, tiene acceso fácil a ellos por algún motivo. No olvides el tema del ciclostil.

—Sí. Lo del ciclostil puede ser interesante.

—Yo también lo creo.

—Habrá que investigarlo.

—Eso corre de mi cuenta —aseveró Simonetta, que había dejado el tema en manos de Sergi.

—¿Has pensado en la posibilidad de que el asesino sea algún guía turístico?

—Es una hipótesis razonable, pero he contactado con todos los guías oficiales y ninguno había visto antes el folleto del ciclostil. Puede haber sido uno de ellos, pero lo dudo. O es un gran actor, o ninguno me ha dado la impresión de estar alterado cuando les pregunté por el asunto.

—También hay gente que se dedica a ganarse un dinerillo como guía sin tener el título oficial.

—Habrá que investigar por ahí. Es una pista muy importante, crucial... Además, hay otra cosa.

—¿Otra cosa?

—No sé si nos va a ser útil, pero te lo cuento por si acaso. Antes de salir hacia aquí, una paciente que trabaja en el hotel l'Illa me ha aportado cierta información.

—¿Doctor Mengod? ¿Te suena de algo? —le interrogó Ferrer después de escuchar el relato de la conversación de Simonetta con la camarera.

—De nada, pero no se nos puede pasar por alto. Buscaré en internet, a ver qué encuentro.

—¡Muy bien! —zanjó Ferrer mientras miraba en el móvil quién lo estaba llamando—. ¡Joder, la forense! Parece que no tengo buena cobertura. Salgo fuera un momento.

Simonetta aprovechó para mirar el suyo. Tenía un wasap de Toni. Se acordaba de ella. Entre una y otra reunión de trabajo le mandaba mensajes porque no se la podía quitar de la cabeza. A Simonetta también le pasaba algo parecido; tras la excursión a la playa lo tenía presente, sin poder evitarlo, de la mañana a la noche. Por suerte, tenía muchos asuntos en los que pensar, porque no quería entregarse en cuerpo y alma a él, y todas esas cosas tenían la suficiente relevancia como para que intentara concentrarse.

—Noticias —dijo Darío, que se sentó de nuevo—. La forense ha recibido el resultado de la mayor parte de las pruebas de laboratorio que solicitaste después de la autopsia que hiciste. No hay nada de interés que pueda aportar luz al asunto. Hablé ayer con ella con franqueza, le expliqué que el caso estaba abierto, y que todas las ayudas eran pocas. Como era de esperar, se extrañó de que practicaras la última autopsia. Le di la versión que convenimos y no ha preguntado más.

—¿También ha llegado la anatomía patológica?

—También.

—Vaya chasco —dijo Simonetta contrariada—. Si te digo la verdad, confiaba en que los resultados del laboratorio aportaran algún dato relevante. Estaba convencida de que algo iba a aparecer: un tóxico, una droga, una dosis alta de un fármaco, un tejido dañado... Ahora sí que me quedo descolocada. Sin saber la causa de la muerte va a ser muy complicado resolver el caso, porque, aunque se encuentre al culpable, ¿cómo se le puede adjudicar la autoría de los asesinatos?

—¿Te vas a desanimar, italiana? —le preguntó Ferrer y adelantó el torso por encima de la mesa.

Simonetta observó que le apuntaba alguna cana. Él sabía ser muy convincente sin necesidad de palabrería hueca, solo con la mirada directa y con la sugerente modulación de la voz. Había habido entre ellos tanto cariño y tanta pasión que un lazo invisible de complicidad y camaradería los seguía uniendo, a pesar de lo terrible que había sido su ruptura como amantes. Además, Darío rara vez perdía el tono vital, la simpatía.

—Más que desanimada —le confesó—, estoy confundida. No sé por dónde tirar. Y veo que tú tampoco. Eso es lo que más me frena.

—Vamos a esperar a la siguiente autopsia. Y, por supuesto, a todo el trabajo de investigación que tenemos por delante. Mis hombres están en ello.

—Y nosotros también —intervino Simonetta, incluyéndolo a él.

—Exactamente. Así te quiero ver.

Darío se levantó y fue a pagar a la barra. Cuando volvió a la mesa, Simonetta ya sujetaba el bolso para salir.

—Por cierto —le dijo Ferrer, que le indicó con la mirada que volviera a sentarse—. Estoy pensando otra cosa.

—Tú dirás.

—Todos los cuerpos se han encontrado al aire libre, fuera de los cascos urbanos. ¿No te parece curioso? Aunque mantengamos la hipótesis de que los médicos seguían las indicaciones del folleto turístico, no creo que sea una casualidad el hecho de que ninguno haya fallecido en una catedral o en una plaza ¿O es que en el folleto solo hay excursiones campestres?

Simonetta se quedó pensativa.

—Solo había excursiones, Era una ruta de caminatas al aire libre si exceptuamos el lazareto, aunque esa visita se realiza, sobre todo, en la zona exterior de la fortaleza. Tanto es así que el cuerpo del médico se encontró en el cementerio del lazareto, al aire libre.

—¿Y si obviamos el folleto turístico? —continuó Ferrer—. Tampoco tenemos la certeza de que todos los fallecidos lo tuvieran. Podían haberlo cogido de algún lugar, como el aeropuerto, o quizá en alguna tienda, sin que nadie se los diera. Si fuera así, deberíamos pensar en un asesino que conoce bien los lugares de los crímenes y que se mueve en ellos como pez en el agua, sobre todo porque huye con rapidez de los escenarios sin dejar huella y sin que nadie lo vea. Quizá alguien que vive o trabaja en el medio rural... No sé, se me ocurre a bote pronto.

—O tal vez sea la misma persona la que fabrica con ciclostil los folletos, la que selecciona a las víctimas, la que los asesina y la que huye sin dejar rastro.

—Tú sigues con lo del ciclostil.

—Sí, no es una premonición, pero casi —dijo Simonetta y se levantó de nuevo.

—Mientras no lo sea, no lo es —respondió Ferrer.

—Desde luego. He dicho «casi».

Quedaron en volver a verse en el mismo lugar, preferiblemente con alguna averiguación que poner encima de la mesa.

DESPUÉS DE LA consulta, Simonetta se dirigió en la Honda al centro de Ciudadela. Esa tarde Sergi no había acudido a Canal Salat porque estaba en Mahón asistiendo a un curso. Al mediodía le había enviado un mensaje: «Sigo con las pesquisas, creo que voy por buen camino». Aquello la animó. Aparcó, como siempre, en la plaza des Born y se acercó al Tres Àngels. Margalida estaba en la recepción atendiendo a unos clientes.

—Hoy no ha venido Séraphine —le dijo para recordarle que aquel no era el día en que solían reunirse.

—Ya, ya —le respondió Simonetta—, espero a que acabes.

Encima de una mesa baja había unos cuantos folletos turísticos muy bien ordenados, todos de papel de calidad, y fotografías a color. Ni rastro del de ciclostil ni de nada que se le asemejase.

Cuando Margalida terminó con los clientes, Simonetta se acercó al mostrador donde introducía unos datos en el ordenador, sin, en teoría, hacerle caso.

—¿Querías algo? —le preguntó con una sonrisa forzada.

—Sí. Me he enterado de que se alojaba aquí el médico que encontraron muerto en la naveta des Tudons —le contestó Simonetta, lo más amable que pudo, a pesar de la frialdad de la otra.

—¿Y?

—¿Tienes alguna idea de lo que pudo pasar? —continuó Simonetta.

—¿Lo que pudo pasar? No —le respondió, sin más, con tono cortante.

—¿No viste algo raro en él? ¿Parecía estar enfermo? —insistió.

—A ver, ¿a qué vienen tantas preguntas? —le soltó, como si estuviera molesta con Simonetta o como si el tema la irritase.

Simonetta no se arredró a pesar del tono impertinente.

—Estaba de guardia y me llamaron para certificar la muerte. Me gustaría conocer algún dato más sobre la víctima para saber de qué pudo morir, eso es todo.

—Pues yo no te lo puedo dar. —Margalida siguió en su línea—. No sé nada de nada. Apenas lo vi cuando llegó, porque lo atendió mi compañera. Lo siento, pero no te puedo ayudar —concluyó.

—¿Solo tenéis esos folletos turísticos en el hotel? —le preguntó Simonetta, sin darse por vencida, y señaló hacia la mesa.

—Sí.

—¿Alguna vez has visto una hoja impresa a ciclostil con una ruta de excursiones por la isla?

—En esos folletos hay varias rutas.

—Sí, pero la hoja que yo te digo es una escrita a máquina, en blanco y negro, como de hace muchos años.

—No sé de qué me hablas. Igual la he visto y no me he fijado.

—El médico que encontraron muerto llevaba consigo una hoja así. —Simonetta estuvo muy atenta a su reacción.

—Pues no sé de dónde la sacaría. Y desconozco la importancia que pueda tener. La isla está llena de folletos y hojas.

—¿Aquí vienen guías turísticos?

—¿Al hotel?

—Sí.

—A veces quedan con los clientes, sí, pero al margen del hotel. Nosotros no hacemos de intermediarios.

—¿Y has visto en los últimos días a algún guía que te pareciera extraño? ¿Por ejemplo, a alguien a quien no conocieras o con pinta rara?

—Simonetta, no sé qué interés real tienes en esto. No he visto a nadie que me haya llamado la atención. Yo cumplo con mi trabajo, lo demás no me interesa. Y, ahora, si me disculpas, tengo muchas cosas que hacer.

Simonetta, ahora sí, se dio por vencida. Lo siguiente era preguntarle por las pertenencias del médico vasco, por su carácter, los comentarios con los trabajadores del hotel..., pero la conversación con Margalida no daba para más. ¿Por qué? A saber. Una mujer celosa era un peligro. Y un hombre celoso también, por supuesto, pero ahora la que le interesaba era Margalida, que, sin lugar a dudas, poseía información, en mayor o menor medida, que le ocultaba por despecho, por haberse liado con Toni. ¡Qué paciencia!

Optó por retirarse; ya pensaría en la manera de obtener más sustancia. ¿Tal vez a través de Séraphine?

A pesar de que todavía refrescaba por las noches, ya se advertían las primeras terrazas de la temporada preparadas para los turistas. Casi todos eran personas de edad, jubilados extranjeros que aprovechaban el comienzo del buen tiempo y las buenas ofertas de los hoteles.

—¡Simonetta! —la llamó alguien cuando estaba a punto de arrancar la Honda. Era Norberto Blasco, el dueño del Imperi. La llamaba desde la puerta del café, haciendo señas para que entrara. Simonetta bajó de la moto y se quitó el casco. Era un hombre muy simpático. Aunque estaba cansada y no le apetecía prolongar la jornada, no quiso dejar de saludarlo—. ¿Qué haces por aquí, guapísima?

—Ya ves, dando una vuelta, pero me voy para casa, llevo todo el día de acá para allá. Tengo ganas de tumbarme en el sofá.

—Llevas una moto bien guapa. ¿No es la de Pau?

—Sí, me la ha prestado. Me hace un gran favor.

—No es tonto, ese Pau. ¿Y no quieres pasar a que te invite al mejor café de Menorca? ¿Me vas a hacer ese desprecio? Ya sé que te codeas con gente de más alcurnia que yo, que soy un pobre hombre.

—Venga, me tomo un café rápido —lo cortó. Con esa insistencia y desparpajo, era capaz de convencer a cualquiera.

—¿Tú sabes lo que voy a presumir entrando en mi propio café con una mujer guapa del brazo? —le dijo al agarrarla como si fueran novios de los de antes—. Siéntate aquí, este es el sitio reservado para los amigos —le indicó y la condujo a un extremo de la barra—. ¿Ahí estás bien? —Simonetta afirmó con una sonrisa—. Y ahora, ¿qué te apetece?

—Con uno de tus cafés seré la mujer más dichosa del mundo —le contestó siguiéndole el juego.

Blasco pasó detrás de la barra para servirle un americano.

—¿Cómo te va por aquí? ¿Estás a gusto? —le preguntó mientras se sentaba en un taburete que había frente a ella.

—He de confesarte que sí —Simonetta le contestó como si lo conociera de toda la vida—, mucho más de lo que imaginaba cuando llegué. Mi estancia está superando todas las expectativas.

—No sabes cuánto me alegro —le dijo Norberto con sinceridad—. La mayoría de los que llegamos lo hacemos huyendo de algo (y no te voy a enumerar las posibles causas de nuestra huida, porque son variadas, aunque siempre las mismas), y nuestra esperanza es encontrar aquí, además de olvido, un *cachico* de paz, un buen chute de energía. Pero no todo el mundo está hecho para vivir en una isla. Muchos vienen buscando el paraíso, pero se topan con un trozo de tierra rodeado de agua: una isla, vamos. No es fácil asentar el culo aquí si has nacido en la península. Sin embargo, si le encuentras el punto, te quedas para siempre. —Simonetta lo escuchaba con atención. Él sí que le aportaba paz y buenas vibraciones—. ¡Joder! —exclamó de repente—, ¡qué profundo me he puesto! ¡A ver si me voy a volver un filósofo de esos que escriben libros de autoayuda! —Simonetta sonrió—. ¡A ver lo que vas a pensar ahora de mí! ¡Igual no vuelves a entrar al Imperi para que no te dé la chapa!

—De vez en cuando una buena chapa está bien.

—¡Ah, ya me dejas tranquilo! —dijo dramático—. Pero si alguna vez me paso de la raya con tanto rollo dame una colleja, que me la mereceré. La edad nos vuelve algo cansinos.

—Tranquilo, antes de darte la colleja te avisaré; me gusta ir con la cara descubierta.

—Ya lo creo que sí. Se te nota. Y eso es bueno... según se mire. A veces dar la cara te puede traer problemas. ¡Ya estoy otra vez filosofando, *rediós*! —Simonetta rio de nuevo; qué genial era aquel hombre—. En fin, que se nota que eres buena chica, por eso te doy la chapa, claro, y por eso tienes que saber que aquí tienes un amigo.

—Gracias, Norberto. —Era alucinante cómo podía pasar de la broma a la seriedad en una sola frase.

—Bueno, por eso y porque eres amiga de mi *primica* —añadió con el dedo índice extendido.

Simonetta se bajó del taburete.

—Estoy muy a gusto contigo, pero tengo que irme ya.

—Sí, claro, se va a hacer completamente de noche. Muchas gracias por aceptar la invitación de un pobre diablo como yo.

Aunque los separaba la barra, lograron despedirse con dos besos.

—Antes de que te vayas —le dijo Norberto algo serio— quiero hacerte una pregunta.

—Tú dirás —le replicó Simonetta algo extrañada.

—¿La principal razón de que estés a gusto en la isla se llama Toni Sagrera?

Simonetta no esperaba semejante salida. Dudó en la respuesta que le iba a dar.

—Es una de ellas. Todavía no sé si es la principal.

—Supongo que sabes lo de su mujer.

—Sí, claro, él me lo contó.

—Mejor. Qué pena de mujer, qué mala suerte. No soy quién para meterme en esto, porque, además, Toni es amigo mío, pero te aconsejo que no te hagas muchas ilusiones con él. No me gustaría que te hiciera daño. Ese Toni no sé qué tiene, no sé qué os da, que atrae a las mujeres más que... —de repente se cortó—, no quiero ser soez, dejémoslo en que gusta mucho a las mujeres y, claro, ni él es de piedra ni tiene un pelo de tonto. Pero alguna ha salido escaldada y tú no te mereces ser una de ellas.

Norberto se percató del cambio de semblante de Simonetta, pero aguantó el tipo a pesar de que sabía que la había herido. Ella se limitó a afirmar con la cabeza, con una sonrisa forzada, y, levando anclas, se marchó por donde había llegado.

25

Simonetta observaba a Toni, que dormía de forma plácida a su lado. Le hubiera gustado atusarle el frondoso cabello negro, que en la zona de la nuca se le enroscaba en unos pequeños rizos, ahora pegados a la piel. Pero no quería despertarlo. Aunque la luz del exterior iluminaba el salón, que daba justo al lado, todavía era demasiado pronto. Le había advertido de que no quería levantarse muy tarde porque tenía una reunión en Ciudadela a media mañana. Algo relacionado con las fiestas de San Juan, en las que él participaba de manera activa como *caixer*. Pero aún quedaba tiempo. Ahora le gustaba mirarlo así, dormido como un niño. La noche anterior habían cenado en el Tokyo, habían tomado unas copas en el Reina y habían acabado en su casa. Toni la conocía bien, era parte de su infancia, y se alegraba de haber podido regresar a ella de la mano de Simonetta. Era extraño pensar en aquella casa habitada por otros, por él mismo, de pequeño. ¿Lo amaba? Seguramente no, no llegaba a eso, pero sí estaba ligada a él por un imán invisible que no tenía tanto que ver con el sexo, sino con la atracción erótica y la simpatía. Él tampoco la amaba, eso ella lo tenía claro, y quizá esa certeza la había ayudado a construir un muro de contención de sus propios sentimientos. Se veían menos de lo que deseaba y esa circunstancia la mantenía en vilo, más dependiente de él. Llegó a pensar que las ausencias y las reuniones eran premeditadas, pura estrategia de conquista diaria. Nunca le hablaba de su esposa ni de su pasado en común y Simonetta tampoco la mencionaba, convencida de que aún no la había olvidado. Ella, por su parte, tampoco quería abrirse a él, sobre todo por pereza, pero también por pudor. Y así seguían.

Esos DÍAS TONI andaba muy ocupado con los preparativos de la fiesta de San Juan. «Gracias a la fiesta y a ti salgo a flote», le dijo en una ocasión. Seguía preocupado con el tema de la finca y también con los permisos del Ayuntamiento para poder edificar el hotel. «Dame algo para dormir —le pidió un día a Simonetta—, ese hotel me va a matar.» Tan apurado lo veía que se atrevió a intervenir. Coincidió que Sergi le había pedido el favor de visitar a su padre porque su médico estaba de vacaciones. Era un hombre educado y simpático. Cuando terminó la visita aprovechó para preguntarle, de la forma más delicada que pudo, si el Ayuntamiento solía poner trabas a la construcción de nuevos hoteles.

—Según dónde y cómo —respondió él con astucia.

—El turismo es la principal fuente de riqueza de la isla.

—Por supuesto, eso lo sabemos todos, y debemos cuidarlo, tanto es así que es nuestra obligación regularlo o la isla va a morir de éxito con él. Nuestra obligación es preservar un bien aún mayor, que es el entorno, por algo somos reserva de la biosfera, y después el bienestar de los ciudadanos. Detrás viene el turismo.

Simonetta no podía estar más de acuerdo. En realidad, se sentía más próxima a la explicación de Octavi que a las razones que argumentaba Toni para la edificación de un nuevo hotel. En sus idas y venidas por la isla había podido comprobar la preservación de la naturaleza en el interior, pero también la locura urbanística en algunas zonas del litoral, ya irrecuperables. En otro contexto, ella misma hubiera puesto en tela de juicio la construcción de un hotel, por muy cuidada que fuera, en medio de aquel magnífico entorno. Sin embargo, ahora, ¿intentaba justificar a Toni, que, al fin y al cabo, lo único que pretendía era hacer negocio? Prefirió no insistir. Además, estaba en la consulta y no quería aprovechar su situación de superioridad frente a un paciente. No era el momento.

En cuanto a la investigación, estaban en un punto muerto. La policía andaba indagando en la vida de los fallecidos y en la identidad del asesino, pero todavía no habían encontrado ninguna pista fiable. Simonetta casi se había dado por vencida; era más que probable que la escasa información con que contaba no condujera a nada y su historia con Toni no contribuía a la concentración y entrega que el caso requería.

—¿QUÉ HORA ES? —le preguntó.

—Las nueve y media.

—¿Por qué me estás mirando?

—Me gusta despertarme y ver en mi cama a un hombre.

—¿A un hombre? ¿A cualquier hombre? ¿Y me despiertas con ese arranque de sinceridad?

—Bueno... si es moreno, lleva gafas, tiene un cuerpo potente, barba de un día, sonrisa encantadora y se llama Toni Sagrera... mejor que mejor.

—¡Menos mal!

Desayunaron en la terraza. La mañana de domingo era espléndida. El sol los saludaba casi desde lo más alto del cielo y el mar, a sus pies, ronroneaba tranquilo a la espera de los primeros bañistas de la jornada.

Las gaviotas sobrevolaban la cala y husmeaban lo que se cocía en los tejados de las casitas próximas a la costa y en las cubiertas de los veleros que empezaban a fondear en unas aguas cada vez más templadas. A Toni le gustaba jugar con ellas, las tentaba con trozos de pan o gajos de mandarina que colocaba sobre la balaustrada, uno al lado de otro, en hilera. Ellas, nada más verlos, acudían en tropel, sin reserva ni temor, y, a trompicones, se repartían el festín entre potentes graznidos y aleteos.

Con la llegada del buen tiempo, Simonetta había despejado la terraza y la había adornado con plantas y flores. Con el consejo de Séraphine, había pintado la mesa y las sillas, deterioradas por la tramontana del invierno y la sal. Todos los días desayunaba allí.

—Mira, ahí tienes a tu vecino. —Toni señaló hacia la calle. Pau Martí había salido a pintar la verja del jardín. Simonetta le hizo un gesto para que bajara la voz, no quería que Pau los oyera. Desde hacía unas semanas estaba raro con ella; era evidente que la evitaba y, cuando se cruzaban, resolvía el encuentro con un saludo de cortesía y una sonrisa que se notaba forzada. ¿Sería por Toni? Seguro que él la había visto y hasta los había oído, pero continuó con su tarea como si no se hubiera percatado de su presencia. Simonetta sabía que los domingos no salía a pescar. El resto de la semana madrugaba, sobre las cinco de la mañana se montaba en la Vespa hasta el puerto antiguo, donde amarraba su barca. Le molestaba cuando Toni lo criticaba, porque le tenía afecto. Más allá de las disputas familiares que pudieran tener, algo más los distanciaba, eso seguro, pero la versión que Toni le pudiera dar no iba a ser la más ecuánime y prefería obviar el tema. Con el «pronto» de celos de la noche de su primera salida había sido suficiente.

—Podías quedarte a comer. Voy a preparar pasta.

—Me gustaría mucho, pero me esperan. Seguro que la reunión se prolonga y después picaremos algo por ahí. Te llamo un día de estos, en cuanto vuelva de Barcelona.

Cuando se despidieron en la puerta, Martí ya no estaba. Se le ocurrió preparar un poco más de pasta y compartirla con él, a ver si así las cosas volvían a su cauce.

—Aunque no has cumplido con tu palabra —le dijo cuando le pasó una bandeja con tortellini—, no te lo voy a tener en cuenta.

—¿Mi palabra? —balbuceó Pau. Le había extrañado verla y no tenía ni idea de a qué se refería.

—Me prometiste regalarme la primera langosta de la temporada.

—¿Eso te prometí? —soltó con un poco de teatro—. Pues qué mal vecino soy.

—Mal vecino y mal casero —bromeó ella—, pero todo se puede solucionar. Supongo que pescarás alguna más.

—La temporada de la langosta sigue abierta, sí.

—¿Y?

—La próxima es para ti. Mañana mismo, sin falta —le dijo al sujetar la bandeja—, comes langosta.

—¡A tu salud! —exclamó Simonetta, que se volvió cuando ya se había dado media vuelta. Él permanecía de pie en el vano de la puerta, con los mismos pantalones y la camiseta de siempre (un día Simonetta vio tendidos tres pantalones iguales y cuatro camisetas idénticas en la parte trasera de su casa), y le ofrecía, entre la barba y la melena, una amigable sonrisa—. Por cierto —continuó desde la otra acera, en voz alta—, ¿no te cortas nunca el pelo?

El pescador se echó a reír.

—¡El día de Nochebuena y el de la Virgen del Carmen! —Entonces la que rio fue Simonetta.

—¡Ah, bueno, entonces me falta menos para conocerte!

Entró contenta en su casa por haber recuperado la buena relación con su vecino. «¡Lo que no arregle un plato de pasta...!», pensó. Ella ya tenía el suyo preparado encima de la mesa.

CUANDO TERMINÓ DE comer cayó en la cuenta de que, entre unas cosas y otras, había olvidado encender el móvil. Lo había apagado al llegar a casa la noche anterior para que nadie los molestara. Tenía la llamada de rigor de su madre y otra de Sergi. Siendo domingo, le sorprendió la última.

—Sergi, ¿me has llamado a propósito o ha sido un error?

—De error nada, doctora —contestó el enfermero con impaciencia—. Creo que he encontrado algo muy importante.

—¿Te refieres a los asesinatos?

—Sí, sí, a los asesinatos.

—Pues dilo ya, no me tengas en ascuas —lo conminó Simonetta, que empezaba a ponerse nerviosa.

—He encontrado un nexo entre todos los doctores asesinados.

—¿Estás seguro?

—Por supuesto, lo tengo justo enfrente.

—¿Lo has encontrado por internet?

—Sí, sí, por internet. En el BOE.

—¿Y?

—Todos formaron parte de un programa de salud a nivel nacional.

—¿De salud? ¿De prevención, quieres decir?

—Exacto.

—Espera —lo interrumpió—. No me cuentes más, quiero verlo con mis propios ojos. No te lo tomes a mal, creo a pie juntillas lo que me estás diciendo, pero no quiero obtener la información a través de intermediarios que puedan mediatizar mi punto de vista. Es un poco difícil de explicar y de entender, pero, para una investigación complicada como esta, encallada como en este caso, prefiero sacar mis propias conclusiones directamente desde la primera prueba. ¿Estás libre para que podamos reunirnos?

—¡Por supuesto!, ¡libre y con ganas de seguir en esto! Después de tantas horas encerrado no me puedo creer que por fin haya encontrado algo.

—¡Enhorabuena, Sergi, te estás convirtiendo en todo un sabueso! ¿Dónde quieres que nos veamos?

—¿Quiere venir a mi casa? Yo creo que será lo mejor, así no muevo el ordenador.

Sergi se había emancipado de casa de sus padres hacía poco. Había alquilado un piso-cueva en la planta baja de un pequeño edificio con dos viviendas, en la cala de Santandria, cerca de la de Simonetta. La propietaria, una anciana conocida de la familia, acababa de ingresar en una residencia. La casa había sido una vivienda de pescadores años atrás, en tiempos en los que el turismo todavía no había descubierto la isla. En la planta a pie de calle, las paredes de los dos dormitorios estaban conformadas por rocas y casi siempre húmedas, por lo que era imprescindible utilizar un deshumidificador para que ni los muebles ni la propia salud se resintieran. Simonetta conocía la casa porque el enfermero la había invitado una tarde a tomar un café. Aunque por mar estaban próximos el uno del otro, para llegar por tierra había que andar durante, al menos, quince minutos.

SERGI HABÍA DEJADO la puerta de la calle entreabierta. Desde allí se divisaban la cala y el mar. La humilde vivienda tenía un emplazamiento privilegiado, no tanto como el de la casa alquilada por Simonetta, porque a la del enfermero se accedía desde la altura del mar, y a la villa de Simonetta desde lo alto de las rocas que conformaban su cala, y que la dotaban de unas vistas panorámicas que era difícil superar. En la misma acera, lindante ya con la arena de la playa, había un hotel en funcionamiento después del obligado cierre invernal. Se oía la música de la cafetería, pero poco más, señal de que todavía se alojaban pocos clientes.

—¿Sergi?

—¡Pase, pase, doctora, la estaba esperando! —El joven utilizaba la espaciosa mesa de pino que abarcaba una buena parte del salón-comedor-cocina como mesa de despacho. Sobre ella tenía abierto el ordenador portátil y había también dos columnas con libros y apuntes de Enfermería.

—Con todo este lío te estoy quitando tiempo de estudio para tu oposición —le dijo Simonetta, que recordó que, al poco de llegar, el enfermero le había mencionado que los exámenes estaban próximos—. Había olvidado que estabas preparándola —prosiguió preocupada.

—Tranquila, doctora. Estoy harto de estudiar. El tema de los asesinatos me sirve como distracción; si no, me volvería loco. Además, tengo escasas probabilidades de sacar plaza, porque tengo pocos puntos por tiempo trabajado.

—Bueno, bueno, pero debes estudiar para, al menos, quedar en un buen lugar en la lista de contratación. Vayamos a lo nuestro para terminar cuanto antes. ¡A ver qué me cuentas! —le dijo mientras se sentaba a su lado.

—¿Ve este apartado del BOE? Léalo, por favor.

Simonetta lo leyó sin prisa. Tenía fecha del año 1991. Venía a decir que, desde el Ministerio de Sanidad, se ponía en marcha el Plan de Prevención del Cáncer de Mama a nivel nacional; un programa que parecía ser muy ambicioso en el que participaban profesionales de gran prestigio, quienes trabajaban en los principales hospitales públicos de España. Aparecían los nombres de los facultativos que lo iban a poner en marcha. El coordinador principal era don Alfonso Mengod Catalán, jefe de servicio de Cirugía General del Hospital Gregorio Marañón de Madrid. El resto del equipo estaba formado por los doctores Lladró, oncólogo del Hospital Valle de Hebron de Barcelona; Revuelta, ginecólogo del Hospital Valdecilla de Santander; Bort, radiólogo del Hospital de la Fe de Valencia; Osuna, psiquiatra del Hospital Virgen del Rocío de Sevilla, y Odriozola, preventivista del Hospital de Cruces de Barakaldo.

—¡Doctor Mengod! —Al segundo recordó el relato de la camarera del Illa y sintió una punzada de culpabilidad por no haber investigado aquel nombre—. Son ellos —continuó mientras repasaba una y otra vez los nombres—. ¿Te has fijado en que los participantes son seis, pero los muertos son cinco?

—Por supuesto —le contestó Sergi, como quien conoce la respuesta de una pregunta complicada de la profesora—. El doctor Mengod, el coordinador, no está entre los fallecidos.

—Supongo que has indagado sobre él. —Simonetta reconoció en su interior que era ella la que lo debería haber hecho.

—Supone bien. No está entre los fallecidos aquí en la isla porque murió hace dos años en Madrid.

—¿Estás seguro?

—Al cien por cien. He encontrado su obituario en una revista médica. Aquí la tengo minimizada.

La leyeron y releyeron los dos. Una reseña estándar *in memoriam* en una publicación mensual de la Sociedad Española de Cirugía General.

—¿Has buscado algo más sobre el Plan de Prevención en el que colaboraron?

—No me ha dado tiempo. Es lo siguiente que iba a hacer.

—Sin problema. Lo buscaré mientras tú estudias.

—De eso nada. Así no me voy a poder concentrar. Lo haremos entre los dos —dijo impaciente.

Después de buscar durante una hora, optaron por descansar. En la red había multitud de información acerca de planes de prevención del cáncer de mama posteriores a ese, a nivel nacional y sobre todo autonómico, pero del que buscaban, del diseñado por los doctores fallecidos, nada de nada.

—Habrá que seguir investigando —dijo Sergi.

—Sí, por supuesto, pero me da la impresión de que poco más vamos a encontrar, al menos en internet. Habrá que indagar por otras vías. El hallazgo que has hecho es fabuloso, Sergi; no puedes calibrar la importancia que tiene. Ahora es cuando estamos seguros de que las muertes no fueron naturales ni fortuitas. Ahora ya sabemos lo que unía a los fallecidos.

—Ahora todo cuadra. Me refiero a que, aunque tenían distintas especialidades, todas confluían a la hora de diseñar el Plan de Prevención. ¿Cómo no lo pensamos antes?

—A toro pasado, todo es muy fácil, pero para que sea fácil hay que lidiar la res. Nuestro primer toro ya está lidiado y esto va a allanar el terreno. Es un buen arranque, aunque todavía quedan toros por lidiar.

Simonetta no quería entretener más al enfermero. Bastante se había implicado en el caso y bastante tiempo había invertido, que había restado al que necesitaba para los estudios. No podía pedirle más. Ella seguiría con las pesquisas; ya tenía material al que aferrarse. La cabeza le bullía mientras trataba de organizar y priorizar las mil y una ideas que la estaban apabullando.

—Nos vemos mañana en la consulta. Muchas gracias por todo, Sergi.

—Pero aquí no acaba mi colaboración, ¿verdad?

—Eso tendrás que decidirlo tú. Yo no quiero comprometerte más. Cuando este tipo de investigaciones avanzan la cosa suele complicarse. Todas las ayudas son pocas, pero empiezan los peligros —dijo Simonetta, que no sabía si manifestar lo que pensaba de forma más explícita—. No estamos inmersos en una tontería ni en un asunto menor. No se trata de localizar a unos grafiteros ni a un carterista de metro, sino a un asesino, así de claro. Y ahora, después de tu descubrimiento, con total seguridad. Un asesino que está en la isla o, al menos, que ha estado hace poco, y que, si sospecha que lo estamos intentando identificar, no dudará en defenderse. —Iba a decir «en volver a matar», pero se contuvo. No pretendía asustarlo más, sino prevenirlo—. Piénsalo bien. Estás a tiempo de dar un paso atrás y seguir con tu vida habitual, sin sobresaltos. Medítalo.

—Eso ya lo sabía desde el día en que me comentó el asunto —dijo muy seguro de sí mismo, a pesar de su candorosa apariencia—. Me gustaría continuar si eso sirve de ayuda.

—Mejor, medítalo un poco más, no hay prisa —lo interrumpió Simonetta—. Ya hablaremos sobre ello. Ahora debes centrarte en tu oposición, nada debe importarte más que esto. —Simonetta señaló los libros que descansaban sobre la mesa.

—¿La policía está informada de todo el caso? —le preguntó Sergi en la puerta justo antes de despedirse.

—Sí, lo sabe. Y también voy a ponerlos al tanto de tu hallazgo, pero sin mencionarte, claro; eso no lo admitirían.

Voy a decirles que he sido yo la que ha localizado el BOE. Tu colaboración es un secreto entre nosotros.

—Sí, por supuesto —añadió Sergi convencido.

—Entonces, hasta mañana. Nos vemos en la consulta.

—Hasta mañana, doctora.

A pesar de que había querido llegar cuanto antes a la casa del enfermero, Simonetta había ido andando por dos razones: la primera, porque tenía poco combustible en la Honda, y la segunda, por el laberinto de calles que había en las urbanizaciones que separaban las dos calas, con infinidad de direcciones prohibidas y rotondas indeseadas. A pie atajaba por alguna parcela baldía, aún sin edificar, y acortaba el camino. Pero mientras el recorrido de ida lo hizo a plena luz, cuando emprendió el de vuelta la oscuridad ya lo cubría todo. Se lio un poco. Las farolas estaban encendidas, pero con la escasa luz que imponía la política del ahorro energético apenas se distinguían los nombres de las calles. Las pequeñas villas que poblaban las urbanizaciones permanecían casi todas vacías y solo algunas de ellas emitían una nítida iluminación a través de una o dos de las ventanas, señal inequívoca de que los dueños, con el comienzo de junio, ya se habían instalado para disfrutar allí del verano.

Simonetta procuraba pensar en estas cosas mientras intentaba orientarse entre aquellos vericuetos, con callejones sin salida sumidos en el más absoluto de los silencios. Detrás de ella oyó el jadear de un perro y los pasos sigilosos de su dueño. No dudó de que era un hombre. Tuvo miedo. No sabía si acelerar el paso o ralentizarlo y dejar que la adelantaran. El can seguía jadeando y al hombre ni se le oía, pero Simonetta sentía que guardaban con ella la misma distancia; si andaba un poco más ligera, aligeraban el paso, si disminuía la marcha, ellos se detenían. Ya no sabía qué hacer de lo nerviosa que estaba. Por suerte, al doblar una esquina vio a lo lejos las luces del Menorca Resort y a un grupo de turistas cargados de maletas entrando en el vestíbulo. Por fin reconocía el camino hasta su casa. Ya no estaba sola. Miró por encima del hombro y vio que tanto el perro como su dueño se habían esfumado. Todo en orden.

En su calle ya se veían más casitas habitadas, lo que también la tranquilizó. Pau Martí tenía encendida una discreta bombilla delante de la puerta de su casa y, a través de las persianas, se distinguía la luz interior. Después de dejar atrás el Menorca Resort había vuelto el silencio y ahora, conforme se acercaba al cabo de la calle, donde se encontraba su casa, el latido de las olas se apoderaba, una vez más, de la noche. Se estremeció. Refrescaba y tenía ganas de refugiarse en lo que ahora era su hogar después de un día intenso y con sorpresas. Abrió con la llave la puerta del murete que rodeaba la villa. Con tan poca luz, apenas se distinguían los árboles y los arbustos del jardín, pero Simonetta sabía lo mal cuidados que estaban. Le gustaban, pero no entendía de plantas ni tenía el tiempo necesario para cuidarlas. Había pensado contratar por su cuenta al jardinero para que le diera un repaso, ahora que el verano estaba a punto de llegar. Ella correría con los gastos. Le incomodaba tenerlo todo manga por hombro.

La puerta de la vivienda siempre estaba a oscuras, la farola de aquel extremo de la calle no alcanzaba a alumbrarla. A tientas debía localizar la cerradura y, a tientas también, la rendija para poder introducir la llave. A fuerza de práctica, había llegado a conseguirlo.

Por la humedad, la madera estaba siempre un poco hinchada, lo que dificultaba la apertura. Simonetta, tras varios intentos infructuosos que hasta requirieron en una ocasión la intervención de su casero, había aprendido el truco. Después de introducir la llave en la cerradura y antes de girarla, había que tirar con fuerza de la puerta desde el pomo. Si se encontraba el punto, la puerta se abría sin dificultad. Esa noche, como en otras ocasiones, así lo hizo, pero algo inesperado la alertó: al agarrar el pomo, en vez del contacto frío del metal, notó algo blando y pegajoso. «Qué asco», pensó mientras la invadía una oleada de inquietud y desazón. Lo arrojó al suelo de manera instintiva, sin importarle de qué se tratara, se limpió la mano en el vaquero e, impaciente, rebuscó el móvil en la pequeña mochila que llevaba. Temblorosa, encendió la linterna y enfocó: tal como había adivinado, como temía, sobre la tierra seca del jardín parecía jactarse de ella un repugnante condón que parecía haber sido usado.

26

EL COCHE PATRULLA de la policía no tardó en llegar. Lo había enviado el comisario Ferrer nada más dar por finalizada la llamada de Simonetta. La forense, en cuanto entró en la vivienda, se cercioró de que no hubiera nadie agazapado en su interior y llamó a Darío. No se sentía segura y de lo que ya no dudaba era de que el episodio de la braga sobre de la cama no había sido fruto de un despiste suyo, sino obra de la misma persona que había depositado el condón en el pomo de su puerta.

—¿Simonetta?

—Menos mal, creía que no ibas a responder —dijo aliviada.

—He salido a la terraza. Pero ¿qué te pasa? ¿Por qué estás tan nerviosa?

—Alguien me está intentando asustar.

—¿Asustarte? ¿Cómo?

—Acabo de encontrar un condón usado encima del pomo de mi puerta.

Darío tardó unos segundos en reaccionar.

—¿Y no puede haberlo puesto algún gracioso que ni siquiera sepa quién vive en esa casa?

—Para acceder a la puerta de la vivienda hay que abrir antes la puerta del jardín o bien saltar el murete desde la acera. No es tan fácil. No se trata de dejar algo mientras uno pasea. Y hay más: hace más o menos mes y medio me

263

sucedió otra cosa parecida. Salí a cenar con unos compañeros y, a la vuelta, encontré una de mis bragas, de las que
guardo en un cajón, abierta y extendida sobre la cama.

—¿Y por qué no me avisaste? —intervino Darío preocupado.

—No te avisé porque no te quería molestar. Sabía que a
esas horas estarías en casa, era probable que en la cama, y
aquello me pareció tan absurdo que llegué a pensar que se
trataba de un despiste mío. No había rastro de nadie, todo
estaba en orden y, con las prisas, bien podría haber olvidado la prenda allí, tampoco era tan descabellado. Ahora
estoy segura de que alguien la colocó en la cama como ha
colocado el condón en el pomo de la puerta. Estoy asustada, Darío.

—Pues quédate tranquila. Ahora mismo doy orden
para que acuda hasta tu casa un coche patrulla. Pueden entrar en la vivienda o quedarse simplemente en la calle. Lo
que prefieras.

—Con que permanezcan un rato en la calle será suficiente, de momento.

—Como quieras. Les diré que vuelvan cada dos horas,
por ejemplo, durante toda la noche.

—De acuerdo.

—En otras circunstancias acudiría yo. Lo sabes, ¿verdad?

—Claro que sí. —Simonetta estaba convencida de ello.

—No estoy de guardia y a Mercedes le extrañaría que
saliera de estampida.

—Lo entiendo, por eso mismo no quise molestarte la
primera vez.

—Pero deberías haberlo hecho, como hoy. ¿Sospechas
de alguien? Lo más probable es que sea alguna persona de
tu entorno, eso ya lo sabes tú. Algún desequilibrado que
pasa por alguien normal.

—No, no me ha dado tiempo de pensar en eso, la verdad. Pero, a bote pronto, no se me ocurre nadie capaz de hacerlo. Si no fuera parte interesada, seguro que tendría alguna premonición —dijo ya más relajada—, pero, al serlo, la cosa resulta más complicada. ¿Crees que puede tener alguna relación con la investigación? —le preguntó temerosa.

—¿Tú crees? Apenas te has significado. Todo es posible, pero lo más probable es que el culpable sea un desgraciado obseso sexual que ha tenido la ocasión de hacerse con un juego de llaves o con una copia. Una mujer que vive sola es un blanco fácil para esos tiparracos. Y tú no pasas desapercibida, italiana; es imposible que los hombres no se fijen en ti. ¿No tendrás algún paciente majara que se ha enamorado de ti?

—¡Y yo qué sé! Hay tanta cabeza alterada por ahí que cualquier cosa puede suceder.

—Bueno, un paciente... o una paciente majara. Yo no descartaría que pudiera tratarse de una mujer.

—¿Una mujer? No creo. ¿Con qué fin, sexual? Lo dudo.

—No tengo ni idea de con qué motivo: celos, envidia, manía, animadversión, pulsión sexual... Cualquiera de ellos solo o combinado con los demás. ¿Te parece poco?

—No me parece poco, es un buen cóctel, pero no me cuadra. Apenas conozco a nadie aquí. Ese tipo de «bajas pasiones» suelen aparecer con el tiempo, más en una mujer.

—Tú verás. En principio, lo dejo en tus manos. Seguro que en cuanto te pongas a ello descubres quién está detrás. Pero de la seguridad me encargo yo. Si es obra de un acosador sexual, al percatarse de la vigilancia policial lo más probable es que desista y no te moleste más. Y si se trata de una fémina, con más motivo.

—Pero no quiero que tus hombres me sigan a todas partes. Con que den alguna vuelta por aquí será suficiente.

—Eso ya lo veremos. Según vaya la cosa. Déjalo de mi cuenta.

—Ahora tengo que contarte algo —continuó Simonetta.

—¡No me asustes! —exclamó Ferrer.

—No tienes por qué, quédate tranquilo. Es sobre la investigación.

—¿Sobre la investigación? ¿Algo nuevo? Nosotros estamos atascados.

—He encontrado el nexo entre los médicos fallecidos.

—¿Sí? —soltó sorprendido—. ¿Y ahora me lo dices?

—¿Sabes el susto que me he llevado con el dichoso condón?

—Vale, vale, es verdad —dijo en tono de disculpa—. Pero cuéntame lo que sepas, haz el favor.

Simonetta le explicó todo lo relacionado con el Plan de Prevención de Cáncer de Mama.

—¡Joder! ¿Quién se iba a esperar una cosa así? Pero, claro, siendo todos ellos médicos, lo más plausible era que la causa de las muertes estuviera relacionada con algún suceso ligado a su profesión. ¿Has averiguado algo más? ¿Se te ocurre cuál pudo ser el origen de los asesinatos?

—De entrada, no, por supuesto. Un plan de prevención de esas características no conlleva ningún riesgo ni suele ocultar ningún trapo sucio que desemboque en semejantes consecuencias. Pero algo hay, eso es indudable. Y lo encontraremos. Para empezar, mañana mismo voy a hacer alguna llamada. Una antigua compañera de la facultad es cirujana, precisamente en el Hospital Gregorio Marañón. Sin duda habrá conocido al médico coordinador del proyecto, ese tal Mengod, con el que el médico cántabro tenía tanto interés en contactar antes de su muerte, no sabemos por qué, cuando también Mengod ya estaba «findus».

—Quiero que me mantengas informado de todo —le dijo Darío—. Ante cualquier eventualidad, llámame, sea la hora que sea.

—Confío en no tener que hacerlo, pero nunca se sabe.

—Por cierto, ¿quién es tu casero? —le preguntó Ferrer.

—¿No lo conoces?

—En persona no. Llevé todo el trámite del alquiler a través de la agencia.

—Un pescador.

—¿Y es de fiar?

—¿Quién, Pau? Ya lo creo que sí. Es una bellísima persona. Se está portando muy bien conmigo.

—¿Soltero?

—Creo que sí, al menos vive solo, aquí al lado, en la acera de enfrente.

—Solitario, vecino, casero, con llaves...

—No sigas por ahí —lo interrumpió Simonetta—. Pau no es ningún acosador ni ningún enfermo mental. Olvídate, no da el perfil. Si lo conocieras no se te habría pasado por la cabeza relacionarlo con esto.

—Bueno... Confío en tu olfato, pero sabes que no debes fiarte de nadie y mucho menos de los de tu entorno, no lo olvides. No es lo mismo ver el espectáculo desde la barrera que torear, ya me entiendes. Sea o no sea sospechoso ese Pau, mañana mismo debes cambiar las cerraduras de la vivienda y de la puerta del jardín. Sin falta.

—¿Qué dices? No puedo cambiarlas por mi cuenta, soy una inquilina. Tendré que pedirle a Pau que las cambie, aunque sea yo quien corra con los gastos, y para eso tendré que inventarme alguna excusa.

—Haz lo que mejor te parezca, pero cuanto antes. Y, de momento, que nadie se entere de lo que te ha sucedido.

267

27

YA MÁS CALMADA tras conversar con Darío y comprobar que el coche patrulla se encontraba estacionado delante de su puerta, Simonetta centró los pensamientos en la excusa que le pondría a Pau para cambiar las cerraduras de la villa. Al final, decidió tirar por el camino más corto y contarle la verdad, en realidad, parte de ella, en concreto el episodio del condón. Con eso sería suficiente. Hablarle de lo sucedido con la braga le daba corte. Además, si él la interrogaba por la fecha no le quedaba otra que mentir o mencionar a Toni Sagrera, pues justo la noche en que los dos hombres se vieron fue cuando sucedió. Por descontado, no tenía intención de explicarle nada más ni sobre ella ni sobre la investigación que estaba llevando a cabo con el comisario Ferrer.

La mañana siguiente amaneció despejada de nubes, soleada y tranquila. Desayunó un zumo de naranja y una rebanada de pan con dos lonchas de jamón cocido. Las gaviotas, como todos los días, ya estaban alerta por si dejaba algún resto de alimento a su alcance, pero Simonetta no reparaba en ellas. Había pasado una mala noche en la que apenas había dormido. Seguía dándole vueltas al tema de las llaves. Para un profesional del hurto, abrir una cerradura no constituía misterio alguno, pero para un simple acosador podía ser un hándicap difícil de salvar. ¿Su acosador era también un ladrón o más bien disponía de las llaves y el único esfuerzo que había tenido que realizar había sigo introducirlas en las cerraduras y abrir las puertas? Un juego lo tenía Pau Martí, el dueño de la villa, y otro Séraphine, que, al final, por unas cosas u otras, no se lo había entregado a Simonetta. De ninguno de los dos sospechaba, pero ¿si alguien les hubiera hurtado las llaves y hubiera hecho copias? Aquella idea ya se le había ocurrido antes, cuando se encontró con la braga encima de la cama, pero no la había madurado lo suficiente. Ahora, con el condón, el acoso estaba claro y había que profundizar en cualquier detalle. Y ese, precisamente, no era ningún detalle menor. Podía preguntarle a Séraphine, comprobar si aún tenía las llaves, si se las habían robado, si estaban en un lugar distinto de donde las dejó, e incluso contarle todo lo sucedido por si ella conocía algún caso similar de acoso en Ciudadela. Entonces, le acudió a la memoria un retazo de la conversación que habían mantenido durante la cena en casa de la francesa. Séraphine había comentado que todos sus amigos disponían de un juego de llaves de su casa y ninguno de ellos lo negó. ¿Era prudente contárselo a Séraphine? De momento no. No lo era. Aunque fuera sin maldad, podía levantar la liebre, comentar algo del tema y alertar al acosador. Mejor esperar.

Se encaminó a Canal Salat con la cabeza repleta de hipótesis, sospechas, indicios... y también temores. El coche patrulla había desaparecido y al comprobar su ausencia nada más poner los pies en el suelo a primera hora se había sentido un tanto sola, casi abandonada, y eso que había sido ella misma la que había rehusado una vigilancia más estrecha por parte de la policía. Durante el breve trayecto organizó sus ideas y también la jornada. Debía aprovechar muy bien los tiempos para avanzar en la investigación y localizar cuanto antes al culpable de los asesinatos. Y también a su acosador. ¿Serían la misma persona?

Pero aquella no era la única duda que la asaltaba. Estaba indecisa sobre si explicárselo todo a Toni, que, por supuesto, no entraba dentro del grupo de posibles acosadores. ¿Por qué no se lo iba a contar? Habían ido intimando y poco a poco se estaban encariñando el uno del otro. Lo más lógico era ponerle al tanto de todo, incluyendo la verdadera razón por la que ella estaba en la isla. Tal vez había llegado el momento. En un entorno reducido como aquel, tarde o temprano iba a enterarse y no le resultaría agradable hacerlo por terceras personas. La consideraría una impostora y quién sabe si no pondría fin a su relación. ¿Estaba preparada para el dolor que le supondría un rechazo? La verdad era que no tenía ninguna gana de sufrir.

—¡Buenos días, doctora! —El saludo de Sergi siempre le animaba la mañana.

—¡Buenos días, Sergi! ¿No deberías cortarte un poco ese flequillo? No se te ven los ojos, con lo bonitos que los tienes. —El joven sopló y el flequillo se levantó mientras duró el empuje del aire.

—¡Ya está! —Simonetta sonrió. Había decidido no contarle lo del condón, pero, al tenerlo delante, le pareció poco honesto, así que se lo relató todo con pelos y señales.

—¿Y usted cree que es el mismo...?

—Eso no lo sé —lo interrumpió Simonetta—. No es la primera vez que alguien me acosa con intenciones sexuales. Hasta que no descubramos al asesino, es posible que tampoco aclaremos lo del acoso. Sigues estando a tiempo de retirarte —le dijo al ver su cara de asombro.

—No, no, ahora menos que nunca.

A LA HORA del café, después de llamar a la puerta con los nudillos, como hacía todos los días, Quique Coll entró en la consulta de Simonetta.

270

—¿Un café, doctora?

—Hoy no voy a bajar al café, Quique. Tengo que hacer una llamada que me llevará tiempo.

—Ya —repuso Coll contrariado antes de marcharse.

La llamada no era ninguna excusa. Nada más enterarse de que el organizador del Plan de Prevención de Cáncer de Mama había sido jefe de Cirugía del Hospital Gregorio Marañón, le acudió a la cabeza una antigua compañera de facultad, cirujana general del mismo hospital. Hacía muchos años que no se veían, pero sabían la una de la otra por algún que otro amigo en común. No tenía su móvil, por lo que tuvo que recurrir al antiguo procedimiento de las sucesivas llamadas a centralitas y teléfonos fijos. Al fin, dio con ella. Acababa de pasar visita.

—¡Simonetta Brey! ¡No lo puedo creer! ¿Qué es de tu vida?

—Mi vida... No sé ni qué decirte; sencilla y complicada. Quizá esa sea la mejor definición. En este momento estoy trabajando en Menorca.

—¿En Menorca? ¡Pero qué suerte! Yo estoy harta de Madrid. Me dijeron que después de Medicina de Familia habías hecho Medicina Legal.

—Así es. Y por eso te llamo.

—Tú dirás.

—Junto con la policía, llevo un caso de Medicina Legal. Es algo complejo que no viene a cuento explicarte. La cuestión es que, de forma colateral, ha salido a colación el doctor Mengod, el antiguo jefe de servicio de vuestro hospital.

—¿Ah, sí? —La doctora se sorprendió—. ¿Y eso?

Simonetta le explicó el Plan de Prevención y le dijo que habían fallecido todos los integrantes, sin pormenorizar nada más.

—Necesitamos información sobre Mengod y sobre todo lo relativo a ese plan.

—Mengod era repulsivo, un viejo verde. Como cirujano era el mejor, pero fuera del quirófano era asqueroso con las mujeres.

—¿Lo conociste?

—¿Que si lo conocí? ¡Lo sufrí! Fue mi jefe desde que empecé la residencia hasta que se jubiló. Lo que hemos pasado con él las residentes se queda para nosotras. Por suerte, nuestro actual jefe es un encanto.

—¿Puedes concretarme más?

—Era un obseso sexual y un misógino. No concebía a una mujer de cirujana. A mí, en mi primera guardia, muerta de miedo y con veinticinco años, me llegó a decir delante de una docena de adjuntos que cómo podíamos hacer guardia las mujeres el día que tuviéramos la regla. Estuve a punto de irme a mi casa y no volver más. Y esa fue la primera salida de tono, después llegaron muchas otras. Hoy lo denunciaría, desde luego, pero entonces las cosas eran distintas. Seguí gracias al apoyo de mis «residentas» mayores, que habían pasado por lo mismo. Mis compañeros, sin embargo, callaban como cobardes. Hasta le reían las gracias, igual que hacían los adjuntos, por miedo a que les cogiera manía y no pudieran entrar en quirófano. En fin, esto es un pequeño resumen.

—Una perla de hombre, vamos.

—Y eso no era todo. Lo peor era cómo palpaba a las pacientes delante de sus maridos. Eso no era una palpación médica de las mamas, eso era un manoseo inmundo. Pero, eso sí, a las mujeres jóvenes; con las ancianas terminaba pronto la exploración. Daba vergüenza pasar consulta con él. Y las pobres pacientes, ingenuas, temerosas del resultado, dejándose tocar... En fin, solo recordarlo me da grima.

—¿Nadie lo denunció?

—Sí, tuvo varias denuncias y lo llevaron a juicio, pero la parte denunciante no pudo demostrar gran cosa. Al fin y al cabo, el manoseo lo hacía delante de todo el mundo: enfermera, residente, marido... Y no hacía nada que no estuviera estipulado en una exploración de mama. La diferencia es cómo lo hacía: eso es difícil de explicar y, sobre todo, difícil de juzgar por un tribunal. Era muy listo, ya sabía que por ahí no lo iban a pillar.

—¿Conoces la identidad de alguna de las denunciantes?

—No. Aquello ocurrió al poco de empezar yo en el servicio, y se llevó con un gran hermetismo. Nadie se atrevía a hablar de ello. Mengod era, como todos los jefes de estos grandes hospitales, una especie de «pope» intocable.

—¿Murió hace poco tiempo, verdad?

—Sí, hará unos dos años. Ya se había jubilado.

—¿Sabes cuál fue la causa de su muerte?

—¡Lo fulminó un rayo!

—¿De verdad?

—De verdad, ¡lo fulminó un rayo en la sierra! Increíble, ¿verdad? Pues sucedió. Él y su mujer iban paseando por la sierra de Madrid, comenzó una tormenta y ambos cayeron fulminados por un rayo. Como lo oyes. Ese fue el fin de semejante pájaro.

Antes de despedirse, Simonetta le preguntó si quedaba en el servicio alguien que hubiera estado en activo el año en el que se organizó el Plan de Prevención. Después de pensar unos segundos, la doctora le contestó:

—Ahora mismo estoy casi segura de que no, pero hace unos meses se jubiló su secretaria personal, la que mejor lo conocía de todos y la que le llevaba los asuntos concernientes a congresos, cursos y ese tipo de cosas. Era una magnífica

273

profesional con una memoria prodigiosa. Ella se acordará de algo, incluso es posible que guarde algún papel al respecto.

—¿Podrías contactar con ella?

—Voy a intentarlo, alguien tendrá su teléfono. Ahora nos intercambiamos los nuestros y cuando hable con ella le digo que te llame. Siendo sobre Mengod, estará encantada de serte de útil.

Aquello se estaba poniendo interesante. En las investigaciones, lo importante es encontrar el cabo del hilo que forma el ovillo. Una vez que se encuentra, solo hay que tirar con cuidado para llegar al final, al otro cabo. Simonetta tenía la convicción de que había dado con el cabo suelto y de que bastaría con seguir tirando de él para desenrollar la maraña en la que se había convertido un caso tan oscuro.

Finalizada la consulta, le puso un wasap a Ferrer en el que le transmitía que estaba recabando información, que la cosa iba bien.

En la puerta que cerraba el murete de su villa, Pau había introducido un papel con un escueto: «Pasa a mi casa». ¿A aquellas horas? Entre semana, a aquella hora solía estar pescando hasta entrada la tarde, hasta las cinco, cuando cerraban el puerto.

—Hoy he terminado antes, ha sido un buen día. Y aquí tienes —le dijo al ofrecerle un recipiente de barro tapado con papel de aluminio—, lo prometido es deuda.

—¿Es langosta? —le preguntó, divertida.

—Caldereta, recién hecha.

—¡Fantástico! Además, todavía no tenía la comida preparada. ¿Quieres pasar a comer conmigo?

—No, yo ya he comido. Ahora voy a echarme una siesta.

—Pau, quería contarte algo que me sucedió ayer —le dijo. El pescador esperó atento a que prosiguiera—. Vine de noche y encontré un preservativo en el pomo de la puerta de la casa. —El rostro de Pau mudó de color. No dijo nada, como si estuviera bloqueado—. ¿Sabes quién ha podido ser? ¿Has oído hablar de algo parecido por la zona, de algún acosador?

—No, no he oído nada. De todas formas, apenas me relaciono con los pocos vecinos que hay por estas fechas. No tengo ni idea de quién ha podido ser —dijo de forma escueta.

—Tengo un poco de... miedo —le dijo Simonetta sincerándose con él—. Avisé a la policía y mandaron un coche patrulla. Volverá por aquí de vez en cuando.

—Bien, bien.

—¿No crees que deberíamos cambiar las cerraduras?

—Por supuesto —contestó enseguida—. Ahora mismo voy a llamar a un amigo cerrajero.

—No hace falta que corras. Llámalo después de la siesta.

—No, no, lo llamo ya. Yo también estaré atento —concluyó.

La caldereta estaba casi tan rica como la de Dolors. Apenas había terminado de comer cuando se presentó el cerrajero y cambió todas las cerraduras, también la de la puerta del sótano, que daba a la playa.

Se sentía más segura. Encendió el ordenador dispuesta a buscar información sobre el juicio del doctor Mengod cuando Toni le envió un mensaje.

«¿Estás en casa esta tarde?»

«Estaré hasta las nueve. A esa hora bajo a la cala a darme un baño.»

«Miquel te llevará unas rosas del jardín antes de esa hora. Tiene que ir a hacer unos encargos y le viene de paso. Yo ahora en el aeropuerto. Nos vemos en unos días.»

«*Ok*. Buen viaje.»

Sin tener que indagar mucho, Simonetta pronto localizó los datos fundamentales sobre el proceso contra el doctor Mengod, en el que se le declaró inocente. Lo habían acusado tres mujeres que habían sido pacientes suyas, las tres de Madrid, y asistidas por el mismo abogado. Dos de ellas tenían cuenta en Facebook, aunque ninguna era demasiado activa; se limitaban a copiar enlaces sin relevancia y a subir de ciento a viento alguna foto de vacaciones. No les pidió amistad, pero anotó sus respectivos nombres. Quizá más adelante tuviera que contactar con ellas. También encontró en un diario el suceso por el que fallecieron Mengod y su mujer, en un día de tormenta con mucha carga eléctrica. Miró el reloj. Las ocho y media. Si Miquel no llegaba pronto, tendría que retrasar su baño. Oyó el sonido de un claxon en la calle. Ya estaba allí. Bajó las escaleras sin mirar por la ventana para que el hombre no tuviera que esperar. Al abrir la puerta, se encontró con una sorpresa.

—¡Toni! ¿No estabas en Barcelona? —Toni le sonreía detrás de la puerta del murete, con una cesta repleta de rosas en la mano.

Cuando Simonetta le abrió, se le acercó y le susurró al oído:

—He aplazado el viaje para estar contigo. Tenía ganas de verte.

Ella sintió un agradable escalofrío.

—Adelante, soy toda tuya.

28

EL DIA DES Be es una de las jornadas festivas más importantes en Ciudadela. El *be* es un carnero que representa el cordero con el que san Juan Bautista aparece en la iconografía cristiana y es el protagonista indiscutible de la celebración del domingo previo al día de San Juan. Según la tradición, todos los actos que se llevan a cabo desde ese día hasta el final de las fiestas de San Juan están establecidos en unos protocolos que se cumplen cada año punto por punto. Toni le había explicado que ese año y el siguiente iba a ser uno de los protagonistas de la gran fiesta, en su papel de *caixer pagès*. Él era la persona que debía comprar, mantener y engalanar el carnero, para después entregarlo el Dia des Be al s'*Homo des Be*, quien se encarga de transportarlo sobre los hombros para mostrarlo por las calles y las casas de Ciudadela como si se tratara del mismo san Juan Bautista con el cordero. Antes de este día tan señalado, el *caixer pagès* y su familia cuidan durante una semana al carnero y le limpian con agua y jabón la lana para que luzca inmaculado, en ocasiones, hasta con lejía. Se le cuida tanto que la noche de antes del Dia des Be se le vela para que no le ocurra nada y la mañana del domingo lo adornan con flores elaboradas con lazos de colores.

Cuanto Toni le explicó todo el ceremonial, que no era más que un preámbulo de las fiestas de San Juan, Simonetta apenas daba credibilidad a lo que estaba oyendo. Le parecía una fantástica, en el amplio sentido de la palabra, tradición, enraizada por completo en el medio rural, pero bastante alejada del modo de vida de Toni. Él era un payés, propietario de un trozo de tierra, eso era cierto, pero por mucho que amara la finca, no vivía como tal. Viajaba de forma constante a Barcelona por negocios y en alguna ocasión le había confesado que necesitaba darse un «baño» de ciudad de cuando en cuando. Sin embargo, no podía negar la satisfacción que sentía por haber sido nombrado *caixer*, como antes lo fueron su padre y su abuelo.

La tarde anterior al Dia des Be, se traslada el carnero de casa del *caixer pagès* a un local en Ciudadela para que, todo aquel que lo desee, pueda acudir a verlo y admirarlo. Toni, para celebrar su nombramiento y para que sus amigos pudieran ver el animal antes de que saliera de su finca, organizó una pequeña fiesta el viernes por la noche.

—Va a ser algo informal —le dijo a Simonetta —, pero quiero compartir mi alegría con todos mis amigos.

—Tengo ganas de verlo. Más que ganas, auténtica curiosidad.

—Miquel y Dolors se han afanado en cuidarlo y limpiarlo. Es un animal precioso.

—Después de la fiesta, ¿qué hacéis con él?

—Se lo queda el *s'Homo des Be*, la persona que lo porta a los hombros.

—Me alegro. Se lo ha ganado.

—¡Por supuesto!

AL MEDIODÍA DEL viernes, Séraphine la llamó para preguntarle si podría ir a la fiesta en el coche con ella. Simonetta había pensado ir en moto porque estaba haciendo bastante buen tiempo, pero cambió de plan de inmediato y quedaron en ir juntas por la tarde. La francesa estaba emocionada con aquella tradición.

—¡Qué suerte hemos tenido con el nombramiento de Toni! Vamos a ver todas las fiestas en primera línea. Ya verás qué guapo está encima del caballo el día de San Juan.

A Simonetta le intimidaba un poco todo aquello. Su relación con Toni iba viento en popa, pero casi siempre se veían en sitios poco concurridos, de espaldas a la gente. Ella comprendía que en una ciudad pequeña los rumores vuelan, y que Sagrera era autóctono y muy conocido, pero no le acababa de agradar su actitud, por mucho que intentara disimularla. Al fin y al cabo, era un hombre libre y vivían en el siglo XXI.

—¿Cómo va la vida? —Pau Martí llamaba su atención desde el jardín de su casa. Simonetta había sacado del garaje el Alfa Romeo y esperaba en la acera a Séraphine, que se estaba retrasando.

—¡Ah, Pau! Va bien, va bien.

—¡Mira quién viene por ahí! —exclamó Pau mientras señalaba el principio de la calle. Era Séraphine, que conducía una bicicleta y, como siempre, sonreía.

—¡Nos vamos de fiesta! ¿Quieres venir con nosotras? —le dijo al pescador.

Simonetta palideció.

—Según dónde vayáis —respondió Pau.

—A casa de Toni Sagrera, que este bienio es *caixer pagès*. Vamos a ver el carnero. —Pau cambió el semblante.

—No, no, yo no soy de tierra, soy de mar. La gente del mar celebra la Virgen del Carmen. San Juan se queda para los de tierra adentro.

—¿Crees que será verdad lo que ha dicho Martí —le preguntó la francesa a Simonetta, ya en el auto—, que los pescadores no celebran San Juan?

—No tengo ni idea.

En la finca de Toni había mucho movimiento, apenas quedaba un hueco en la pequeña explanada que hacía de aparcamiento. Simonetta se percató de que estaba el coche de Quique Coll.

Habían dispuesto unas cuantas mesas en la zona lateral de la casa con un *catering* del Tokyo que Toni había contratado. Le había explicado que en ocasiones así, el restaurante cambiaba la cocina japonesa por la menorquina. Alrededor de las mesas, de pie, la gente había empezado a picar y a beber. Quique Coll enseguida las vio.

—¡Las dos mujeres más interesantes de Ciudadela! —Quique se acercó hacia ellas. Llevaba un vaso en la mano y, por el brillo de sus ojos, parecía que no había sido el primero. Toni no estaba por allí.

—¡Vamos a comer algo! —propuso la francesa.

Cuando estaban frente a la mesa, a punto de servirse una ración de fideuá, alguien la agarró por la cintura.

—¡Toni!

—Cuánto me alegro de que hayáis venido —les dijo a las dos —. Comed lo que queráis. Ahora pasaremos a ver el carnero.

—¡Me encanta España! —exclamó Séraphine—. ¡Una fiesta con un carnero de protagonista! ¡Me muero por verlo!

Minutos después, Toni, que llevaba un impecable traje azul marino, con camisa blanca, sin corbata, se subió a una pequeña elevación de piedra que limitaba uno de los parterres y se dirigió a todos. Les agradeció su asistencia y les manifestó la ilusión y el honor que para él suponía haber sido elegido *caixer pagès*. Quería compartir el momento con sus allegados, de ahí el motivo de organizar aquella reunión.

—Y ahora, ¡a ver el carnero!

Todos lo siguieron impacientes, más que por contemplar el animal, por participar en tan singular ceremonia. Muy cerca del edificio destinado a las caballerizas había otro del que, en una ocasión, Dolors había salido con una cesta de huevos. Allí habían colocado una especie de tarima de un metro de altura, cubierta con un paño blanco de hilo que llegaba hasta el suelo, rodeada por una valla de madera de pino. Era como una especie de *ring*. Sobre la tarima los aguardaba el carnero, ennoblecido por unos formidables cuernos en espiral y una lana blanca como el algodón o la nieve. Era un ejemplar magnífico, de una belleza rotunda. Todo el mundo quedó boquiabierto al contemplarlo, y a su alrededor se oían exclamaciones de admiración. Toni sonreía dichoso, pero los que más estaban disfrutando eran Miquel y Dolors, satisfechos al comprobar que sus esmeros con el animal habían dado resultado. Toni quiso evidenciarlo con un aplauso en su honor.

—¿Qué te parece? —le susurró a Simonetta al oído.

—No había visto nunca nada igual —le contestó Simonetta, muy impresionada.

Para no alterar al apacible animal, Toni los conminó a volver al jardín para seguir con la fiesta, ahora con una sorpresa añadida: D.O.D., una pequeña orquesta local, con batería, guitarra, bajo y cantante. Estaban tocando *A quién le importa,* de Alaska. Simonetta se echó a reír y el resto de los invitados se lanzó a bailar y a cantar a voz en grito como si de repente alguien hubiera presionado el botón

de encendido de un equipo de música o un director ca-
muflado hubiera gritado «¡Acción!» mientras el ayudante
clicaba la claqueta.

—¡Qué divertido, *ma chérie*, a bailar! —la invitó Séraphine al tiempo que se lanzaba a la improvisada pista de
baile.

«Y ahora, ¿yo qué hago?», pensó Simonetta, un tanto
desubicada. La música animaba a un muerto, desde luego,
pero no se veía desmelenándose entre todos esos desconocidos, la mayoría pasada la cuarentena, que en segundos
habían mutado de la circunspección a la juerga. Una vibra-
ción decidió por ella. Oculto en la cartera de mano que llevaba bajo el brazo, el móvil comenzó a moverse de forma
insistente. Era Ferrer.

—Me llaman —le dijo a Toni esforzándose para que la
oyera en medio de aquel bullicio—. ¿Dónde puedo contestar?

—Pasa dentro, la puerta está abierta. Entra en la habitación contigua al salón. Es mi despacho, allí estarás bien.

Simonetta siguió sus indicaciones. Así como el salón
era una auténtica antigualla, el despacho de Toni estaba
muy bien decorado, con un estilo funcional elegante y con
clase. Se sentó ante la mesa. Darío ya había colgado y ella
lo volvió a llamar.

—¿Qué tal estás, italiana?

—Yo muy bien. En una fiesta popular. ¿Y tú?

—Yo con información fresca.

—¿Sí? ¿Algo nuevo?

—Hemos averiguado quiénes son los propietarios de
los hoteles donde se alojaban las víctimas de nuestro caso.

—¿Y?

—Como suponía, cada uno de ellos es propiedad de
una sociedad con varios integrantes, pero uno de ellos

posee acciones en los tres y además es el accionista principal de todos. Un tal Antonio Sagrera Bagur, de 42 años, natural de Ciudadela y residente en la localidad.

—¿Antonio Sagrera? ¿Estás seguro? —le preguntó helada.

—Sí, claro, por eso te llamo. ¿Lo conoces?

Simonetta titubeó.

—Sí, bueno, lo conozco un poco. Tenemos amigos en común, pero estoy segura de que no está implicado en el caso. No creo que sea un dato relevante que posea acciones en los hoteles.

—¡No me jodas, italiana! —le replicó Ferrer algo contrariado—. ¡Después de la vara que me has dado con el tema de los hoteles y ahora resulta que, como conoces al dueño, ya no es un dato relevante para la investigación! ¡No me jodas!

Simonetta no supo qué contestar de lo ofuscada que estaba.

—Además —prosiguió Darío enfadado—, hemos hecho algunas averiguaciones sobre él, porque parece que no es del todo trigo limpio. Tu amiguito está metido en negocios inmobiliarios, hoteleros y del mundo de la noche, tiene deudas por pagar en varios bancos y un juicio pendiente por unirse con un concejal del anterior Consistorio para recalificar de forma ilícita unos terrenos. No es ningún santo, vamos. —El comisario esperó unos segundos para ver si Simonetta intervenía—. ¿No dices nada?

—No tengo nada que añadir —dijo al fin—, lo que te he dicho sigue en pie. Toni Sagrera no tiene nada que ver con las muertes de los médicos.

—¿Toni? ¿Ahora es Toni? Veo que lo conoces bien. ¿Está bueno?

—Sí, está bueno.

—Ya.

—Pero el hecho de estar bueno no es un delito.

—No, claro, pero resulta que a ti te gustan los que están buenos y, ya se sabe, la carne es débil... —Darío Ferrer la conocía bien y su tono de voz al oír el nombre de Sagrera la había delatado. Con el comisario no podía fingir por mucho que lo intentara.

—Darío, no sigas por ahí. Toni no es ningún criminal. Y lo que cuentas sobre esos negocios habrá que demostrarlo. Si está pendiente de un juicio, por el momento es inocente. Y yo ya sabía que tenía deudas con el banco.

—Como quieras —prosiguió Ferrer —, pero yo voy a seguir investigándolo. Es mi obligación. Y cuídate de él, por si acaso —concluyó, enojado, antes de colgar.

Simonetta, al término de la conversación, estaba completamente paralizada. Había recibido demasiada información inesperada de golpe. Que Toni fuera deudor de bancos no le sorprendió, porque él, de alguna manera, ya se lo había adelantado, y que estuviera acusado de compincharse para prevaricar, aunque le disgustaba, tampoco. Lo que en realidad no esperaba es que fuera el mayor accionista de los tres hoteles, es decir, justo la persona que había estado buscando. De la parálisis pasó a la zozobra. No sabía qué hacer. ¿Debía hablar con Toni? Pero para decirle qué, ¿que se había enterado de su condición de accionista de unos hoteles? «¿Y?», le respondería él. Contarle toda la verdad, ponerlo al tanto de la investigación, brindarle la oportunidad de explicarse antes de que tuviera que rendir cuentas ante la policía... ¿Era eso prudente? Por supuesto que no. ¿Acaso estaba segura, cien por cien segura, de que Toni era ajeno al caso? Tampoco. Una cosa son las creencias y otra muy distinta las certezas. Hasta ahí todavía llegaba. Y también a que, si ella ponía las cartas sobre la mesa, podía incurrir en un delito por alertar a un posible sospechoso. Le hervía la cabeza.

De forma mecánica, nerviosa y sin pensarlo, comenzó a mover el ratón del ordenador. Cuál no sería su sorpresa cuando vio iluminarse la pantalla. ¡El ordenador estaba encendido! El escritorio se abrió ante sus ojos como por arte de magia. Alucinante. ¿Cómo podía desaprovechar aquella oportunidad? Empezó a abrir uno a uno todos los documentos que iban apareciendo, buscando algo, en aquel momento a ciegas, impulsada por la misma desazón. Cuando vio uno titulado S. B., el corazón le comenzó a latir todavía más deprisa. Por un instante, dudó entre abrirlo o no; al fin y al cabo, se estaba inmiscuyendo en la intimidad de una persona sin consentimiento ni mandato judicial. Temía lo que pudiera contener, pero no podía desaprovechar una oportunidad así ni como amante ni como investigadora, porque, casi con total seguridad, no se le volvería a presentar otra igual. Tiró para delante.

Como supuso, las iniciales correspondían a su propio nombre. El documento era un dosier sobre ella misma y contenía su currículum profesional completo, sus aficiones y, cómo no, su reciente estancia en prisión. Le hubiera gustado imprimirlo, pero la impresora estaba apagada y, dado el estado de aturullamiento en que se encontraba, no se le ocurrió intentar encenderla. Oyó pasos en el vestíbulo y se asustó. «¿Y si fuera Toni?». Por si las moscas, cerró todo. Abrió la puerta del despacho sigilosa y, cuando se disponía a salir al exterior, intuyó que alguien la vigilaba. Miró hacia arriba. En el primer rellano de la escalera, en una perturbadora semioscuridad, vio que Dolors, impertérrita, la estaba observando.

—Estaba haciendo una llamada —logró articular con evidente nerviosismo. La mujer no contestó.

Fuera, la música y la fiesta continuaban. Divisó a Toni entre la gente, contento y dicharachero, hablando con uno y con otro. Recordó sus palabras el último día en que estuvieron juntos: «Me estoy encariñando mucho de ti, quiero que lo sepas». Ella se había emocionado porque también estaba empezando a quererlo. ¿Y ahora? Daba la impresión de que el informe había sido elaborado por alguna agencia especializada, aunque no recordaba haber visto anagrama alguno ni firma. Un dosier sobre ella. No lo podía creer. Si no lo hubiera visto con sus propios ojos, si alguien la hubiera informado de su existencia, no lo habría tomado en serio. Pero lo vio. ¿Cómo era posible? «No me gustaría que te hiciera daño», la previno Norberto Blasco al referirse a Toni días antes. ¿Acaso tenía razón? ¿Acaso Toni no era un hombre de fiar? De otra manera, ¿a santo de qué venían aquellas palabras de Blasco tan sacadas de contexto, sin venir a cuento, metidas como con calzador, en una conversación banal? ¿Intentaba advertirle de algo? Ella no les dio demasiada importancia, las atribuyó a los celos que algunos hombres tienen de los que saben atraer a las mujeres. Pero no, Norberto Blasco, bajo su caparazón de simpatía y broma, era una persona seria, de eso no tenía ni la más mínima duda. No se iba a meter en camisa de once varas sin fundamento alguno.

Tenía que salir de allí. No quería permanecer ni un minuto más en aquella casa. Buscó entre la gente a Séraphine. A pesar de que estaban en los días más largos del año, empezaba a oscurecer. Ya se había encendido la iluminación del jardín y del edificio, pero Simonetta no advirtió la belleza del conjunto, solo anhelaba dejar atrás todo aquello lo antes posible.

—Séraphine, me vuelvo a casa, no me encuentro muy bien.

—¿Qué te pasa? —le preguntó la francesa con preocupación.

—Nada, tengo la regla y estoy bastante floja. Prefiero tomar un antiinflamatorio en casa y acostarme pronto. ¿Te vienes conmigo?

—No, yo me quedo un rato más. ¡Estoy pasándolo muy bien! Nos han propuesto que nos quedemos a velar el carnero también esta noche. ¡Yo me apunto!

—¿Querrás decirle a Toni que me voy? Luego lo llamo. Ahora está ocupado.

—Yo le digo, *ma chérie*, vete tranquila. Espera —la detuvo, pensativa, mientras abandonaba a Simonetta—, llévate contigo a Quique —le pidió y lo agarró del brazo—. Ha bebido alguna copa de más. No está para conducir. —Aunque a Simonetta no le hacía ninguna gracia cargar con su compañero en aquel estado, no se pudo negar.

—¡Maravilloso! —exclamó Coll mientras levantaba el vaso que llevaba consigo.

—¡Vale de bebida! —le replicó la francesa, que se lo arrebató enseguida.

—Monta, que te llevo a casa —le dijo Simonetta cuando llegaron al coche. Temía que vomitara dentro una vez que se pusieran en marcha.

—¿Ya te has despedido de Toni? ¿Cómo es que te vas tan pronto de la fiesta? —le preguntó cuando ya estaban en el camino, antes de llegar a la carretera. Parecía que no estaba tan ebrio como antes había aparentado.

—Me aburría. Apenas conozco a nadie.

—¿Que te aburrías? No me lo creo. ¿No habréis discutido? No os he visto juntos en toda la tarde.

—No hemos discutido. Pero, si lo hubiéramos hecho, no es algo que le importe a nadie.

—A mí sí que me importa. A mí sí —replicó Coll mientras elevaba la voz y se señalaba a sí mismo.

—Pues no debería importarte, Quique, es algo que no te incumbe.

—¡Claro que me incumbe, por supuesto que me incumbe! ¡Cómo no me va a incumbir si estoy loco por ti! ¿Es que no te habías dado cuenta, es que no lo habías notado? ¡Estoy loco por ti, loco! ¡No pienso en otra cosa de día y de noche! Deja al desgraciado de Toni y vente conmigo —añadió en tono de súplica.

Simonetta prefirió no contestar. Igual al día siguiente, ya sobrio, ni se acordaría de la conversación. Ojalá. No merecía la pena entrar al trapo. Cuanto antes lo dejara en su casa, mejor.

—Pero ¿qué le veis a ese? —irrumpió de nuevo—, ¿qué le veis? ¿Tan grande la tiene?, ¿eso es lo que os gusta de él?

«Lo que me faltaba», pensó Simonetta.

—Estás perdiendo los papeles, Quique —le dijo, lo más serena que pudo, a ver si lo tranquilizaba.

—Pero ¿por qué crees que va contigo? ¿Por qué crees que se acuesta contigo? ¿Porque te quiere? ¿Eso es lo que crees, eso es lo que te ha dicho? Pues olvídate, se acuesta contigo para sacar tajada, para aprovecharse de ti, por eso. ¿A que te ha hablado de la finca rústica que quiere recalificar como urbanizable? ¿A que sí? —Simonetta comenzó a temblar—. ¿A que te ha dicho que este Ayuntamiento es esto y es lo otro? No me contestes, que sé la respuesta de antemano: te lo ha dicho. ¿Y sabes por qué? Para que le vayas a llorar a Sergi con el cuento y Sergi le llore a su padre, que es el alcalde, y al final lo recalifiquen. Toni confía en tu capacidad de persuasión, tal vez confía en que tú misma persuadas a Octavi Pons, el alcalde. Lo espera desde el día de la fiesta en casa de Séraphine, cuando se enteró de que

Sergi era tu enfermero. ¿No te acuerdas de lo desagradable que fue contigo antes de enterarse de ese «pequeño detalle»? ¡Si odia a los médicos! No nos puede ni ver. A mi aún me traga porque nos conocemos desde críos, pero a casi nadie más. Nos tiene una tirria total. Por muy guapa y maravillosa que seas, no estaría contigo si no buscara algo. Qué sinvergüenza.

—Ya basta, Quique. Con eso tengo suficiente.

—Qué sinvergüenza. —Hizo oídos sordos a la súplica de Simonetta—. Liarse con una y con otra, porque tú no eres la primera, mientras su mujer se pudre impedida en una clínica. Os luce en su descapotable a una detrás de otra como si fuera soltero. ¡Pobre Carla! Ella sí que es una verdadera mujer, una señora de los pies a la cabeza. Un sinvergüenza como él no la merece. Y ahora, contigo.

—¿Qué dices de su mujer? —preguntó Simonetta alarmada. Habían llegado al paseo marítimo, donde vivía Coll, y había aparcado delante de su casa.

—¿De Carla? ¿La conoces? ¿Te ha hablado de ella?

—¿Cómo que si la conozco? ¿Por qué la nombras en presente? ¿No falleció por un error médico?

—¿Que falleció? ¿Eso te ha dicho, que está muerta? —preguntó Quique indignado—. ¡Qué cabrón! ¡Qué tremendo y odioso cabrón! ¡Pobre Carla! La mujer más guapa, más buena y con más encanto que hay en la tierra, y se tuvo que enamorar de él. ¡Ah, y la quería mucho! Eso es lo que va diciendo por ahí, que la quería mucho... hasta que sufrió el ictus, claro. Ahora es una carga que no puede quitarse de encima. ¿Eso no te lo ha contado? ¿Ha tenido la desfachatez de decirte que era viudo? ¡Esto ya traspasa todos los límites!

—No, no me ha dicho con exactitud que fuera viudo —logró balbucear Simonetta, casi para sí misma, intentando recordar el momento en que Toni le habló de su mujer. ¿Dónde había sido? ¿En qué términos se lo había dicho? ¿Lo había malinterpretado ella? Entonces cayó. Había sido en el Ulysses, el bar de al lado del mercado, el día en que la llamó desde una de las mesas de la terraza, el día en que se disculpó por su mala educación en casa de Séraphine.

Simonetta no acababa de recordar sus palabras en lo relativo a su animadversión hacia los médicos... «Mi mujer falleció por culpa de ellos», «por su culpa mi mujer nos abandonó», «por un error médico mi mujer ya no está en este mundo». ¡Eso era! Algo así dijo: «ya no está en este mundo». No le confesó explícitamente que hubiera muerto, ahora lo recordaba. Utilizó una expresión ambigua, a propósito o por casualidad, y ella la interpretó mal. ¡Eso había ocurrido! ¿Y nadie la había sacado después del equívoco? Estaba claro que no. Se evita de tal forma la palabra «muerte», disfrazándola de mil y un eufemismos, que a veces ocurren esas cosas. De todas formas, aunque Toni no le hubiera mentido, el hecho era que su mujer estaba viva. Él la obviaba, seguía con su vida de espaldas a ella, y la prueba de ello era que nunca la nombraba.

—¿Dónde está ahora Carla? —le preguntó a Quique, dispuesta a conocer toda la verdad.

—En una clínica de Barcelona, en estado vegetativo. Ella es de allí y allí viven sus padres que, por cierto, están forrados. Ellos les dieron una buena pasta cuando se casaron y ellos son los que van a visitarla a diario a la clínica. Toni aparece cuando quiere, para cumplir. Dice que le deprime verla así. Ya... —Coll parecía más sereno—. Ahora ya lo sabes todo. Tú verás lo que haces —concluyó mientras abría la puerta del auto. La cerró tras de sí y entró en su casa.

A Simonetta le entraron ganas de arrancar y no parar, de alejarse de allí y de abandonar la isla. Si en vez de estar rodeada de agua hubiera tenido la oportunidad de huir a través de un puente, no lo habría dudado, ni siquiera habría pasado por la villa para recoger sus pertenencias. *Au revoir*. Pero era imposible. Le sonó el aviso del móvil, que le comunicaba la llegada de un wasap. Supuso que era de Toni. En efecto, era de él, pero no quiso ni abrirlo. Es más, apagó el aparato. Giró la llave del contacto y se dejó llevar.

29

Simonetta decidió no poner el pie en la calle en lo que quedaba de fin de semana. Lo sentía por Séraphine, con la que había planeado salir a ver el Dia des Be. Se disculpó con ella por wasap y se mantuvo firme en su resolución de no contestar los múltiples mensajes y llamadas de Toni. Sabía que en los días siguientes iba a estar muy ocupado con los preparativos de las fiestas por su papel de *caixer pagès*. «No nos vamos a poder ver hasta que acaben las fiestas el día de San Juan», le había advertido él con anterioridad. Sin embargo, para ella y los amigos más cercanos, había reservado uno de los balcones de una casa que poseía en el centro de Ciudadela, con el fin de que pudiesen disfrutar de la fiesta en un lugar privilegiado.

Por su parte, Simonetta necesitaba pensar, rumiar toda la información que en tan breve espacio de tiempo había recibido sobre Toni. Tanto las palabras de Darío Ferrer como las de Quique Coll le resonaban sin cesar en los oídos: «no es trigo limpio», «tú verás lo que haces», «qué sinvergüenza», «cuídate de él...». Mientras tanto, no conseguía que de su mente desapareciera la imagen del dosier que había encontrado sobre ella en el ordenador de Sagrera. ¿Había caído en una trampa? ¿Tan buen actor era? Recordó su sonrisa, su mirada, sus abrazos, su alegría cuando estaban juntos. ¿Todo aquello había sido mentira?

La rabia inicial se había transformado en una especie de melancolía, de inacción y de vacío. No quería tomar ninguna decisión precipitada, aunque tenía claro que no iba a seguir viéndose con Sagrera. Solo el conocimiento de que su mujer vivía la habría frenado a la hora de iniciar la relación, a lo que se sumaban en ese momento los datos aportados por Ferrer y Coll. Y el informe sobre ella, claro. Eso nadie se lo había contado, lo había descubierto ella misma, y lo había leído con sus propios ojos. Que no quería ver a Toni lo tenía claro; que debía poner en orden todo lo nuevo, también, aunque le iba a llevar un tiempo, después de reponerse del *shock* que en ese instante la embargaba y la limitaba.

Ahora necesitaba distanciarse del tema, evadirse, para que sus sentimientos, en total efervescencia, se enfriasen algo. La tarde anterior, poco antes de salir hacia la hacienda de Toni, había guardado en el ordenador un buen número de artículos científicos, fruto de una extensa búsqueda bibliográfica realizada en los días precedentes. Todos trataban de tóxicos mortales que no dejan huella. Después de repasar los informes de todas las autopsias de los médicos y el resultado de las pruebas enviadas al Instituto Nacional de Toxicología y Ciencias Forenses, no había ni rastro del origen de las muertes. Simonetta estaba convencida de que los habían asesinado con alguna sustancia tóxica que había pasado desapercibida en los exámenes habituales. De entre todos los tóxicos que enumeraba y describía la bibliografía, seleccionó la media docena que creyó más probables en el entorno, así como las circunstancias en que estaban los médicos y se hallaron los cadáveres. Se arriesgó al apostar por esos seis. Pero la apuesta fue meditada, fruto de su experiencia y, por qué no, de su olfato. Además, en los últimos días, un pequeño detalle de la investigación le rondaba de manera insistente en la cabeza, un detalle que no acababa de encajar en el caso, en principio trivial, pero que intuía decisivo y que era preciso madurar. Le entusiasmaba tanto su profesión que, por unas horas, logró olvidar todas las sorpresas y sobresaltos del «viernes trágico».

Estaba a punto de prepararse un bocata para cenar cuando sonó el móvil. Era Sergi.

—Doctora...

—Dime, Sergi.

—Perdone que la moleste. ¿Está en casa?

—Sí, sí, aquí estoy.

—¿Qué le ha parecido el Dia des Be?

—No he salido a verlo, Sergi, no me encontraba bien. Pero ya estoy mejor, dispuesta para trabajar mañana.

—¡Lo siento mucho! Siento que se haya perdido esta tradición tan nuestra. En fin, el próximo año será. La llamo a deshora porque tengo algo que contarle.

—Tú dirás.

—Hoy he comido en casa de mis padres. Les he preguntado si sabían lo que era un ciclostil, como usted me pidió. Resulta que mi padre conoce a un señor en Alaior, el dueño de la última tienda de máquinas de escribir que hubo en la isla. Dice que también vendía ciclostiles y que, aunque ya está jubilado, aún vende en su casa material para algunos nostálgicos de lo antiguo que todavía quedan. He pensado acercarme mañana por la tarde a Alaior para hablar con él. Si los folletos turísticos se han impreso hace poco, es posible que él le haya vendido la tinta o cualquier otro material al dueño del ciclostil.

—¡Muy bien, Sergi, muy bien! ¿Sabes que me alegras el día? ¡Te estás convirtiendo en un gran investigador! Mañana mismo debes hablar con él. Es más, pídele permiso para grabar con el móvil la conversación. Puedes decirle que estás escribiendo un libro, por ejemplo. Eso es algo que le suele gustar mucho a la gente.

—He querido adelantarle la información por si mañana tenemos mucho trabajo.

—Por supuesto, Sergi, y yo te lo agradezco. Mañana nos vemos en Canal Salat.

Cuando se levantó al día siguiente, Simonetta vio que el coche patrulla de la policía daba la vuelta en la pequeña rotonda donde terminaba la calle para después alejarse. De tanto en cuanto acudía a vigilar la casa o a ahuyentar o disuadir a su potencial acosador. Desde la última conversación con el comisario Ferrer en la que hablaron de Toni, el coche aparecía con más frecuencia.

Como Sergi adivinó, en la consulta los esperaba un montón de trabajo. El enfermero no hizo mención de sus pesquisas, sino que se limitó a asomar la cabeza por la puerta que comunicaba las dos consultas y a guiñarle un ojo. Quique Coll no entró a buscarla a la hora del café; se había tomado la semana de vacaciones. Mejor, el reencuentro hubiera resultado incómodo después de la tensa conversación que mantuvieron en el coche. Simonetta había pensado volver a hablar con él ya sobrio, con calma. No era mala gente. Quería darle una explicación. Quería manifestarle que desconocía que Carla estuviera viva, nada más. Sentía una vaga sensación de culpa si pensaba en ella.

Estaba a punto de dejar la consulta para bajar a la cafetería cuando le sonó el móvil. En la pantalla aparecía un número de teléfono de Madrid. Tuvo una premonición: era la secretaria del doctor Mengod. No se equivocó.

295

—La doctora Eceolaza me ha dicho que está preparando un artículo sobre la vida del doctor Mengod para una revista médica. —El tono de voz de la mujer era firme pero agradable.

—Así es. Necesito información sobre algunos períodos de su trayectoria profesional. Seguro que usted puede aportarme algún dato.

—Estoy a su disposición, doctora. Todo lo que sea para loar la vida del doctor Mengod tendrá mi colaboración. Era un hombre extraordinario —añadió.

—Sí, algo de eso he oído —mintió—. La doctora Eceolaza ha resaltado lo buena profesional que usted ha sido y también que guarda documentos de todos los años en los que ha trabajado como secretaria.

—La doctora Eceolaza es muy amable. Sí, he dedicado mi vida a mi profesión —manifestó orgullosa—, he tomado notas de todo y, como eran anotaciones que nada tienen que ver con los pacientes, han permitido que me las llevara a casa. Es una especie de legado que no quiero que se pierda, y ahora es de mi propiedad.

—Fantástico. Eso facilitará las cosas. Le pido que recuerde un evento, un Plan de Prevención de Cáncer de Mama que organizó en los años 80 el doctor Mengod.

—¿De cáncer de mama? Déjeme que recuerde... —prosiguió la mujer—, sí, me suena. Voy a consultar en las agendas. Permítame un minuto. —Simonetta estaba emocionada al comprobar el interés que manifestaba la secretaria y lo bien organizado que debía de tenerlo todo—. Aquí, ya lo he encontrado. Sí, se lo encargó en persona el ministro de Sanidad. Recuerdo que lo citó en el Ministerio. El doctor Mengod era el número uno, por eso lo eligieron. Por desgracia, no se puso en marcha; se truncó después de la primera reunión que mantuvo todo el grupo de trabajo, cuyos componentes eran los primeros espadas de la medicina de toda España.

—¿Recuerda usted la causa por la que se truncó?

—Nunca lo supe. Eso a mí no me lo contaban. Mi labor consistía en organizar la reunión, ya sabe: lugar, viaje, estancia... esa serie de cosas. Lo que allí se hablaba a mí no me incumbía.

—¿La reunión fue en el Gregorio Marañón?

—No, qué va. Fue en Menorca, en Mahón. Si quiere le digo hasta el lugar exacto.

—Sí, por favor. —Simonetta casi no podía creer la suerte que había tenido al dar con semejante mujer.

—Fue en una antigua institución que facilitó el Ministerio, que por aquel entonces se empleaba para organizar congresos médicos: el Lazareto de Mahón. Ellos fueron los que corrieron con todos los gastos.

—Está usted segura, ¿verdad?

—Claro que sí, yo misma reservé los billetes de avión y todo lo demás. Aquí lo tengo todo anotado. Hasta conservo los resguardos.

—¿Sabe si tuvieron alguna reunión más adelante?

—Creo que no, pero voy a comprobarlo. —Después de unos segundos, continuó—: No tuvieron ninguna otra.

—¿Y pudieron reunirse sin que usted se enterara?

—¿Reunirse todos de nuevo? No creo. El doctor Mengod me lo habría comentado, o me habría pedido que le organizase el encuentro. Él no se ocupaba de esas cosas, lo delegaba todo en mí, incluso los viajes privados con su esposa se los organizaba yo. «Como tú, nadie», me solía decir.

—Seguro que estaba en lo cierto. Otra pregunta: ¿sabe si los médicos que acudieron a Mahón se conocían?

—Creo que no. Al menos, no todos. Lo recuerdo porque tuve que hablar con ellos, uno por uno, para indicarles la fecha en que se iba a celebrar la reunión y comunicarles que les enviaba los billetes de avión. El doctor Mengod sí que los conocía a todos, porque fue él quien los seleccionó, pero entre ellos, no. Alguno, no recuerdo quién, me preguntó sobre los demás, por eso me acuerdo. ¿Desea saber algo más, doctora?

—Por ahora, no. No sabe bien la ayuda que me ha proporcionado para el artículo. Si recuerda algo más sobre este tema, por favor, le ruego que contacte de nuevo conmigo.

La secretaria colgó el teléfono. ¿Había hecho bien facilitando aquella información? Mejor aportar algo que cerrarse en banda. No quería que lo que se pudiera escribir sobre el cirujano proviniese de otra fuente que no fuera ella misma. Tenía enemigos, como todos los que han llegado alto, y cualquiera podría dar algún dato que mancillase su memoria. Ella no solo conservaba sus propias notas, como le había dicho a la periodista, también las agendas personales de Mengod, que todos desconocían, así como una última carta, remitida por el doctor Revuelta, uno de los integrantes del Plan de Prevención, que recibió después de que hubiera fallecido. No había abierto ninguno de esos documentos porque no iba con ella fisgar en la intimidad de nadie. La llamada de la doctora Eceolaza la hizo dudar y al final se había decidido a sacarlo todo.

Había llegado el momento.

30

EL SOL COMENZABA a declinar frente a la balaustrada de la terraza cuando Sergi la llamó. Había salido un rato porque dentro se ahogaba. Allí, tumbada en una mecedora que había encontrado abandonada en un armario, bajo la sombra del pequeño porche, al menos respiraba. Habían llegado los primeros niños a la cala y sus risas y chapoteos la hicieron salir de su ensimismamiento. Pensaba en Toni, claro. La parte estúpida de su cerebro intentaba disculparlo de todo: de las deudas (es un arriesgado empresario), de su posible implicación legal (le tienen envidia y por eso lo han denunciado), de su «olvido» para con su mujer (en realidad es como si estuviera viudo) y hasta del dosier sobre ella misma (quién sabe si una mano negra se lo había enviado).

Pero el cerebro de Simonetta también poseía una parte racional que la avasallaba a preguntas: ¿por qué?, ¿cómo?, ¿para qué? Para ninguna de ellas tenía una respuesta cómoda. Lo había pasado muy bien con él, incluso había sido feliz; además lo deseaba y empezaba a quererlo. Qué triste. Qué rabia.

Quiso liberarse de ese pensamiento, así que se centró en la investigación. La información que le había proporcionado la secretaria de Mengod era esencial. Aparecía otro nexo en el caso: las víctimas no solo se conocían entre sí, no solo habían colaborado en un proyecto, sino que se habían reunido en la isla, en el Lazareto de Mahón. Nada más mencionarlo, la imagen de Wenceslao Bonet, el guarda y guía, le acudió a la mente. Desde que lo conoció el día en que visitó la fortaleza, tuvo la impresión de que sabía algo que trataba de ocultar.

—Sergi, dime.

—¡Doctora, gran información, gran información! —exclamó el enfermero desde el otro lado de la línea, esforzándose por no gritar demasiado.

—¡Suéltalo ya, no me tengas en ascuas!

—Estoy en Alaior, doctora, delante de la casa del dueño de la tienda de ciclostiles. ¡Adivine quién sigue siendo cliente suyo!

—Dímelo tú.

—¡Wenceslao Bonet!, ¡el guarda del lazareto!

—¿Y te lo ha dicho así, con nombre y apellido?

—Él no me ha dado tantos detalles. Me ha enumerado de memoria los lugares donde seguía distribuyendo material y ha nombrado el lazareto. Yo he fingido conocer al tal Wenceslao y, cuando he mencionado su nombre, me ha confirmado que era uno de los clientes actuales, aunque gastaba poco material.

—Todo concuerda —afirmó Simonetta en voz baja. De nuevo Sergi y ella parecían sincronizarse. Primero Mengod y ahora Wenceslao Bonet.

—¿Cómo dice?

—Nada, Sergi. Lo hablaremos cuando nos veamos. Ese señor no habrá sospechado que había gato encerrado en tus preguntas, ¿verdad?

—Espero que no, doctora. Aunque, cuando he nombrado a Wenceslao, se ha extrañado de que lo conociera.

—Perfecto, Sergi, vuelve a Ciudadela tranquilo. Misión cumplida.

Eso era lo que necesitaba para olvidar a Toni: emoción. Y ahora, de pronto, la tenía. Wenceslao Bonet. Qué mala espina le había dado, y con razón. Se había convertido en el sospechoso principal de los asesinatos de los médicos.

—¿Al?

—¡Bendito sea! ¡Vuelvo a ser «Al»!

—Ya te llamé así en la Naveta des Tudons.

—Sí, pero pensé que habías sufrido un lapsus. Ahora veo que no, que vas en serio, italiana.

—Ya lo creo que voy en serio. ¿A que no sabes lo que acabo de averiguar?

—Que estás pirrada por mis huesos.

—Eso también. —Darío rio con ganas—. Acabo de poner nombre y apellido a un sospechoso de asesinato: Wenceslao Bonet, el guarda del Lazareto de Mahón.

—Cuenta.

Simonetta le explicó todo con pelos y señales, sin sacar a colación la colaboración de Sergi.

—Muy interesante.

—Tienes que pedir de inmediato una orden de registro del lazareto e interrogar al guarda.

—¿Sin pruebas?

—¿Cómo que sin pruebas? ¿No te parecen suficientes las que te he dado?

—A mí tal vez, pero a la jueza no, te lo aseguro. ¿Tienes la grabación de la conversación con la secretaria de Mengod? ¿Te ha enviado documentos acreditativos de la reunión en el lazareto? Dime nombre y apellidos de tu informante de Alaior. Primero tendrá que hacer una declaración jurada, y aun así...

—No sigas —lo interrumpió Simonetta—. Conseguiré las pruebas.

—Y, por el mismo precio, consigue la razón de los asesinatos y el *modus operandi*. Fruslerías... pero necesarias —ironizó.

—Entiendo —concluyó Simonetta, herida en su orgullo. Ferrer tenía razón, solo disponía de suposiciones, pero le había costado mucho llegar hasta allí. Además, no se encontraba en su mejor momento.

—Por cierto, te iba a llamar mañana. Las víctimas de nuestro caso no coincidieron en el servicio militar.

—*Ok*.

—A tu servicio, siempre a tu servicio, italiana —intervino Ferrer en un tono exagerado—. Y, por supuesto —prosiguió, un poco más serio—, investigaremos a ese Wenceslao, pero la orden de registro y el interrogatorio tendrán que esperar. Si está implicado en el caso, encontraremos pruebas más concluyentes, no lo dudes.

¿Pruebas más concluyentes? ¡Si hasta el momento no habían avanzado ni un paso! Toda la información relevante la había aportado ella con ayuda de Sergi. Aquel caso había que cerrarlo de una vez, sobre todo ahora que Simonetta, en medio del desconcierto interior que sentía, ya anhelaba poner tierra de por medio. Sin vacilar, llamó a su enfermero y le propuso visitar el lazareto como turistas para intentar localizar el ciclostil. Era el camino más rápido. Ella ya conocía la fortaleza y había guardado un folleto con el plano de los edificios, los patios y los jardines que la conformaban. En internet también había consultado información al respecto. Entre unas cosas y otras, lo localizarían, lo fotografiarían y aportarían una prueba suficiente para implicar al guarda.

Por supuesto, Sergi no se hizo de rogar. En cuanto su compañera le propuso el plan, ya lo bastante elaborado, con el empuje y la decisión de la juventud, aceptó encantado, sin medir el riesgo que pudieran correr. Quedaron en que él compraría los billetes por internet a su nombre para que el de Simonetta no apareciera por ninguna parte.

Después de colgar, salió de nuevo a la terraza para comprobar si quedaba gente bañándose en la cala. Ya había anochecido casi por completo, aunque el último arco de un decadente sol anaranjado todavía se divisaba en el lejano horizonte. El rumor de las olas se estaba adueñando del silencio del atardecer, señal de que los bañistas ya habían abandonado la arena y las rocas. Aquel era el momento que Simonetta esperaba para bajar y adentrarse en el mar. Ese día lo necesitaba más que nunca.

A su derecha, en la calle, oyó llegar un auto y estacionar. ¿Sería el coche patrulla? Se asomó y divisó un utilitario del que salió Toni. Como por instinto, él miró hacia la terraza y la vio.

—¿Me abres? —le preguntó desde abajo, nervioso y con humildad. Simonetta no sabía qué hacer—. ¿Por qué no contestas a mis llamadas? —continuó con un tono de voz más elevado—, ¿por qué, si se puede saber? ¿Qué es lo que te pasa? Necesito saberlo. ¿Alguien te ha hablado mal de mí? —Pasó una pareja por la calle y se los quedó mirando.

—Te abro —claudicó Simonetta al fin, temerosa de que aquello acabara en un escándalo. Miró de refilón la casa de Pau y vio que había luz en una de las ventanas.

—¿Qué es lo que te pasa conmigo? —volvió a preguntar nada más tenerla enfrente.

—Vamos dentro y hablamos —le respondió ella con la máxima calma que pudo, para no alterarlo más. Ya en silencio, subieron uno detrás del otro al salón. Simonetta, después de señalarle a Toni el sofá, tomó la iniciativa y se sentó en una de las butacas.

—¿Por qué no nos sentamos aquí juntos, como siempre? ¿Por qué no quieres sentarte a mi lado? —continuó él alarmado.

—Vamos a tranquilizarnos —improvisó Simonetta, que no había previsto aquella escena.

—¿Cómo voy a estar tranquilo si, sin más ni más, dejas de hablarme?

—Me he enterado de que tu mujer vive.

—¿Qué? —balbuceó Toni, que se había quedado a cuadros.

—Cuando nos conocimos y me dijiste que no estaba en este mundo, interpreté que había fallecido. Malinterpreté, quiero decir, y, casualmente, nadie me abrió los ojos a la verdad. No puedo seguir contigo sabiendo que tu mujer vive. No puedo cargar con ese peso, Toni.

—¿Y por qué no me dijiste nada cuando te enteraste? ¿Por qué dejar de hablarme sin explicación alguna? Jamás lo hubiera esperado de ti. —El tono sosegado que empleó la empezó a conmover. Sería un sinvergüenza, pero en aquel momento transmitía sinceridad.

—¿Recuerdas la tarde de la fiesta en tu finca? ¿Cuando entré en tu despacho para contestar una llamada? —Toni afirmó con la cabeza—. Sin querer moví el ratón del ordenador, se iluminó la pantalla y vi un documento con mis iniciales. Como estaba intrigada lo abrí y leí todo el informe sobre mi vida. ¿Te parece poco? —Sagrera agachó la cabeza y se la sujetó con las manos.

—Te lo puedo explicar. —Simonetta aguardó—. Soy un hombre de negocios, tú lo sabes. Son transacciones arriesgadas que mueven mucho dinero, siempre dentro de la ley, pero mucho dinero. Este es un mundo muy ingrato, en el que, en un solo día, por un mal paso, puedes perderlo todo... o ganar millones en una operación. Hay muchos buitres que rondan a aquellos que tenemos negocios, que solo buscan nuestra ruina para lanzarse sobre nuestros despojos, al precio que sea. Desconfié de ti, lo admito. Supuse que me ocultabas algo y tuve miedo. Me pareció muy raro que, de repente, te transformaras en una forense; no me cuadraba y pedí información a un amigo que se ocupa de este tipo de cosas. Temía que alguien te hubiese mandado para seducirme en busca de yo qué sé qué beneficio. Fue un pronto, uno de esos que me dan de vez en cuando y que me complican tanto la vida, ya ves hasta qué punto.

—Y después de conocer mi vida, ¿qué piensas?

—¿Qué voy a pensar? Que eres maravillosa, que eres lo que yo quiero, que no te quiero perder —respondió con ardor.

—¿Y tu mujer?

—¿Carla? Carla ya no está en este mundo, como bien te dije. La recuerdo a diario, voy a verla todas las semanas, fui un marido fiel, ¿acaso tengo que enterrarme en vida? —Simonetta no contestó; no quería volver a caer en su tela de araña, y estaba a punto de hacerlo.

—Déjame pensar en todo esto. Son demasiadas cosas en muy poco tiempo. Aún no he sido capaz de asimilarlo. Necesito poner en orden todas estas nuevas situaciones.

—No hay ninguna nueva situación, yo soy el mismo de hace una semana y tú también. Es tu percepción de las cosas lo que ha cambiado, no las cosas en sí. ¿Por qué cambiar nuestra relación si éramos felices juntos? ¿O no lo eras?

—La cuestión no es esa. La cuestión es si lo seré a partir de ahora.

—Yo sin ti no lo voy a ser —le confesó mirándola los ojos.

—Se está haciendo tarde. Te esperan unos días intensos. Tienes que descansar —le cortó. Temía que siguiera por esa línea.

—Despídete de mí con un beso, con un solo beso, y te prometo que descansaré —le rogó Toni tomándola de la mano. Simonetta sintió el calor y la pasión a través de aquel inocente contacto. ¿Le apetecía besarlo? Sí. ¿La habían convencido sus argumentos? Sí. ¿Había utilizado para ello la razón? No. Se levantó para evitar que el beso de despedida fuera el primero de muchos.

—¿Me prometes que vas a darme un tiempo para reflexionar? —le preguntó.

—Claro que sí.

Lo besó en la mejilla como quien besa a un niño y bajó la escalera para que él la siguiera. Sin darle ocasión a nada más, lo despidió desde la puerta. El coche patrulla acababa de llegar. Enfrente, le pareció vislumbrar el rostro de Martí a media luz en una de las ventanas, observándola. Subió de nuevo a casa, se desvistió, se enfundó el traje de baño y bajó hasta la cala, por la escalera de piedra, para fundirse con las olas.

31

MÁS DE UNA compañera le había insinuado si no estaría enamorada de Mengod. No era así ni lo había sido nunca. Confundían el prurito profesional con otra cosa. No le gustaba como hombre porque a ella le gustaban los hombres guapos. Los había entre los cirujanos del servicio, pero Mengod no era uno de ellos. No estaba enamorada de él. Sin embargo, sí que lo admiraba. Era el número uno, el jefe, el mejor considerado, el más temido. Ella admiraba a los triunfadores y Mengod era un triunfador. Ser su mano derecha significaba, de alguna manera, vencer. Para ella, aquello era su triunfo.

Y se desvivía por él, por adelantarse a sus deseos, por recibir sus halagos profesionales, que la hacían tan feliz. Cuando murió lo sintió de corazón, pero no por amor, sino por gratitud. Había sido un hombre generoso con ella. Había salvado la vida de su madre cuando la operó de urgencia una noche en que el cirujano de guardia se indispuso. Además, le había prestado una considerable cantidad de dinero cuando ella, más adelante, murió, y bloquearon las cuentas que tenían. Con ese préstamo pudo sufragar los gastos del entierro. Pocos lo hubieran hecho y él lo hizo. Angustias no quería olvidar aquellos detalles jamás. Por eso decidió guardar sus papeles, era una manera de recordarlo. Su muerte fue repentina y de un día para otro vaciaron su despacho como quien limpia la caseta de un perro para que la ocupe el nuevo cachorro. Eso no podía ser.

Conocía la costumbre de Mengod de escribir en su agenda, la que ella misma le regalaba cada año en la fiesta de Reyes. «No hace falta, Angustias, no quiero que gaste dinero conmigo, pero se lo agradezco; ya sabe que yo sin mi agenda no soy nadie.» Anotaba y anotaba, y después la cerraba con una llavecita dorada. Sobre todo, escribía en ella cuando se reunía. En aquellas agendas estaba reflejada toda una vida profesional. ¿Cómo iba a dejar que las tirasen al contenedor de la basura? Ella se las llevó y también sus correspondientes llaves, revueltas todas en el cajón de la mesa del despacho del cirujano.

Para Angustias, las agendas de Mengod siempre habían sido un misterio. En realidad, no tenía ni idea de lo que contenían, aunque suponía que eran anotaciones de sus casos, de las reuniones de trabajo... siempre relacionadas con su profesión. Jamás las sacaba del hospital, a no ser que asistiera a un congreso o a alguna reunión de trabajo fuera de Madrid. Nunca se había preguntado si podía estar equivocada, si contenían anotaciones personales, privadas, que su dueño no quisiera compartir con nadie. Por eso, cuando recibió la llamada de la doctora Eceolaza diciéndole que una periodista quería escribir sobre la vida del doctor, Angustias pensó que era el momento de abrirlas, de examinar su contenido. Buscó la correspondiente al año en cuestión, el de la reunión de trabajo en Menorca. Probó con varias llaves y al final consiguió abrirla. Ya con la primera página se quedó muda. Aquello no era una agenda profesional, aquello era otra cosa, una especie de diario privado con frases sueltas y anotaciones impropias del doctor. No lo reconocía. Aquel lenguaje, aquellos términos... ¿Con quién había estado trabajando?

¡Estoy de enhorabuena! ¡Me han nombrado JEFE! ¡Jefe del mejor hospital de España!

¡Con treinta y cuatro años! ¡En la élite de las élites!

Me ha acompañado la fortuna. Carambolas del destino: uno se muere, otro se afilia al partido que no conviene... ¡y me dan a mí la jefatura!

Soy el mejor. Soy el mejor. Soy el mejor. Todos lo saben y todos están JODIDOS. Y se van a fastidiar aún más.

Que se jodan todos. Aquí estoy yo, el hijo de un repartidor de butano, botella al hombro y cuatro pisos de escalera durante cuarenta años.

Os jodéis.

No me han regalado nada.

Renacuajo, ojos de rata, cejijunto... Y ahora, ¿qué? Ahora, ¿qué? Ahora he crecido, ahora soy guapo. Ahí queda eso, *so* mamones.

Ahora, además, ligo.

No hay nada mejor que ser cirujano para ligar. ¡Te miran las mujeres! ¡Existes!

He traspasado la puerta del Edén. Me miran, coquetean.

Enfermeras, auxiliares, secretarias. Qué buenas están. Capto como un radar esa mirada, la sigo, me lleva a su casa... ¡Quién me lo iba a decir! ¡Quién me lo iba a decir!

Las pacientes. Qué buenorras están algunas, ¡pero qué buenorras!

Qué gran satisfacción, qué magnífica satisfacción acercarme a la camilla después de haberlas tenido frente a frente deleitándome con sus miradas confiadas, entregadas a mi fama y mi prestigio.

Y en la camilla... en la camilla explorarles las tetas, ¡las tetas! ¡Qué placer!, ¡y en las narices del marido consentidor, pobre diablo! Él no sospecha el placer de ese sublime momento. ¡Sublime!

¿Y cómo se dejan explorar?

¡Con mucho gusto! ¡Con mucho gusto! Que manos más expertas tengo.

Las abuelas no. A las abuelas se las mando a los adjuntos. Que se jodan.

Desde que soy jefe se me cuadran los adjuntos. Los que antes se reían de mí ahora se cuadran para que les dé la mejor operación del parte diario. Vaya.

¡Hoy ha sido el *summum*, el *summum*! ¡En el despacho del ministro!

Qué bien me quedó la operación de su mujer cuando aún no eran nadie. ¡Cómo me lucí!

Agradecidos, están agradecidos. ¡Bien!

Y me ha elegido él mismo, el ministro. Quiere conseguir una sanidad pionera y me ha elegido a mí, al menda, ¡al menda!

En sus manos lo dejo y no admito un «no». ¡Pues claro que sí! Programa de prevención multidisciplinar con jefes jóvenes de toda España.

Y los elijo yo, como tiene que ser.

¡Llegar y besar el santo! ¡Jefatura y olisquear el poder!

Huele bien, la verdad.

Hay que contarlo, ¡hay que contarlo! ¿A los gilis de mi servicio? Ellos ya se enterarán. Son unos envidiosos.

Se lo cuento a Angustias, ella es mi elegida. A ella se lo cuento, mi flamante y abnegada secretaria.

Me tocó.

¿Por qué no me pudo tocar el bombón de Medicina Interna? La desgracia me persigue.

¡Qué boñiga es la sanidad pública, que no me deja elegir a mi secretaria! Boñiga inmensa...

Es muy atenta, muy profesional, muy buena persona... O eso dicen.

¡Y un adefesio! Un adefesio disfrazado de monja seglar, para más inri. (Y me toca a mí).

Se ha alegrado. Se ha alegrado mucho. Un ministro es un ministro.

32

El tiempo había cambiado. Todo el mundo hablaba de la inoportunidad de aquel viraje porque, si continuaban la tramontana, el frío y los chubascos, las fiestas se deslucirían. No había sido fácil obtener dos entradas para visitar el lazareto, la temporada ya estaba avanzada y los turistas aprovechaban los días sin sol para conocer los monumentos más emblemáticos de la isla.

Simonetta le había pedido a Séraphine unas coloristas gafas de sol de las que ella solía llevar y una peluca pelirroja que usaba cuando se sentía melancólica. No podía visitar el lazareto vestida de ella misma porque un hombre en apariencia tan desconfiado como Wenceslao Bonet seguro que la recordaría.

A Séraphine le tuvo que confesar que la relación con Toni estaba en una especie de *stand by* y que por eso no iba a compartir con el grupo de amigos de Sagrera el lugar privilegiado que les reservaba para que disfrutaran de las fiestas. «Qué malentendido —le dijo la francesa cuando Simonetta le confesó que creía que Carla había fallecido—. *Ma chérie*, el tiempo te guiará hacia el camino que debes seguir. Es el mejor consejero.»

El Kia de Sergi llegó a la hora acordada. Al enfermero se le notaba nervioso, pero Simonetta no quiso incidir en ello para no agravar su intranquilidad ni estropear el plan. Lo tenía todo calculado. Durante el viaje repasaron lo que tenían que hacer, y Simonetta le contó que, después de volver a leer los informes de la policía, había descubierto una nueva pista. Se trataba de un objeto que se halló entre las pertenencias de las víctimas y que había pasado desapercibido.

—Puede ser importante, aunque hoy es mejor que nos centremos en lo que nos ha traído aquí —le dijo mientras estacionaban en un aparcamiento a las afueras de Es Castell.

Sergi se caló una gorra negra con visera que le ocultaba toda la cara.

Como ya habían acordado, no bajaron hasta el puerto juntos. Nadie debía sospechar que se conocían. En el muelle de Cales Fonts aguardaba ya un grupo de turistas cuando Simonetta llegó. A los cinco minutos acudió el enfermero, justo a tiempo de subir al barco que los conduciría a la fortaleza. El patrón era el mismo lobo de mar que los había transportado la vez anterior, pero en esa ocasión Simonetta no entabló conversación con él para pasar desapercibida. Debido al mal tiempo, el mar estaba bastante agitado, tanto que Simonetta tuvo que concentrarse para no marearse.

A lo lejos, enseguida avistó al guarda. Conforme se iban acercando, su hierática figura y su mirada fría lo convertían en un ser todavía más siniestro. En el grupo viajaba un matrimonio con su hija. El hombre, nada más desembarcar, se puso a hablar con el guarda y le contó que era ingeniero industrial jubilado y que acudía al lazareto porque unos amigos se lo habían recomendado. En vista de que el ingeniero iba a llevar la voz cantante, Sergi y Simonetta se mimetizaron con el resto sin abrir la boca.

Al igual que en la visita anterior, Wenceslao comenzó por resumir la historia de la fortaleza mientras mostraba a los visitantes las dependencias del edificio principal, el único habilitado en ese momento. Simonetta, después de consultar los planos, había estimado que el ciclostil debía de encontrarse en alguna de las salas de aquel inmueble, puesto que los demás estaban, en principio, cerrados.

Cuando salieron de nuevo al exterior después de la introducción a la visita que les había hecho Wenceslao, Simonetta simuló un tropiezo y cayó al suelo. Había tenido la precaución de colocarse detrás del grupo para que nadie sospechara que la caída era fingida.

—*Oh, mio Dio, sono talmente goffa!* —exclamó en perfecto italiano.

De inmediato, la mujer del ingeniero acudió a reconocerla, puesto que, según dijo, era enfermera.

—Me duele este tobillo —se quejó Simonetta sin perder el fuerte acento.

—No parece que haya nada roto —la tranquilizó la enfermera—, pero mejor que descanse un poco hasta que se le pase el dolor. —Wenceslao las miró desubicado y algo contrariado.

—Sí —aceptó enseguida Simonetta, que agradeció la inocente colaboración de la enfermera—. Me quedaré un rato aquí. No puedo andar —concluyó mientras aparentaba cojear.

—Mejor que nos espere dentro, ¿no? —le insinuó el ingeniero al guarda—. Aquí fuera se va a quedar pasmada. —Wenceslao titubeó, pero al final dio su conformidad.

—Espere ahí —le indicó, casi como si diera una orden, a la vez que le señalaba una butaca—. Pero se va a perder toda la visita, hasta el final no regresaremos por aquí.

—¡Qué pena! —improvisó Simonetta mientras se masajeaba el tobillo—. ¡No se olviden de mí!

—No se preocupe —intervino el ingeniero—, le doy mi palabra de que volveremos a buscarla.

En cuanto los vio alejarse, se puso manos a la obra. Había acordado con Sergi que la avisaría por el móvil en caso de que Wenceslao se dirigiera al edificio principal antes de tiempo, pero Simonetta acababa de comprobar que no tenía cobertura. Debía darse prisa antes de que regresaran. Comenzó a registrarlo todo de forma concienzuda, cuarto por cuarto, tal y como había planeado. La mayoría de ellos estaban vacíos y en otros se amontonaban mesas, sillas, estantes, libros...

Uno de los cuartos de la primera planta estaba acondicionado como dormitorio, con una cama de matrimonio, un armario y una cómoda. Daba la impresión de que lo habían utilizado hacía poco. Pared con pared, la siguiente habitación estaba cerrada con llave, y también la contigua. A pesar de que en un primer momento también lo parecía, al manipular un poco la manecilla de la puerta, Simonetta consiguió que se abriera. Estaba a oscuras y olía a papel y a humedad. Tanteó por la pared y al final localizó el interruptor de la luz. Por fin, frente a ella, la máquina del ciclostil aparecía desafiante. Estaba encima de una destartalada mesa de madera, tenía un cilindro central manchado de tinta, una manivela en un lateral y una bandeja con unos cuantos papeles impresos. Por primera vez desde que había llegado aquella tarde al lazareto, sintió miedo. Aquel sórdido lugar, donde tantas almas habían padecido y habían muerto, le transmitía unas pésimas vibraciones, y aquel minúsculo cuarto sombrío, sencillo y ordenado a la perfección le recordaba que lo habitaba un presunto asesino.

Antes de que los macabros pensamientos la paralizaran, sacó de la mochila el teléfono móvil. Fotografió el ciclostil y los papeles, todas copias idénticas a las halladas entre las pertenencias de los médicos muertos, y respiró. Ya estaban cerca del final.

—¿Se puede saber qué es lo que hace aquí? —Una poderosa voz irrumpió a su espalda. Se volvió atemorizada. El guarda la miraba con expresión amenazante desde el vano de la puerta.

—Estaba buscando el baño —le contestó tranquila para aparentar serenidad.

—¿Ya se ha curado su pie?

—Está ya casi curado, sí —afirmó Simonetta mientras se acercaba hacia el hombre para que le abriera paso. Él permanecía inmóvil como un tronco, impidiéndole la salida.

—¡Señora! ¿Le ocurre algo? —Wenceslao se giró. Era Sergi, que le gritaba desde el pasillo. Simonetta aprovechó para escabullirse y salir.

—Estoy mucho mejor, *grazie mille*! —le agradeció al enfermero presionándole el antebrazo.

El resto del grupo aguardaba en la planta baja.

—¿Ya se encuentra bien? —le preguntó el ingeniero en cuanto la vio.

—Sí, gracias. Ya estoy casi recuperada.

—El guarda estaba preocupado por usted —prosiguió el hombre —. Ha cambiado el itinerario de la visita para ver cómo iba ese tobillo.

Simonetta se inquietó; sin embargo, no podía irse de allí, ni siquiera con una excusa. Estaban aislados. Había sido una fatalidad haber sido descubierta por el guarda, un grave error de cálculo que podía dar al traste con lo que habían logrado hasta ese momento. Se unió al grupo para aparentar normalidad y todos juntos acabaron de ver el lazareto. Wenceslao, que no podía ocultar sus nervios, obvió la visita al cementerio. Simonetta ni lo miraba, impaciente por que llegara la hora de montar en la embarcación y huir.

Nada más tomar asiento en el pequeño barco, Simonetta le envió las imágenes del ciclostil y de los folletos a Ferrer con un mensaje en el que lo instaba a registrar la fortaleza cuanto antes si no quería encontrarse con el cuarto vacío. A medio camino entre la isla del lazareto y el puerto de Cales Fonts, la forense observó con detenimiento al guarda mientras subía la cuesta que comunicaba el embarcadero con la entrada principal. ¿Estaba viendo a un asesino?

«¡Bravo por ti, italiana!», le contestó Ferrer a modo de respuesta.

Una vez en el Kia, Sergi le contó que el guarda, de repente, los había instado a que permanecieran en uno de los jardines mientras él, a grandes zancadas, volvía sobre sus pasos hacia el edificio principal. Sin hacerle caso, Sergi lo siguió y detrás de él todo el grupo, como un rebaño de ovejas tras el pastor.

—Menos mal que has aparecido. Por un instante me he visto encerrada en ese cuarto de por vida mientras me daban por desaparecida en los periódicos.

Durante el trayecto de vuelta, Simonetta intentó relajarse en el asiento del copiloto. Quería convencerse de que el caso estaba casi resuelto, aunque sabía a pie juntillas que, para cerrarlo, necesitaban averiguar dos aspectos fundamentales que todavía quedaban pendientes: la motivación de los asesinatos y la causa de las muertes. «Si logran que Wenceslao confiese, caso cerrado, pero si no...»

Cuando ya estaban en la ronda que circunvala Ciudadela, recibió un mensaje de Darío: «Vamos hacia el lazareto. Descansa, te mantendré informada». Respiró.

Sergi la dejó justo delante de la villa cuando ya anochecía. Había amainado un poco la tramontana, pero la temperatura continuaba fría. Toni estaba respetando el «pacto de silencio», y desde que la había visitado en la villa no había vuelto a dar señales de vida. Mejor. Simonetta quería solucionar las cosas por partes, una detrás de otra. En cuanto el caso estuviera del todo resuelto, tomaría una determinación sobre la relación con Toni. Necesitaba claridad de ideas y estar convencida por completo de su sinceridad. Y para eso necesitaba tiempo.

Entró en la casa y dudó entre tirarse en el sofá o enfundarse el traje de baño. Optó por lo segundo. Necesitaba nadar, no soportaba un día sin hacer ejercicio y el agua, además de tonificarla, la relajaba. Disfrutaría sabiendo que el guarda del lazareto pasaría al menos la noche en comisaría. Si Ferrer y sus hombres iban para allá, era casi del todo imposible que se hubiera deshecho del ciclostil. De los folletos tal vez, pero no de la máquina. Abrió el armario de su habitación. Dudó si ponerse el neopreno, pero le pareció exagerado; el agua todavía estaría caliente, el tiempo había empeorado tan solo en los últimos dos días. El coche patrulla todavía no había llegado, estarían cambiando de turno. Solían acudir un poco más tarde, se quedaban hasta la una o las dos de la madrugada y luego regresaban sobre las cinco o las seis. Quería bajar antes de que aparecieran. No le apetecía que la vieran en traje de baño ni que estuvieran al tanto de todo lo que hacía. Se cubrió con el albornoz y salió a la calle.

Cuando alcanzó la arena, recordó que había olvidado colocar el faro encendido en la terraza. No le importó demasiado, porque las ventanas de Pau estaban iluminadas y podían servirle de referencia. Entre unas cosas y otras, se había hecho bastante tarde. La noche y su oscuridad lo cubrían todo. Había luna nueva y las nubes ocultaban la luz que emitían las estrellas. A la entrada de la cala, dos veleros se

balanceaban al son de la pleamar y las luces de sus másti-
les, al menos, indicaban hacia dónde dirigirse. El agua estaba más fría de lo que Simonetta había esperado. Se arrepintió de no haberse puesto el traje de neopreno y empezó
a nadar con energía para coger calor. Antes de que empe-
zara a templarse, cuando llevaba unos cincuenta metros recorridos, de repente se topó con algo que la frenó. Al principio creyó que se trataba de una maraña de algas o de
algún plástico de los que se encuentran, cada vez más, en
las costas, y que arrojan desde los barcos. Decidió flotar, sin
perder la calma, para comprobar lo que en realidad la estaba impidiendo avanzar, lo que la detenía.

Comenzó a palparlo... ¿Una red? ¿Estaba atrapada por
una red de pescador? ¿En el agua de la cala? Su cerebro
empezó a elucubrar a una velocidad vertiginosa. Aquello
no era casual. Ningún barco de pesca se puede adentrar en
un espacio tan pequeño como lo era la cala. Jamás había
visto ninguno por allí, ni siquiera una pequeña barca de
pescador, y nadie tendía sus redes en aquellas rocas. Alguien que la conocía, que la acechaba, que seguía sus pasos
y estaba al tanto de sus costumbres la había colocado en
ese lugar precisamente un día de mal tiempo, cuando nadie más iba a bañarse, y menos a semejantes horas. Comenzó a temblar de temor y de frío. Aguzó el oído por si
alguien la estaba vigilando, pero el ir y venir de las olas
rompiendo en la arena era el único sonido que llenaba la
noche. Tenía las piernas y los brazos enredados en aquel lío
fatal de enrevesadas cuerdas. Estaba apresada como una
orca en la red del implacable pescador, esperando, tal vez,
una muerte segura. Volvió la cabeza y vio a lo lejos la luz
de la casa de Pau. ¿La oiría si pedía ayuda? Sentía los pies
helados, sabía que, en cuestión de minutos, el frío la iría re-
corriendo centímetro a centímetro hasta inmovilizarla por

completo. De ahí a la hipotermia y al ahogamiento había un corto espacio de tiempo.

—¡Pau!, ¡Pau! ¡Auxilio, auxilio! ¡Estoy atrapada en el agua! ¡Auxilio! ¡Pau! —¿Dónde estaría aquel hombre? ¿Por qué nadie acudía a socorrerla?

De repente, una inquietante idea se le pasó por la cabeza. ¿Y si fuera Pau? ¿Y si Pau fuera su acosador, el que había entrado en su casa, el que la espiaba, el que había colocado una de sus redes para atraparla? Nadie como él tenía acceso a su casa y a su vida. ¿Quién mejor para vigilar las entradas y salidas, sus cambios de humor, las cartas y visitas que recibía...? Pero ¿por qué, con qué motivo? ¿Para intentar frustrar la investigación sobre los asesinatos? ¿Tenía algo que ver con todo aquello? La idea la aterró. Si se trataba de él, en aquel momento tenía la vida de Simonetta en sus manos. ¿Era mejor llamarlo, solicitar su ayuda, o mejor callar y procurar salvarse por su cuenta? Pero ¿cómo? Desfallecía, llevaba muchas horas sin probar bocado. Había empleado una buena cantidad de energía intentando liberarse de la red, tenía las piernas insensibles por el frío, comenzaban a castañearle los dientes, muy pronto tendría dificultad para emitir cualquier sonido... Debía agotar el precioso tiempo con que contaba para salir de aquella estúpida situación. Para sobrevivir.

—¡Pau! —gritó desgarradamente, jugándose todo a una última carta, con toda su fuerza, con la poca energía que le quedaba—. ¡Pau!

Pero nadie contestó.

33

ANGUSTIAS TEMBLABA A punto de abrir la carta. Había
leído las primeras páginas de la agenda de Mengod y todo
su mundo se había venido abajo. Era repugnante. No había
podido seguir leyendo. Y ahora, con la carta del doctor Revuelta entre las manos, dudaba si leerla o destruirla, por lo
que pudiera contener. Tomó aire y rasgó el sobre.

Dr. D. Alfonso Mengod
Jefe de servicio de Cirugía General
Hospital Gregorio Marañón
Madrid

Estimado Alfonso:

Si me decido a escribirte después de casi treinta años es
porque, tras una fructífera trayectoria profesional, acabo de
jubilarme y deseo pasar en paz el resto de mi vida. En este
período de tiempo transcurrido desde nuestro encuentro en
Menorca he intentado por todos los medios olvidar el desa-
fortunado incidente que frustró nuestro plan, pero los remor-
dimientos me lo han impedido.

Hace algún tiempo coincidí en un hotel con Lladró. Saqué
el tema a relucir y él lo eludió, aunque su mirada no mentía y,
sin pretenderlo, me transmitió también cierto desasosiego:
tampoco lo había superado.

Esta misiva tiene como objeto proponerte que nos reunamos todos de nuevo, con la claridad de ideas que da la edad, para realizar un examen de conciencia de lo que sucedió y para tratar de reparar de alguna forma las consecuencias de nuestra actuación. Las faltas por omisión existen y a veces son más terribles que las originadas por una mala acción.

Considero que, por tu condición de organizador del Plan de Prevención de Cáncer de Mama, te corresponde a ti contactar con el resto y preparar un encuentro. Seamos valientes por una vez.

Atentamente,

José Luis Revuelta

34

PAU MARTÍ ACABABA de cenar. Su cena se limitaba a una ensalada de tomate, un pedazo de queso con pan, unas nueces y dos o tres piezas de fruta. Como madrugaba tanto para estar a las cinco de la mañana en el puerto a punto de salir a pescar, se acostaba pronto. Antes de acostarse le gustaba subir a la planta superior de la vivienda para contemplar la inmensidad del firmamento. La astronomía era su gran pasión, además de la mar. Pero aquella noche andaba nublado y no merecía la pena sentarse delante del telescopio. En el telediario habían vaticinado lluvia en las Baleares para el día siguiente. Si llovía, se quedaba en casa. Decidió salir al exterior, acercarse a las rocas y de allí tomar una estrecha senda labrada entre la vegetación que bordeaba la cala y que conducía hasta el mar abierto. Allí comprobaría la fuerza de las olas, la densidad de las nubes y la intensidad del viento. Era el mejor oráculo, más preciso, por supuesto, que la Aemet. Le contrariaban la lluvia y el mal tiempo a esas alturas del año porque la isla estaba a tope de turistas. Era temporada de langosta y una buena oportunidad de ganar algo más de dinero con el que tirar el resto del año.

Llevaba en la mano una pequeña linterna para alumbrarse, porque en aquella zona no había ninguna otra iluminación. Abajo se oía el mar, algo agitado. A mitad de camino, un sonido inesperado lo alertó. Era una especie de quejido procedente del agua, un lamento o una petición de auxilio, no supo precisarlo bien. Se detuvo, pero no oyó nada más; igual se trataba de algún animal atrapado entre las rocas que había encontrado la manera de salir. Otra vez. Ahora sí que reconocía una voz que parecía ser de mujer. ¿Simonetta? Eso le pareció. Miró hacia la villa, pero no brillaba la luz del faro que él le regaló y que la doctora colocaba en la terraza cuando se bañaba en la cala. ¿Sería ella?

—¡Simonetta! —gritó con rotundidad—. ¡Simonetta! —Desde allí no podía alcanzar con la vista el agua ni aunque hubiera sido de día, porque la ocultaban unos espesos matorrales, y tampoco podía atravesarlos por la frondosidad de hojas y ramas que tenían. Desanduvo el trozo de sendero con rapidez hasta llegar donde comenzaba la escalera de piedra y roca que bajaba a la cala. Una vez más oyó un lamento, esa vez con su nombre:

—¡Pau!

—¡Simonetta! ¡Simonetta! —gritó con todas sus fuerzas.

—¡Pau! —La voz pedía auxilio desde donde comenzaba la cala.

—¡Estoy aquí! —exclamó, tratando de localizarla con el limitado haz de luz de la linterna.

—¡Pau! ¡Gracias a Dios! ¡Estoy atrapada por una red! ¡Y estoy entrando en hipotermia! —gimió con un hilillo de voz.

—¿Una red? ¡Ahora mismo te saco! ¡Sigue hablando para que sepa dónde estás! —gritó desesperado. Sabía que, si perdía la consciencia por la hipotermia, en segundos se ahogaría. Por fin la localizó. Sacó del bolsillo la navaja que siempre llevaba consigo, la sujetó entre los dientes, se quitó las abarcas y el pantalón, y se introdujo en el agua. Cuando llegó a nado hasta donde estaba ella, Simonetta estaba casi inconsciente, aunque todavía flotaba. Tuvo que pellizcarle las mejillas para que se espabilara y pudiera ayudarlo. La sujetó por la cintura, cortó unos cuantos pedazos de cuerda hasta que la liberó y logró por fin sacarla de aquella ratonera y llevársela hasta la arena. Estaba exhausto. Hubiera querido descansar unos minutos, pero no disponía de tiempo. Simonetta, tumbada en la orilla, temblaba y no tenía ni una mísera toalla para cubrirla.

—¡Despierta, Simonetta! —le inquirió mientras le daba pequeños cachetes en la cara. Sin su colaboración iba a resultarle muy difícil cargar con ella por las escaleras de las rocas, sin apenas luz, con muchas probabilidades de resbalar o tropezar. Si se caían, corría el riesgo de que la cabeza de Simonetta impactara contra las rocas, con las terribles consecuencias que podría acarrear el accidente. Sin embargo, por mucho que Pau lo intentó, ella permanecía como dormida. Abría los ojos tan solo cuando el pescador se lo pedía como una orden, para volver a cerrarlos dos segundos después. No quedaba otra que cogerla, cargarla al hombro y, con cuidado, subir por la escalera de las rocas antes de que cogiese más frío.

Lo consiguió. Estuvo a punto de resbalar en varias ocasiones, pero lo logró. De ahí a su casa había dos pasos. La acostó en el sofá y la cubrió, primero con su propia toalla de baño y después con dos mantas que guardaba en un armario ropero. Salió y del pequeño cobertizo de la parte de atrás de la casa cogió unos troncos y unas piñas que le habían sobrado del invierno. El fuego de la chimenea le hizo entrar en calor y recuperar el tono y la conciencia.

—Pau —logró emitir con las mandíbulas casi paralizadas.

—Dime —le contestó el pescador acercándose a ella.

—Necesito beber algo caliente, lo que sea, para elevar la temperatura interna —le pidió con un hilillo de voz. Todavía estaba tiritando.

Con rapidez, Pau calentó leche en un cazo y ayudó a Simonetta a beber en una taza, arrodillado a su lado, sujetándola desde la espalda. Ella tenía los labios morados y los ojos hundidos, y a duras penas tragaba pequeños sorbos, pero Pau, por fin, se calmó al verla más recuperada.

—Debes quitarte el bañador —la instó cuando terminó de beber la leche—. Está mojado y con él puesto no podrás entrar en calor.

Le acercó un pijama nuevo que había encontrado al coger las mantas y subió a la planta de arriba para que Simonetta se cambiara con tranquilidad. Al cabo de unos minutos, cuando ya no la oía moverse, bajó, después de ponerse también él ropa seca. Se había quedado dormida. Respiraba de manera plácida y su rostro tenía mejor color. Había bajado una toalla pequeña para secarle el pelo, pero no la quiso despertar. No podía creer que la tuviera tan cerca, además en «su territorio». Contemplaba su frente, su preciosa nariz, sus pómulos, con la escasa luz del fuego de la chimenea...

Aun en esas circunstancias era hermosa. Lo cautivó, sin ella proponérselo, o tal vez por eso, la noche en que la vio por primera vez plantada en la calle, rodeada de maletas, esperándolo sin conocerlo. Y seguía cautivado por ella. Y ahora la tenía en su propia casa, en su refugio, alegrando con su serena presencia aquella aburrida guarida de hombre solitario. Hubiera deseado besarla tal y como estaba, acostada, apacible, confiada, con un beso puro, los labios en contacto con su piel fina y, ahora ya, sonrosada. Y hubiera entregado la mitad de lo que le quedaba de vida por que permaneciera a su lado para poder contemplarla cada noche tal y como lo estaba haciendo aquella. En el suelo, al lado del sofá, el traje de baño de Simonetta lo sacó de su ensimismamiento. Lo cogió, lo aclaró de arena y sal en el grifo del lavabo, y lo tendió encima de la mampara de la ducha. Al regresar al salón, Simonetta ya estaba despierta.

—Me has salvado la vida. —Pau, a su pesar, se ruborizó.

—¿Vas entrando en calor? —le preguntó para salir del paso.

—Sí, estoy mucho mejor, pero déjame así un rato más, por favor; todavía no estoy recuperada del todo.

—Por supuesto. —Pau contestó de forma atropellada. Ni por asomo se le había ocurrido invitarla a levantarse y, mucho menos, echarla de casa—. Lo mejor será que pases aquí la noche, con la chimenea encendida. Yo me acostaré en una cama que hay en un cuarto de aquí abajo, por si necesitas algo —se atrevió a proponer.

—¿Lo dices de verdad? ¿No seré una molestia? Mañana tendrás que madrugar.

—¡Claro que lo digo de verdad! Aquí estás caliente y tranquila. No voy a permitir que duermas sola esta noche. Y no te preocupes, mañana no tenía intención de salir a pescar, quería guardar un día de fiesta —mintió.

—Tengo miedo, Pau. Lo de la red no ha sido un hecho accidental. Alguien ha querido asustarme o incluso... algo más —confesó y alejó de su mente la sospecha que había recaído sobre él.

—¿Estás segura? —le preguntó Martí con extrañeza—. Es muy raro encontrar una red en una de esas calas, pero que tenga una finalidad como la que sugieres lo es todavía más. ¿Quién podría intentar hacerte daño? ¿Y con qué motivo? —Simonetta se incorporó, se sentó en el sofá y se cubrió con una de las mantas.

—¿Tú sabes si alguien, además de nosotros, tenía un juego de llaves de la villa antes de que las cambiáramos?

—No, nadie tenía ningún juego.

—¿Ni Séraphine, cuando hizo la remodelación?

—Bueno, a ella le di un juego de llaves, pero me lo devolvió.

—¿Estás seguro?

—Al cien por cien. No solo eso, sino que recuerdo a la perfección entregarle al cerrajero los tres juegos cuando cambiamos las cerraduras.

—¿Y recuerdas cuándo te lo devolvió? ¿Fue poco antes de que viniera el cerrajero?

—¡No! Mucho antes. Al poco de que vinieras tú a vivir aquí.

—Pero si ella me dijo que todavía lo tenía, que me lo iba a dar... Pero se nos olvidó a las dos.

—Sí, sí, ya me lo explicó. Pero debió de ser al día siguiente o al otro de hablarlo contigo. Me encargó pescado y, cuando se lo llevé a su casa, me entregó el juego de llaves que había olvidado darte a ti el día anterior. No le di mayor importancia. Lo guardé en el cajón en el que guardo todas las llaves hasta el día que cambiaron las cerraduras. Entonces, como te digo, se los di al cerrajero. Él se encarga de tirarlas o reciclarlas, o lo que sea.

—¿Recuerdas que me dejaron un preservativo en el pomo de la puerta?

—Claro que lo recuerdo. Todavía desconfío de los que pasan por aquí solos o paseando al perro. Siempre pienso que ese cabrón puede ser uno de ellos.

—Pues bien, esa no fue la primera vez que me han intentado asustar. —Martí la miró sorprendido. Se había sentado en una butaca y esperaba con atención a que Simonetta prosiguiera. Ella le contó el episodio de la braga encima de su cama. Pau la miraba confundido.

—¿Y crees que se trata de la misma persona? Una cosa es ser un obseso sexual, un acosador, y otra un asesino.

Porque si estás en lo cierto y alguien colocó la red en la cala, ese individuo era consciente de que podías ahogarte si nadabas hasta allí.

—Ya no sé si quien intentó intimidarme dejando esos objetos en la villa es la misma persona que ha intentado... matarme. Es algo muy complicado, cada vez más. Y hay más cosas que deseo contarte, Pau. No quiero que desconfíes o que tengas una impresión equivocada sobre mí si en algún momento te enteras por otras personas de lo que voy a relatarte. —Martí se impacientó—. No he venido a la isla solo para ejercer la medicina como médico de familia.

Simonetta le confesó su condición de forense y lo puso al tanto, aunque sin pormenorizar, del caso que estaban investigando.

—¿No habías sospechado algo raro de mí?

—¿Yo? Yo soy muy inocente. Y muy primario. No voy sacando conclusiones de la gente ni me gusta inmiscuirme en sus cosas. Voy a lo mío y con eso tengo de sobra. Se me puede engañar con facilidad.

—Creo que exageras. Pero, de todos modos, ni te quiero engañar ni quiero que lo pienses en un futuro. Por eso me he sincerado contigo.

—No sé qué decirte —añadió Pau tras reflexionar durante unos segundos—. Me dejas descolocado. Lo que no entiendo es por qué ocultas tu condición de forense y de colaboradora de la policía. ¿Tan en secreto se llevan las investigaciones? ¿Hace falta fingir tanto, llevar una doble vida?

—No, eso no es lo habitual —le contestó Simonetta—. Pero mi caso es distinto. Tengo otras motivaciones de índole personal por las que no puedo actuar como forense «a cara descubierta».

Como no seguía hablando, Martí se levantó. Estaba muy confundido. Aquello era un lío tremendo. ¿Le estaba contando toda la verdad? En ese momento dudaba de todo. Entró en el cuarto de la planta baja donde iba a dormir y se preparó la cama. Su dormitorio estaba en la planta de arriba. Se había hecho tarde. Tenía que digerir todo lo que le había contado Simonetta. Sentía el deber y el deseo de protegerla porque, si había sido sincera, corría un peligro real. Pero todavía ocultaba algo, ella misma lo acababa de reconocer, y temía que su secreto echara por la borda el lazo invisible que en ese momento los unía.

—Voy a contártelo todo. Tengo esa necesidad —se sinceró Simonetta cuando Pau regresó al salón. Del fuego solo quedaban unas brasas. El pescador, nervioso, las atizó un poco y después volvió a sentarse en la butaca. Ella estaba ya muy recuperada, con las mejillas encendidas por el calor—. Acabo de salir de prisión. Esa es la razón por la que no puedo actuar como forense, ya que estoy inhabilitada. —Pau trató de que no se le notara la cara de sorpresa—. Se me juzgó por tergiversar unas pruebas para inculpar a un acusado. Como era verdad que yo las había manipulado para incriminarlo, me condenaron e ingresé en prisión. Esa es mi historia reciente, acabas de conocerla.

—Supongo que tendrías tus razones para hacerlo.

—¿Lo dices de verdad? ¿Es eso lo que piensas?

—Por supuesto. No se me ocurre pensar que has intentado incriminar a un inocente.

—Gracias, Pau. Con esa frase me has hecho más bien que todas las palmaditas en el hombro de muchos de mis compañeros. Aquello fue un calvario para mí. Muy pocos me ayudaron. La mayoría me evitó. Fui una deshonra para la profesión.

—Sigo pensando que tendrías tus razones.

—En este tipo de profesiones, llega un momento en que te hartas de que, por falta de una prueba o por un pequeño error administrativo, un criminal se vaya a su casa de rositas. Debí mantener la cabeza fría, pero no pude, fue superior a mis fuerzas. Lo recuerdo como si hubiera sucedido ayer mismo. Mi turno en el juzgado ese día terminaba a las diez de la noche. Me estaba preparando para marcharme a casa cuando el oficial de guardia me llamó. Debía explorar a un niño. En la sala donde recibíamos a los pacientes había dos mujeres, madre e hija, y un bebé que no llegaba al año. Ellas estaban como locas, muy nerviosas, muy alteradas. Apenas podían explicar lo que les sucedía. Al final, la joven me dijo que estaba divorciada de su marido y que sospechaba que abusaba del niño los días en que le correspondía cuidarlo. En un primer momento, por la actitud de alboroto que mantenían, me dio la impresión de que estaban exagerando, que lo más probable era que hubieran malinterpretado alguna actitud ambigua del padre, pero, al explorar a la criatura, me di cuenta, por desgracia, de que estaban en lo cierto. Fue tan impactante el hallazgo que yo misma me alteré y, con los nervios, tomé el tubo equivocado a la hora de guardar los restos biológicos. Después, redacté el informe, introduje los tubos en el frigorífico para que al día siguiente los llevaran al laboratorio del Instituto de Nacional de Toxicología y Ciencias Forenses, y anoté los datos para estar pendiente del caso. Cuál no sería mi sorpresa cuando, horas más tarde, la técnica del laboratorio me advirtió del error. Intenté localizar al niño para tomar nuevas muestras, pero resultó imposible dar con él. Las muestras con el ADN del padre ya estaban allí, pendientes de cotejar con los restos que yo había recogido de forma inadecuada. Sin aquella prueba fundamental, el padre quedaría libre de culpa. Ni lo pensé.

A la hora de redactar el informe, ya en el laboratorio, mentí, con toda la intención y con plena consciencia de lo que hacía; no podía dejar escapar a una bestia como aquella, mucho menos por un error del que solo yo era la responsable. Dormí tranquila, he de confesarlo. Después vinieron los problemas. El padre tenía dinero y poder, contrató a un abogado de los que jamás pierden y tirando del hilo lo descubrieron todo..., y yo terminé en la cárcel. Lo abrevio para no cansarte y porque solo de recordarlo... Fue una pesadilla.

—¿Lo volverías a hacer? —le preguntó Pau impresionado por lo que acababa de oír.

—Sí, claro, claro —le respondió Simonetta con los ojos cerrados, todavía impactada por el recuerdo de lo que pasó.

—Pero ¿sirvió de algo?

—En aquel momento, no, pero como las bestias siempre vuelven al mal, al saberse libre de culpa volvió a perpetrar la atrocidad y, entonces sí, lo pillaron. Ahora es él el que está en prisión. Y por muchos años.

—Ahora debes olvidar —dijo Pau, todavía sobrecogido—. Aquello ya pasó.

—Sí, voy por ese camino. Tengo muchas cosas en las que pensar. Eso me está ayudando.

—También te va a ayudar descansar. Se ha hecho muy tarde. No hay nada mejor que un sueño reparador. —Pau se levantó de la butaca—. Mañana será otro día.

—Así es —confirmó Simonetta, que se acostó en el sofá. Al instante, mucho más relajada, se durmió.

35

¿QUÉ HABÍA SUCEDIDO veintiocho años antes en Menorca? Después de leer la carta del doctor Revuelta, Angustias no dejaba de hacerse esa pregunta. ¿Tenía la obligación de enterarse de lo que había ocurrido para, tal vez, sacarlo a la luz? ¿O más bien tenía el derecho de saberlo, ella, que durante tantos años le había hecho la vida más fácil a una persona que ahora no reconocía? Le atemorizaba y le repugnaba la idea de abrir de nuevo esa agenda que hojeó por primera vez con cariño y curiosidad y que ahora le asqueaba. Pero si quería conocer la verdad, la gravedad de un hecho que, sin duda, había permanecido oculto hasta entonces, tenía que seguir leyendo.

Me gusta llegar el primero, coño.

Se ha tenido que retrasar mi vuelo. Quiero llegar el primero. Soy el anfitrión, el director del Plan de Prevención.

Me dijo Angustias que yo llegaría el primero. ¡Tengo que llegar! ¡Que no se duerma en los laureles el piloto, leche!

¿Habrá taxis libres? Y luego tengo que coger un barco. ¡Tengo que llegar el primero!

Por fin. ¡El primero!

Qué chasco el Lazareto de Mahón. Tanto bombo en el Ministerio para esto. Todo por ahorrar.

Muy bonito el enclave y bla, bla. La pela. Lo que les interesa es la pela. Y aquí se ahorran una pasta.

Desluce el proyecto.

¿Por qué no han buscado un hotel de cinco estrellas? Los demás no se lo van a tomar en serio. ¡Les dije que se trataba de un plan muy ambicioso! Todos aceptaron, por supuesto. Tengo capacidad de convicción. ¡Mucha! ¡Soy la hostia!

Pero no quiero quedar en mal lugar.

Esto parece más un seminario o un convento (del que ha salido la estrecha de Angustias).

Y qué birria de habitaciones. Para curas o monjas, y poco más. Una birria. Tendré que buscar una excusa para contarles a los otros.

Aunque yo ya la tengo. Muuuuyyyy buena excusa. Muuuyyyy buena.

Yo de aquí ahora no me muevo. He encontrado a mi buena excusa para quedarme (Y disfrutar DE LO LINDO).

No sé cómo se llama mi excusa. Es bajita y proporcionada, tiene el cabello moreno y corto, una diminuta nariz y unos ojazos azules que se te clavan hasta dentro solo con mirarte. ¡Quééé miradaaaaa! Ah: y unas bonitas piernas, y un deseable culo que yo me he encargado de observar (científicamente) mientras subíamos por la escalera.

Y es recatada. O la hacen ser recatada. Batita beis con cinturoncito y zapatitos con tacón bajo.

No le dejé cargar la maleta. Soy todo un caballero. Me ha sonreído. Qué bombón. ¡Para mí! ¡Para mí!

Sí, está todo, todito, todo a mi gusto. ¡Y se ruborizó! ¿Será virgen? ¡Uau!

Todos muy contentos. No han dicho nada del lazareto. Mejor.

Buen ambiente, camaradería. Ganas de trabajar. Ganas de que salga bien.

¡Y nos ha servido la cena ELLA!

Se llama Cinta. Y de tímida, nada. En su sitio, eso sí. Me costará...

Todos los trabajadores vienen de un orfanato. De allí pasan aquí; por lo tanto, es huérfana.

Más cariñosa será conmigo (les he dicho a los otros). Risa general.

Le he dicho que servía muy bien la mesa. Delante de todos. Y que era muy guapa.

Hay que empezar así. Hay que empezar cuanto antes. ¡Tengo tres días: tres!

¿Que si tenía novio, que la dejara en paz, ha sugerido uno? Me da igual, no soy celoso.

¿Habéis visto qué tetas tiene? Ni pequeñas ni grandes.

¡Así me gustan las tetas!

Estamos nosotros solos de huéspedes. Mejorrrrr.

La cosa avanza. Han venido con todo bien preparado. Yo también, POR SUPUESTO.

Lo otro avanza menos.

Me esquiva. La acecho y me esquiva.

Espera para hacer mi habitación cuando ya nos hemos reunido.

Vaya con la muchacha.

Sabe mucho.

36

El tiempo, por suerte, había mejorado. Simonetta había estado durmiendo hasta bien entrada la mañana a pesar de que el sofá de Pau no era tan cómodo como su cama. La sensación de seguridad que le ofrecía su casa y la liberación que le supuso contarle lo del juicio sin duda la ayudaron a descansar. ¿Había hecho bien explicándoselo todo? Bueno, al fin y al cabo, le había salvado la vida. Merecía conocer la verdad. ¿O no era necesario? ¿Por qué se sinceró con él y no con Toni? Preguntas a las que, de momento, no pretendía responder. Tenía otros asuntos más urgentes por delante.

Había quedado con Darío Ferrer en su despacho de la comisaría de Mahón. El tráfico era denso. Faltaban unas horas para la celebración de la noche de San Juan y la isla estaba llena de turistas. Había recibido un wasap de Toni después de varios días sin saber de él. La invitaba de nuevo al balcón de su casa de Ciudadela para que disfrutara desde allí de la fiesta, donde él, como *caixer pagès*, iba a ejercer un papel protagonista montando a un Paris engalanado por las calles de la ciudad. Simonetta no quiso iniciar una conversación, por lo que se limitó a mandarle un escueto *Ok* a través del emoticono correspondiente.

En comisaría, el agente que estaba de guardia en la recepción le dijo que Darío la estaba esperando y la acompañó hasta su despacho.

Ferrer la esperaba con cara de preocupación. En cuanto la vio, se levantó y la abrazó.

—¿Te encuentras bien?

—Ahora sí, ya estoy bien. —Darío la invitó a sentarse frente a él, al otro lado de la mesa. Aunque el edificio daba la impresión de no tener muchos años, la mesa del despacho aparentaba, como pocos, veinte o treinta.

—Wenceslao Bonet no pudo colocar la red, no tuvo tiempo —comenzó Ferrer sin más preámbulos. Por la mañana, nada más despertarse, Simonetta lo había llamado para contárselo todo.

—Ya. O tiene un cómplice o no tiene nada que ver con esto.

—¿Y tú qué crees? ¿Cuál es tu opinión?

—Yo estoy segura de que está implicado en los asesinatos. ¿No encontrasteis los folletos?

—Qué va. Cuando llegamos ya los había destruido. Encontramos restos de ceniza en un rincón. El ciclostil lo hemos requisado, eso sí.

—Fue un fallo imperdonable dejarme descubrir. Eso va a complicarlo todo —manifestó con enojo—. ¿Lo habéis interrogado?

—Sí, y no ha soltado ni chufa. Es un hombre frío, cerebral, con mucho aguante. No ha pestañeado durante el interrogatorio. Lo ha negado todo y se ha quedado tan ancho. Pero no lo vamos a perder de vista. Además, disponemos de mucha información sobre él. Es huérfano, ingresó nada más nacer en el orfanato, donde vivió hasta que pasó a trabajar en el lazareto. Allí hacía de todo: carpintero, fontanero, albañil... lo que le pidieran. Cuando lo cerraron solicitó quedarse como guía y guarda. En la fecha en que tuvo lugar el encuentro del Plan de Prevención de Cáncer de

Mama, él se encontraba en el lazareto y se ocupaba de todo lo referente al mantenimiento del centro. Le hemos preguntado al respecto, pero, según su declaración, no recuerda ni la reunión ni a los médicos asesinados. Había muchos congresos por aquellas fechas, y ha negado acordarse de ese.

—¿Lo has interrogado tú?

—Sí.

—¿Y?

—Oculta algo, estoy seguro.

—¿Habéis indagado sobre su vida o sus relaciones sociales?

—Soltero, solitario, huidizo... todo así. A partir de ahora, vamos a vigilarlo día y noche. Si tiene algo que ver con el caso, tarde o temprano cometerá un error. Y entonces lo cazaremos.

—Eso espero. Por cierto, ¿me das permiso para bucear en el archivo del juzgado?

—Claro. ¿Es por la pista que estabas siguiendo?

—No, ha resultado falsa —mintió Simonetta.

—Entonces tendremos que ponernos las pilas.

—No le quites el ojo de encima a Wenceslao —le sugirió mientras se levantaba de la silla. Ferrer miraba abstraído la pared de enfrente, serio, cosa poco habitual en él—. Estás preocupado.

—Si te dijera que no, mentiría. Esto se está alargando demasiado. Además, me tienes preocupado. Cada vez tengo más claro que tu acosador puede ser el asesino o alguna persona relacionada con él. ¿Quieres que te proporcione una pistola?

—Estoy en libertad condicional.

—No importa, yo respondo por ti.

—No, no quiero quebrantar ninguna otra norma. Con una vez ya tuve bastante.

—Como prefieras. Voy a poner un coche patrulla fijo delante de tu casa. Mañana mismo daré la orden. Es eso o cambiar de vivienda y dejar tu trabajo. No hay otra opción.

—No quiero cambiar nada de momento. No sé si podré convivir con vigilancia continua, pero no me queda otra. Iremos viendo. *Ciao, bambino!* —Simonetta se llevó la mano a la frente con un gesto militar.

ANTES DE PARTIR hacia Ciudadela, aunque ya era de noche, aparcó en el centro de Mahón para dar una vuelta; quería tomarse su tiempo antes de regresar. Se sentó en la terraza del Andalucía, pidió un granizado de limón y llamó a Sergi. Habían quedado en que el enfermero iba a encargarse de comprobar si la pista que Simonetta había encontrado revisando de nuevo las pertenencias de los médicos asesinados era fiable. Evitó comentarlo con Ferrer por miedo a implicar de forma indirecta a Toni, al menos hasta cerciorarse de que el indicio tenía validez. No se esperaba la respuesta de Sergi, pero al oírla una luz iluminó de pronto la opacidad del caso y todos los elementos comenzaron a cuadrar.

Con la cabeza llena de ideas, de respuestas, de incógnitas despejadas y de nuevos interrogantes, pagó, entró en el aparcamiento y subió al Alfa Romeo. ¡Cómo no lo había deducido antes! ¿Debía ir de nuevo a la comisaría a ponerlo en conocimiento de Darío? ¿O mejor acababa de investigar los cabos sueltos y le mostraba la resolución del caso en bandeja una vez que solventara todas las dudas? Pensó de nuevo en Toni. A esas horas ya estaría participando en la fiesta. Hasta no tener la certeza total de su sinceridad y de su inocencia, no podía presentarle su hipótesis a un Darío celoso y orgulloso. Toni debía quedar al margen; por eso tenía que ser ella la que llegara hasta el final.

Condujo despacio porque las viejas luces del coche apenas alumbraban la carretera. Se había entretenido tanto que la media noche estaría ya al caer. La oscuridad le trajo a la memoria la noche anterior: había estado a punto de desfallecer atrapada en aquella fatídica red. Como en sueños, recordaba a Pau Martí liberarla, y, después, arroparla en su sofá. Ningún hombre la había cuidado nunca con esa delicadeza, que en nada se correspondía con la primera sensación que le transmitió con aquel áspero apretón de manos el día en que llegó a la isla. La rudeza de su piel se había transformado en calidez. ¿O había sido una mala interpretación por su parte, una idea preconcebida más de esas por las que tantas veces había pagado un alto precio? ¿Pau Martí estaba enamorado de ella? ¿Era todo aquello otra distorsionada impresión suya? Con el cabello mojado, los ojos brillantes y la actitud cariñosa, de alguna manera la había seducido. Al menos lo veía con otros ojos. Hasta su casa le había sorprendido; ordenada, bien amueblada, acogedora...

Estaba a punto de entrar en la ronda de circunvalación de la ciudad cuando el cielo comenzó a iluminarse con decenas, cientos de luces de colores. La noche de San Juan la recibía por todo lo alto, tentándola a participar del goce colectivo. Pero estaba demasiado cansada para recoger el guante, así que tomó el desvío hacia la cala y dejó atrás la fiesta. No quedaba nadie por allí, incluso las luces de la casa de Pau permanecían apagadas. Como no le apetecía salir del coche, abrir la puerta del garaje y meterlo dentro, lo aparcó en la calle. Así, cuando la policía pasara revista sabría que ya había regresado. Alrededor de las rocas oyó el ladrido de un perro y vislumbró las figuras de los dueños, una pareja que, como ella, prefería la soledad. En el Andalucía había picado algo y no tenía hambre.

Apagó el móvil y decidió acostarse. Lo necesitaba. Se desvistió, se puso el camisón, que guardaba debajo de la almohada, y entró en el baño. No recordaba haber dejado la ventana abierta. Algunas veces lo hacía, pero como daba al pequeño huerto que había detrás de la casa, siempre temía que entrara alguna de las salamanquesas o de las lagartijas que se veían en las paredes bañándose de sol o de luna. Echó un vistazo al exterior. Todo seguía en calma. Las viviendas del otro lado de la cala a esas alturas de junio ya estaban habitadas y destacaban entre la vegetación por la luz que la mayoría encendía en la puerta principal. Sin embargo, a diferencia de otras noches en las que se apreciaba algún movimiento, no se veía a nadie.

Después de cerrar la ventana, levantó la tapa del inodoro y se sentó. De pronto, como si hubiera recibido el impacto inesperado de una flecha, el corazón se le paralizó. En vez de sentir el inodoro frío, lo notó templado, como cuando alguien acaba de utilizarlo momentos antes. El miedo la sobrecogió. Alguien había estado allí, y quizá aún estuviera. Aguantando la respiración, aguzó el oído. Había una persona más en aquel cuarto, estaba segura; la respiración contenida la delataba. Se levantó con cuidado, se subió la braga y, sin premeditarlo, giró la cabeza. La silueta del asesino se dibujaba rotunda a través del cristal traslúcido de la mampara. Era él, no cabía duda. Su hipótesis se confirmaba.

Simonetta se adelantó para coger la manecilla de la puerta y huir cuando él se abalanzó sobre ella como una fiera, le rodeó el cuello con las manos y apretó con todas sus fuerzas.

37

Menorca, 1990

EL TERCER DÍA de estancia en el lazareto, después de la última reunión en la que habían dejado asentadas las bases del Plan de Prevención de Cáncer de Mama, los médicos cenaron sin prisa y después pasaron a otro edificio, donde se encontraba la vivienda el director de la institución. Los había invitado a tomar una copa antes de que partieran al día siguiente hacia sus respectivos destinos.

Hacía buena noche. Aunque había poca iluminación en los jardines, la luna creciente y el cielo despejado de nubes les permitía atravesar los parterres sin necesidad de emplear ninguna otra luz. Como los vuelos salían por la tarde, el director les propuso mostrarles la ciudad de Mahón y el fuerte de Marlborough por la mañana. A todos les pareció una buena idea, porque, entre unas cosas y otras, no habían salido del lazareto.

—Yo me retiro —dijo Mengod al levantarse de la butaca—, vosotros seguid con la conversación. Nos vemos mañana en el desayuno. —A Mengod no le gustaba el fútbol y se estaba aburriendo a más no poder mientras los demás no hablaban de otra cosa.

Al poco de salir del edificio, la vio, tuvo esa suerte. Con la bata ajustada, con aquel gracioso caminar, avanzaba hacia él como si fuera a su encuentro. Al menos él lo imaginó así. Buen broche final para una reunión en la que había sobresalido entre los demás como un jefe natural. Se había afianzado en su calidad de líder en el primer gran proyecto que caía en sus manos. Y ahora, la guinda.

Cuando Cinta se percató de que era Mengod quien se dirigía hacia ella, trató de cambiar de senda, camuflándose entre aquellas que bordeaban los jardines y los huertos. No era la primera vez que un hombre intentaba propasarse, había aprendido a zafarse de los pulpos y sobones ya en el orfanato, pero aquel en especial le daba mala espina. A pesar de todo, no le comentó a Bruno las insinuaciones del médico ni lo larga que tenía la mano. No quería que se pusiera celoso ni inquieto, temía una intempestiva reacción del joven que sacara a la luz la relación que los unía. Se conocían desde niños, habían crecido juntos en el orfanato y habían compartido risas y penalidades; sin embargo, hasta unos meses antes no habían descubierto que se amaban. Hasta entonces creían que el amor que los unía era exclusivamente fraternal y tal vez así lo fuera, pero el cariño se transformó, por caprichos del destino, en pasión, y tuvieron que amarse a espaldas del mundo. Las relaciones de pareja estaban prohibidas entre los trabajadores del lazareto, como lo habían estado antes en el orfanato.

Acababa de estar con él. Para que nadie los viera, ella reservaba para los dos una de las habitaciones de la residencia de huéspedes, la más apartada. Era su refugio, su nido de amor. Allí se encontraban y allí se amaban, alejados de los demás. Aquella noche él había salido antes de la habitación. Ya estaría en la suya, en el edificio destinado al personal. Ella había aguardado un poco para hacer tiempo y ahora también se dirigía hacia allí, a descansar después de un fatigoso día de trabajo.

—Buenas noches —musitó cuando Mengod llegó a su altura. Él había agilizado el paso y la había alcanzado antes de que Cinta pudiera tomar otro camino.

—¿No me dices nada más? —Él la agarró por la muñeca.

—¿Qué quiere usted que le diga? —soltó, nerviosa, sintiendo la fuerte presión de su mano.

—Que quieres follar conmigo —le susurró en la oreja Mengod.

—¡Déjeme! —protestó la joven mientras él la toqueteaba con la otra mano.

Como ella se resistía, la sujetó con violencia al tiempo que le besaba el cuello y la boca. «Qué fiera, pero al final caerá», pensó el médico regodeándose. De un gesto rápido tiró del escote de la bata, saltaron unos botones y pudo lamer, saborear y morder los senos deseados. «Qué inmenso placer.» Y cómo se defendía, la guarra. ¿De dónde sacaba semejante energía aquella muchacha? Qué puta. Tanto exhibirse delante de él y ahora le hacía eso, la muy zorra. Si no era nadie, una fregona, una cualquiera, una puta como tantas.

—¡A mí no te me resistes! —la increpó al tiempo que le propinaba una bofetada.

La fuerza que empleó hizo que la chica se tambaleara y cayera al suelo. «Así más fácil —pensó Mengod—, de ahí no te levantas hasta que yo haya consumado la faena.» Se arrodilló, le levantó un poco más la bata... y paró. La joven no se movía. El médico se alarmó. No se movía. Había oído un ruido hueco cuando cayó. La cabeza. El ruido procedía de la cabeza. ¿Habría impactado con alguna piedra? Estaban detrás de un seto que ocultaba la luz de la luna. Apenas se veía. Se acercó. En efecto, tenía la cabeza sobre una piedra del parterre. Y estaba muerta.

38

Menorca, 1990

A LA MAÑANA siguiente, tomaron el desayuno en completo silencio. Se lo sirvió una señora de mediana edad, la asistenta del director que, cuando la requerían, ayudaba en la residencia de huéspedes. Tenía el semblante serio, compungido y, de vez en cuando, se retiraba a un rincón del comedor a sonarse. Nada más bajar de las habitaciones se habían encontrado con el director, que los estaba esperando. Les había anunciado una terrible noticia, la muerte de Cinta, la muchacha que se había ocupado de su estancia durante los tres días que llevaban allí. Mengod no movió ni una ceja, pero los otros se miraron alarmados y uno de ellos le transmitió el pésame al director.

—Era una persona muy querida —les dijo—. Su muerte ha sido un mazazo para todos. La encontró mi asistenta cuando salió de la vivienda poco después de que se fueran ustedes. Estaba en el suelo, en uno de los jardines, con una gran herida en la cabeza. Aún no puedo creerlo —les confesó muy afectado—. Desayunen tranquilos y esperen en el comedor. La policía quiere hablar con ustedes. Simple formalismo. Como comprenderán, queda anulada nuestra excursión por Mahón.

Nada más salir del comedor, un agente los saludó y los condujo a la misma sala de reuniones en la que habían

344

estado trabajando esos días. Sentado en uno de los extremos de la alargada mesa de madera que ocupaba buena parte de la sala, el inspector jefe de policía aguardaba. Al verlos entrar, se levantó y los saludó uno por uno para luego invitarlos a tomar asiento. El agente que los había guiado hasta allí lo hizo en el otro extremo y se preparó para tomar nota de lo que se dijera.

—Señores —comenzó el inspector—, el director ya los ha puesto al tanto del luctuoso suceso que aconteció la noche pasada dentro de la fortaleza. Conozco el motivo de su estancia aquí y también que sus respectivos vuelos salen dentro de unas horas. Mi intención, por lo tanto, es no entretenerlos ni molestarlos más de lo necesario para tratar de esclarecer la investigación que estamos llevando a cabo. El director me ha explicado que ayer, después de la cena, estuvieron departiendo con él unas dos horas en su casa y que después regresaron al edificio donde se alojan. ¿Es correcto?

—Sí, es correcto —contestaron más o menos a la vez. Todos se percataron de que no había mencionado que Mengod se les adelantó, pero nadie dijo nada. Supusieron que el director lo había olvidado.

—¿Vieron ustedes algo extraño en el trayecto desde la casa del director hasta la residencia de huéspedes? —Se miraron entre sí bastante confundidos, excepto Mengod, que conservaba el semblante impertérrito. El inspector, que era gato viejo, se dio cuenta y esperó. El silencio y la actitud expectante del policía los azoró todavía más—. ¿Prefieren seguir con la conversación en grupo o mejor lo hacemos de manera individual? Tal vez así puedan reflexionar mejor sobre lo que vieron u oyeron anoche —añadió con algo de retranca.

Uno de los médicos intervino.

—Anoche sí que vimos algo, inspector, pero no le dimos la más mínima importancia. Ni siquiera lo comentamos entre nosotros —mintió—, pero, sabiendo lo que pasó con esa pobre muchacha, quizá tenga más interés del que supusimos en aquel momento.

—Cuénteme, nosotros valoraremos la importancia de lo que vieron, por eso no se preocupen.

—A mitad de camino entre la casa del director y la residencia de huéspedes —continuó el mismo médico— nos pareció divisar a la muchacha detrás de un seto. Había poca luz, pero presupusimos que era ella. Estaba hablando con alguien, daba la impresión de que era con un hombre, pero no llegamos a identificarlo, seguramente porque no lo conocíamos.

—¿Los vieron todos? —les preguntó el director.

Los demás afirmaron, incluido Mengod.

—¿Creen que estaban discutiendo?

—De eso no nos dimos cuenta —contestó otro—. Estábamos muy lejos y pasamos charlando entre nosotros, sin fijarnos en nada más. Como ha dicho mi compañero, no le dimos más importancia.

—¿Pueden recordar algo de la otra persona, del hombre que estaba con la chica? —Todos negaron con la cabeza—. ¿No recuerdan, por ejemplo, la envergadura que tenía? ¿Era mucho más alto que ella o era más bien bajo? Eso lo tuvieron que apreciar si dicen que distinguieron otra figura.

—Era poco más o menos como ella —contestó uno de los que no habían abierto la boca, en vista del tono cada vez más insistente del policía.

—¿Están de acuerdo los demás?

—Sí, más o menos como ella —añadió otro. Menos Mengod, el resto afirmó.

—Y usted, doctor, ¿no lo recuerda? —le preguntó el policía.

—Yo no me fijé —respondió lacónico.

—Agente, la fotografía —le instó el inspector a su compañero. Este se levantó y le entregó un sobre blanco. El inspector sacó una fotografía del sobre y se la pasó a los médicos. En ella aparecía Cinta del brazo de un joven delante de una noria—. Es la víctima con Bruno Castel, el jardinero del lazareto. Como ven, es de estatura parecida a la de la joven. ¿Creen que podría corresponder a la persona que vieron anoche con ella? Tómense su tiempo antes de responder, porque lo que ustedes declaren es de suma importancia para el caso.

Todos miraron con detenimiento la foto y al final todos manifestaron que su físico sí que podría cuadrar con el del hombre que distinguieron la noche anterior.

—Nada más, señores —concluyó el inspector—, no los molesto ni un minuto más. Sé que deben preparar el equipaje. Que tengan un buen viaje de vuelta. Confío en que este desagradable episodio no enturbie el trabajo que han venido a hacer aquí.

Durante el breve trayecto hasta las habitaciones ninguno de los médicos abrió la boca. Estaban todos sobrecogidos. El que más, por supuesto, Mengod, que había pasado la noche en vela, con la mente bloqueada desde la muerte de la chica. En ese momento ni siquiera se había planteado comunicar el «accidente», sino que su impulso lo llevó a abandonar el cadáver de la joven en el jardín, medio oculto tras el seto, y a huir del lugar para que nadie lo pudiera relacionar con su muerte. Ni se consideraba un violador ni se consideraba un asesino ni su intención había sido violarla ni asesinarla. Todo se había reducido a un estúpido juego que había acabado mal de forma accidental. Y la víctima había sido ella, sí, pero a él le podía salpicar el caso y pasar de ser el causante involuntario del incidente a ser una nueva víctima, con consecuencias inimaginables. Había actuado como un imbécil. Nunca había llegado a tanto con una mujer. Una cosa era un piropo, una mirada, un roce, un inocente tocamiento... y otra, llegar al abuso. Porque él no era un abusador, solo le gustaba seducir. Todo se había concatenado para que perdiera el norte la noche de antes: la gracia natural de la chica, la oscuridad, la privacidad de aquel extraño lugar tan alejado del mundo... ¿Había hecho bien al huir? Pues claro que sí, no tenía otra opción ¿Quién iba a creer la verdad, si no? ¿Cómo iba a justificar la caída de la joven y la ropa rasgada? Lo acusarían de un crimen que no había cometido. Si al menos pudiera devolverle la vida... pero eso era ya imposible. Además, estaba convencido de que nadie lo había visto. Enfrascado en su intento por seducirla, no se había percatado de la presencia de sus compañeros. Hubiera jurado que no había ningún testigo en el lugar de los hechos, que nadie iba a sospechar de él. Pero la realidad había sido otra: sus compañeros habían presenciado algo, tal vez todo lo que ocurrió, y lo habían puesto en conocimiento del policía. ¿Sería mejor hablar con ellos, explicarles la verdad para que no lo tildasen de asesino, o mejor sería callar, tomar el avión lo más pronto posible y poner así fin a aquella pesadilla? Optó por lo segundo. Estaba convencido de que los otros no sacarían a relucir el tema porque se jugaban mucho; para empezar, su puesto en el Plan de Prevención. Además, cabía la posibilidad de que, amparado por la oscuridad, no lo hubieran identificado.

Pero sus compañeros sí que lo identificaron. Al poco de que Mengod abandonase la casa del director, los otros también se despidieron. A lo lejos divisaron a Cinta hablando con el cirujano y a este intentando seducirla. Para no desbaratarle los planes, tomaron otra senda entre los parterres mientras comentaban con chanza lo que habían presenciado: «Al final la va a conseguir», «este Mengod es tremendo». Al día siguiente, cuando les comunicaron la muerte de la muchacha, todos recordaron aquella escena, aunque a ninguno se le pasó por la cabeza atribuir la muerte a Mengod. No pudieron comentar su situación de testigos porque, además del propio cirujano, en el comedor estaba presente la camarera, pero, en su fuero interno, ninguno quiso comprometerlo. ¿Por qué? En primer lugar, porque el policía no les insistió en la identificación del atacante; en segundo, porque no querían considerar a Mengod un asesino, y, en tercero, porque si lo señalaban como tal sin ser cierto, con el poder que Mengod tenía, sus respectivas carreras estarían finiquitadas. Además, el inspector les dio a entender que ya habían localizado a un sospechoso. ¿Para qué meterse en líos? Sus respectivos vuelos salían en pocas horas y no estaban dispuestos a perderlos. Punto final.

39

Menorca, 1990

LA AMABA DESDE siempre. No recordaba ni un minuto de su vida sin amarla. Desde que esperaban en la fila con el plato en una mano y la cuchara en la otra; desde que, sentados muy juntos en los bancos, oían la misa dominical, la amaba. No reconocía su propia vida sin ella. Ni la de antes ni la de ahora. Lo había sido todo para él y lo seguía siendo: su paño de lágrimas, su alegría, su sueño, su ilusión. Y ahora había muerto. Había muerto ¿Podía ser posible? Asesinada. Forzada y asesinada. Cinta. Se volvió loco. No lo podía creer. No lo quería creer. Tuvieron que reducirlo. La policía tuvo que reducirlo, con fuerza y con una inyección. Les costó. Lo consiguieron. Y lo acusaron —¡a él!— de haberla asesinado. De violarla y de asesinarla. Él, que la amaba desde siempre, a ella, que era su vida. ¿Cómo iba a contratar a un abogado? ¿Y para qué, si era inocente? Alguien del lazareto lo defendería, daría buenos informes sobre él. Nadie lo hizo. Bueno, sí, Wenceslao, el solitario y huraño Wenceslao les dijo a los policías que Bruno Castel era una buena persona, que quería mucho a Cinta, que no la había matado. Pero ¿quién iba a creer a un hospiciano? Nadie le hizo caso.

El juicio acabó pronto. Semen del acusado en el cuerpo de la víctima, testigos, sin coartada... En realidad, tampoco le importó tanto. Después de su muerte, después de perderla, nada le importaba ya. La prisión era una continuación del hospicio y del lazareto. Parecido, excepto que ella ya no estaba. Esa era la verdadera prisión: su ausencia.

No recibió visita alguna durante los quince años que permaneció encerrado. Solo él y sus recuerdos. El día que, al fin, puso los pies en la calle, ni lo dudó: se marchó directo al puerto y se enroló en el primero de los cargueros que estaban repostando. Quería poner tierra de por medio. El mundo se le quedaba pequeño. Navegó hasta oriente y recaló en Japón, donde se estableció. Entró de pinche en un restaurante de Tokyo y allí comenzó a urdir su terrible venganza.

40

Simonetta Brey estaba a punto de desfallecer. ¿O lo había hecho ya y lo que le pasaba por la mente era una ensoñación atribuible a lo que uno percibe cuando ha traspasado la barrera definitiva? Sentía la fuerza de las manos de su atacante, del asesino en serie, rodeándole el cuello cada vez con mayor rotundidad. Sin embargo, ella ya no luchaba por respirar, ¿para qué, si flotaba con placidez en medio de una nebulosa desconocida y atrayente? Todo había sucedido muy rápido: la certeza de conocer quién había sido el asesino de los médicos, el mismo que la acosaba, el que la intentó asesinar en las aguas de la cala, y la evidencia de que era su siguiente presa. Ferran García, el dueño del Tokyo, el amigo de Toni. Acabar en sus manos, qué absurda jugada del destino... Haber llegado hasta allí, hasta la isla, para salvarse, para recuperar la libertad y la confianza en sí misma, haberse sobrepuesto al desánimo y la duda, haber vuelto a ver, por fin, la luz... para esto, para acabar de un modo tan ruin y tan injusto bajo el hacha de un verdugo inmisericorde, capaz de cometer cuantos crímenes fueran necesarios para culminar su particular *vendetta* y, además, quedar libre de cargos. Por muy espantoso que hubiera sido el pasado del verdugo, por muy sangrante, ¿por qué debía pagar ella por un delito que no había cometido? ¿No hubiera sido más fácil volver a huir, subirse de nuevo a un barco y atracar allende los mares? La sombra de la sospecha se hubiera diluido y hubiera evitado el cargo de conciencia que supone la muerte de una inocente. Hasta habría quien lo hubiera comprendido. Pero no había sido así. Él no se había conformado con la huida porque lo quería todo, la venganza y la seguridad de su vida actual, su vida, por fin, de triunfador, de persona influyente, en la misma isla que, tal vez, lo vio nacer, lo crio como un siervo y lo convirtió en un desgraciado el día en que asesinaron a Cinta. Un desgraciado que sabía responder, que había aprendido a responder, y de qué forma tan efectiva. Una respuesta que, una vez en marcha, era muy difícil de controlar, para desgracia de la víctima, para desgracia de Simonetta, de ella... de ella... de ella...

Sintió un dolor terrible con la caída. Luego, un brutal latigazo en lo más profundo del pecho, que la obligó a toser una, dos, tres veces, casi sin poder coger aliento entre una y otra... pero aliento al fin, aire que le penetraba de nuevo en los pulmones, que le devolvía a la vida cuando ya solo la unía a ella un delicado hilillo a punto de romperse... ¡Respiraba! Alguien la cogió por debajo de los brazos, la atrajo hacia sí, y la abrazó, y la besó mientras, cerca, unas voces estridentes le impedían concentrarse, volver del todo en sí. Abrió, por fin, los ojos y se encontró de bruces con un rostro conocido.

—Pau... —pudo emitir a duras penas.

—Aquí estoy, quédate tranquila, ya ha pasado todo.

—¿De verdad?

—Te lo prometo. ¿No me ves a mí?

Con mucho cuidado, Martí la cogió en brazos, la sacó del baño y la llevó al salón. Dos policías lo estaban fotografiando todo. Les indicaron que procuraran no tocar nada hasta que llegara el comisario jefe, que ya estaba en camino.

—¿Y Ferran? —preguntó, alarmada, mirando en todas las direcciones.

—Detenido. No tengas miedo de él.

—Pero... ¿por qué estás tú aquí?, ¿cómo has sabido que Ferran estaba en la casa, que yo estaba en peligro?

—Ya habrá tiempo de explicártelo. Ahora descansa, ya hablaremos cuando te repongas del susto.

—Ya estoy repuesta —mintió—. Necesito que me lo expliques ahora. Esto no es ninguna tontería.

—De acuerdo. —Pau dio su brazo a torcer—. Ha sido todo una bendita casualidad —le dijo sin dar crédito a lo que sucedía—. He visto la moto de Ferran medio escondida entre los arbustos del camino de las rocas. A raíz de lo que me contaste, no me ha dado buena espina. He tenido una especie de... de premonición, de que podía ser tu acosador, no me pidas que te razone el porqué. Te he llamado al móvil para quedarme tranquilo, pero no me has contestado. Sabía que estabas en casa porque el Alfa Romeo está aparcado en la calle y había luz en una de las ventanas. Iba a coger las llaves y entrar en la villa para ver si ocurría algo cuando ha aparecido la patrulla de la policía, la que suele pasar por aquí de cuando en cuando a dar una vuelta, y los he puesto al tanto de la situación. Por suerte, me han hecho caso y han entrado en la casa. El resto ya te lo imaginas.

—¿Tú también tienes premoniciones? —le soltó Simonetta, ya recuperada.

—¿Yo? Es una manera de hablar —se defendió Pau, ignorante de la broma. Simonetta sonrió.

—Ferran no solo es mi acosador —continuó ella con gesto grave—. También es el asesino de los médicos.

—Eso tendrás que contárselo a la policía, pero cuando te repongas. Lo importante es que lo han detenido a tiempo. No quiero ni pensar lo que te podría haber hecho.

—Has vuelto a salvarme la vida.

—A partir de ahora, esa va a ser mi nueva profesión —ironizó el pescador.

—De eso nada. Si alguien tiene que cambiar de profesión, esa soy yo.

DARÍO FERRER LA aguardaba sonriente, exultante, detrás de la mesa del despacho. Nada más verla entrar, se levantó y fue a abrazarla como si la forense regresara de un remoto viaje y no la hubiera visto en lustros.

—¡Eres única, eres única, nadie como tú, italiana, nadie como tú! —exclamó mientras la estrujaba entre los brazos.

—¡Y tú eres un exagerado! ¡Déjame ya, que me vas a aplastar!

—¡Qué mujer, qué mujer! —Ferrer regresó a su silla—. ¡Lo sabía, yo lo sabía! No te lo dije, pero también tuve la premonición de que tú solita ibas a resolver el caso. Pero ¡siéntate! ¿Qué haces aún de pie?

—Esperaba a que me invitaras a tomar asiento. —Simonetta bromeó al fingir seriedad.

—¡*Mecagüen* la leche, italiana, *mecagüen* la leche! ¡Nadie como tú!

—Ya vale, Darío, ya vale, que se va a enterar toda la comisaría.

—¿Y qué?, ¿y qué? Si ya lo saben. Se han quedado todos mudos, los mismos que me insistían en que «no había caso». ¡Mudos se han quedado!

—Y tú también te vas a quedar mudo si no dejas de gritar. Es un caso más, Darío, no le des tanta importancia.

—Pero la tiene, tú sabes que la tiene, sobre todo por ti. Vas a ser libre, con las cuentas pagadas con la justicia, ¿te parece poco?

—No, no me parece poco. Además, he estado a punto de morir en dos ocasiones. Pero ahora necesito paz, más que nunca, paz y tranquilidad. Todo menos gritos, aunque sean de felicitación.

—Está bien, está bien, mi querida italiana. —El comisario la tomó de la mano—. Vamos a respetar esa paz. Te doy mi palabra. Sé que la necesitas. —Simonetta sonrió. Qué hombre aquel, qué intensidad—. ¿Te parece que empecemos de nuevo, como si estuviéramos hechos de otra pasta? —La forense afirmó; sabía que a él le importaba un bledo su respuesta porque la conocía de antemano—. Doctora Brey, ¿puede decirme desde cuándo sospechó de Ferran García, o de Bruno Castel, su verdadero nombre, y cómo llegó a esa conclusión?

—Señor comisario —le dijo en el mismo tono—, como muchas veces le he comentado, en Medicina Legal los pequeños detalles son, en numerosas ocasiones, concluyentes. En este caso, así ha sido. La investigación, como usted sabe, llegó a un punto muerto en el que parecía imposible avanzar. Una vez más repasé uno por uno los informes de la policía sobre las muertes de los médicos y di con algo en lo que, hasta entonces, no había reparado. Aparte de las hojas ciclostiladas, había un elemento, llamémosle un objeto, que se había encontrado entre las pertenencias de todas las víctimas en el lugar de los hechos, en el que nadie había reparado: una bolita de papel de aluminio. Es una cosa tan tonta que nadie cayó en su significado, pero lo tenía. ¿Cuál podría ser? —Simonetta, para mantenerlo en ascuas, sacó un caramelo de limón del bolso, le quitó el papel y se lo metió en la boca—. Esa bolita procedía de un pedazo de papel de aluminio que se había empleado para cubrir un pequeño bocadillo, esa era la hipótesis más razonable, ¿no cree? —Darío asintió con la cabeza—. ¿Y es normal que un turista se coma un bocadillo cuando sale de excursión? —Ferrer, para no meter la pata, se encogió de hombros y miró a Simonetta sin pestañear.— La respuesta es sí y no. Si tú estás en tu casa o en un apartamento, sí que puedes prepararte un bocadillo, porque dispones de pan, cuchillo y de algún fiambre, pero si te alojas en un hotel, la cosa se complica. Tienes que comprar una barra o un bollo de pan, unas lonchas de jamón, queso o cualquier otro embutido, disponer de una navaja o un cuchillo para abrir el pan, y de un rollo de papel de aluminio para envolverlo. Que lo hiciera uno, pase, pero todos, y, además siendo hombres... resulta muy muy raro, casi imposible. Por otra parte, todas las víctimas se alojaban en hoteles cuyos propietarios eran los mismos y, por lo tanto, eran bastantes las probabilidades de que siguieran las mismas costumbres con los clientes. Envié a un amigo de confianza a preguntarles si ofrecían algún tipo de pícnic a los hospedados a la hora de hacer excursiones por la isla. La respuesta fue afirmativa y una de las recepcionistas aportó, además, un dato crucial: del pícnic se hacía cargo el restaurante Tokyo. Ahí empezó mi sospecha. Batí internet, busqué anuncios del Tokyo por la red y encontré uno que me lo confirmó: se anunciaba en las revistas que los colegios de médicos provinciales editan en toda España. Allí no solo aparecía el restaurante, sino también los tres hoteles en los que se alojaron las víctimas, y ambos ofrecían unos considerables descuentos a los facultativos jubilados que hubieran visitado con anterioridad la isla. Era un excelente reclamo. Solo había que esperar.

—¿Pero los propietarios de los hoteles estaban implicados, conocían los planes de Ferran García?

—No, al revés: fue él quien se sirvió de la amistad que los unía para introducir el pícnic y, de paso, la hoja ciclostilada en la bolsa de la comida. No le interesaba que las víctimas murieran en el hotel para que nadie pudiera relacionarlo con los casos. Al entregarles la hoja con las diversas rutas, todas fuera de Ciudadela, se aseguraba de que comerían el bocadillo lejos de su alojamiento.

—Entonces, ¿qué pretendes decir, que el bocadillo los mató?

—Sí, el bocadillo los mató. Bueno, en realidad, lo que contenía el bocadillo.

—¿Y qué contenía?

—Una diminuta ración de pez globo, pequeña, pero lo suficientemente tóxica para matar en unos minutos a un ser humano.

—¿Pez globo? ¿Y qué pez es ese? No te digo que no haya oído hablar de él, pero ahora mismo no sé ni dónde ni, desde luego, las consecuencias que tiene su consumo.

—El pez globo, que también se denomina «fugu», es uno de los manjares más apreciados y más caros de la cocina japonesa, pero hay que saber manejarlo, porque contiene un veneno: la tetrodotoxina, doscientas veces más letal que el cianuro. —Ferrer arqueó las cejas con sorpresa—. Para que te hagas una idea —prosiguió Simonetta—, el veneno de un solo ejemplar puede acabar con la vida de treinta personas adultas.

—¡Jodo! —exclamó atónito Darío.

—Su manejo en la cocina es tan peligroso que para manipularlo se necesita una capacitación especial, que Ferran García, o, si lo prefieres, Bruno Castel, había conseguido en Japón.

—¿Y estaba en la carta del Tokyo?

—¡Qué va! Se cuidó bien de que no apareciera por ningún sitio. No quería levantar sospechas. Podéis ir a registrar el restaurante, pero con infinito cuidado de no tocarlo sin guantes.

—¿Y caíste en el pez globo así, sin más?

—Claro que no. Sin más no. Días antes de sospechar de Ferran García, ante lo atascado del caso, me había repasado la bibliografía más reciente sobre los venenos que no dejan huella en una autopsia. Allí estaba la tetrodotoxina del pez globo, tan apreciado en Japón. Al aparecer el Tokyo como suministrador del pícnic, lo relacioné de inmediato.

—¡Qué lista eres, italiana!

—Todavía no he acabado.

—¿No?

—¡Claro que no! Tenía al asesino, tenía el veneno... ¿qué me faltaba?

—¿La motivación?

—¡Claro, la motivación! Estaba convencida de que Angustias, la secretaria de Mengod, no me había contado todo lo que sabía sobre la reunión de los médicos en Menorca. Algo ocultaba. Volví a llamarla. Al principio seguía en sus trece. Ni pío. Tuve que explicarle toda la verdad sobre el asesinato de los facultativos para que soltara lo que sabía. No quería revolver en el fango, me dijo, pero, ya al tanto del terrible final, se abrió. Nada más regresar de Menorca, Mengod, sin explicación alguna, le ordenó contactar con las secretarias del resto de los doctores para informarlos de que el Plan de Prevención de Cáncer de Mama se cancelaba. Ante la rotundidad de la orden, y al ver lo alterado que estaba, Angustias no se atrevió a preguntarle cuáles eran las razones de tal decisión al cirujano, aunque sospechaba que las otras secretarias le harían a ella la misma pregunta. Mengod, como la conocía, al ver su expresión de extrañeza, añadió: «Usted limítese a informarlos, que los doctores no le van a replicar». Los doctores no, pero sus secretarias, como Angustias presupuso, la asaetearon como si estuviera en un interrogatorio. Ella no sabía nada y así se lo transmitió. En principio, ahí quedó todo, pero días más tarde la secretaria recibió una llamada de una de sus colegas. El doctor con el que trabajaba se había ido de la lengua y había mencionado una muerte accidental, tal vez un asesinato, en el mismo lugar donde se habían reunido los médicos, como posible razón por la que se había suspendido todo. Angustias le confesó su ignorancia sobre el tema y zanjó el asunto. No quiso saber más.

—Pero tú sí.

—Evidentemente.

—¿Para eso solicitaste permiso en el archivo del juzgado?

—Para eso. Fue pan comido. Bruno Castel y Ferran García coincidían en todo: edad, talla, complexión. Eran la misma persona. Se cerraban el círculo y el caso.

—¿Por qué no me transmitiste tus sospechas el último día que nos vimos? Te hubieras ahorrado el desagradable detalle de comprobar cómo muere uno asfixiado —le dijo con ironía.

—Primero quería asegurarme de si una persona que conozco tenía algo que ver con el caso.

—¿Y tiene algo que ver?

—Afortunadamente, no.

—Bueno, pues yo también te voy a aportar información, aunque no tan extensa como la tuya ni tan concluyente, pero, al fin y al cabo, información. Wenceslao, el guarda, tampoco está implicado en los asesinatos. Después de hablar contigo por teléfono, cuando me diste a conocer la identidad del asesino, volvimos a interrogarlo. Ahí habló. Parece ser que Bruno Castel, al regresar a Menorca, fue a visitarlo. Le contó que quería comenzar una nueva vida y montar un restaurante. Vio por casualidad el ciclostil y le pidió que le fuera imprimiendo los folletos con la excusa de que se los quería regalar a los clientes. Wenceslao tragó, sin querer saber nada más, después de prometerle que nadie iba a descubrirle su verdadera identidad. Tras haber compartido su infancia y su adolescencia en el lazareto, eran como hermanos. Parece ser que él también se quedó muy tocado con la muerte de la chica y la huida de Castel no lo ayudó en absoluto a rehacer su vida tras la mayoría de edad. Se quedó muy solo.

—La verdad es que llegué a sospechar de él, sobre todo cuando comprobé que era el propietario del ciclostil.

—¿Y qué me dices de su aspecto?

—¡Uy, su aspecto! Si esta historia se llevara al cine, sería el principal sospechoso. Es más, en cuanto lo conocí y encontré el ciclostil, estuve casi segura de haber encontrado al culpable. Lo imaginé entrando en mi casa y haciéndose pasar por un acosador, máxime cuando me enteré de que en el lazareto había aprendido de todo un poco: algo de albañil, algo de fontanero y, por qué no, algo de cerrajero.

—Sí, en eso no ibas desencaminada. Allí aprendían de todo, tanto es así que fue allí donde tu verdadero acosador aprendió a forzar cerraduras, pero a petición de sus superiores. Lo confesó el propio Wenceslao. Bruno Castel era el que conseguía abrirlas cuando alguien las había bloqueado a propósito o de forma accidental, y ni la llave maestra servía. Debía de ser un lince, para eso y para cualquier otra cosa. O, al menos, así lo describe Wenceslao, que lo considera una especie de tótem particular.

—¿Y Wenceslao no siente algo de culpabilidad por ayudarlo con el ciclostilado?

—Pues no lo sé. Es complicado saber lo que piensa y, más aún, lo que siente, si es que siente, porque no lo manifiesta. De todas formas, me alegro de que tenga las manos limpias. Es un pobre diablo.

—¿La familia? —le preguntó Simonetta de pronto, dando por zanjada la conversación, como si los dos temas tuvieran relación y fueran igual de relevantes.

—La familia bien, gracias —teatralizó Ferrer con gesto de sumisión.

—Me alegro. —La forense se levantó de la silla.

—¿Ya te vas?

—¿Y por qué no? ¿No hemos terminado?

—Me gustaría celebrar nuestro éxito con una buena cena en el puerto, pero... —añadió el comisario, que también se levantó.

—No puedes —lo interrumpió Simonetta sin mirarlo.

—Compréndelo, italiana.

—Lo comprendo, no quieres acabar fiambre por un trocito de pez globo que se pueda esconder en tu plato —añadió con sarcasmo.

—Eso será. —Ferrer le agarró las manos—. Por cierto, ¿ya has pensado qué vas a hacer? Me han dicho que nos abandonas. ¡Eso no puede ser! ¿Es verdad que dejas la isla?

—En ello estoy, meditando... —Y, deshaciéndose con habilidad de sus manos, salió del despacho del comisario dejando tras de sí su característico aroma a rosas.

41

—Estamos todos en *shock* —le confesó la francesa, abrumada—. ¡Quién iba a pensar que Ferran García era un criminal! ¡O que tú estabas investigando unos asesinatos! ¡Todavía me cuesta creerlo! ¡Me parece que lo que me cuentas es el argumento de una película! *¡Mon Dieu!* No te puedes fiar de nadie, me refiero a Ferran. *¡Quelle horreur!* ¿Tú sospechabas de él?

Las dos mujeres estaban sentadas en uno de los rincones del salón de Séraphine y tomaban café en una pequeña mesa estilo bauhaus.

—No, no sospechaba de él, tengo que confesarlo —le contestó la forense—. Me costó mucho llegar hasta su pista. Lo tenía todo muy bien premeditado porque es muy inteligente, y había dedicado mucho tiempo a preparar el plan a fondo. Te diría que toda una vida. Pero al final ha caído, como suele suceder.

—Tú también has sido lista. Más que él, puesto que lo has descubierto. Lista y valiente. Así me gustan las mujeres. ¡Ah, y sorprendente! Quién nos iba a decir que bajo tu apariencia ingenua y dulce se escondía toda una investigadora de semejante nivel. ¡Sorprendente! Yo, a tu lado, soy de lo más corriente, *ma chérie,* y eso que dicen que soy original. ¡La original eres tú, querida amiga! ¡Cómo te admiro!

—Pues no me admires tanto, Séraphine. Solo tengo una profesión... diferente. Al fin y al cabo, la originalidad está en la diferencia. Si la mayoría de los ciudadanos fuéramos forenses o policías, nuestra profesión carecería de interés para el resto.

—¡Cómo nos has sorprendido a todos!

—No sé si todos los demás han aceptado mi proceder como lo has hecho tú. Quizá alguien se haya molestado o piense que os he podido utilizar, pero la realidad ha sido otra. En ningún momento he fingido una simpatía o una amistad hacia nadie, y mucho menos en nuestro entorno cercano. Debéis comprender que, ante la gravedad de los hechos, yo no podía confesaros la verdad ni el motivo por el que había recalado en la isla. Toda la investigación debía llevarse a cabo en la más estricta confidencialidad para que llegase a buen puerto.

—Pero ¿te acercaste a nosotros, a nuestro grupo de amigos, porque sospechabas que el culpable estaba cerca o porque era alguien próximo a nosotros, como así ha sido? No te lo pregunto para reprocharte nada, sino por pura curiosidad.

—No. Fue una casualidad. Mi acercamiento comenzó el día en que me invitaste a cenar en tu casa. Esa misma tarde estuve a punto de dar media vuelta porque me imponía un poco conocer a gente nueva, entrar en una intimidad desconocida, en un nuevo grupo. No tenía demasiadas ganas, aunque debo confesar que tú me pareciste una mujer muy interesante a la que no debía hacerle un feo. A partir de ahí, mi comportamiento con todos vosotros ha sido del todo sincero, te lo aseguro.

—Lo sé.

—Si no hubiera acudido a esa cena, las cosas habrían transcurrido de otra manera, de eso no hay duda. Y no tengo la certeza de que a estas alturas estuviera el caso resuelto. Eso es algo que nunca vamos a saber.

—¿Llegaste a sospechar de alguno de nosotros, como en las novelas de Agatha Christie?

—Buena comparación. —A Simonetta le había divertido su comentario—. Qué tremenda eres, Séraphine, jamás se me hubiera ocurrido esa semejanza. Bueno, no sospeché de ninguno de vosotros como criminal, pero de alguno como acosador, e incluso acosadora, tal vez... En algún momento, sí. Aunque tú siempre estabas fuera de cualquier quiniela, quédate tranquila.

La francesa hizo el gesto exagerado de secarse la frente. Después se puso seria. Simonetta adivinó lo que venía.

—De todos nosotros, el que está más afectado es Toni. Ya sabes que Ferran y él eran muy amigos, incluso sé que tenían algún negocio en común. Tampoco da crédito a esta historia, quiero decir que le está costando asumirla. ¡Un asesino en serie! Además, alguien me ha contado que, por su culpa, por lo que le contaba a Ferran sobre ti, este tomó la decisión primero de acosarte y luego... de algo más.

Simonetta no había ido a casa de Séraphine a darle una relación exhaustiva de lo sucedido en el caso, aunque sabía de antemano que iba a ser inevitable aportar algo de información, sobre todo para que no diera crédito a ningún bulo ni a ninguna exageración de los que pululaban por la isla. Al menos ella no debía entrar al trapo de lo que se estaba oyendo. La francesa la había invitado para reafirmar su amistad y brindarle su apoyo, y había que agradecérselo.

—Lo que dices tiene parte de verdad, pero esa verdad hay que matizarla. Yo no diría que, por culpa de Toni, Ferran me acosó e intentó asesinarme. —Séraphine la escuchaba con atención—. Como bien has dicho, los dos eran, y todavía son, socios en algunos negocios, y esa ha sido la razón por la que la policía ha interrogado a Toni. Él, como era de esperar, ha contado todo lo que sabía y los pormenores de su relación. Además de socios, tenían amistad. Él ha dicho que amigos amigos no eran (a mí tampoco me lo dijo nunca), pero sí confidentes de algunas cosas que quizá no se cuentan a los amigos en ocasiones en las que quieres mantener una privacidad con los tuyos. Lo que él ha declarado es que, cuando me conoció y yo le manifesté que era forense, la situación le pareció un tanto extraña y desconfió de mí.

—¿De ti? Pues yo no hubiera desconfiado. Tu versión era de lo más creíble.

—Bueno, al fin y al cabo, acertó: mi versión era una mentira, al menos en una buena parte. Lo que ha declarado es que a él se le acercan muchas mujeres y no todas con intenciones «sanas», que algunas lo hacen para sacar partido económico, e incluso para favorecer, por ejemplo, una operación de negocios, enviada por alguien con ese fin.

—Yo creo que ha exagerado. A Toni se le ha visto con mujeres, no te lo voy a negar, incluso a alguna la hemos llegado a conocer, pero presentarse como un Richard Gere o un Jeff Bezos... me parece exagerado, la verdad.

—Puede ser, pero es lo que él ha declarado. Y respecto a Ferran, nos conocimos una noche en la que Toni me llevó a cenar a su restaurante. Esa noche, él ya debió de confesarle que yo le gustaba. Más adelante, por casualidad, un día me vio salir del hotel l'Illa. Me siguió para saludarme y, antes de que me alcanzara, observó que entraba en el hotel Arena. Le extrañó y esperó fuera, algo agazapado. De ahí me dirigí a Les Cuatre Gats y entonces fue cuando empezó a barruntar algo raro. Había visitado los tres hoteles donde el Tokyo ofrecía como pícnic el pez globo. En seguida interrogó con disimulo a las recepcionistas sobre mí, sobre lo que había ido a hacer o a preguntar. Por supuesto, todas entraron al trapo y lo pusieron al corriente de las preguntas que yo les había formulado minutos antes respecto a los médicos asesinados. Es muy agudo. Poco después, Toni le manifestó sus sospechas respecto a mí como posible infiltrada. Ferran aprovechó las dudas de Toni y las suyas, por lo que le aconsejó que indagara en mi vida. Hasta le proporcionó las señas de una agencia de información de Barcelona, que investigó y redactó un informe sobre mi pasado. Llegó un momento en que nuestra relación avanzó y Toni dejó de sospechar de mí, pero Ferran no. Él continuaba preguntándole sobre mí, sobre la vida que llevaba, y Toni, inocentemente, le contaba... Cuatro cabos más atados, ya que conoce a mucha gente en Menorca y cualquiera pudo darle información, y enseguida lo supo todo. Supongo que me consideró frágil, que lo soy, y pensó que lo mejor para que abandonara la investigación era asustarme. No creo que su intención fuera otra, al menos al principio. Eso es lo que ha confesado. Cuando comprobó que yo seguía adelante a pesar de sus advertencias, él también continuó con lo que había venido a hacer a Menorca, lo que se había convertido en el eje central de su vida, y asesinó al resto de sus víctimas. No iba a descansar hasta llevar a cabo todo su plan.

—¿Se ha declarado culpable?

—De todo. Al menos en eso ha sido sincero. Y parece ser que ha pedido perdón por el intento de asesinato contra mí y por el de la esposa del doctor Revuelta, que, según él, no pudo evitar. Está dispuesto a cumplir la pena que le impongan. De alguna manera, ha descansado. Y respecto a Toni, no quiero responsabilizarlo ni quiero que nadie lo responsabilice de nada. Este asunto es lo bastante grave para no tomar nada a la ligera. Y me consta que Toni no se perdona a sí mismo por lo sucedido, por el riesgo que he corrido.

—Al pobre Toni se le está complicando todo: lo de Ferran, lo tuyo, y ahora lo de su mujer, pobrecita, qué triste final.

—Sí, es una historia muy desgraciada.

—Después de tantos años como un vegetal y, por fin, la familia se decide a desenchufarla de las máquinas. Parece ser que los padres admitieron hace unos días la irreversibilidad de la enfermedad y se decidieron a dar el consentimiento. ¿Has hablado con Toni, te lo ha explicado?

—Me llamó para comunicarme el fallecimiento, pero no hubo tiempo para más.

—Para él tampoco ha sido fácil. En los últimos meses había tenido muchos desencuentros con sus suegros. Ellos esperaban que se trasladara de manera definitiva a Barcelona para estar cerca de Carla, pero Toni no daba ese paso. Tampoco estaba convencido de desconectarla, pero todo se ha precipitado al empeorar su estado de salud. Ninguno ha querido verla sufrir. ¿Vas a ir al funeral?

—Todavía no lo sé, tengo sentimientos encontrados.

—¡Ah, *ma chérie*! El mundo de los sentimientos es una ruleta rusa, nunca sabes lo que el disparo te va a deparar, si te va a salvar o te va a hundir. ¿Todavía sigues pensando en Toni? Pensando... tú sabes cómo. Él sí piensa en ti. No me quiero entrometer, no es mi estilo, pero créeme si te digo que piensa mucho en ti y que confía en que le des una segunda oportunidad.

—Sí pienso en él —Simonetta se sinceró—, pero cada vez menos y con menos intensidad.

—Pero ahora su situación ha cambiado. Ahora sí es un hombre libre. —Simonetta no contestó—. ¿O es que ahora la que no está libre eres tú?

La forense titubeó. Se levantó y se dirigió hasta el ventanal que daba al patio interior.

—Háblame de Pau Martí, Séraphine, tú lo conoces.

—¿Que te hable de Pau? ¿Y eso?

—Me intriga y antes de abandonar la isla me gustaría saber por qué Toni y él están enemistados.

—¿Cómo te has dado cuenta? ¿Te han hablado el uno del otro?

—Bueno, digamos que en alguna ocasión hemos coincidido los tres y la situación no ha sido muy agradable. Se palpaba esa tensión entre ellos. Con todo lo que ha pasado, Martí se ha convertido en alguien muy entrañable para mí. Me gustaría saber la verdad si es posible.

—Algo sé, en esta ciudad todo acaba saliendo a la luz. Pero desconozco si es la versión auténtica de los hechos. Parece ser que la madre de Pau trabajaba en la hacienda de los padres de Toni, era algo así como la doncella, la mujer de confianza de su madre. La trataba como a una amiga y le pedía consejo en todo. Toni y Pau son de la misma edad, siempre habían ido juntos a la escuela. Pau era el mejor, el que sobresalía en todo, tanto en los estudios y en el deporte, como en su afán por ayudar a su padre con la pesca en el verano. El padre de Toni siempre lo ponía de ejemplo ante su hijo, y poco a poco fue generando en él una auténtica animadversión. En la selectividad, Pau sacó una excelente calificación, consiguió una beca y se marchó a estudiar Física a Barcelona. Sin embargo, Toni suspendió y tuvo que permanecer durante un curso en la finca escuchando día y noche los reproches de su padre y las alabanzas hacia el hijo de la empleada. Fue la gota que colmó el vaso.

—¿Eso te lo ha contado Toni?

—Puede, no lo recuerdo con exactitud.

—¿Y con Pau nunca has sacado el tema a relucir?

—No. Pau es muy reservado, no me hubiera atrevido.

—¿Piensas que lo que me has contado es una razón suficiente para semejante enconamiento?

—Puede ser. Depende de la personalidad de cada uno.

—¿Y lo de la herencia, lo sabías? ¿Que la madre de Toni le legó a la de Pau la villa?

—Sí, claro. Eso sí que me lo contó Pau cuando me llamó para que la remodelara. Le pregunté yo, no salió de él, pero me lo explicó.

—También pueden ir por ahí los tiros respecto a su enemistad. Además, me he enterado de que Carla y él eran amigos. Igual a Toni no le hacía gracia esa amistad.

—Eso yo no lo sabía. De todas formas, el distanciamiento viene de antes, pero el tema de la herencia seguro que no contribuyó a que se produjera un acercamiento. Un día Quique Coll, que es un cotilla y lo sabe todo, me dijo que Toni no había querido remover lo del testamento para que no saliera a la luz una historia del pasado en la que las dos familias, en concreto las dos mujeres, habían estado involucradas. Algo que se remonta a sus tiempos de juventud. Un favor que la madre de Toni le debía a su amiga. Pero no quise saber nada más. No me gustan las especulaciones, y menos de personas que ya no viven.

—Hiciste bien. Las historias del pasado van tergiversándose conforme pasa el tiempo. Y en todas las familias han ocurrido cosas. Y Pau, ¿terminó la carrera?

—No, no la terminó. Su padre murió repentinamente y volvió a la isla para hacerse cargo del barco de pesca. Nadie le pudo convencer de lo contrario, ni siquiera los Sagrera, que le ofrecieron costearle los estudios. Solo le faltaba un año para licenciarse. Eso es todo, al menos hasta donde yo sé. Una lástima. El mar apenas da para comer y la pesca es una ocupación muy sacrificada. Pau es muy inteligente y muy culto. Si hubiera finalizado la carrera, podría tener un magnífico puesto.

—Igual es más feliz así.

—Puede que sí, y no soy quién para enjuiciarlo, yo menos que nadie. Como sabes, abandoné mi tienda en la rue Cambon para venirme con lo puesto a una pequeña isla que no conocía. Mis amigos me llamaron loca.

—A veces hay que tomar ese tipo de decisiones.

—¿Y tú ya la has tomado?

—En realidad no he tenido que tomarla. Lo que vine a hacer aquí ya está concluido. Mi contrato finalizó ayer. Si el lunes no voy a renovarlo contratarán a otro y será lo mejor. Ya he preparado las maletas. Vuelvo de forense a la península.

—Qué tristes nos vas a dejar a todos ¿Qué va a ser del pobre Toni?

—Seguro que sobrevive.

—Tienes que hablar con él antes de tomar la decisión definitiva. Espera unos días a que pase todo. No puedes abandonarnos sin haber tenido una conversación seria con él.

—Es ya muy tarde. —Simonetta se acercó a la butaca para coger el bolso—. Tendrás que prepararte para el funeral. Voy a dar un paseo y, cuando calcule que estáis ya todos en la iglesia, entraré y me acomodaré en el último banco. Nos veremos a la salida.

—Perfecto. —Séraphine se levantó a su vez del *chaise longue* tapizado en dorado, en el que le gustaba recostarse cuando tenía visitas—. Nos vemos allí. Yo he quedado dentro de veinte minutos en el Imperi con Quique Coll y Norberto Blasco, para ir todos juntos.

Se despidieron con dos besos. El aplastante calor de julio la recibió en la calle con una bofetada de antipatía. No tenía previsto hacia dónde dirigirse. Le pesaban los pies. Tomaría un helado en Ses Voltes, quizá el último, y se dejaría llevar por aquellas calles que, tal vez, iba a recorrer también por última vez. Desde la iglesia de Sant Francesc se oyó una campana tocar a muerto. Sintió lástima por Toni. Cómo se había acelerado todo. En su última conversación, cuando, llorando, le comunicó que Carla había fallecido, también le dijo que la quería, que no se fuera. Ella no le contestó, no sabía cómo hacerlo ni qué decirle. Si se volvían a ver, con toda probabilidad la seduciría de nuevo, pero ¿estaba ella dispuesta a dejarse seducir? Todo había cambiado de forma precipitada, también ella y sus sentimientos, esos diabólicos angelotes que de vez en cuando toman las riendas del corazón para conducirlo por los caminos más insospechados. En Helados Torres pidió un cucurucho de fresa. Mientras pagaba comenzaron a voltear otras campanas, las de la catedral, estas con un ritmo muy diferente, enérgico, frenético, de gran fiesta.

—¿Qué es lo que se celebra? —preguntó a la empleada.

—La fiesta de la Virgen del Carmen, la patrona de los pescadores. Asómese al puerto, dentro de nada empieza la procesión. Llevan a la virgen en una barca, recorren el puerto hasta mar abierto y todos los pescadores con sus familias la siguen en los barcos, que adornan con guirnaldas de colores. Es muy bonito y emocionante. No se lo pierda.

En la plaza de Es Born, varios grupillos de gente se dirigían hacia el carrer de la Purísima, con toda seguridad al funeral de Carla. Los Sagrera eran una institución en Ciudadela. Simonetta tomó la dirección contraria, hacia el murete de la plaza desde donde se divisaba el puerto antiguo, donde lo contempló por vez primera al poco de llegar a la isla. Si cualquier día aquella vista era privilegiada, en ese momento lo era aún más.

Tal y como le había descrito la heladera, los barcos que los pescadores amarraban cada tarde estaban engalanados y repletos de gente. Había más bullicio que nunca en el muelle, con hombres, mujeres y niños alegres vestidos de celebración. Siguiendo la misma acera, sus pasos la llevaron por el carrer de Sa Muradeta, por la escalera del carrer de Pere Caplloch, hasta llegar a ras del puerto. En el passeig del Moll buscó, entre todos los que allí había, su barco. Sabía que llevaba el nombre de su madre: Élida. Fue repasando uno por uno: Tramuntana, Ismael, Poniente, Catalina... Todos lucían banderines, guirnaldas y flores de colores, mezclados entre los familiares que habían subido a bordo contentos y dicharacheros. Los componentes uniformados de una banda de música la adelantaron presurosos con sus instrumentos, en dirección al Club Náutico, cuya balconada estaba repleta de espectadores. Las bocinas de los barcos empezaron a sonar, ahora una, después otra, indicando su disposición para dar comienzo a la procesión. Delante de todos, Simonetta divisó una pequeña barca sobre la que cuatro hombres portaban una sencilla imagen de la virgen, con una túnica blanca y un manto azul celeste. ¿Dónde estaría Pau?

—¿Sabe dónde amarra Pau Martí? —le preguntó a un hombre que estaba retirando el amarre de su barco.

—¿El Élida? Es aquel de ahí delante. Si se da prisa, igual lo alcanza.

Las sirenas seguían sonando y, como una bomba de relojería, de repente notó su corazón palpitar. Tic-tac, tic-tac, tic-tac... Se detuvo un instante. Todavía podía dar marcha atrás para poner fin a aquella locura antes de que comenzara. ¿Era eso lo que quería? Sin pensarlo más, avanzó hasta llegar al Élida. Pau aguardaba a que saliera la embarcación de al lado para seguirla. Le costó reconocerlo. Se había cortado el pelo y afeitado la barba. No quedaba ni rastro de su camiseta gris. Lucía una flamante y luminosa camisa blanca, y un rostro límpido y generoso. Parecía otro, más joven, más guapo. No miraba a Simonetta, pero, como si la presintiera, se volvió hacia el pantalán y la vio. Ella tuvo que elevar algo la voz, ahogada entre las bocinas y el tumulto.

—¿Lo intentamos? —le preguntó sin separar los ojos de él.

—Por supuesto —le contestó él, entregado, tendiéndole la mano para ayudarla a subir.

El claxon del barco vecino lo azuzó para que partiera ya y se colocara en el sitio que le correspondía en la procesión. Simonetta se situó en el timón, junto a él, y Pau, sonriente, la tomó por la cintura a la par que maniobraba, navegando feliz en la fila con sus compañeros del mar, al son de la salve marinera.

> Salve, estrella de los mares,
> de los mares iris de eterna ventura.
> Salve, fénix de hermosura,
> madre del Divino Amor.
>
> De tu pueblo a los pesares
> tu clemencia dé consuelo,
> fervoroso, llegue al cielo,
> hasta ti, hasta ti nuestro clamor.
>
> Salve, salve, estrella de los mares.
> Salve, estrella de los mares.
> Sí, fervoroso llegue al cielo
> y hasta ti, y hasta ti nuestro clamor.
>
> Salve, estrella de los mares,
> estrella de los mares,
> salve, salve, salve, salve.

Junto a los otros, Pau la cantaba con ardor y sentimiento, siguiendo la melodiosa música de la banda mientras la procesión avanzaba. Simonetta ya no se preguntaba si había acertado al sumarse al recorrido dejando atrás la certidumbre del puerto seguro, camino de mar abierto. Poco antes, cuando oyó voltear las campanas de la catedral anunciando la fiesta, había tenido una premonición. Se refería a ella misma, a una nueva singladura y unos nuevos horizontes, a su futuro cercano y a su felicidad. No había nada más que pensar, lo tenía meridianamente claro: nunca se equivocaba con sus premoniciones.

Agradecimientos

A LOS DOCTORES Rafael Teijeira, forense, y Francisco Monzón, anatomopatólogo, que han colaborado en la elaboración de alguno de los pasajes del libro. ¡Cuánto nos enseñan los muertos!

A Macarena Abeti, por su ayuda en el mecanografiado del texto.

A Maite Cuadros, Mathilde Sommeregger y Núria Ostáriz, por abrir las puertas de Maeva de par en par a Simonetta Brey (y, de paso, a mí).

Y a mis papis nonagenarios, Alejandrina y Antonio, por la potente dosis de alegría y optimismo que me inyectan cada mañana cuando me despido de ellos antes de salir de casa camino a la consulta. ¡Por muchos años!

Inspiración para la novela

TODOS LOS VERANOS paso unos días en Menorca. El primero fue por casualidad. Aunque ustedes, lectores, no lo crean, por aquel entonces los bancos premiaban a sus clientes con espléndidos regalos solo por abrir una cuenta en su entidad. Alguno tal vez lo recuerde: vajillas, juegos de cacerolas de acero inoxidable y manufactura alemana, enciclopedias atiborradas de saber... y hasta viajes. A mi flamante marido y a mí, nuestro banco (que ya ha desaparecido entre la vorágine de las fusiones, las crisis, los desfalcos y demás eventualidades de nuestro capitalismo de cabecera) nos gratificó con una semana de vacaciones en un hotel de entre una lista interminable de establecimientos repartidos por España. Mi querido esposo suele delegar en mí la desbordante tarea de planificar lo que ahora se llama «ocio», y fui yo misma quien, con solo mirar dos escasos segundos el mapa nacional (cosa rara para una persona tan indecisa y titubeante como yo), determinó que nuestro destino de vacaciones sería un hotel en la playa de Son Bou, en la isla de Menorca. ¿Fue el destino? ¿El azar? Supongo que la respuesta a estas dos clásicas preguntas no la conoceré jamás.

Lo que nos ocurrió aquella lejana semana de junio supongo que debe de ser lo mismo que les ocurre a los viajeros que descubren durante sus vacaciones un maravilloso lugar bendecido por la luz del sol, el azul del mar y la placidez de unas verdes colinas: quedan encantados de haber elegido el destino perfecto. Pero lo nuestro fue algo más que amor a primera vista. En realidad, fue mucho más. Desde la perspectiva que da el tiempo, hoy suponemos que alguien introdujo con disimulo un extraño elixir en alguna de las *pomades* (léase: bebida típica de Menorca, mezcla de ginebra Gin Xoriguer y limonada) que tomábamos cada anochecer mientras disfrutábamos de la puesta de sol sobre las aguas marinas. Ese portentoso bebedizo transformó nuestro espíritu y nuestra razón de tal manera que, en el momento que nuestro avión despegó de vuelta a la península, ya estábamos soñando con el momento de regresar. Y lo más asombroso de esta transformación es que ese deseo, esa ilusión, se ha repetido de manera inalterada durante nada menos que treinta años, uno detrás de otro, hasta este mismo en el que hoy nos encontramos. Menudo misterio... ¿Debería contratar a mi colega, la doctora Simonetta Brey, para que lo resuelva?

Pero, queridos lectores, no crean que el asunto se ha quedado ahí. Conforme ha pasado el tiempo, y como sucede en la mayoría de las ocasiones, la familia ha aumentado; en vez de dos, nos hemos convertido en cuatro. De manera sorprendente, a los dos nuevos miembros, que son mis hijas, el mismo duende, o tal vez otro, quién sabe si compinchado con el primero, debió de suministrarles también el citado elixir. Puede que en una de sus papillas infantiles, puesto que, nada más adquirir la tan afamada y cuestionada cualidad humana que es «el uso de razón», las dos se convirtieron en fervientes enamoradas de la isla. Desde hace algunos años son ellas las primeras en alertar sobre la aparición de vuelos en la web y las que con más afán investigan los parajes que todavía nos quedan por descubrir en ese pedazo de tierra en medio del Mediterráneo que siempre sorprende con lugares que visitar.

Pues bien, uno de ellos, el Lazareto de Mahón, lo conocimos una tórrida tarde de julio, justo antes de que un mortífero virus invadiera la tierra revolucionando nuestras vidas y nuestro mundo. Como médicos, tanto mi marido como yo habíamos oído hablar de esa centenaria institución, no por su función primigenia, sino por el uso que el Ministerio de Sanidad le dio en décadas pasadas, como sede de una serie de cursos sobre salud pública destinados a médicos de dicho ministerio. En realidad, los lazaretos eran auténticas fortalezas construidas en islas próximas a la costa de los grandes estados europeos con el fin de que los barcos recalaran allí antes de llegar al puerto de destino durante las grandes epidemias que desolaron el Viejo Continente: peste negra, fiebre amarilla, cólera... Para evitar contagios, la tripulación, los pasajeros y los enseres de las naves debían permanecer en los lazaretos obligatoriamente durante cuarenta días —una cuarentena—, rodeados de una muralla inexpugnable y del gran foso acuático que es el mar. Pasado ese período, a los que morían se los enterraba, y a los que sobrevivían se les permitía arribar al país, en este caso, a España. Toda esta historia nos la relató un guía mientras nos iba mostrando uno a uno, cementerio incluido, todos los tétricos rincones de, en la actualidad, un solitario e inhóspito lugar donde parece que las almas de los que allí fenecieron acechan al visitante desde cada una de las ventanas entreabiertas y desde los oscuros recovecos de las celdas donde yacían los enfermos.

Cuando dejamos atrás la sobrecogedora fortaleza, subimos al barco que hacía el trayecto desde la isla del Lazareto hasta el pequeño puerto de Es Grau, yo ya sabía que esa visita apenas planificada iba a ser el germen de una nueva novela, tuve esa premonición. Lo que desconocía es que la premonición, el *adelanto al futuro*, no solo iba a tomar forma de novela, sino también la de una pavorosa epidemia que nosotros mismos íbamos a protagonizar.

Pero volviendo al tema que nos ocupa, debo admitir que, desde el momento en que la semilla de una historia apenas brota en mi cabeza, mi cerebro comienza a desarrollarla a velocidad vertiginosa, inventando tramas, rememorando paisajes, creando personajes... En esta ocasión, en forma de *thriller*, en la época actual y con protagonista femenina. No me pregunten por qué, pues esta respuesta también la desconozco. Ni se me ocurrió recrear épocas pasadas, cuando el Lazareto estaba habitado, repleto de enfermos, de marinos, de médicos, de asistentes, de clérigos, de sepultureros... No, mi novela contendría dinamismo, intriga, contemporaneidad, pasiones y, aun siendo un Maeva Noir, una buena dosis de luminosidad, tal vez un tanto irreverente para los dogmáticos de *lo negro*.

Y surgió la heroína, la mujer de carne y hueso, cerebral y pasional, decidida y titubeante, valiente y tierna, tenaz, entregada a su profesión, motera, doctora: Simonetta Brey. Su madre, milanesa, experta en arte, la llamó como otra Simonetta, la Vespucci, la que emerge de las aguas cual Venus en el lienzo de Botticelli. La nuestra, la Brey, también surge de las aguas al final de la tarde, en la cala donde un pescador llamado Pau Martí le ha alquilado una pequeña villa.

¡Qué pronto aparece Pau! En realidad, apenas Simonetta pone un pie en la novela y otro en Ciudadela, el pescador nos muestra su personalidad: austero en palabras, austero en vestimenta, en vivienda, en su modo de vida... Ama, por descontado, el mar, y lo conoce y se nutre de él, y ama también la apicultura y entiende de abejas y de miel.

Y, desde siempre, es amigo del padre de Sergi, el enfermero que trabaja codo con codo con la doctora Brey.

Sergi es un personaje muy querido por los lectores, si no el que más. Bondadoso, simpático, de encantadora sonrisa y flequillo dorado, es el camarada perfecto para una investigadora en la sombra como Simonetta, médico de familia para sus pacientes, forense en su tiempo libre, que pone en marcha una minuciosa investigación con la finalidad de resolver un enigma: las muertes aparentemente naturales de varios médicos jubilados que, a juicio del comisario Ferrer, esconden una motivación criminal.

Se preguntarán qué tiene que ver un comisario de policía con nuestra protagonista, y la respuesta es contundente: en el pasado fueron amantes, en el presente son amigos, y, por el lazo interpersonal que los une, Darío Ferrer decide dar una oportunidad a la doctora para que, solucionando el enigma, redima una pena de prisión que tiene todavía pendiente (otro misterio).

¿Ahí queda la cosa? Por supuesto que no. Nuestra protagonista es experta en meterse en líos de todo tipo, también, cómo no, líos de amor. Y los hombres se fijan en ella, desde luego: guapa, elegante, decidida, con encanto. Toni Sagrera, natural de Ciudadela, joven empresario, propietario rural, seguro de sí mismo, repara en Simonetta y despliega todo su *savoir faire* para conquistarla. Otros también lo intentan, como el doctor Quique Coll, compañero de la médico en Canal Salat, el Centro de Salud donde trabajan. Allí mismo, Simonetta conocerá como paciente a Séraphine Bardot, una originaldecoradora francesa instalada en la isla y, a través de ella, a su variopinto grupo origen aragonés, dueño del Imperi, el mejor bar de copas de la isla.

Con este cóctel, producto de la inspiración, y con la ayuda de la mágica coctelera de las playas, los faros, los caminos rurales, los monumentos megalíticos, los vientos y las calles y gentes de Menorca, construí *Premonición*, que ofrezco como un mágico elixir a los lectores amantes de la intriga, de la belleza del Mediterráneo y de los personajes entrañables, para que hagan suya esta historia, la transformen a su antojo, discurran capítulo tras capítulo sobre posibles finales y, cuando alcancen la última página, se resistan a cerrar el libro y sueñen, como yo sueño con volver a la isla, con la siguiente aventura de Simonetta Brey.

Aquí puedes comenzar a leer
el siguiente libro de

ROSA BLASCO
Perturbación

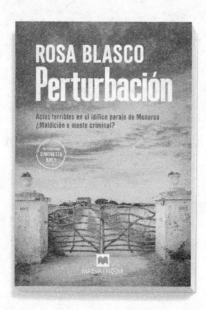

1

A MARIANNE THORSEN la luz de septiembre le recordaba a la de los escasos días de verano en los que en su país calentaba el sol. Ya de niña le gustaba recibir sus rayos sentada en el suelo, con la espalda apoyada en la fachada sur de la casa familiar, justo en el lugar donde las copas de los fresnos y los avellanos no proyectaban su sombra. Y ella podía refugiarse del mundo. Y podía soñar. Desde la muerte de Aleksander, los rayos del sol también habían sido su guarida. Se sentaba en el suelo de la pequeña terraza frente a la bahía de Es Grau, nada más amanecer, en el momento en que las primeras luces anunciaban por fin el ocaso de una noche interminable. Y ahí permanecía hasta el mediodía, cuando, ya seca como una iguana, no le quedaba otra que levantarse para beber algo. La culpa la consumía, sin embargo, no se sentía responsable de su muerte. Nadie la había responsabilizado ni culpado de ello. Pero ahí estaba, martirizándola. Por fortuna el sol salía cada día y, al menos hasta entonces, las nubes del verano que estaba a punto de acabar habían poblado el cielo solo de paso.

Los destinos donde desarrollaba su «trabajo» eran siempre los mismos, no más de tres o cuatro en toda la isla. La frecuencia con que visitaba uno u otro variaba según la simple ecuación de oferta y demanda, su propia disponibilidad —que casi siempre era completa— y la posibilidad de que, por el chivatazo de alguno de los implicados o de un inoportuno testigo, alguien la pillara. Para evitar por todos los medios que eso sucediera, nunca realizaba el mismo trayecto, y eso que era casi imposible cambiar de itinerario en la isla, donde solo había una carretera principal que la atravesaba de forma longitudinal en una gran recta.

En Menorca, las posibles rutas para llegar a cualquier destino eran sota, caballo y rey, y, aun así, ella las modificaba sobre la marcha para evitar que la siguiesen. La Guardia Civil y la Policía Nacional les tenían puesto el ojo, pero jamás habían encontrado una razón convincente para imputarles ningún delito. Porque, ¿en realidad cometían alguno? No compraban ni vendían armas, no mataban ni violaban... ni siquiera estafaban o mentían a sus clientes. Más bien habían sido ellos las víctimas de una estafa por parte de algún proveedor en más de una ocasión. Pero eso a ella no le importaba, prefería mantenerse al margen y cumplir con su trabajo de «comercial» o de «repartidora» como una trabajadora más.

A la altura de Es Migjorn Gran dudó si desviarse hasta la población o hacerlo en Ferreries. Si lo hacía entonces podría tomar luego uno de los caminos rurales que unen las calas del sur y llegan hasta el término de Ciudadela, y volver desde aquel punto a la carretera principal. De allí a Cala Morell había un paso.

Aquel día tenía ganas de acabar pronto. La debilidad la estaba extenuando, la comida le repelía y cada vez sufría más de dolor de estómago. ¡Aleksander! ¿Algún día se repondría de aquello? Decidió seguir adelante. Por una vez no se iba a desviar del camino más corto. Como siempre, en el asiento de atrás llevaba el caballete, las acuarelas y los papeles, incluso algunas láminas de las que había pintado cuando Aleksander aún vivía. En las contadas ocasiones en que la Guardia Civil la había interceptado en la carretera para un control rutinario, su rostro inocente y sus bártulos de pintora la habían salvado de un registro, y desde entonces nunca salía sin ellos. Además, ese día no llevaba mercancía. Su tarea iba a limitarse a recoger unos cuantos billetes de euro que les debían de una operación anterior. Que se habían confundido al hacer las cuentas, les habían dicho, y ellos habían reclamado. Tranquilidad, ella iría de nuevo y los recogería. Además, aquel dinero extra no les vendría mal, estaban a dos velas. Ni siquiera había repostado, lo haría al regreso.

Cuando llegó a las primeras glorietas de la ronda que circunvala Ciudadela, sí dio varias vueltas, como hacía siempre, para comprobar que ningún vehículo la seguía. Después tomó la carretera que conducía a cala Morell y, antes de llegar allí, un camino rural. No había pensado en llevarse algo de comer y estaba todavía en ayunas. La noche anterior apenas había cenado. Sintió un dolor abrasador en la boca del estómago, el mismo que la torturaba desde hacía días, pero en ese momento con una intensidad mayor. Paró un momento el coche. Había comenzado a temblar. Aquello ya le había sucedido antes, pero no de una forma tan intensa. Los polvos de la herboristería no le habían funcionado, al contrario, cada día estaba peor. Debía acudir sin falta al médico. ¿Tendría una úlcera? Su abuelo la tenía. Y su abuela le preparaba un vaso de agua con bicarbonato cada vez que se quejaba. Sonrió. Qué días tan felices en Molde: muñecos de nieve en el jardín intransitable en invierno, chapuzones en el abrevadero de los caballos en verano... Arrancó de nuevo el motor. Quedaban unos pocos metros para llegar. Aparcó donde siempre, en un pequeño ensanchamiento del camino, poco antes de llegar a la caseta. Seguía temblando, pero un poco menos; sin embargo, al dolor de estómago se habían sumado unas angustiosas punzadas en el pecho. ¿Qué le estaba ocurriendo? ¡Si apenas podía respirar! Una cama, eso era lo que necesitaba, tumbarse en un colchón, cerrar los ojos y aguardar a que aquello pasara, incluso dormir, ese lujo que estaba olvidando... Tenía que terminar cuanto antes la operación y regresar a casa.

La temperatura era buena y se oía a los pájaros cantar en lo alto de los acebuches, sin embargo, los perros no ladraban. En otras ocasiones, nada más bajar del auto, ya advertía sus ladridos. Le había costado mucho ganarse su confianza. Gracias a su amor por los animales, con mucha paciencia lo había conseguido. Podría decirse que la conocían y hasta celebraban volver a verla. Su voz los tranquilizaba y, antes de abrir la puerta, ya la esperaban. Pero aquel día no se oía un solo ladrido. ¿Se los habría llevado su dueño?

Encontró la llave donde siempre, en el hueco de uno de los ladrillos que conformaban las paredes de la caseta, todavía sin lucir y, por supuesto, sin pintar. A pesar de que conocía la cerradura a la perfección, tardó en abrir de lo mucho que temblaba. Además, las manos le sudaban y la llave se le resbalaba entre los dedos como si estuviera cubierta de baba de caracol.

Una vez consiguió abrir la puerta, dejó que la luz penetrase en el corral antes de entrar, porque quería comprobar si los canes andaban por allí. Nada se movía. Entró. En el suelo divisó unas sombras. Un fuerte olor a descomposición le arrancó una arcada. Se mareaba. Sintió un cosquilleo en los dedos de los pies, apenas cubiertos con unas sandalias. Había dejado el móvil en el coche y no tenía a mano ninguna linterna. Se acercó con temor a donde se encontraban las sombras. Eran tres bultos disformes, oscuros, inmóviles... ¡Los perros! De nuevo una puñalada le atravesó el estómago y la paralizó. Seguía notando una sensación extraña en los pies, en los tobillos, mientras un dolor lacerante se le extendía por el tronco, el cuello, las sienes...

Se arrodilló respirando con dificultad, emitió un quejido amargo que nadie escuchó y se tumbó en el suelo, al lado de los perros, mientras un ejército de garrapatas la invadía.

2

CONSULTA DE PSICOLOGÍA
RAQUEL CARRERAS
Dra. en Psicología. Especialista en Psicología Clínica
PRIMERA SESIÓN DE TERAPIA

TERAPEUTA: ANTES DE empezar con la sesión, quiero presentarme y explicarle de forma resumida en qué consiste el trabajo que realizo aquí. Por cierto, ¿le parece bien que nos tuteemos o prefiere que sigamos tratándonos de usted?

Paciente: No sé... podemos tutearnos.

Terapeuta: Muy bien. Mi nombre es Raquel Carreras. Soy psicóloga, especialista en Clínica. Trabajo desde el modelo terapéutico Terapia Familiar Sistémica Breve, y divido la sesión en tres partes.

En la primera nos conocemos, expones qué es lo que te ha traído a mi consulta y, sobre todo, en qué quieres mejorar y cómo te puedo ayudar.

Después haremos una pausa y reflexionaré sobre lo que hemos hablado.

Y para terminar nos volveremos a reunir, te expondré mis conclusiones y, posiblemente, te daré alguna indicación.

Paciente: De acuerdo. Creo que mis datos ya los tienes, porque me los han solicitado en recepción.

T: Así es. ¿En qué puedo ayudarte?

P: Tengo mucha angustia… Necesito librarme de esta sensación que no deja de atormentarme. No puedo seguir así.

T: Bien. Vamos a tratar de concretar un poco más. ¿A qué te refieres cuando dices que tienes angustia? ¿Qué es lo que notas? Angustia es un concepto muy ambiguo. Seguro que si pregunto a distintas personas me darán respuestas diferentes…

P: No sé… No sé si podré o sabré explicártelo. Solo sé que me siento muy mal.

T: A ver si te puedo ayudar... ¿Relacionas esa sensación con algo? ¿Con una situación concreta? ¿Con algo que te ocurre?

P: Me considero una persona muy celosa, no puedo evitarlo. Soy así desde siempre, desde que yo recuerdo, pero últimamente me estoy obsesionando como nunca. Y ese es otro tema: la obsesión. Me come, me agota, me mata. Puedo tener una idea en la cabeza y machacarme día y noche con ella. Trato de evitarla, pero en vez de conseguir que desaparezca, allí está, dirigiendo mi vida.

T: Entonces, ¿podríamos concretar que el motivo de tu angustia son los celos y los pensamientos obsesivos?

P: Sí. Como te decía, siempre he sido una persona muy celosa, pero esto se me está yendo de las manos.

T: ¿Qué quieres decir?

P: Pues eso, que se me está yendo de las manos.

T: Bueno, vamos a volver al punto anterior. Me hablabas de celos. ¿Qué tipo de celos? ¿Te refieres a celos sentimentales o a otro tipo?

P: De todo tipo. Yo siento celos de cualquiera que intime con las personas que quiero. Eso me irrita, me crea inseguridad, porque me da la impresión de que se van a alejar de mí, de que me los van a robar. No puedo controlarlo, lo siento con mayor o menor intensidad, según la persona de la que se trate, e incluso a veces sin que sepa el motivo. Me ha ocurrido durante toda la vida, pero ahora esta sensación me está desbordando. Siento que no valgo nada, que cualquier otra persona es mejor que yo en todo, en belleza, en inteligencia, en simpatía. Lo veo todo negro. Es un sufrimiento enorme que además tengo que ocultar para que nadie de mi alrededor se dé cuenta.

T: Pero dices que ahora te está desbordando. ¿Qué quiere decir eso? ¿Te refieres a alguien en concreto?

P: En este momento a una persona en especial. Es alguien muy próximo a mí. Y he dado este paso, el de venir aquí, porque tengo verdadero pánico a hacer algo de lo que me pueda arrepentir. No pienso en otra cosa.

T: Antes de continuar, te agradezco la sinceridad con la que estás hablando. Es muy difícil reconocer esa sensación en uno mismo y además compartirlo, en este caso, conmigo. Para poder ayudarte necesito que me cuentes con más detalle lo que pasa por tu cabeza. Qué ideas son las que te hacen tanto daño, las que te alivian... Y si esto te había ocurrido antes o no. Sé que es difícil, pero quiero que me concretes a qué te refieres cuando dices que te da miedo hacer algo de lo que te puedas arrepentir.

P: No me atrevo a contarlo, aunque creo que me haría bien.

T: Vale, no te quiero presionar. Si quieres podemos continuar, y si te ves con fuerza, me lo cuentas. Pero también podemos terminar aquí y citarnos otro día.

P: No… No, necesito ayuda. He venido a eso. Pero antes quiero saber si lo que voy a contar está bajo secreto profesional.

T: Por supuesto.

P: ¿En cualquier caso?

T: No, no es exactamente así. Puede haber alguna excepción. Pero espero que no tenga que plantearse aquí. Intenta contármelo.

P: Tengo la obsesión de hacer daño. Mucho daño.

T: ¿A quién? ¿A ti?

P: No.

T: Por lo tanto, a otra persona.

P: Sí.

SILENCIO

P: Esa es la idea que me angustia. Pero a la vez me alivia, me alivia mucho. Me permite respirar. Y también me da mucho miedo.

T: ¿Quieres contarme algo más? ¿Darme más detalles?

P: De momento, no.

T: Pero ¿te puedo seguir preguntando?

P: Sí.

T: ¿Has hecho alguna vez algo parecido a lo que piensas ahora?

P: Bueno, en alguna otra ocasión también se me ha pasado por la cabeza y, con el tiempo, he logrado olvidarlo.

T: Sé que es muy difícil, pero ¿puedes explicarme alguno de tus pensamientos?

P: Son muchos. Pienso en distintas posibilidades, todas para perjudicar. Es un infierno lo que tengo en mi interior.

T: ¿Has intentado librarte sin ayuda de nadie de esos pensamientos? ¿Cómo has logrado salir de ese infierno?

P: Sí, claro. Lo intento todos los días.

T: ¿Y cómo lo intentas? ¿Qué cosas haces para conseguirlo?

P: Intento convencerme de que no voy a llevar a la práctica mis ideas.

T: ¿Alguna cosa más?

P: También intento convencerme de que esas ideas son solo eso, y que no son factibles de llevar a cabo.

T: ¿Qué más has hecho para tratar de liberarte de esos pensamientos? Perdona la insistencia, pero debo preguntártelo.

P: En ocasiones he tomado tranquilizantes, sobre todo para poder dormir. Y últimamente me he encerrado en casa siempre que los pensamientos me atormentaban para evitar hacer algo malo.

T: ¿Alguno de esos intentos ha dado resultado, te ha serenado, te ha liberado de la angustia, de los malos pensamientos, de los celos?

P: Los tranquilizantes me ayudan a dormir, pero no hay nada que me libere del peso interior. Por eso estoy aquí.

T: Muchas gracias por el esfuerzo que estás haciendo. Sé que no es fácil. Me gustaría volver al principio de la sesión. Después de todo lo que me has contado, quiero que me digas, que resumas, qué es lo que quieres conseguir en esta consulta. Medítalo bien, por favor.

P: Quiero dejar de tener celos de la persona que me obsesiona en este momento y de los que la rodean.

T: Perfecto. ¿Algo más?

P: Quiero controlar mis impulsos, los malos pensamientos que me ocasionan los celos. Quiero sentirme una persona valiosa.

T: ¿Y cómo sabremos que lo estás consiguiendo? ¿En qué lo vas a notar?

P: No lo sé, no tengo ni idea. Lo que me urge es controlar mis impulsos, no hacer nada malo.

LLORA

T: Antes de pasar a la segunda parte de la sesión y quedarme unos minutos a solas, quiero saber si hay momentos mejores en los que esas ideas desaparecen.

394

P: No lo sé, pero si los hay, no los recuerdo.

T: Y, por último, ¿harás lo que te pida?

P: Lo intentaré. Para eso estoy aquí.

PAUSA

T: En primer lugar, quiero agradecerte la confianza que has depositado en mí y la sinceridad con la que me has relatado un problema tan difícil de compartir. Por otra parte, y a pesar de lo que me has contado, tu decisión de superación personal y de actuar de forma correcta está clara. Eso es algo que valoro en gran medida.

La vida no siempre es fácil. A veces las dificultades son ajenas a nosotros mismos, pero se introducen en nuestro interior. A ti las dificultades te han calado muy hondo y por eso sientes esos impulsos tan potentes y tan peligrosos. Ten la seguridad de que te voy a ayudar para que superes esta situación. Pero, sobre todo, piensa que la mayor ayuda va a venir de ti, de tu fuerza y de tus ganas de actuar correctamente. En definitiva, de tu interior.

Tenemos mucho en lo que trabajar, pero antes me gustaría que, desde hoy hasta la próxima visita, pienses si te puedes comprometer conmigo a no hacer nada que pueda ocasionarle algún tipo de daño a otra persona. No quiero que tengas prisa en contestar, es demasiado importante y necesito que lo medites bien.

P: También lo voy a intentar. Esperemos que no sea demasiado tarde.

Continúa en tu librería

Actos terribles en el paraje idílico de Menorca. ¿Maldición o mente criminal?

Simonetta Brey se ha establecido en Menorca, trabaja como médico de familia y mantiene una relación con el pescador Pau Martí, su casero. Durante una visita domiciliaria a la Torre Tudurí, conoce la trágica muerte de Aleksander, el nieto de la familia Dolz Tudurí, con tan solo dieciocho meses, supuestamente de muerte súbita, pero Simonetta tiene sus dudas.

Cuando al cabo de poco tiempo fallece también Marianne, la madre del pequeño, en unas circunstancias muy extrañas, nadie cree que se trate de una casualidad. Junto a su enfermero, Sergi, y en colaboración con el comisario Darío Ferrer, Simonetta hace sus propias pesquisas. .

Si tienes ganas de leer novelas ambientadas
en Asturias, Valencia, Barcelona y Castellón,
en MAEVA | N☉IR te proponemos:

LA MEMORIA DEL TEJO

Un misterioso secuestro en un pueblo de Asturias

Un pueblo tranquilo
en el Oriente asturiano,
una adolescente
a la que le han borrado
la memoria.

LÁGRIMAS DE POLVO ROJO

Un asesino que se inspira en antiguos rituales actúa en Valencia

Una mujer asesinada
en extrañas circunstancias.
Un hombre enigmático
de origen ruso.
Una policía atraída por
el principal sospechoso.